イスラエル・エプスタイン
伊斯雷尔・爱泼斯坦/Israel Epstein
著

王唯斯
Wang Weisi
訳

わが中国

見证中国：爱泼斯坦回忆录
My China Eye: Memoirs Of A Jew And A Journalist

革命・戦争・建国

左右社

原作『见证中国』は2015年に新星出版社より出版された。

わが中国　目次

中国人民の革命事業に自ら携われたことより素晴らしく、
有意義なことはなかった。
私は中国を、中国の人民を愛している。
中国は私の家であり、この愛こそが私の仕事と生活を、
中国の運命と結びつけたのだ。

——イスラエル・エプスタイン

第一章　十字路——西へ、東へ

ヨーロッパを中心とした西洋から見れば、中国は「極東」に位置する。しかし中国からさらに東へ行けば、アメリカのカリフォルニア州——ヨーロッパ人から見て、「極西」〔原作者の造語〕とも言える場所にたどり着く。そして、カリフォルニアからさらに西へ行けば、再び「極東」に戻る。

この章でお話しするのは、私と亡き妻・邱《キユウ》 茉莉《モーリ》〔Elsie Fairfax Cholmeley、一九〇五—八四。「邱茉莉」は彼女の中国名である。「邱」は苗字、「茉莉」は「ジャスミン」の意味である〕との結婚生活だ。私たちは中国から西へ向かった。だが中国はかえって私たちに近づき、結局私たちは同じ道を辿って中国へ戻ることとなった。生まれ育った地域も、社会的ルーツから言っても、まったく異なる私たち夫婦は、同じ世界史の荒波をくぐり、結果として中国に戻ることを選択した——あるいは、歴史がそうするように仕向けたのかもしれない。

時は一九四四年。場所は重《じゅう》 慶《けい》——蔣《しょう》 介石《かいせき》の国民党政府の臨時首都〔戦時首都。中国大陸統治時代の中華民国は北洋政府（一九一二—二八）と蔣介石の民国政府（一九二八—四九）に分けられる〕。私と邱茉莉の結婚生活は始まったばかりだった。私たちは彼女の故郷イギリスを経由して、アメリカに行くことになった。彼女はイングランドのジェントリ階級出身だった。私はポーランド生まれ、中国育ち、無国籍のユダヤ人だった。

　アメリカに行くにはビザを取得しなければならなかったが、私のような人間にはそれも難しい。当時のイギリスでは、イギリス国籍の女性は外国人と結婚すると国籍をはく奪され、夫の国の国籍を取得しなければならなかった。これは第二次世界大戦後労働党政権となるまで続いた。私と結婚すると、邱茉莉はイギリス旅券と国籍を同時に失う恐れがあった。彼女は、私が無国籍であることを理由に、自分のイギリス国籍を留保してくれるよう要求してみた。すると、私が無国籍であるにもかかわらず、審査が必要だという。重慶イギリス領事館の領事はこう言った。

「しかしご主人、出生地ぐらいはあるんでしょう?」

　もちろん出生地はある――ワルシャワ、一九一五年生まれ。ロシア、オーストリアとプロイセンの三国がポーランドを分割していた二百年間、ロシア帝国に属していた都市だ。私が生まれてからポーランドが独立し、その首都となった。

　しかし、民族的には私はポーランド人ではない。第二次世界大戦前、分割されていたポーランド政府は一方はファシズム、他方はユダヤ排斥主義だったので、私にはポーランドの身分証明書がない。

　だが結局、その重慶のポーランド政府（当時はロンドンの亡命政府）の大使が、法律的にみて私がポーランド人ではないことを証明してくれ、邱茉莉はイギリス国籍を残すことができた。そしてこのことにより、私には合法的なイギリス国籍の妻ができ、配偶者資格でイギリスに行けるようになった。ただし、アメリカに向かう道中（私たちはすでにアメリカの入国ビザを取得していた）の短期滞在に限るという条件付きだったが。

まったく異なる出身の私たちがなぜ生涯の伴侶となり、中国で暮らしているのか？　答えは私たち自身というより、二十世紀の怒涛の歴史のなかにある。

　私の両親は生まれて間もない私を連れて、一九一五年にヴィリニュスから中国にやって来た。ユダヤ人の社会主義者だったふたりは、政治的絶頂期を迎えていた一九〇五年、ロシア第一次革命活動に参加したため、帝国ロシアの統治下で収監や流刑を経験していた。その後、彼らはよるべのない放浪者となり、西欧各地を転々とした後、アジアに流れ着く。父は第一次世界大戦の余波により、日本に行くことを余儀なくされた。ドイツ軍がワルシャワに迫っていたからだ。母は私を連れてシベリア鉄道に乗り、日本にいる父と再会を果たすことになる。

　一九一七年二月、ロシアの専制政治が覆されると、父はすぐに革命の首都サンクトペテルブルクへ戻り、革命同志たちと再会を果たした。

　父は、母と私を帰国させたがっていた。中国のハルピンに母をしばらく住まわせて、鉄道で帰らせようとしたのだ。しかし、父が私たちを迎えにハルピンへやって来たとき、白軍がシベリアで反乱を起こし、鉄道を切断してしまった。鉄道はその後一九二〇年代初めになって、ソビエト政府により修復される。だがその頃には、ソビエト政府と父の所属していた社会主義派（ユダヤ人労働者総同盟）との意見対立は激化していた。こんな具合に客観的事実と主観的な要素が入り混じり、私たちは中国に定住することとなった。

　私たち一家は、ハルピンから国際都市である天津へ転居した。天津にはイギリス、アメリカをはじめ、列強各国がそれぞれ租界を有しており、租界だけでなく経済、政治、軍事、文化などの面でもイギリス、アメリカの支配下におかれていた。五歳から国際学校に通っていた私は、英語が自分の一番使いこなせる言語になっていた。そのことは後にジャーナリストになったとき、私の武器となる。

両親の社会主義思想からの影響で、私は自分の受けた植民地主義型の学校教育に疑問を抱くようになった。外国の手中にある中国という現実をむざむざと見せつけられて、大きな理不尽を感じるようになったのだ。それに私の世代にとって、ロシアの十月革命は社会主義の象徴だった。十月革命の前段階ともいえる一九〇五年の革命と一九一七年の二月革命は、両親にとっては生々しい事実であったが、私にとっては先史時代（物心つく前の歴史）に過ぎない。だが一九三〇年代に日本が中国を侵略し、それに伴ってさまざまなおぞましい行為を行うと、それらは自ら見聞きしたことであったし、私は中国人が起こした全民族的な革命にますます共感を覚えるようになった。この革命の精神は、日本の侵略に対する武装抵抗にも、一九三五年の北京の学生の抗日デモ〔一九三五年十二月九日に北京で起こった学生運動、一二・九学生運動、一二・九抗日救亡運動などとも称される〕にも表れていたものだ。

こうした行動は世界的な反ファシズム運動の一環だった。ヒトラーがドイツに現れ、ドイツ、イタリアの武装支援を受けたスペインのファシズム反乱軍が共和国政府を覆したことは、ファシズムが世界にとって大きな脅威となっていることを表していた。ヨーロッパのファシズム国家に抵抗したスペインと、ファシズム同盟国日本の武力侵略を受けた中国は、ともに最も早い時期に戦場となってしまった。この二か国は「同病相憐れむ」精神で結ばれ、世界各国の反ファシズム勢力からの尊敬と援助を受けていた。当時私がヨーロッパにいたら、持てる筆を尽くしてスペインの戦いを描き、あるいは国際部隊に入り銃をとって戦っただろう。だが私はそのとき革命最中の中国にいた。革命とそれを率いる中国共産党に、私は大いに魅了されていった。働いていた新聞社と通信社は、いくつか例外はあったもののおおむね右翼だった。だが私の連絡帖には——中国人も外国人も——左翼が増えていった。一九二九年から三〇年代に入る過程で、うたかたの繁栄は終わり、先進的資本主義の一部が深刻な危機に陥り、失業者数は有史以来のものになった。

対照的に、ソ連の経済は目覚ましく発達していった。ソ連はファシズムの阻止に務めた唯一の大国である。親ソ的な雰囲気は共産主義運動の外にも広がっていった。その時期の空気は、自ら経験していない人にとっては多くの場合、いかにも古めかしい、ぼんやりした歴史になってしまうだろう。ここで振り返ってみよう。

わが妻邱茉莉は地球の反対側で育った。農業を学び、イギリスのヨークシャー地方で農業に携わっていたが、のちに不景気で破産する。その後職業訓練を受けて事務員になったが、すぐに解雇されてしまう。失業者の仲間入りをした彼女は、失業者たちの思想に共感し、抗議デモに参加するようになる。こうした経験と、幼い頃からの父親からの思想的影響（父親は自由主義者でウィリアム・モリスの急進的思想に傾倒していた）により、彼女は左傾していった。フェミニストでもあった彼女は、アメリカかソ連に行きたいと思うようになる。政治的にも社会体制もまったく異なる二か国だったが、邱茉莉の政治的思想はしっかりとしていた。この両国はともかく、女性の地位が当時のイギリスよりはよいと考えたのである。

その後、彼女は縁と家庭環境に導かれ、太平洋問題調査会〔太平洋問題調査会（Institute of Pacific Relations、ＩＰＲ）は一九二五年にホノルルに設立され、六一年まで活動を続けた国際的な非政府組織・学術研究団体〕という国際的学術団体に職と、世界各地を旅する機会を得て、植民地（今日いう「第三世界」）のさまざまな現状を目の当たりにする。その後、この調査会のニューヨーク本部で働くようになると、左右さまざまな思想を持つ学者たちと知り合い、もっぱら左派の学者たちと意気投合するに至る。彼らのなかには、彼女に大きな影響をもたらした中国人たちもいた。地下時代の共産党メンバーたちである。蔣介石政権の時代、当局に共産党員であることを知られると、出国どころか逮捕され殺される危険すらあった。西側諸国でも、共産党員だとわかると学術団体で働くことは難しかった。

　世界各地に中国の抗日運動に対する共感が広まっていく頃、邱茉莉はアメリカで日本製品の排斥運動に積極的に携わっていた。その後引き続き太平洋問題調査会で働きながら、やがて香港に来ることになる。私たちが知り合ったのは香港だった。彼女は中国抗日戦争と戦争中の中国工業合作運動〔略称「工合」〕の支持者だった。

　一九四一年十二月、日本は真珠湾を奇襲すると同時に香港を攻撃する。私たちは日本人の設立した一般外国人のための収容所に入れられたが、三人の友だち（彼らは欠かせない人たちだった）とともに脱走した。

　一九四二年の中国内地に向かう苦難の旅の間に、私たちは愛し合うようになった。私は前妻との離婚手続きの最中だった。前妻は当時アメリカにいて、私と考え方は同じだったが、選んだ生活の道が違った。アメリカで家庭を持ち、そこで長く暮らすことが彼女の願いだった。一方私は日本が敗戦するまで中国にいたいと思っていた。中国にいることを選んだのはこれが初めてではない。一九三八年、両親がアメリカに移民したときも、私は中国にとどまった——普通は子どもが先に移民し、後から両親を迎えにくるものなのだが。

私と邱茉莉はお互いのあり方だけでなく、ふたりで同じ生活の道を辿ることをも選んだ。一九四三年に結婚して以来四十年間、癌が彼女の命を奪うまで私たちは人生をともにした。

＊＊＊

一九四四年、私たちはなぜ中国を離れることになったのか？

私は延安と敵後抗日根拠地に対する取材から戻ったところだった。数か月に及ぶ取材で、いままで見たことがなかった全民抗戦の実情だけでなく、未来の中国の土台をも見た気がしていた。この二つをテーマに本を書きたいと思っていたが、それは国民党政府の第二都市重慶では難しいことだった。取材中、私の通信による報道はすべて、重慶を通じて発せられることになっていた。たとえそれがかの『ニューヨーク・タイムズ』に提供されるものであっても、国民党の新聞検閲官は些末な部分まで検閲・削除していた。国共両党の抗日統一戦線は当時、消滅寸前だった。蔣介石には日本と戦う魂胆などそもそもなく、連合国が日本を敗戦させてくれるのを待っていた。そして、精鋭部隊とアメリカから提供してもらった武器を、共産党と戦うために温存していたのだ――一方共産党は倦むことなく日本と戦う、全民族にとっての強い中国の希望だった。だが蔣介石の権力下、しかも内戦の前夜では、それを文章で書き表すのはほぼ許されないことだった。

四五年五月、ヨーロッパで連合国軍は第二次世界大戦に勝利した。私たちはそのときロンドンにいて、二か月前にナチスのV2ロケットによる最後の空襲を受けたばかりだった。

　七月、対日作戦が最終段階にあった頃、私たちはニューヨークへ向かった。到着した朝、すべての新聞が一面でアメリカがジョン・スチュアート・サーヴィスを拘束したと報じていた。サーヴィスはアメリカが中国に派遣した、最も広い見識と忌憚なき意見を持つ若手外交官の一人で、ジョセフ・スティルウェル将軍〔陸軍きっての中国通といわれた〕の政治顧問を務めた。スティルウェルは歯に衣着せぬ性格で博学、中国をよく理解し、在中米軍司令官を務めたこともあり、相手が共産党主導であっても国民党主導であっても、その武装勢力と力を合わせて日本と戦うべきだと主張していた。サーヴィスはこれに賛同したが、スティルウェルは蔣介石の圧力により召還されることになる。四月にルーズベルト大統領が死去すると、アメリカ政府は無条件で蔣介石を支持することを決め、蔣介石は着々と内戦に向けた準備を行えるようになる。在中の国務院官僚たちのほとんどが、アメリカおよび将来の米中関係に不利だとしてこの政策に反対したが、彼らはワシントンから国家に対する忠誠に欠けるとみなされ、中国とまるで無関係な部署に飛ばされたり、公職を解かれたりといった処罰を受けた。先見の明がある人間が罰を受け、形勢についてまるで無知な人間が賞賛されたのだ。

　歴史は更なる転換期を迎えようとしていた。一九三〇年代の日本の中国侵略が第二次世界大戦の本当の始まりであったのと同じように、日本の投降後再び内戦を始めた蔣介石をアメリカが支持したことは、アメリカと世界政治が反ファシズム戦争から冷戦へと移行したことを告げていた。蔣介石を破ったのは中国人と、中国の国内的要素だったのだが、これによりアメリカが蔣介石に与えた武器と巨額の金銭支援が無駄になってしまったため、アメリカ政界では「中国を失うことになった戦犯を探せ」というナンセンスな政治迫害運動が起きた。まるで中国が一度はアメリカのものであった、あるいはロシアに中国を侵略された、中国人があらゆる知恵を合わせ外国に搾取された百年間の雪辱を果たした（それは一九四〇年代末にすでに実現されていたのだが）といわんばかりで、つまりは根底にあるのは、中国はどこかの国に所属するものだ（中国人のものではない）という考えだった。中国喪失の戦犯探しの掛け声は、マッカーシズムの足音とともにやって来た。国際的には、マッカーシズムは中国の革命に向かう努力を制止し打ち破るものであり、その結果として引き起こされたのが朝鮮戦争とベトナム戦争だった。それから二十二年後、こうした軽率な行動が続けざまに失敗してようやく、アメリカは中国の地にそびえたつ中華人民共和国と国交樹立に向けた第一歩を踏み出すことになる。それがニクソン大統領の訪中であった。

＊＊＊

歴史の渦のなかで、妻と私はある選択を迫られた。アメリカ滞在の五年間、私たちは現実をまったく無視したアメリカの対中政策に反対する人びとを援助していた。私たちの行いは、国民党中国の時代と同じく、アメリカ政府には喜ばれない選択だった。私たちからみればそれはお互いさまだったが。太平洋の対岸に仮住まいの身だったが、私たちの心のなかには常に、海の向こうの中国があった——最初はトルーマンの親蔣政策に理論で反対し、その後はアメリカに新生・中華人民共和国を承認させ国交と貿易関係を樹立させる運動に参加した。そのときの状況については、のちに詳しく述べよう。

ここでは当時、私たちがした二度の大きな決断と、その歴史的背景を述べるにとどめる。第一に、中国人民が行われている事業を対外的に紹介するため、中国を離れたこと（歴史的背景から中国の革命を紹介した拙著『中国、未完成の革命』が一九四七年にアメリカで出版された）。第二に、新中国に戻って生活し、働く決断をしたこと。第二の決断は一九五一年に実現し、やがて私たちは永住を許された。こうして、私たちの世界中を放浪する生活は終わりを告げたのである。

＊　＊　＊

簡単に述べるなら、これが私たちが一九四四年に中国を離れたときの状況である。重慶を離れる前に、私たちは周恩来を訪問した。

周恩来は中国共産党の重慶代表で、危機的状態になって久しい国民党との抗日統一戦線をどうにか維持していた。戦後に内戦が再燃しないよう統一戦線を復活させ、数十年に及ぶ戦乱の廃墟の上への国家建設を促進するため、共産党は連合政府を設立することに同意した。国民党と共産党以外にも、小規模な民主党派と団体も参入する連合政府である。私たちは周恩来にこう聞いた。

「しかし、そんな政府が実現するものでしょうか？」

「ええ」と彼は迷うことなく答えた。「あの人が加わろうが加わらまいがね」

「あの人」が蒋介石を指しているのは明らかだった。「加わらない」というのは、蒋介石が提携を拒否し、内戦を起こすケースを指している。そうすれば全国に広がる民族主流の民意の反発を受け、自分の党員にも見放され、蒋介石は孤立の窮地に立たされるだろう、ということだ。

　中国を離れ、便りが途絶えることもあったが、周恩来のその言葉を忘れたことはなかった。その言葉は正しかったことは一九四四年から四九年の間に証明された。さらにその言葉は、私たちや読者・聴衆を、錯綜するさまざまな事件のなかの主線——新中国が誕生し、その頂点に至る軌跡——に導いてくれる。過去百年とは違って、新生中国は世界という闘技場のなかで奪われ弄ばれる存在ではなく、その主要なプレイヤーとなった。

　一九五一年、新中国が成立して三年目に私たちは中国に戻った。この最後の選択は、すばらしいものだった。中国で生活するのだ、さまざまな苦楽を経験し、試練をかいくぐり、幾多の勝利を得た中国で——。外側に立つ観察者としてではなく、中国の内から国際社会を観察するのだ。二つの世界を知る私たちは、きっとよき語り手となれるだろう——。いま、邱茉莉の遺骨は一部がイギリスに送られ、残りは中国に安置されている。

　ときは二〇〇〇年、私は八十五歳になった。ここに、ますます交錯する世界における自分の複雑な人生をなるべく詳細に書き記してみようと思う。将来、きっと世界はさらに複雑に絡み合い、互いに作用するようになるだろう——そのとき、この回想が何かの思考の手がかりになることを願っている。

第二章　家系

私の父方の家系は次のようなものである。ユダヤ聖書教会の神学生だった父方の祖父デービィ・エプスタインは、その後リトアニア（当時は帝国ロシア領だった）のヴィリニュス駅で運輸業を経営し、私の祖母ハーヤ・クレナ・ビーバーと結婚した。祖母の家系はヘブライ語の祈禱書と『ユダヤ聖書伝』（多くの国で読まれている書物だ）の出版に従事していた。これら書籍を世界各地に運ぶ途中で、祖父は多くの見識と知識を得た。郵送先の住所や配達指示書を、さまざまな文字で書かなければならなかったからである。世界中から来た手紙のお陰で、祖父は海外のことを知ることができた。収入は中流の下を出ることがなかったが、人びとの尊敬を集め、やがてユダヤ人居住区の教会長老となることができた。集会で被っていた絹の帽子がその地位を示している。背が低かった祖父に帽子はよく目立った。

祖父母はさまざまな意味で対照的だった。祖父は背が低く、がっちりした体つきで、考えも行動も慎重だった。祖母は祖父より頭一つ分背が高く、色黒で痩せていて、高くて美しい鼻をしており、言うこともやることもてきぱきしていた（おばの一人によると、「役人になったら出世できそうな頭脳」だったそうだ）。だが二人は仲睦まじく、九人もの子どもを産み育てた。子どもたちのなかには背が高いのも、中肉中背も、背が低いのもいた。子どもたちのなかで、背中が曲がっていた二人は、くる病だったのかもしれない。

この二人――私の父・ラザールとその妹レベッカ――は、頭脳の方はずば抜けてよく、やがて帝政に反対する革命主義者になった。二人が属した組織はユダヤ人労働者総同盟という名前で、もとはロシア社会民主労働党の一部だった。社会民主労働党はマルクス主義団体で、後にボリシェヴィキ（共産党）とメンシェヴィキ（社会党）に分裂する。

同盟が彼ら二人の命となった。先生の導きがあって、父は十二歳頃から党に奉仕した。背が低くて背中が曲がっていた父は、人から革命の情報伝達活動をしていると思われることもなく、都合がよかったのだ。

叔母のレベッカは仕事ができ、熱心で、一生を通じて革命に積極的であった。ギルドの幹部となり、パリ大学で訓練を受けたこともある。ヴィリニュスユダヤ人地区の理事会メンバーに選ばれ、生涯独身だったが子ども好きで、学校や幼稚園の仕事によく参加していた。

叔母は最後はナチスに殺された。恐ろしい死の隊列に向かわされ、人間としての尊厳をすべて奪われても、曲がった背中をなるべく真っすぐに伸ばし、他人を助けていたという。

帝国ロシアの憲兵はよく私の家へ、父と叔母を迫害する証拠を探しにやって来た。そんなとき、祖母はいつも果敢に、罪の証拠となりそうな文書を隠していた。子どもたちが逮捕されると、籠に食べ物を詰めて、堂々と監獄へ向かって行ったものだ。

一九〇六年、ロシア社会民主労働党の第六回大会がロンドンで開かれ、父はユダヤ人労働者総同盟代表として参加した。父はまだ二十一歳にもなっていなかった――当時、革命主義者は若い頃から革命に参加するのが普通だったのだ。大会にはボリシェヴィキとメンシェヴィキも参加しており、「団結大会」と呼ばれていた。一九〇五年のロシア革命初期の急激な発展、しかし結局失敗に終わったことを教訓に、一九〇三年以来分裂していた両派の関係を修復させようと行われた最後の努力だった。レーニンとトロツキー、それに当時はほとんど無名だったヨシフ・ジュガシヴィリ（後のスターリン）も出席している。メンシェヴィキの出席者は主要人物であるプレハーノフ、ユーリー・マルトフらだった。

中国には「葉落ちて根に帰る」という言い方がある。歳をとって死んだら、自分の生まれたところに帰るという意味だ。父の世代であるイディッシュ語教育を受けた東欧ユダヤ人世代はそれが叶わなかった。葉たちはナチスの絶滅政策により散り散りにされ、あるいは踏みにじられ、根は非人道的に引っこ抜かれてしまったからだ。幸運にも生き残った葉たちは、ただ寄り添って生きるしかなかった。

父は九十歳を過ぎてニューヨークの老人ホームに入ることを余儀なくされた。父が選んだのはブロンクス区にある、労働者団体が経営するホームだった。そこにはユダヤ人労働者総同盟の生存者たちが多くいたからだ。

父が入所すると、同時代の先住者が「あなたの演説を聞いていたよ、一九〇六年のミンスク、バルコニーからだったね！」と話しかけてきたのだった。

リトアニアとポーランドに住んでいた私の親族は、数十人がナチスの大虐殺で亡くなり、唯一の生存者は私の父方の従妹にあたるビバだけであった。彼女はナチスの女性用収容所に入れられ、ドイツがいよいよ敗戦というときになって、他の生存者とともにバルト海へ向かう船に乗せられた。船底には魚雷がセットされていたが不発だったので、乗船者は救助され、スウェーデンに送られた。長い間探した果てに、ビバはニューヨークに住む私の父と連絡をつけることができた。父はビバをアメリカに呼び寄せ、この本を書いている時点で彼女は夫と子ども、孫たちとロサンゼルスに住んでいる。

父方で生き残ったのは姉妹のエマ、ソニアとアンナ、それに弟のアレクサンダーだけだった――彼らはとうにソ連に行っていたのだ。姉妹たちは学校で教師を務め、弟はといえば一九三〇年代のソ連の大粛清で死んだ。

もう一人の弟アイザックは第一次世界大戦前にアメリカに移住し、ニュージャージーのレストランでボーイをして暮らし、そこで亡くなった。彼は政治には無関心で、ユダヤ人社会から徐々に距離を置いて、イタリア系アメリカ人と多く付き合うようになった。金があればあるだけ飲み食いに使ってしまう人だった。現地ではなかなか愛されたらしく、多くの逸話を残した。彼は背が低くて、車を運転しているとハンドルの後ろに体が隠れてしまう。だから「誰も運転していない車が来たらあいつだ」と言われていた。

亡くなったときにはユダヤ人墓地に埋葬して欲しいという意思表明を彼はしていなかった。敬虔なキリスト教徒だった恋人が、何が何でも、と正式な埋葬儀式をしたおかげで、アイザックは神と久しぶりの再会を果たすこととなった。

＊　＊　＊

母方の家系は裕福だったが、母は革命家になった——ユダヤ人労働者総同盟の一員になったのだ。

母方の祖父モース・アイビスはヴィリニュスの革職人だった。彼は敬虔なユダヤ教徒だったが、同時に啓蒙運動の影響も受けていた。啓蒙運動とは十九世紀の東欧ユダヤ人に流行した、伝統的な宗教を基礎として、さまざまな手法により現代思想を組み込んだ思想だ。その後、私は同様の興味深い現象を見つけた。一八七〇年代、中国の維新派も現代的な工業と国防を築こうとしていたが、思想と行動規範は伝統的な儒教の色を残していた。これは、態度としても時期の点でも東欧ユダヤ人の啓蒙運動とよく似ている。両者の違いは、中国の維新派が主に官僚たちの運動で、封建主義の祖国を何とかして時代に合わせようとしていたのに対し、ユダヤ人の方には官僚も国もなかったことだ。だから祖父は財政予算や行政制度、国防軍備などを考えずに済んだ。

宗教生活の面では、ユダヤ教の割礼執行人として現代的思考を持ち、伝統的で不衛生な方法から衛生的な方法に変えるべきだと主張していた（執行人が男の赤ん坊の性器を口に含み、止血をするというのが伝統的なやり方だった）。その努力は一定の成果を見たが、ユダヤ人たちの代々受け継がれてきた価値観を変えることはできなかった。

母方の祖父は底抜けに明るい楽天家だった。彼の妻は十六人も子どもを産んだが、生き残ったのは七、八人——大変な歳の差があり、末っ子がまだ小さいうちに、一番上はすでに一家の主となり、みなを食べさせるために必死で働いていた。母の記憶によれば、この一番上（彼女の兄にあたる）は厳しかったが、祖父は優しかった。祖父はこの一番上とそりが合わなかった。自分が七十代、一番上が四十代になっていたとき、このいつも気難しく厳格な息子のことを「あいつはどうも好きになれない」と言っていた。細かいことにこだわらない性格だったので、年下の子どもや孫たちとの方が馬が合ったようだ。祖母が亡くなると、親友の寡婦だった人と再婚し、家族のほとんどがこれに怒った。第二次世界大戦が起こったときには八十七歳になっていたが、まだまだ健康であった……。

だが間もなくドイツがヴィリニュスを占領すると、そこで彼の運は尽きた。ナチスのガス室に送られたか、精鋭隊員またはドイツ兵に地面に叩きつけられ、蹴りつけられて死んだ（ユダヤ人の老人の多くがそうやって死んだ）のか、ユダヤ人居住区に留まり、飢えか病気で死んだのか。目撃した者はいない。

話を元に戻そう。矛盾しているようだが祖父が商人として尊敬されていたことで、初めて革命活動に参加した母は逮捕された。その頃母は十六歳、ユダヤ人労働者総同盟の青年組織のメンバーになったばかりだった。祖父の家は比較的安全だったので、同志たちはマルクス主義の本をそこへ隠していたのだ。だがすぐに、帝国ロシア憲兵に密告されてしまった。母は投獄され、数週間後シベリアのナレムに流刑となった。

当時の流刑というのは、看守とともに鉄道で運ばれ、それから船に乗り、最後は徒歩で行く。夜になると途中に設置された牢屋に入る、そういうものだった。

そのことを思い出すとき、母は苦しそうではなかった。それどころか興奮と新しい世界を見た喜びを語ってくれた。徒歩でナレムにたどり着くまで、革命の知識分子と母は一緒だった。豊富な知識と強い信念を持っていた彼らを、母は先生と崇めた。彼らの大半は母より年長だったが、そのなかにいたのちにソ連の重要人物となったヴァレリヤン・クイビシェフとは、さほど歳が違わなかった。クイビシェフはのちにソ連の経済を牛耳り、死後には彼の名前を冠した街ができて、そこは第二次世界大戦の臨時首都となった。母の思い出のなかでは彼は志高く、ハンサムで、饒舌な青年であった。

　父はユダヤ人労働者総同盟で母の上級生だった。知らない同士だったにもかかわらず、父はいつも母を守っていた。父からしたら、母はまだ子どものようだった。数十年後、父は母に初めて会ったのは「ヴィリニュス郊外の森林公園、青年部の集会のときだった」と明かした。そのとき母は失恋したばかりの少女で、顔中を涙で濡らしていたという。

　そこはポナリ公園だった。一九四〇年代にはナチスの手で多くのユダヤ人が虐殺された場所である。

　父は五歳上なだけだったが、母より多くの人生経験を積んでいた。帝国ロシアの専制政治に反対した一九〇五年の革命で逮捕され（合計五回も逮捕された）、さらにはユダヤ人労働者総同盟代表として秘密裏にロンドンに渡った。母と知り合ったとき、父の職業は会社員で、東プロイセンのケーニヒスベルクに行くところだった。

　ケーニヒスベルクはかつてドイツの東プロイセンに属しており、第二次世界大戦後にソ連に割譲され、カリーニングラードと改称される。

　父が、何か持ってきて欲しいものはあるかと聞くと、母は「折り畳みの傘」と答えた。ドイツにはあるが、そこでは買えなかったというのだ。父が出張から戻ってくると、母はすでに収監されて、これからシベリアに流刑になるところだった。母の収監されている牢屋の窓が、鉄格子がはまっているものの通りに面していると聞いて、父は傘を頭の上に掲げて通りの向かいをうろつき、約束を忘れていないと伝えようとしたという。

　そして、母はシベリアに送られた。二人は通じ合い、父は母の脱走の手伝いをした。

母の記憶はこうだ。父は「装丁のいい本だ」と書いたメモを貼りつけた本を送ってきた。その言葉が何かの暗号であると察した母が本の表紙と裏表紙を引き裂いてみると、表紙には旅券が入っていた（当時の身分証には写真がなく、この旅券は名前以外はすべて母本人のものと同じだった）。裏表紙には、祖父から送られた大金が入っていた。これらを得て母は隙を見て指定居住区を抜け出し、ひたすら逃げた。

逃げられた理由はいくつかあった。まず、母に対する判決が行政性流刑であり、政治犯のように収監や苦役を課されていたわけではなかったこと。若い女性だった母には、歴史問題などなく、特別な監視がつけられていなかったこと。第二に、地元の警察局長は多くの村を管轄しており、よく見回りに出ていたこと。多くの田舎役人と同じように、彼は自分が収監している知識分子に敬意を払っていた。息子の数学と、娘のピアノ教師として、彼らを雇っていたのだ。流刑犯たちは警察局長の家に上がり込み、留守を見て秘密集会などをしていたのである。第三に、局長の娘は母と歳も近く、馬車の呼び方やどこで汽船に乗り換えたらいいかなど、母が問題なく逃げられるようすべてを教えてくれた。最後に、母には身分証（旧時代のロシアで「体」「魂」と並んで大切なものと呼ばれた）と、さらに充分な旅費があった。こうして母は水路、陸路、鉄道でロシアを横断し、国外、パリへたどり着いた！　嬉しくてたまらなかったが、唯一の気がかりは――局長とその娘さんに後々迷惑をかけないかということだった。パリでは、ユダヤ人労働者総同盟と国外へ逃亡した他の革命者たちの手助けで、仕事を見つけることができた。ユダヤ人詩人アフラム・ランスンの秘書である。母はアナトール・ロナチャルスキー――後のソ連文化部長――と博物館や画廊へ行き、教養のある見学ガイド役を務めながらさまざまなことを学んだ。私は小さい頃（そのときはすでに中国にいた）よく母の持って帰って来る分厚いフランス語辞典プチ・ラルースを読んで、フランス語やいろんな方面の知識を得たものだった。

フランスは、しかし母にとって初めての外国ではなかった。十二歳頃、母は皮革の商売をしていた祖父とロンドンへ行き、そこでしばらく英語学校に通っていたことがあったのだ。

やがて、父もパリへ来た。パリへ来る前、父もまた帝国ロシアでしばらく収監されていた。国外で再会し、二人の友情は愛情に変わった。そして二人でスイス・ルガーノ湖へ休暇に出かけた。

第一次世界大戦の直前、父と母はヴィリニュスに戻って結婚した。母は「自分の得意なことで人民に奉仕する」という信念から、助産師の職業訓練を受けた。だがそれはまた別の機会にお話ししよう。

第三章　邱茉莉の出身家庭と生い立ち

では次に妻・邱茉莉の出身家庭のお話をしよう。

彼女の父ヒュー・ファルフクス＝ジェムリー（一八六四―一九四〇）はイギリス・ヨークシャー地方ボランスピ村〔英語の原文は不明〕のジェントリで、農園数か所を相続していたが、その後大部分を売ってしまった。

ヒュー・ジェムリー自身はローマカトリックを離脱していたが（他の家族はみなカトリックを信仰し続けていた）、当時の社会習俗とはかえって縁がなかった。大学時代から急進思想に傾倒し、真っ赤なネクタイを締め、まともな人間には顔をしかめられた。家にはこんな逸話が伝わっている。「昔気質のおばさんは門番に言っていたんだ、『甥御がおかしな赤ネクタイなどを締めてきたら、玄関からじゃなくて、垣根を飛び越えて裏口から入らせな』ってね」。おばは放蕩してばかりのこの甥御に会いたがっていたが、近所の人の目を恐れてもいた。

この青年はツインビービル慈善機関によるロンドンの貧困層に対する奉仕活動に自ら志願し、社会主義思想に親しんでいった。そして徐々にウィリアム・モリスを尊敬するようになり、またジョージ・バーナード・ショーらが主催する社交会に参加するようになった。

家庭の方は型破りな人だったようだ。四十歳近くなって家に勤めていた庭師の娘アイリス・モフォレー（一八八五―一九六三）と結婚した。邱茉莉の母である。家の女主人となれるよう、彼は十二歳からアイリスに教育を受けさせ、手ほどきをしていた――まるで『ピグマリオン』の物語よろしく。結婚式の前、彼は彼女の一族を農村からロンドンのハムステッド（当時はまだ郊外だった）へ連れて行き、用意しておいた家に住まわせた。彼も古い時代の価値観を完全に捨てられたわけではなかったのだろう。

ジェントリであったヒュー・ジェムリーは家長式の改良主義者だった。村内に小型の水道設備と公衆電話を設置した（これは近くの地主たちの強い怒りを買った。自分たちの小作人からも同じ要求が出ることを恐れたのだ）。小作人たちの世界を広げてやろうと、小さな赤レンガの集会所を建てて『ジェムリー館』と名付け、毎週日曜の午後はここで集会を開いた。そしてそこで『マンチェスター・ガーディアン』――自由主義者の新聞だ――の読み聞かせを行った。邱茉莉の記憶によれば、これは水道ほどは小作人たちに歓迎されなかったそうだ。小作人たちは日曜の午前中は教会へ行き、午後には他の用事があったからである。だがジェムリーは、彼らが午前中に聞いた牧師の説教を『ガーディアン』の社説で消毒しなければならないと考えていた。彼はキリスト教の論理道徳は守っていたが、敬虔ではなかった。

カトリックからの離脱を宣言した後、ジェムリーは自らイギリス国教会の礼拝に参加した――当時の流行りである。だが彼は地区の牧師を快く思っておらず、ボランスピ村の教会をけん制した。毎週日曜には二輪の軽馬車に乗り、鈴をガラガラと鳴らして村の教会から隣村の教会へ向かった。

このイギリスの『怪人』――トルストイ型かつ反逆型の――は芸術的才能に恵まれていた。美しいバリトンの声でイギリスやイタリアの多くの民謡を歌うことができ、よくギターを抱えて弾いていた。

音楽的才能は娘にも受け継がれたようで、邱茉莉はチェロを、末の妹ロサモンドはバイオリンを弾いた――彼らはよくカルテットの素晴らしい腕前を披露していた。

　邱茉莉は緑と農園の国イギリスが生んだ多くの民謡を知っており、結婚後には私にも教えてくれた。重慶時代、私たちにはギターを持って家に来てくれる、これまた民謡を愛する友を得た。それがジョゼフ・ニーダム教授だった。第二次世界大戦中のイギリス在中科学代表団の団長、後に数巻に及ぶ世界的なインパクトを与えた著書『中国の科学と文明』を記した人物だ。

　邱茉莉が父親に感謝しているもう一つのこと、それは子どもたちに――息子、娘を問わず――よい教育を受けさせ、何かしらの特技を持てるようにしてくれたことである。当時はよい家に生まれた娘さんは、数年間学校へ通ったら、嫁入り準備をするのが普通だった。だが彼女の父親は娘たちを自分たちで食べていけるようにしてくれたのである――そしてその後文字どおり、母の家は農地の大部分を売り払い、めぼしい財産は残らなかったのだ。

　邱茉莉は、幼い頃は女性の家庭教師をつけられ、海峡区の北福芝徳私立女子中学に上がり、さらにレディング農業学院で乳牛の飼育を学んだ。妹のロサモンドはロンドン大学で訓練を受け、病院の栄養士となった。

　邱茉莉の幼年期と少女時代については、私のところにはわずかな資料しか残っていない。七歳頃、サンタクロースに宛てた手紙（日付なし）がなぜか残っている。

　　サンタクロースさま：

自転車がほしいです。それから大きなお人形、長い服を着ているの。絶対可愛がります。それから童話の本、何でもいいです。それにトランプ、絵の具ひと箱、ボールも。それで遊びたいんです。

お待ちしております、アルシー・ファルフクス＝ジェムリー

――住所はここです：22 モンペリエ、クレセント、ブラントン

ボランスピ村じゃありません。

ブラントンに彼女の家族は一時期住んでいた。彼女はきっと、サンタクロースに住所の変更を伝えたかったのだろう。ボランスピ村はヨークシャー地方にあり、彼女の先祖が住んだ土地だ。何でもはっきり告げる妻の性格は大人になっても変わらなかった。

それから彼女の死後、中学時代の同級生の女性が思い出をつづった二通の手紙がある。

最初に会ったときから好感を覚えました。普通の人とは違っていて……他人をよい方向に向かわせる力を持っていたんです……彼女と一緒にいると、自分もよい人間になっていくのがわかりました、あるいは自分をよくしたいと思えるんです……なぜかはわかりませんが…… 一目で相手がどんな人間かわかるときってあるでしょう……彼女と会えて本当によかった――情が深くて純真な、本当の意味で偉大な人でした。

別の手紙には、邱茉莉が遊び好きで反骨精神の持ち主だったことが書いてある。

> 私たち（同級生三人と邱茉莉）は四剣客と呼ばれていました。統治勢力に反対し……早く卒業することを願っていて、「頭の古い」女の子たちを驚かせました。彼女たちが最後の学期の終わりにめそめそ泣いている頃、私たちは大笑いをし、こっそり『パーティー』など開いていたものです。
>
> 私たちは邱茉莉を「花子ちゃん」と呼んでいました。風邪を引くとすぐ鼻が赤くなるからです。自分は農民の娘なんだとよく言っていました。私たちが「じゃ、あなたの家の台所にはハムがびっしり吊るされているの？」と聞くと、彼女は本当にハムを一本持ってきて、かぎ針に吊るし、みんなを大笑いさせたものです――ユーモアのある人でした。もう何年も会っていませんが、きっとそれは変わっていないでしょう。

この人の言うとおり、邱茉莉は最後までユーモアを忘れない人だった。

二十五歳のとき、農場の経営が不況により破綻し、彼女は職を求めてロンドンへ向かった。そのときの父親からの手紙が残っているが、彼女が働くようになっても父親から影響を受けていたことが見て取れる。父親は自分の価値観を娘に伝えようとしていた。手紙のなかには、イギリス保守派新聞の巨頭ビーヴァーブルック男爵とロザミア子爵へのこんな批判をしている。

> 彼らは政治界の大悪党だ。特にロザミアはひどいと思うが、確実な証拠はない。彼らのうち一

人はボールドウィン首相の庇護を求め、貴族になって息子を内閣大臣のポストにつけようとしたが拒絶されたので、ボールドウィンに恨みを抱き強い批判をするに至った。

もう一通の手紙は個人的なことについて。作家になるよう父親は邱茉莉を激励していたが、娘はこれに同意せず、父親もやがてそれを受け入れた。手紙は父と娘の性格の違いを物語っている。

あなたは「自分には主張などないから書くこともない」と思っているのでしょう、「意味のないことを書く」という技術など無価値だと……だからこそ多くの本を読み、世界的な問題に対する自分の考えを養い、かつ重要な事件や人間らしさに対して興味を持つべきなのです……。

偉大な芸術家や作家はみな、地位が高くなればなるほど、興味の範囲が広がります……シェリーやバイロンといった詩人は改良運動を深く真摯な態度で見守り、さらには当時の政治に対しても関心を持っていました。ミケランジェロ、ラファエロといった画家たちも間違いなく知的な問題と実践的な問題について興味を持っていました。かのウィリアム・ブレイク、この神秘的な理想主義者も、政治や社会問題には精通していました。その問題に真剣に取り組まなければ――いい加減な態度であれば――価値のある主張などできないでしょう。ですが一旦そうすれば、主義主張というのはすぐに現れるのです……そこまで来れば、後は表現力さえ持ち合わせていれば、何か書くことは難しいことではありますまい。

父親が挙げた模範的作家というのはみな先進の士で、シェリーやブレイクは、当時の革命派であった。ブレイクは以下のような歴史的名句を残している。

精神の闘いから　ぼくは一歩も引く気はない
この剣をぼくの手のなかで眠らせてもおかない、
ぼくらがエルサレムを打ち建てるまで、
イングランドの心地よいみどりの大地に

　ブレイクは邱茉莉が一生で最も愛した詩人である。十八世紀の偉大な理想主義者である彼の詩と彫刻には力がみなぎっており、新しい本が出版されるとすぐに買いに行き、一緒に眺めたものだ。

　きょうだいたちのなかで、邱茉莉が父親と最も親しく、多くの会話を交わし影響を受けたが、実際に歩んだ人生は父親から最も離れていた。子ども時代からの小作人たちとの友情は晩年まで続き、協同組合（中国でいう合作社）への興味も父親からきたものだった。一八九四年、邱茉莉が生まれる十年も前に父親は村に組合を作り、農民たちの畜産品を遠くまで売りに出せるよう、車両やその他設備を提供していた（この組合は一世紀以上も続いている）。邱茉莉は中国での抗戦期にも工合運動に参加していた。

　政治的には、一九三〇年代はじめ、父娘はともにイギリスの統治制度に対して鋭い批判的態度をとっていた。二人はともにクロト・カボウンが編集長を務める『ウィークリー』を読んでいた。これは急進派の『時事通信』新聞（小型の限られた範囲内でのみ流通する新聞）で、常に事実に基づいた報道を行い、上流社会の反動的、親ファシズム的な傾向を暴いていた。だが一九三〇年代末には、七十代になっていた父親はネヴィル・チェンバレンのナチスドイツに対する宥和政策に希望を見出していた。「我々の時代に平和を築けるかもしれない」と。邱茉莉はといえば、これに大変反対していた——娘の「パパ・ジェムリー」に対する愛は変わらなかったが。

つまり、邱茉莉も私も、同じ時代の渦のなかで育ったのだ。地理的にも社会的な地位の点でも、出発点はまったく異なっていたが。一九二九年以降全世界に波及した世界恐慌は彼女からヨークシャー地方で経営していた牧場を奪った。ロンドンへ出て秘書になるための勉強をしたが、その後見つかった仕事も長くは続かなかった。日増しに増える失業者たちに同情を感じ、彼女は何度も彼らとデモに参加するようになる。イギリスでは女性の就業機会は男性よりさらに少なく、同じ仕事をしてももらえる給料が違ったからである。アメリカかソ連に行きたいと彼女が思ったのは、女性差別がこれよりはましだと思ったからだった。

一九三五年、彼女は思わぬところで、さまざまな国へ出かける機会を得た。この機会は彼女の家が上流階級と関係していたことによりもたらされたものだったが、これによって彼女はさらに左傾し、ついには中国へ来て、私の妻となったのだった。

父親は伝手のありそうな友人たちに、娘の就職先斡旋を頼んでいた。そのうちの一人が太平洋問題調査会の世界考察団へ誘ってくれたのだ。国際的な調査会であったが、実際にはアメリカが牛耳っていた。調査会の秘書長のエドワード・Ｃ・カーターは団体のイメージアップのため、イギリス人の職員を探していたのだ。イギリスのジェントリ家庭出身で、二つの家名からなる苗字を持つ邱茉莉（アメリカ人にすれば名門出身の象徴だった）は相応しい人選と思われた。まず夫人のアイリス・カーターによる面接があった。この年配の夫人は邱茉莉の背が高くて端正な容姿をしているところ、幼稚さや傲慢さのないところ、教養がありかつ大胆なところを見て、良しと判断した。妻が後で苦々しく語ってくれたところによれば、その面接はカーター夫人がロンドンの美容院で髪の毛のセットをしているときに行われたという。

だが、経済的な問題が待ち構えていた。調査会では被雇用者は旅費の一部を自己負担しなければならない規定になっていて、邱茉莉も父親にも、それはできない相談だった。幸いにも裕福で熱心なおばが援助してくれたお陰で、この仕事に就くことができたが。

こうして代表団とともに彼女の世界旅行が始まった――日本、中国、インド、オーストラリア、ニュージーランド。これらの国には調査会の付属団体があったのだ。彼女はその後調査会がニューヨークに設置した国際センターの正式な職員となった。仕事は学報『太平洋事務季刊』の秘書で、この学術誌は当時、著名なアメリカの極東問題専門家オーウェン・ラティモアが編集長を務めていた。

この思いもよらなかった世界各地への遠征は彼女の視野を広げてくれた。インドでは、大英帝国の美名のもと苦しめられている地元の人びとの姿を見た。中国では、外国と本国の統治階級の圧迫の下、民衆が牛馬のように働いているのを見た。日本では軍国主義の嵐が吹き荒れる時代ではあったが、それに断固として反対する人びとがいた。深い学識ある康夫博士と貴族出身の西園寺公一――前者はマルクス主義者で、第二次世界大戦後は北京に住み、中華人民共和国と日本との関係正常化に尽力した。

ニューヨーク及び調査会の国際会議（カリフォルニア州の名勝地ヨセミテ国立公園で開かれていた）で彼女は

調査会で働く二人の優秀な中国人学者と知り合った——冀朝鼎博士と陳翰笙博士である。二人とも共産党員であったが、その身分は隠されていた。蔣介石の統治下では、出国どころかいつでもどこでも殺される危険があったからである。

彼女はさらにアメリカ中国戦災孤児救済委員会及びスペイン共和国を支援する仕事にも参加していた（世界中の反ファシズムにとっては、スペインは中国と同じく闘争の前線であった）。

一九三九年、陳翰笙は夫人の顧淑型（英語名スージー）と香港へ向かった。名目上は調査会の出版業務だったが、実際には宋慶齢（孫中山夫人）の手伝いが主な仕事だった。中国の抗日戦争、特に中国共産党率いる抗日軍民が国際的援助を受けられるようにするのだ。中国共産党は執政党である国民党と戦時統一戦線を結成したが、軍用物資どころか医薬品も供給してもらえていなかった。

この頃、邱茉莉は陳夫妻の一番の親友だった。彼女は調査会から任務を依頼された。中国内地へ赴き伝統的な農業工具や耕作法を研究するというものだ。戦時には行うのが難しいので、彼女は香港へ来た後内地へは行かず、陳翰笙が主導していた中国工業合作協会国際委員会（略称「工合」）で働いていた。工合運動により、日本占領地区内の技術者たちは工具ごと抗日地区へ移動していった。彼女は陳翰笙と協力して時事通信新聞を創刊し、中国の軍事政治状況を報道した。最初の名前は『内部参考』、その後『遠東公報』となる。編集長は「イーディス・クルンウェル」という偽名を使っていた。

香港にいたとき、上層部の主催の共同企画の機会に私たちは知り合った。最初は仕事で知り合った普通の友だちという感じだった。私の彼女に対する第一印象は、青白い顔をした、金髪のイギリス人女性で、私より頭一つ分背が高く、仕事熱心で無口、三十歳を過ぎた年頃（私は二十歳そこそこだった）。

彼女が後に語ってくれた私の第一印象は、ただ背の低い、はにかみ屋の若者で、「目が細くて、いつも上目遣い（彼女の背が私よりずっと高かったせいかもしれない）」。お互い、好奇心以外の何の感情は何もなかった。私は最初の妻との婚姻関係がまだ続いていたし、彼女にも自分の生活があっただろう。

最初に彼女に心を動かされたのは一九四一年、香港の街中で会ったときだった。悲しそうな顔をして、青い目の周りには真っ黒な隈が刻まれていた。彼女は情熱的な恋の終わりを迎えたところだった――「生涯、あれほど幸せだと思ったことはなかった」と後に彼女は語った、「お互いの心が通じたようにも思えた」とも――だが彼女は結局騙され、無残にも捨てられた。

私は突然彼女に深い同情を覚えた。普段あれほど強い女性が、これほど弱気な顔を見せるなんて。だがそのときには彼女が生涯の伴侶になるとは思ってもみなかった。

一九四一年十二月七日、日本は真珠湾を奇襲し、太平洋戦争を引き起こすと同時に、香港にも侵攻した。その前に、私たちは中国の戦時救済作業に志願して参加し、再会していた。彼女は失恋の痛手から完全に立ち直っており、中国平準基金会に新しく正式な仕事を見つけていた。これは中米英三国が共同で運営していた機関で、値下がりが止まらない中国の通貨が崩壊しないように維持することが任務だった。彼女は冀朝鼎の推薦を得てこの仕事に就いていた。冀朝鼎は当時の国民党財政部長孔祥熙と同郷であり、家族ぐるみの古い友人の一人も同じように孔家と関係があったことから、彼はこの基金会の中国代表の一人となった。この仕事で邱茉莉の態度はイギリス代表フォアール＝パッチーを大いに怒らせた。彼女はイギリス代表ではなく、中国代表とアメリカ代表マニュエル・フォックスとソロモン・アイドラー――二人ともニューディール政策の進歩人士であった――を支持したからだ。

十八日間の香港戦中、彼女は何度も南華早報社に私に会いに来てくれた。当時、私は副編集長だった。彼女はいつも山頂の高級住宅地——そこへ引っ越してきて、女友だちと一緒に住んでいた——から敵がよく砲撃を仕掛けてくる曲がりくねった坂道を下って果敢にもやってきてくれた。彼女はその頃、中国の進歩的新聞人たちと『香港戦時快報』という新聞広告を出版する仕事をしていた。

私たちが語り合った問題のひとつは平準基金会の文書をどうするかということだった。この機関の主導者は、すでにあたふたと飛行機に乗って重慶へ帰ってしまった後だった。冀朝鼎は出発前に邱茉莉にこの問題について頼むと書付を残していった。私は彼女と冀の宿泊している香港大酒店の部屋へ赴いた——彼が引きちぎったその紙を鋼鉄製のごみ箱に入れて燃やしてしまう前に。さらに彼女は私にこっそり教えてくれた——例の山頂区に住んでいる女友だちとともに、公園の堆肥の下に口の広い鉄の箱を隠しておいたと。

中国工合の書類が日本人の手に渡らないためにはどうすべきかについても話し合った——結局、彼女と同僚たちが破棄してくれた。私も保衛中国同盟の同僚柳無垢が書類の一部を焼くのを手伝った。

書類の始末が終わると、私たちは香港陥落——不可避かつ、差し迫った事態だった——について語り合った。それから、日本人の報復から逃れるためにはどうしたらよいかを話題にした。中国の抗戦勢力側についている私たちを、日本人はただではおかないだろう。当時中国共産党地下組織には統戦対象及び積極分子を撤退させる応急的な計画があった。香港の自由主義新聞『大公報』の文学部編集者楊剛が地下党員で、香港から撤退するための時間と地点を私たちに教えてくれた。

日本軍が九龍半島に攻め込み、香港島に上陸した混乱の間中、私と邱茉莉は連絡が途絶えていた。

後に彼女が語ってくれたところによると、看護師に志願し、臨時設置された軍の病院で勤務していたそうだ。場所は垢抜けた香港大酒店のバーであった。医師の指導に従い、そこで自分にできることを尽くしたという。負傷者の数は増える一方、一人ひとり床に寝かされ、虫の息の者も、耐え難い苦しみに悶える者もいた。彼女の仕事ぶりが目に浮かぶようだ――強い体、疲れを知らない働きぶり、負傷者に対する限りない愛――「レディング農業学院や牧場で働いたときの獣医の応急措置訓練を受けただけだったんだけれど」と、彼女は後に後悔するような口ぶりで語ってくれた。

それにしてもこのときの彼女は、失恋の後のふさぎ込んだ様子とはまるで別人だった。危険に際しては行動で応じ、決して憂うことはなかった。

私たちの撤退計画は香港があっという間に陥落したためおじゃんになってしまった。私たちが再会したのは、日本人が赤柱（英語名スタンレー）に設置した一般外国人のための収容所だった。赤柱は香港島の最南端である。

彼女は山頂区に住んでいるイギリス人と一緒にそこにやって来た。そしてからかうような口ぶりで私にその理由を教えてくれた。山頂に住んでいるイギリス人は特権階級、つまり政府関係者か社会的地位のある人ばかり、日本側に君子的配慮として、住み慣れたこの名誉ある地区に収容してほしいと申し出た。だが度重なる話し合いの末、それは拒否され、彼らは赤柱収容所の最後の一般外国人被収容者となり、あてがわれた生活条件は最悪だったというわけだ――収容所の他の人たちの失笑を買ったのだそうだ。だが一方で、日本側はイギリス人たちにトラックで乗り付けることを許可したので、彼らは「シモンズ」のマットレス、中身がいっぱいのトランク、食べ物、収容所内で売れるさまざまな品物を持ってくることができた。これらは収容所内では大変な貴重品だった。なぜなら最初に来た人たちは徒歩で移動させられ、身の回りの衣服少ししか持ってくることが許されなかったからだ。

邱茉莉は本来そういう社会の人間ではなかった。ただ山頂に住んでいる女友だちの付き添いでやってきて、彼らと一緒になってしまっただけだ。

私はすぐに、女友だちと同じトラックに乗った彼女の姿を見つけ、荷下ろしを手伝ってやった。私は背は低かったが、足腰は強かったのだ。

収容所内では私たちは別々の区域に割り振られた。彼女はイギリス人の、私はアメリカ人の区域だった（私は偽名を使い、さらにアメリカ人宣教師と名乗っていた）。

日本人による報復を逃れ、さらに中国への支援を続けられるよう、私たちは逃走を決意し、再び一緒になった。ともに逃走を計画し、一緒になって危険を逃れた後、私たちは夫婦となった。

それについてはまた後に語ることにしよう。

第四章　ハルピンでの子ども時代

両親が私を連れてハルピンに住んでいたのは三、四年（一九一七年から二〇年）に過ぎないが、そこでのことは八十七歳になった今でもよく覚えている。

当時のハルピンはロシアの、特にシベリアの雰囲気が漂っていた。他の中国の都市と違い、ハルピンにはそれほど長い歴史はなく、わずか二十年間で急激に発展した街である。十九世紀末までは松花江沿岸の漁村に過ぎなかった。ハルピンという地名は満州語の「網干場」という意味だという。

私たちが住んでいた家はロシア式だった。木造で、外側に庇つきの廊下がある。家は小さな庭のなかに建てられており、庭には天にもそびえんとする大樹が植わっていて、鴉の群れがそこに棲んでおり、たいへん賑やかだった。街の通りの名前はロシア語で、私たちの家があったところは郵便車通りと砲撃隊通り（現在の通江街）の交差点だった。前者は鉄道ができる前のこの地区の交通手段、後者は近代の帝国ロシアによる軍事占領からついた地名である。コサック通りや警察署通りなど、昔の様子を表す地名もあった。

私の家から遠くないところに、木が鬱蒼と生い茂る市立公園（現在の兆麟公園）があった。園内の主な建築物は玉ねぎ形の屋根のついたロシア東方正教の教会で、さらにベニヤ建ての売店もあり、お茶や冷たい飲み物を売っていた（クワスという、黒パンを発酵させてできた泡の多い飲み物もあった）。私が公園で遊んでいると、よく公園の建築物となっている人と遭遇した——太った、顔が真っ赤な年配のロシア人女性で、無数のプリーツが付いたスカートを履き、腹いっぱいに飲んだウォッカのせいで千鳥足、いつも大木にもたれて座っているか、地べたに寝転び鼾をかいているかのどちらかだった。大人たちが起こそうとすると大声でわめくが、子どもたち、特に私たちが「おばあちゃん」と呼ぶと、酔っぱらって据わった目で私たちに微笑みを向けた。

当時私の会話や理解、思考回路はすべてロシア語だった。英語を学んだのはその後のことだ。私たちは民族的にはロシア人ではなくユダヤ人（これは私たちの誇りである）、住んでいるのはリトアニアとポーランド（帝国ロシアの統治下では、ロシア本土に住めるユダヤ人は稀だった）だが、両親の世代にとっては、ロシア語とロシア式学校教育は私たちをユダヤ人社会の束縛から解き放ち、外界の先進的な思想に触れさせてくれるものだった。私たちはロシア語ができたのでプーシキン、トルストイや革命家チェルヌイシェフスキーらの著作を原文で、ルソー、ヴォルテール、ゾラ、ユーゴー、ダーウィン、スペンサーらの著作もロシア語の訳文で読めたのだ——もちろん、カール・マルクスも。私たちは反帝国ロシア運動とも、ロシア語によって結びついた。

中国にも同様の状況が見受けられる。多くの中国のインテリたちは中国語の訳文で先進的な思想に触れたが、知っている外国語は主に英語だったので、アングロサクソンの言語でアングロサクソンの帝国主義統治に反対する武器を手に入れるという、皮肉な現象が起きた。

＊＊＊

ハルピンはロシアの激動の近代政治史（帝国末期の革命活動も含む）とともにあった街だ。ここは帝国ロシアが建造した、中国の東北（当時は満州と呼ばれていた）を通る東清鉄道の要地で、ロシアの東西を結ぶシベリア鉄道の近道にあたる。鉄道沿線は特殊地区で、管理と警備に当たっているのはロシア側だった。アメリカがパナマ運河を管轄しているのと同様の状況である。前者の方が数年早く、後者の手本となったそうだが、今となってはそのあたりのことを覚えている人はいない。

パナマ運河と大きく違うのは、ロシアの十月革命とともに、東清鉄道の沿線に大きな変化が起きたことだ。警備にあたっていたロシア軍はロシア国内旧軍隊の模範的部隊に倣い、早速赤旗を挙げた。それから二週間も待たない一九一七年十一月二十一日、レーニン自らの指示により、東清鉄道の労働者、職員及び駐留兵士の手でハルピンに地方ソビエト政府が設立された。十二月十二日、この政府がもとの行政機関から取って代わった。だが十二月二十六日には、西側諸国と日本の圧力下で、中国の軍閥政府は蜂起部隊の武装を解除し彼らを出国させる。

その後のシベリア内戦中、白軍はアメリカ、日本と中国政府のそれぞれの程度における支持の下、この地区を手中に収めた。ハルピンでは、東清鉄道の元総督フォバース将軍とコルチャック海軍元帥（西側諸国の支持を得て、「ロシア全土の最高行政長官」と自称していた）は初めての全国的、合法的な白色政権を建てた。ハルピンは白党にとって物資面、人力面での供給基地となった。彼らがソビエト政権に敗れた後は、集団避難所となった。

五歳になる頃には、以上の事件、特に両親の政治的態度と経歴を私はぼんやりと理解していた。

一九一七年二月に帝政が覆された後、十月革命の発生する半年前に、日本の神戸で働いていた父は早速新体制のロシアへ戻ってきた。母は父に言われたとおり私を連れてハルピンへやって来て、鉄道で帰ろうとしていた。だが父がハルピンへ私たちを迎えに来た頃、シベリアの内戦により鉄道は切断されてしまった。数年後に復旧したが、その頃には父の所属するユダヤ人労働者総同盟と勝利者であるボリシェヴィキとの関係が悪化するばかり、私たちは中国に留まり続けることを余儀なくされた。

私の理解するかぎりでは、ユダヤ人労働者総同盟の立場はメンシェヴィキより左、ボリシェヴィキより右で、第二（社会主義）インターナショナルにも、新たに成立した第三（共産主義）インターナショナルにも属していなかった。父自身は第二インターナショナルに非常に批判的であった。第一次世界大戦中、第二インターナショナルに所属する各国の党は本国資本主義政府の側についていたからだ。戦後のドイツで、与党となった社会民主党は左翼であるスパルタクス団による蜂起を鎮圧させようとし、さらにその首領である〔カール・〕リープクネヒトと〔ローザ・〕ルクセンブルク——二人とも父の敬愛する人物であった——を殺害した。第三インターナショナルに対しては、父は所属する党に対する規律や拘束に我慢がならないと思っていた。そこで、しばらく父は第二半インターナショナルと呼ばれる、短命に終わった、ウィーンを首領とする中間派に傾倒していた。ロシアの白党は彼らを赤党とみなし、赤党は生ぬるいとみなしていた。

私は幼い頃病気がちで、家にいるよう言いつけられていたので、大人たちの会話をよく耳にし、そのなかに出てくる政治用語にも次第に慣れ親しんでいった。私のアルファベットカードのBには「Bolshevik」（ボリシェヴィキ）、「M」には「Menshevik」（メンシェヴィキ）と書かれていた。そこに描く絵も、普通の、幼稚園で描かれるようなものとは違っていたのだった。

　ハルピン外国人社会の政治的動向は、幼い私でも感じずにはいられなかった。市役所で子ども向けの行事が行われたとき、私は二十歳そこそこのユダヤ系ロシア人の新聞記者と知り合った。アレクサンダー・チェルニアフスキーという名前で、父親の経営する左翼自由主義新聞『生活新聞』で働いているそうだ。そのユーモアのある話しぶりは、幼い私の心に深く残った。だが数日後、この痩せぎすの若者は血まみれで原型をとどめない死体となった。白軍の士官たちは彼らに対する公開インタビューを行っていたチェルニアフスキーを、「ユダヤ人ボリシェヴィキ」として殺害してしまったのだ。

　これは私たちの家（うちには部屋が一つしかなかった）に来た目撃者が生々しく語ってくれたことだった。それから、コサック白軍は日本の支持する首領シェミノフの指揮の下、露中国境であるコロジェクオ、ポクラニチニなどの駅で、ユダヤ人や赤党の嫌疑をかけられた人を列車から下ろし、着ているものをすべてはぎ取って拷問し、刀で刺し殺すか銃殺しているのだとも聞いた。

　さらに「狂気の貴族」ロマン・ウンゲルンのおぞましい話もあった。ウンゲルンも日本の支持する白党で、一度は当時外蒙古と呼ばれていた地方を占拠し、チンギスハンの後継者を名乗っていた。モンゴルの主要都市ウルガ（現在のウランバートル）では、親ソビエトの嫌疑をかけられた者、社会主義者、自由主義者、それにもちろんユダヤ人を皆殺しにするよう命令を下し――より苦しむ方法で殺すのがよいとされた。一番好んだ処刑法は受刑者を寝転ぶことも、立つことも座ることもできないほど小さな木箱に入れ、小さな穴だけ開けて、手を伸ばして食べ物をもらわなければならないようにするものだった。これはモンゴルで最も残酷とされた伝統的刑罰である。彼の手下は暇つぶしに、さらに受刑者をいじめる方法を考えた。受刑者の腕の届かないところに食べ物を置くのである。モンゴルの冬は北極もかくやと思えるほど寒い。受刑者が腕を外に出している時間が長引くと、腕はすぐに凍り付く。そこを棍棒で殴れば、哀れな声と看守の意地の悪い笑い声とともに、腕は真っ二つに折れてしまうのである。

数十年後の一九五六年、中ソ両国の技術提供で修復された新鉄道の開通式に出席し、途中でモンゴル人民共和国を通りかかったとき、私はソ連の新聞記者からロマン・ウンゲルンの最期の様子について聞いた。一九二一年、ウンゲルンは赤軍に捕らえられ、シベリアのチタで公開判決を受けた。当時まだ少年だったその記者は、「狂気の貴族」がかつての傲慢な雰囲気をすっかり失い、被告席に座っているのを見たそうだ。彼は銃殺刑判決を受け、自分の殺した者たちより楽な方法で死んだ。

私の記憶のなかでは、両親と付き合いのある人たちは、このような暴行やユダヤ人に対する集団的迫害について語るとき、怒りや悲しみを露わにすることはあったが、恐怖という感情はなかった。そういった行為は、歴史によって滅ぼされる旧秩序の最期のあがきなのだと考えていたからである。彼らはボリシェヴィキではなかったが、内戦中は完全に赤軍の方についていた。

シベリアの極東部では、ソビエト政権の支持による臨時的な緩衝国家、極東共和国ができており、共産党者、社会党者と無党派の民主主義者がともに政権の座につき、日本とアメリカ干渉軍の軍事的な対立を利用し、日本の支持する白軍を破った。父はこの国の経済管理部長クラスの職位に誘われたことがある。その誘いは断ったが、父はウラジオストクに行って、秘密裏に赤軍の遊撃隊長セルゲイ・ラゾーと会見した。ラゾーはその後、惨めな最期を遂げた。日本人に捕らえられた後、彼らの手下であるコサック人に、汽車の炉のなかにゆっくりと入れられ、生きながら焼き殺されたのだ。彼は私の子ども時代の英雄の一人となった。

ハルピンの経済事情については、父の会計の仕事やうちの大家であったピーボラヤというユダヤ人家庭からうかがい知ることができた。これは私の記憶だが、この高齢のユダヤ人一家の主は大豆関連の商売をしていた。中国東北地区は当時、大豆の生産量が世界一多い場所だった。このおじいさんは大豆の価格や、大豆の運搬に使われる麻袋、それに飼料として輸出される豆かすのことをいつも話題にしていた。だがその子どもたちや家にやって来る友人たちは政治しか頭になく、この商売人をバカにしていた。娘のナーシャは背が高く、髪の毛を太い二つ分けの三つ編みにして、その後、ソ連で技術者になった。ナーシャの同級生であるキタ・スプトニクはその後アメリカに渡り、オーウェン・ポタシーと結婚した。ポタシーは左派の皮革職人労働組合の首領で、闘争精神にあふれ、アメリカ共産党の指導者の一人となった。

＊　＊　＊

父と母が中国で当時起きていた歴史事件について語ってくれた記憶はない――ふたりがそれを知らなかったわけはないのだが。一九一九年五月四日に始まった学生運動は知識界の革命で、全国の人民を動員し、帝国主義による中国の再分割に反対した。アメリカのウィルソン大統領は、「第一次世界大戦における連合国の勝利は「民族自決」を促進した」と宣言したが、ベルサイユ条約では、名義上は連合国の一つであった中国が敗戦国であるドイツから占領地及び権利を取り返すことは認められていなかった——これら領土と権利は日本へ譲渡されてしまったのである。もちろん、勝利者となった強国もなく、中国が望み求めていた「列強によって侵略された中国の利益と、中国にとっては屈辱的な「領事裁判権」の放棄」に対応してくれたのは、中国各地に旧ロシアが持っていた租界及びその特権を返還してくれた新生ソ連邦だけだった。西側民主国家に対する失望と怒りにより、中国人のマルクス主義とソビエトの制度に対する関心は急激に高まり、一九二一年には中国共産党が成立した。

* * *

帝国ロシア勢力による統治の下、ハルピンには三か所の発展地区ができた。一つは松花江ほとりの埠頭商業区（現在の道里区）。二か所目は新城の行政区（現在の南崗区）、ここは広い道路と政府機関の入る高層ビル、それに東清鉄道局があった。そして三つめは前にも述べた傅家甸（現在の道外区）。ここは現地人が住む、ぼろぼろの家が立ち並ぶ低層住宅街で、ここの住人はロシア人を見ると相手が誰であっても恭しく「カピタン（長官、お偉いさんという意味）」と呼ぶのであった。

街並みもこの三地域は異なっていた。新城には記念碑的意味合いのあるトーチカがあり、拡張していかんとする者たちのエネルギーを表していた。この力によって、帝国ロシアはシベリアを横断する世界最長の鉄道を敷設することができたのであり、さらに西側諸国との競争の下、中国を分割するための足掛かり――大連港と旅順海軍基地を設立したのであった。だがこれら帝国ロシアの前哨陣地は長続きしなかった。帝国そのものが滅亡の淵にあったからである。一九〇五年、日本は帝国ロシアの陸軍を破り、その主力艦隊を撃沈させた。同年、ロシア国内で革命が起きた。この革命は鎮圧されたものの、歴史的に見れば帝政ロシアを葬り去った一九一七年革命の、いわば予行演習であった。

　二十世紀最初の激動の二十五年間、革命後の新生ロシアはロシア帝国とその他列強によって共有されていた中国の領事裁判権とその他の特権地位の廃止を宣言した。

　中露国境付近のロシア側、及びロシアのヨーロッパにある飛び地では、中国人労働者が義勇隊を作り、両国人民の革命団結精神に基づいて、赤軍とともに果敢に戦っていた。

＊＊＊

　ハルピンで私は生涯唯一のロシア語教育を受けた。私の通った幼稚園はロシアの詩人セルゲイ・アリモフ（極東の赤軍遊撃隊のために名誉ある歌詞を書いた詩人だ）の前妻が設立したものだった。園長先生と母の教えの下、私はロシア語の文字を覚え、早い頃から本を読み始めた。小学一年生以降に受けた教育はすべて英語によるものだったが、このハルピン時代のお陰でロシア語の知識は維持され、その後も広がり続けた。

　私はロシアから多くの影響を受けた。ユダヤからは？　宗教的にはなかっただろう、両親はともに敬虔な家庭の出身だったが、彼らはとうに断固たる無神論者になっていた。私が初めてシナゴーグへ行ったのは、ずっと後のことだ（ハルピンにも数か所あるが、私はいずれも行ったことはない）。ヘブライ語を学習したこともない。

両親はユダヤ王国復活主義者でも、ヘブライ教徒でもなかったが、イディッシュ語に愛着は持っていた。これは当時、東欧各地に散らばっていた一般的ユダヤ人の大衆言語で、十九世紀末から二十世紀初頭にかけ、この言語によって生き生きとした文学と新聞が生み出された。だが私たちは故郷から遠く離れた場所にいたので、両親からイディッシュ語教育を受けることはなかった。

＊　＊　＊

以上はすべて、ヒトラーが現れるまでの話だ。当時、全世界のユダヤ人の政治的傾向は三種類、少数の富裕層は他民族と同化することを主張していた。労働者階級とインテリたちの大部分は社会主義に傾倒していた。そしてユダヤ王国復活主義者はさらに少数だった。宗教上の原理主義は徐々にこれら三傾向に取って代わられていった。

そして一九二〇年、我が家はハルピンから天津に転居した――そこはまるで別世界だった。

第五章　天津――少年から青年へ

ハルピンで三年余り生活した後、我が家は天津へ転居した。その地で私は大人になり、働き始め、結局十八年間生活した。ハルピンでは私たちの生活はロシア式だったが、天津では西側諸国のそれとなり、私にとって最も便利な、表現力ある言語は英語となった。

東清鉄道により急激に発展した新興都市ハルピンと異なり、数百年の歴史を持つ天津は、近代になると大小列強各国に中国が食い荒らされていることを鮮明に示す都市となった。天津には多くの外国人により管理・警備される租界が作られていた――イギリス、フランス、ドイツ、ロシア、日本、イタリア、それにベルギーとオーストリア＝ハンガリー帝国。

一八六〇年代にはアメリカ租界もあったが、アメリカはすぐそれを放棄した。アメリカ人はこれをもって「アメリカは中国に対し植民地主義を実行しなかった」とよく言うが、中国の初代総理孫文は早い段階でこのように問うている。「本当にそうなら、なぜ租界を中国に返還せず、イギリスに譲渡したのか？」

それにもう一つ、その他列強が中国に不平等条約を押し付けたとき、アメリカはなぜ最恵国待遇を求め、他の国と同水準の扱いを受けられるようにしたのか？　答えは、「十九世紀の極東地区においてアメリカは、イギリスには軍事や商業面で、ロシアには軍事面ではとても勝てなかったから」である。アメリカが他の列強諸国と同じぐらい――あるいはそれ以上に強くなり、世界の主導的地位に立つのは、第一次世界大戦後のことだった。

＊＊＊

　一九二〇年に我が家が天津に転居した時点で、三か国の租界はすでになくなっていた。ロシア租界は十月革命後にできた新ソビエト政府により中国に返還された。ドイツ租界とオーストリア＝ハンガリー帝国租界は、この二つの国自体が第一次世界大戦に敗れて消滅していた。その他五か国の租界は依然として存在していた。

　私たちが最初に住んだのはイタリア租界のマテオ・リッチ通り（その後光明通りに改名）だった。マテオ・リッチ（一五五二―一六一〇）は明朝末期に中国で宣教したイエズス会のイタリア人司祭だ。

　その後私たちはイギリス租界のバクス通りに落ち着いた。私たちの家はイギリス租界工部局のあるゴードン・ホールからも近かった。これはゴシック風の塔のついた建物で、イギリス軍のゴードン士官を記念して名づけられた。ゴードン士官は第二次アヘン戦争中に北京の円明園に火を放ち、太平天国の乱の際には清王朝による血生臭い鎮圧に手を貸した人物である。

＊　＊　＊

一九二〇年に始まった私の天津での生活は、日本が中国への侵略戦争を始めた年、一九三七年に終わった。日本はまず天津の外国租界を包囲し、最終的には敵対国が租界に持っていた権益と財産をすべて手中に収めた。

密閉装置であった租界のなかは静まり返っているように見えたが、その周囲には近くも遠くもきな臭い空気が漂っていた。

中国国内では、一九二〇年代初期には軍閥同士が争いに明け暮れていた。外国では一九二九年、久しく好景気を享受していたアメリカの株式市場が急落し、世界恐慌が始まった。その間、目覚ましい工業の発達を遂げたのはソ連だけだった。ヨーロッパでは反動勢力により、ファシズムが沸き起こった。ナチスドイツとファシスト政権のイタリアがスペイン内戦に干渉し、共和国政権を破壊した。スペインは、ヨーロッパにおけるファシズムと反ファシズムの戦場となったわけである。

これら錯綜する数々の事件は、私たちの世代にとっては生々しい記憶であるが、今となっては健在である人はそれほどもいないので、以上簡単にここで説明しておいた。

私はこれらの事件が意味することを徐々に理解する年頃になっていた。そして祖先から受け継いだ影響と交じり合って、それは私の成長と生活の道しるべとなった。

二十二歳のとき、天津から中国国外へ出たのではなく、中国国内の外国人による密閉装置から、中国人の心の内、中国の人民の闘争に入っていった——一生の選択だった。

＊　＊　＊

当時の半植民地状態の天津で私が受けた教育と青少年期についてもう少しお話ししよう。

私は五歳から英語による学校教育を受けた。最初の学校はフランス租界内の聖母得勝堂（現在は「望海楼天主堂」）だったが、ここは幼稚園に通っただけだった。小学校は女子のみだったからだ——女子修道院の学校に、成長した男の子がいるのはまずかったのかも知れない。

幼稚園では、宗教上の反ユダヤ主義に初めて出くわした。ギリシャ国籍の同級生に「あの十字架のイエス・キリストはユダヤ人に釘で打ち付けられたんだよ」と言われたのだ。その言葉に私に対する悪意はなかったと思う。わからないことがあるときいつもそうするように、私は父のところに聞きに行った。「それはユダヤ人ではなくローマ統治者の仕業だ、イエスもユダヤ人だったからね。ヤハウェはローマの権力に挑んだから処刑されたんだ、十字架に刻まれたＩＮＲＩという文字はラテン語の略字だよ、「ナザレのイエス——ユダヤ人の王」という意味のね。そんな言葉をユダヤ人が刻むわけないだろう」。

私たちはユダヤ教徒の集会にも参加せず、贖罪の日（ユダヤ歴七月十日）の断食も、ユダヤ人の食のタブーも、過越で決められた料理を食べることも守っていなかった。私は十三歳になってもバル・ミツワーと呼ばれる男性ユダヤ教徒の成人式は行わなかった（ヘブライ聖書を朗読し、成人としての道義的責任を負うことを誓う儀式だ）。

このように無神論者のユダヤ人家庭だった私たちだが、世俗的なことは完全にユダヤ式で行っていた。両親の会話はイディッシュ語で、しかもこの言語に愛着を持っていた。幼い時分に歌ってもらった子守歌もイディッシュ語の歌だった。ごく小さな頃から過越の話は聞かされていたし、モーセは宗教上の預言者ではなく、エジプトで奴隷となっていたユダヤ人を脱出させた勇敢な解放者だと思っていた。神への信仰とは別にして、私たちは金の子牛は崇拝していなかった。プーリームには、「ハマンタッシェン（hamantash）」と呼ばれるパンを食べた。ケシの実の餡が入ったパンで、古代ペルシャの大臣ハマンの処刑を祝うものだった――『旧約聖書エステル記』によれば、ハマンは国内のユダヤ人を皆殺しにしようとした。古代、私たちユダヤ人は常に迫害と戦っていなければならなかった。毎年のハヌカーには紀元前二世紀のユダヤ人、マカバイ一族がシリアの暴君、アンティオコス四世エピファネスに対して反乱を起こすという感動的な物語を聞かせられた。それから、パレスチナのユダヤ人指導者、バール・クグバが紀元一世紀にローマ帝国の支配に抵抗して起こした愛国の戦いの物語も。さらに、古代私たちの王が徳行にもとる行いをしたとき、私たちの預言者は容赦なく叱責をしたとも（だが、これらの話のなかで非ユダヤ人に対する同情がほとんど見られないことには注意する必要がある）。中世には、十字軍はユダヤ人を殺害し、宗教裁判所はユダヤ人を生きたまま焼き殺した。帝国ロシア時代の大粛清でも、ユダヤ人は囚われ、略奪され、焼き殺された。近代になると、反ユダヤ主義者たちがフランスではドレフュス大佐に国家転覆の濡れ衣を着せ、ロシアではいわれのない血罪でメンデール・ベリスが逮捕された。ナチスによるおぞましい行為――ホロコーストはその後のことである。

私の家は、ユダヤ人であるということを否定も、タブー視も誤魔化すこともしなかった。私は自分の英語名「Israel」（イスラエル）をイシドラとかイーヴィンに変えたこともない。苗字であるEpstein（エプスタイン）も英語のストーンとかエプウォースにしようと思ったこともない。同時に、両親は非ユダヤ人に対しても私に偏見を植え付けなかった。彼らのなかにも、わがことのようにユダヤ人に対する差別や偏見に反対している人がいる、世界中の進歩の士や革命派は私たちの側についていて、正義にもとる行為を許さない。私たちは反動勢力ではなく、彼らの側に常につくべきである、と。こうした思想は両親が時間をかけて私に教えてくれたことだ。ユダヤ人として正しい振る舞い――卑屈でも、傲慢でもなく、他人と対等に接すること。伝統の上に胡坐をかくのでも、他民族と同化するのでもなく。私たちは神への信仰はとうに放棄してしまったし、ユダヤ王国の復活主義者でもなかったが、ユダヤの民に対する深い愛――歴史的にも、社会的にも――を持っており、現代のユダヤ社会主義の伝統をユダヤ人にとっての最高の選択だと考えていた。

十代の頃には、ユダヤ王国の復活主義に対する父の批判を私は耳にしていた。父の理想というのは、「どこの国にいても、国内のその他民族と調和し、彼らとともに進歩に向けた闘争ができること」だった。パレスチナにユダヤ人だけの国をつくるというのは、何の問題の解決にもならないばかりか、むしろユダヤ人にとって危険だと父は考えていた。

多くの史実――古代、中世、近代にかけての――を例に出して父は自分の観点を説明した。だが、そんな父にとって唯一想定外だったことが、ヒトラーによる民族絶滅政策だった。

ともかくとして、イスラエルという国家は今や五十年以上も存続しており、父が予想したとおり複雑な問題は依然として存在している。パレスチナ人やアラブ世界との共存と、共存による発展によってしか、問題を解決しイスラエルを平和裏に存続させる方法はない。

＊　＊　＊

両親は私にイディッシュ語を教えることはできなかったが、母がよく歌ってくれた東欧ユダヤの貧困層のイディッシュ語民謡は今でもよく覚えている。そのなかの一つ、『羽根布団をあげたのに』は、貧しい女性が金持ちの親戚に自分が買える最高の結婚祝いをあげたのに、冷たくあしらわれたことを嘆く歌である。歌の最後の合唱部分の歌詞は「貧乏はろくなものじゃない／貧乏はろくなものじゃない／だけど親からもらった体を恥じてはならない」というものだった。

政治的な歌で私が知っているのは、ユダヤ人労働者総同盟のイディッシュ語盟歌『貧しき兄弟姉妹たちよ……』だった。最後の繰り返しの部分の大意は「労働者の赤旗を／奴らの鮮血で染め／悲憤を込めて振るうのだ／さあ戦え！」だ。

ユダヤ人の社会主義を奉ずる闘争は新たな世界をつくるための闘争の一部だった。私が学んだ革命歌はさまざまな民族のもので、一つはロシア語で歌われた一九〇五年のこんな革命行進曲だった。

古き世界と決別するのだ
爪先から古い埃を振るい落とせ

見よ、金メッキの偶像たちからの敵意を
あの憎き王宮よ！
我らは苦しむ兄弟たちの味方
飢えた貧しき民に手を差し伸べ
その恨みの声をあいつらに聞かせてやろう
さあ立ち上がれ敵と戦え！

もちろん、最も強く響く革命の歌——『インターナショナル』も、私は幼いうちから聞き、やがて歌うようになっていた。

＊　＊　＊

こうした思想的な影響を受けながら、私は一九二二年、七歳のときに天津美国学堂に転校した。両親がこの小ぢんまりとした、近隣住民が経営している学校を選んだのは、天津の外国人が運営する学校のなかでは最も民主的で、植民地主義的な雰囲気と偏狭な世界観の影響がなかったからだろう。幼い私の目には、目新しいものがたくさんある学校だった。校内に掲げられているワシントンとリンカーンの肖像。両親によれば、一人はアメリカを独立に導いた大統領で、もう一人は奴隷制度を廃止した、どちらも革命家だそうだ。彼らの価値観によれば、それは最高の評価なのだった。

第一次世界大戦後、世界中でそうだったように、中国でもアメリカがイギリスや従来の列強各国に代わって政治、経済、文化面での力を強めていった。その影響は、天津の外国人地区の子どもたちにも及んでいたのだ。

私のような、アメリカに行ったこともない、生涯行く機会もなさそうな子どもでも、まるで彼の地に移民でもしたかのようなアメリカナイズされた洗礼を受けた。アメリカ製品やブランドはあちこちで見受けられるようになったし、アメリカととんと縁がなかった家庭でも、アメリカ人宣教師や商人を真似て、モントゴメリ・ワード社が太平洋の向こう側で仕入れた商品を通信販売で買うようになっていった。

アメリカ映画は当時、すでに天津の映画館の主役となっていて、民族や文化的背景の違う青少年にアメリカの価値観とイメージを植え付け、英語の勉強に向かわせていた。デヴィッド・ウォーク・グリフィスの『國民の創生』では人種差別が堂々と正当化され、ＫＫＫが美化されていた。チャップリンとジャッキー・クーガンの『キッド』は笑いと人情の物語だった。浮浪者を演じたチャップリンが通りに寝転びニューヨーク出版のイディッシュ語新聞『前進』（うちでとっていた新聞だ）を読んでいるのを見たときには、胸が熱くなった（これによりチャップリンはユダヤ人ではないかと言われたが、実際には違う）。喜劇俳優ハロルド・ロイドとバスター・キートンには、腹がよじれるほど笑わされた。ルドルフ・ヴァレンティノの主演作を見たときは、煽情的なラブシーンを冷やかした私たち男の子をしりめに、女の人たちはとても嬉しそうだった（ヴァレンティノは一九二〇年代のセックス・シンボルだったのだ）。ロン・チェイニーの『オペラ座の怪人』は恐怖映画の先駆けとなった存在で、髪の毛を逆立てて見たものだ。

メアリー・ピックフォード、ダグラス・フェアバンクス、ギッシュ姉妹、グロリア・スワンソン、ポーラ・ネグリらの名前や顔は私たちにとって馴染み深いものとなった。子どもたちを虜にしたのはいつも危機一髪、あるいは一縷の望みが出てきたところで次回に続くシリーズ物で、全話を見ずにはいられなかった。私たちがよく行っていた映画館はエンパイア、バイオグラフィなどで、昼間の上映の入場料はたった一角だった。

もちろん、それ以外の国の映画も見た。フランス映画『メシスト』は英語映画の『ターザン』と同時上映だった。それからドイツのレッシングの『賢者ナータン』、十月革命前のロシア映画（イワン・モスゾキン主演）。ソ連映画はもう少し後から上映されるようになった。こうした映画はいずれも白黒のサイレント作品だった。

数年後、トーキーがやって来たときには大騒ぎになった。アル・ジョルソンの『ジャズ・シンガー』。カラー映画の出現はさらに後のことである。

私たちが見たソ連映画の名作は、他にも革命勝利後に収容される孤児の物語『生活の道』、ロシア内戦中、数奇な人生を送った赤軍遊撃隊の英雄が政治的に成熟するまでの長い物語『チャパーエフ』。セルゲイ・エイゼンシュテインの歴史大作『戦艦ポチョムキン』は、私の家とも縁が深いロシアの一九〇五年の革命を背景としているので、特に感慨深い作品だった。比較的B級とされたソ連映画で私に衝撃を与えたのは『幸せを求める人びと』という、ビロビジャンにつくられたソビエト自治区でのユダヤ人の生活を描いた作品であった――この自治区の試みは成功したように見えたが、残念ながらそうはいかなかった。

多くの外国映画を見た一方で、中国映画については一作も見た記憶がない。中国の映画館では多くの外国映画が上映されていたが、外国人向けの映画館では中国映画は上映していなかったのだ。

アメリカ映画では『大地』（パール・バックの同名小説原作、ポール・ムニとルイーゼ・ライナー主演）までは、中国人はフー・マンチューのような不気味な悪役か、道化として描かれるのが常だった。比較的「正義」に近いと言えるのがチャーリー・チャン警部だったが、西洋人であるウォーナー・オーランドが演じていた。中国系アメリカ人女優アンナ・メイ・ウォンの演じたのは役は不気味でも道化でもなかったが、端役ばかりで、しかもその背景は西側諸国のものだった。

八十五歳になった今でも十歳になる前に見た映画の名前と場面は鮮明に覚えているから、メディアの力はいかに偉大か思い知らされる。

あれは八歳で初めて映画館に向かう道中、頭のなかは銀幕に映されるであろう美しい画面への期待でいっぱいで、うっかり車にはねられ、私は左の太ももを複雑骨折した。そしてある意味、この事故が私の人生を変えたと言える。怪我の療養をしていた数か月間、私は退屈のあまり心から読み物を渇望した――そして結局作家になったのである。

＊　＊　＊

天津では音楽と芸術（ピアノ、バイオリン、舞踊など）は、ロシア人教師がすべて教えていた。その頃天津公学でロシア人教師オイタンク夫人が指導したイギリス人女子生徒ペギー・ホッカムは、その後バレリーナ、マーゴ・フォンテインとして世界的に有名になった。

私自身は八歳から十四歳（あるいは十五歳だったか）までピアノを習っていた。先生であったホラシキンナ夫人はサンクト・ペテルブルグ音楽院で学び、有名なピアニスト、ラシェティツキに師事した人だった。三、四回、発表会で好きだったショパンの前奏曲を弾かせてもらったことがある。先生には「あなたは音楽の才能がある」と言われた。その後、私の興味や生活はすっかり音楽から離れてしまい、今となってはもう弾けなくなってしまったが——それでも、音楽方面の知識は残っている。

租界のアメリカやその他西側国家出身のお坊ちゃんたちは商売と社交界以外にはスポーツぐらいしか興味がなく、文化的なことについては東欧出身の貧乏な私たちに遠く及ばなかった。アメリカ人の同級生にアメリカンリーグの話をされたとき、野球にはほとんど興味がなかったが、スタープレイヤーと強いチームの名前ぐらいは言えた。だが彼に作曲家の話をすると、「それは誰だい」と聞かれるのである。私が「曲を作る人だよ、例えばモーツァルトやベートーベン、ショパンとかね」と説明すると、彼は素直にも「聞いたことのない名前だなあ。ポール・ホワイトマン（「キング・オブ・ジャズ」と呼ばれた指揮者）みたいな人かい？」と聞き返した。今度は私が「それは誰だい」と聞き返す番だった。

同級生や友だちの多くは音楽に対して無知だったが、例外もあった。美国学堂三年生のとき同じクラスで親しかったジョン・ハーシーだ。彼は天津生まれで、父親は天津ＹＭＣＡの幹部だった。彼は作曲家にも詳しく、ロシア人の先生にバイオリンを習っており、バイオリニストになることが夢だった。その後彼の興味は文学に移り、一流作家になったが、音楽への愛は生涯変わることがなかった。彼の遺作となった『アントニエッタ、愛の響き』では偉大なバイオリン職人ストラディバリがその芸術的絶頂に上り詰め、完璧なバイオリンをつくりあげるまでに注いだ情熱が描かれる。

不思議なことに、ハーシーも私と同じく、生涯に影響を与えた転機は怪我の療養中に訪れたという。

半世紀後に書かれたハーシーの回想録に、怪我をしていた私のところへ見舞いに来たときのことが描かれている。それによれば私は「体は小さいものの」「エネルギーの塊で」「せり上がった額」は「そこにどんな思想が詰まっているのかと想像せずにはいられなかった」。ここまで素晴らしい誉め方をされるとは、思いもよらなかった。だが一方、彼は同時に私の牽引装置に「大変興味をそそられた」と書いている。その装置のなかで、私の足は「石膏で固められ……精巧に連結された車輪と錘のついた縄につながれ」――それを見ていると「エプスタインが羨ましくてたまらなかった」。「数日後、私は羨望を抑えきれなくなった。天津の英語紙『華北星報』に「イスラエル・エプスタイン、世界史書二冊を執筆中」という見出しが躍ったからである。私は足をへし折ってでも作家になってやろうと決心した（世界史書の執筆というのは私がこの新聞の社会部記者に虚勢を張って答えたことである）。私と張り合うため、ハーシーは第一次世界大戦中のアメリカ大統領、ウッドロウ・ウィルソンの伝記を書こうとした。もちろん、私たち二人とも執筆計画を実現させることはできなかったが。

だが彼は作家、それも優れた作家になった。もし私からの影響が少しでもあったというなら、とても嬉しい。ジョン・ハーシーのルポ「ヒロシマ」は世界的な新聞ジャーナリズムと核戦争反対を伝えた名作となった。同様に「壁」はワルシャワのゲットーの抵抗運動とナチスのおぞましい行いを描いた、絶望のなかでのユダヤ人の勇敢な闘争に対する崇高な敬意の感じられる作品である。

こうしたハーシーの態度には幼い頃の経験があると思う。彼はこんなことを言ったことがある。

「ある日、庭のシーソーで一緒に遊んでいたとき、エプスタインがユダヤ人のことを教えてくれた。教会の日曜学校で『旧約聖書』を貰って読んではいたが、そのとき初めて、略奪された流浪の民の姿がエプスタインと重なった」。

＊＊＊

私はロシア語を話し、ロシア語の文学作品をむさぼり読んだ。正規のロシア語教育を受けたことはなかったが、母から教わったことはその後も忘れなかった。私はかなり早いうちからロシア人による作品は、訳文ではなく原著を読もうと決意していた。子ども向けの本からプーシキン、レールモントフやトルストイ——短編の『コーカサスの虜』『セヴァストポリ物語』、さらには『戦争と平和』（五年に一度この作品を読み直すことにしている。そのたびに新しい発見があるからだ）、『アンナ・カレーニナ』『復活』や『クロイツェル・ソナタ』に至るまで、この原則を守り続けた。その後はドストエフスキー、レオニド・アンドレーエフらの作品も読んだ。さらに後にはレーニン、スターリンや多くのソビエト作家の作品、それにその他ロシア語の出版物も。ロシア語の本のほとんどは天津ユダヤ人クラブ（ＫＵＮＳＴ）の素晴らしい図書館から借りた。父が長い間このクラブの文化委員会主席を務めていたのだ。

夏になると、私たちは北戴河へ避暑に出かけた。そこにも二つの図書館があった。一つは宣教師が運営していたが、児童書にＧ・Ａ・ヘンディのような非キリスト教的な（正確には、帝国主義の掲揚——キリスト教の教義なのだが）冒険ものもあり、作品にはグレイにも負けないほどの植民地主義的精神が描かれていた。もう一つは北京市立図書館の休暇中の閲覧室で、前者と比べると、なかなかよかった。成長とともに、私はそちらの方へ足繁く通うようになった。幾多の名作を借り出して、暇つぶしにしたものだ。チャールズ・ベアードの『アメリカ文明の起こり』、ウィリアム・ダラントの『哲学の話』、アメリカの社会風刺的作家シンクレア・ルイス、アプトン・シンクレアとセオドア・ドライサーの小説、フランス作家ロマン・ロランの『ジャン・クリストフ』（英訳本）。ドイツ作家トーマス・マンとハインリヒ・マン、リオン・フォイヒトヴァンガー、ヤコブ・シュルマンらの作品（英訳本）も読んだ。

＊　＊　＊

だが中国の作品を読んだり学んだりすることはなかった。半植民地時代の中国にいた外国人としては、これは普通のことだった。アメリカ各州なら地形を見ただけで名前を言えるし、歴代アメリカ大統領なら順番でも逆からでも言えたが、中国の歴代王朝と省の名前は言えなかった。

それでも、中国の現実は私に迫ってきた。本で読む知識ではなく、自分の目で見た事実として。

まだ十歳にもなっていなかった頃、中国では毎年のように内戦と飢饉が続いていた。薪のように痩せこけ、ぼろぼろの服を着た難民が天津になだれ込んでくるのを私も見た。涙を浮かべながら食べ物をねだる人も、自分の産んだ子どもを売る人もいた。召使いとして買われてゆくことでさえ、飢えて死ぬよりましだからだ。ある寒い朝、学校へ行こうと家を出ると、よその家の扉の影に自分と同じ年頃（十二歳）の子どもの遺体があった。縮こまって、すでに凍っていた。扉の影で骨を刺すような冷たい夜風を避けようとしたのだろう。

一九二〇年代半ば、私は小学校の四、五年生だったが、孫文の指導による第一次国共合作〔国民党は一九二四年一月二十日、広東で開催した第一次全国代表大会で綱領に「連ソ」「容共」「扶助工農」の方針を明示し、第一次国共合作が成立した。中国共産党員が個人として国民党に加入する党内合作の形式を取った〕があった。

私たち一家はその革命を正義の、必要なものだと思っていた——天津の外国人家庭では大いに珍しいことだった。父は、孫文自身も社会主義者で、ヨーロッパの社会主義者と長期的な友好関係を築いているとみなしていた。父はいつも「自分の理想は普遍的なものだ」と強く言っていた。そして早い時期から「世界の二大社会主義者は二人とも中国人、一人は現代の孫文、もう一人は十一世紀、宋の時代に経済と社会改革を主張した王安石だ」と教えてくれた。

一九二七年四月、蔣介石が反逆の革命を起こしたとき、父は「こんなことは空前絶後というわけではない」と言った。なぜなら血生臭い反逆行為はどんな場所でも起こりうるから、と。カヴェニャック将軍はフランスの一八四八年革命の指揮官だが、自分を指示した労働者たちが社会と公民権を要求した途端、彼らを殺すよう命令を下した。ガリフィ将軍も革命中に誕生したフランス共和国の名の下一八七一年パリ・コミューンを鎮圧し、老若男女を問わず殺害した。さらに最近では、イタリアのファシスト党首領、ムッソリーニはもとは社会党員だったにもかかわらず、かつての同志に凄惨極まりない仕打ちをしている。だが父は「残酷な鎮圧をしたところで、長い目で見れば、歴史の進歩を止めることはできない」と教えてくれた。父の教えはいつも簡潔だったが、必ず歴史や現実と結びついたものだった。その重みをもった一言一言をもって、私は読書をしたり自分の理解を深めたりしていた。

こうして私の幼い心のなかで、中国と世界で起きていることは徐々に結びついていった。そして、自分の立場を選択したり、挫折しても自信を持ち続けたりすることができるようになっていった。

一九二七年は中国の革命が失敗し、アメリカでは左派のイタリア移民労働者、サッコとヴァンゼッティが処刑された年だ。この事件は世界中に抗議の渦を引き起こした。彼らは犯罪の証拠もないまま、反社会主義者の狂気によって電気椅子で処刑されたのであった。遠く天津にいる私も、彼らの写真を日記帳に貼って追悼の意を示し、さらに拙い文章で抗議文を書いてみたりもした。

さらにはっきり覚えていることがある。美国学堂六、七年生のときだったと思うが、ある日先生が教室で、ＩＷＷというのは〝I Won't Work（働きたくない）〟という意味だと言ったのだ。これには大いに腹が立った。なぜならこれはアメリカ西部の戦闘力ある労働組合 Industrial Workers of the World（世界産業労働組合）の略称で、組合員はとても勇敢なのだ（英語では彼らは「wobblie」と呼ばれている）。このことは両親とその友人、立派な体格を持ち、饒舌なるサム・ブリウェイスから教えられた。彼はかつてこの組合の会員だったことがあり、『小さな赤い歌曲集』を私にくれた（当時中国で持っていたのは私くらいだったろう）。サムはロシアのユダヤ人で、のちにアメリカ国籍を取得し、アメリカ各地で肉体労働に従事した。ウィスコンシン州のシボイガン駅でボイラー労働者として働いていたこともある。アメリカに移民する前はロシアのユダヤ人労働者総同盟会員だったが、アメリカでは世界産業労働組合の会員となり、一九一九年のシアトルの大ストライキ〔アメリカ史上はじめての本格的なゼネラル・ストライキと言われる〕に参加した。ジョー・ヒルの名前を教えてくれたのも彼だった。ジョー・ヒルは組合員でさらに優れた音楽家で、アメリカのユタ州で死刑判決を受け、銃殺刑になった。さらに他の組合員、フランク・リトルはワシントン州セントラリアで暴徒に性器を切除され、リンチで殴打された。アメリカの労使闘争における不屈の犠牲者は他にもいた。彼らは先生の言うような「働きたくない怠け者」ではなく、労働者の権利のために闘った労働者であり戦士なのだ。

サムはウクライナの小さなユダヤ人の村で子ども時代を過ごした。あるとき、妹のぶらんこを押してあげたら、妹が落ちて死んでしまったという。彼は神に「なぜこんなことが起きるのか」詰問せずにはいられなかった。村のヘブライ語による宗教学校では、ユダヤ聖書の先生によく叱られ、殴られていた。落ち着きがなく、椅子に座っていられない子どもだったからだ。五十年の歳月を経ても、彼はまだ怒り心頭でこう言っていたものだ。「仕方なかったんだよ！　先生の奥さんが飼っていた鶏が歩き回って、俺の裸足の傷跡をつつくんだもの！」彼はそのとき、全知全能の神はなぜこんな教師を放っておくのか疑問に思ったという。最初そんな思いに疚しさを覚えたが、十歳を過ぎて革命思想に出会って、「宗教がなくなれば、世界はもっとわかりやすくなる」と共感したそうだ。

ソ連時代、同じような経験を語ってくれたロシア人青年がいた。彼は農村で過ごした子どもの頃、恐ろしい雷が鳴りだすと跪いて十字架を切り、日頃犯した罪によって雷に打たれて死なないよう、神に祈ったそうだ。革命幹部から、雷は神の怒りではなく自然現象であると教わって、心が軽くなったという。

サムが運命のどんな奇跡によって皮革商人として天津にやって来て、天津―アメリカ間を頻繁に行き来するようになったのか、私は知らない。あれやこれやの話をしたが、その合間にサムが自分の商売について語ってくれた記憶もない。

＊　＊　＊

私がサムとこんな話をしていたのは一九二〇年代後半である。西側列強が続々と中国に派兵するなか、アメリカ海軍陸戦隊第三師団も天津に上陸した。列強の目的は、一九二五年から二七年にかけて発生した封建的な軍閥と外国の帝国主義支配に反対して起きた中国の革命を阻止することであった。

この大革命を、私は新聞で読むだけでなく、直接目撃した。天津のかつてのドイツ租界では、軍閥政権の黒い制服を見た警察官が呆然として銃を兵舎の外に打ち捨てていた。革命に応じた「クリスチャン・ジェネラル」馮玉祥の部隊がすぐそばまで迫っていたからである。

中国全土でみると、大革命の勝利まであと一歩というところで形勢は急に逆転した。革命軍総司令官蔣介石が左派に牙をむき、共産党と工農連盟のメンバーに対する大規模な殺害を始めたからである。

革命の波が華北に波及するのを阻止しようと集結していた外国軍隊はこれを放置した。彼らにしてみれば、中国国内の反動派のお陰で、自分たちが手を下す手間が省けたからである。

興味深いことに、干渉軍としてやって来たアメリカ軍内部にも、腐敗しきった中国の軍閥を支持することに不安を覚える高級士官はいた。天津駐留陸戦隊司令官スメドレー・バルター将軍は生え抜きの平民党員であったが、人民の圧政者への抵抗を鎮圧するのに何度も派遣されることに強い嫌悪感を示していた。この十年前、ロシアの一九一七年革命後シベリアに派遣されたアメリカ干渉軍司令官レズリー・グローヴス将軍は、赤党に反対し白党を支持する立場にいたが、彼の目には、赤党はかえって白党よりよく見えた。バルター将軍から十年後の第二次世界大戦中、スティルウェル将軍は蔣介石が日本人と戦うより、共産党との内戦に備えて軍備の温存に腐心していることに気が付く——日本軍とまともに戦っていたのは、共産党だった。

彼らアメリカの軍事指導者の心にも、自国の革命の伝統は熾火のように灯っていたのだろう。だが、彼らには政治的な最終決定権がなかった。彼ら三人の軍人は、退役してようやく、現役時代に課せられていた任務について、ある者は公の場で、ある者は非公式に批判的な意見を述べた。

＊＊＊

以上お話ししたのは外国勢力に統治されていた時代の天津である。今日では、中国にいる外国人の子どもでも、中国の学校へ入ることが少なくない。国籍の違う子どもたちの間で使われる共通語は漢語（中国語）である。不平等な時代から見れば大変革だ。

私は若い頃、誰からも中国語を教わらなかったし、半植民地的な環境から否応なくさまざまな影響を受けた。だが両親の社会主義の伝統のお陰で、これらの影響に埋もれてしまわずに済んだのだった。

同時に、中国の現実は日に日に私に迫ってきた。一九二五年から二七年にかけての大革命当時、私はまだ小学生だった。その後、日本が一九三一年に中国の東北三省を侵略したときは震撼を覚えた。当時十六歳、私はすでに働いていた。

その話は、次の章で駆け出しの新聞記者だった頃の思い出としてお話ししよう。

第六章　駆け出しの記者だった頃

物心ついたときには記者になりたいと思っていた。家ではたくさんの新聞を購読しており、十一歳か十二歳のとき、自分の書いた文章が初めて新聞に掲載されてとてもうれしかったのを覚えている。私が天津から出した読者のお便りが、ニューヨーク出版のユダヤ人新聞『前進』の「小さな読者」コーナーに掲載されたのだ。父は何年もその新聞を購読していた。編集部には革命前のロシアのユダヤ人労働者総同盟の同志がたくさんいたからだ。主にイディッシュ語で書かれた新聞だったが、「小さな読者」は英語で書かれていた。私がそうだったように、移民の子ども世代はイディッシュ語の読み書きができなかったからである。中国にいるユダヤ人の子どもからの異国情緒に満ちた手紙は、このコーナーの編集者であるジーン・リシツキーに気に入られたのだろう。まさか掲載されるとは思ってもいなかったので、編集長の名前を今でも覚えているわけだが、彼女に何と言われたか、自分が何を書いたのかはすっかり忘れてしまった。

十四歳か十五歳になった頃、天津公学の学校新聞に携わるようになった。滑稽な詩を書いて同級生を笑わせ、さらには編集とレイアウトの手伝いもした。

ちょうど父が最新モデルの、その頃いちばん有名だったUnderwoodのタイプライターを買ってくれ、さらに自分が長い間編集長をしていた商業月刊誌『東方皮貨貿易』の助手として私を雇ってくれた頃だ。編集に使われる資料は英語のわからない人が書いたものもあり、英訳されてはいるのだが、たいそうわかりにくい文章であった。それを修正するのが私の仕事である。父は給料もたんまりとくれた——毎月十二鷹洋であった。

当時中国で使われた銀貨がなぜメキシコドル〔十九世紀中葉以来、外貨として広く流通していた〕だったのかは、大変興味深い歴史的背景がある。中国の銀元の重量と銀の含有量はメキシコのペソ銀貨と同等だった。メキシコのペソ銀貨は有名なスペインのピラードル銀貨を真似て作られたものだ。オーストリアのハプスブルグ王朝統治時代はスペインとの関係が深かったため、スペインのピラードルはオーストリアではthalerと呼ばれ、それがアメリカに渡ってdollarと訛った。アメリカが金本位制に移行した後、中国の銀元はアメリカの金貨の二分の一と定められた——ということは、私の最初の給料は六米ドルだったことになる。

天津公学在学中に、私は作文と知識を競うコンテストで賞をもらった。イギリス人が創刊した『北京天津タイムズ』の編集長、ウィルフォード・V・ペンネルがくれた賞だ。古くからご近所さん同士で、家族ぐるみの付き合いがあった彼は、将来私を雇いたがっていた。一つには私が文章を書くのが得意でしかも速かったから、二つは私は現地採用だったからである——外国人の現地採用従業員は中国人の二倍の給料がもらえたものの、それでもイギリス本土から来る本国採用に比べれば六分の一だった。さらに本国採用は中国へ渡航する費用も会社負担で、帰国のための有給休暇も与えなければならない。私を雇えば、そうした出費も省けるというわけだ。

だが本当は、私が最初に――短い期間であるが――大人の記者として働いたのは英語紙ではなくロシア語紙『晨報』だった。私の仕事はロイター及び各通信社の英語ニュースをロシア語に翻訳することだった。当時天津には他にも白系ロシア人亡命者の作った新聞社が二社あったが、『晨報』はそれらとは違い、親ソ連を貫いていた。『晨報』の編集長はロシアユダヤ人のレフ・マルコビッチ・ピレフスキという、とても親しみやすい人だったが、奥さんはこれとは正反対で几帳面で厳しく、鼻の上にいつもメガネを掛けており、毎日事務所の入口に座って従業員が時間どおりに出勤しているか確認していた（私も遅刻をして怒鳴られたことが何度かある）。一人しかいない植字職人はラセンウェックという名前の、立派な体格と赤い頬をした、話すのはゆっくりだが仕事の速い人だった――植字作業をすべて手で行うのだ。ユダヤ人で肉体労働に従事している人を初めて見た。印刷機は中国製の平版で、数百部しか発行していない新聞だった。

　新聞社によく出入りしていた、大柄で、よく通る声をしたスクフアチョフという名前の中年のロシア人がいたが、彼は飼っているフレンチブルドッグを連れてくることもあった。彼は英亜通信社という、イギリスの会社を運営パートナーとするソ連企業で働いていた。もう一人、天津のドイツ語紙『徳華新聞報』編集長のウォルトマ・バトルスという、ちょび髭を生やした痩せぎすの男性もいた。彼は第二次世界大戦中に日独両国に対する反対活動をしたとして起訴され、日本の監獄で死んだ。

　ペンネルが私を『北京天津タイムズ』で雇用したのは一九三〇年末か三一年の初めだったが、当時『晨報』は閉鎖され、私は十五歳になったばかりだった。この新聞は天津イギリス租界上流階級の意見を反映しており、一九一四年から三〇年まで編集長だったＨ・Ｇ・Ｗ・ウッドヘイドは中国に対してひどい偏見のある人物であった（イギリス租界の上流階級の人びとはおしなべてそうであった）。後任者であるペンネルは内心では中国や中国人を尊重しており、さらに好きでもあった。

ウッドヘイドとペンネルは、中国にいるイギリス人ジャーナリストの時代の違いを反映する存在だった。ウッドヘイドは一九〇二年、義和団事件が外国の武装勢力に鎮圧されたばかりの頃に中国へやってきた。自分の育った第一次世界大戦前の時代に戻りたいとも思っていただろう。ペンネルが中国へ来たのは第一次世界大戦後の激動の時代である。二人とも思想的には時代の影響を受けていた。

ウッドヘイドは、中国が一九一一年に帝制から共和制になったのは過ちだったと考えていた。第一次世界大戦時には、中国を中立ではなく連合国側に入れようと躍起になり、その後中国は実際に参戦した。だが国益的に言えば、中国は中立国であるべきだったのである。彼はその功績が認められ、イギリス国王からブリテン帝国勲章を授けられた。領事裁判権と外国人の中国におけるその他特権を留保することにこだわり、中国人と社会革命を心から恨んでいた（孫文を中国民族と社会革命の化身である化物と評していた）。そして注目すべきは、そういった人物であったからこそ、彼が二十年間にわたって編集長を務めた『中国年鑑』英語版（毎年出版される分厚い書籍だ）は多くの西側諸国の人びとから、最も信頼できる中国の資料だとみなされたことである。彼は日本の帝国主義、特に清朝の最後の皇帝、溥儀を満州国の傀儡皇帝にしたことを高く評価していた。だが、一度はイギリスと同盟を結んだ日本は後にイギリスの勢力を中国から追放し始め、ウッドヘイドも一度は評価した日本に非常に苦しめられた。第二次世界大戦中、彼は日本人によって収監されたのである。しかも一般の敵国市民のように収容所に入れられただけではない。がりがりに痩せこけた頃、ようやく交換捕虜として帰国させてもらえたのだった。

ペンネルはウッドヘイドとは違っていた。一九一二年、中国がすでに帝制から共和制になっていた時代に、若干二十一歳で中国に来た。一九一六年から『北京天津タイムズ』で働き始め、一九四一年の真珠湾事件まで籍を置いていた。編集長としては、中国の革命や孫文、国民党左派、ときには中国の紅軍に対しても同情的であった。ウッドヘイドとは違い、親中で反日派であった。

だがイギリス国内の政治に対しては、意外なことにオズワルド・モズレー准男爵を支持していた。労働党の左翼からイギリスファシスト連合に転向した政治家である——この政党がムッソリーニが賞賛した国家協力を支持していたことがその理由だった。だがナチスの民族主義については、ペンネルは全面的に受け入れたわけではなかった（ペンネル夫人はユダヤ人だったからである）。

＊＊＊

記者として成長する上で、『北京天津タイムズ』は素晴らしい環境だった。毎日一六から二〇ページ（広告と作りおきの記事を含む）を刊行するのだが、編集部には七人しかいなかった。私は当時十八歳、ゲラ刷りや見出しの作成、レイアウト、ローカルニュース（冠婚葬祭から警察や裁判所の通知まで）、それにスポーツや音楽、演劇欄も担当していた。ペンネルの体調が優れなかったり、外出しているときには、彼に代わって社説を書くこともあった——私はその社説に自分の急進的思想を載せてみたりもした。ペンネルは私が書いたものに対しノーチェックだった。一九三四年、十九歳のときに私が最初の結婚すると、ペンネルは月給を倍にしてくれた――百銀元、五〇米ドルに相当する（それでも、イギリス採用の下っ端従業員の足元にも及ばなかったが）。だが働きぶりや安い給料をもってしても、『北京天津タイムズ』で働き続けることはできなかった。私のポケットにアメリカ共産党の出版物が入っているのを部長に見られて、解雇されてしまったのである。ペンネルは再就職に備えた推薦状を書いてくれた。前半では「彼は新聞業に向いていると思います」と私の仕事ぶりを大いに褒め、だが最後は「思想的には自由主義あるいは急進思想の新聞の方が向くかと」とお茶を濁す言葉が綴られていた。こんな推薦状は、半植民地時代の中国ではまるで意味をなさないばかりか、むしろ再就職を難しくするものだ。結局それを使うことはなかった。

＊＊＊

『北京天津タイムズ』在職中、私は多くの若い友人たち（ユダヤ人、ロシア人、ドイツ人、イギリス人などさまざまな出自だった）と集まって、マルクス主義や時事折々のことについて討論するようになった。私たちは社会主義の名作、ソ連の出版物、Ｒ・パム・ドドの『ファシズムと社会革命』及びヨハン・ストレイチーの『権力闘争、今まさに来んとす』などといった本を読んだ。だが、私たちの交友圏は狭く、中国や中国の革命について語り合った記憶はない。中国や中国の革命全般について共感的ではあったものの、私たちの心は国外に向いていた。

『北京天津タイムズ』で働いていた約三年間には、中国に注目した報道や社説を書いたことはなかったが、中国との関係が比較的深い書評を二回書いた。一つはオーウェン・ラティモアの『西域への砂漠の道』、もう一つはエドガー・スノーの『極東戦線』に関するものだった。どちらも彼らの初期の作品で、その後二人とも有名な作家になった。スノーは『中国の赤い星』で注目を浴びることとなり、私はすぐに彼と四十年にわたる友情を築いた。ラティモアとも、それほど多く会う機会があったわけではないが、よい友だちとなった。

＊＊＊

『北京天津タイムズ』を離れてから約一年、私は失業状態だったが、そのうち年上の友だちと一緒に、主にロシア語から英語の商業翻訳を始めた。天津のロシア商人にはとても需要のあるサービスだった。私は自分でも学術書籍を翻訳して出版した。うち最長のものはモンゴルの中世（チンギスハンの治世とその後）の法律に関する論文で、筆者はこの専門家であったロシア人のＶ・Ａ・リアサノフスキー教授（後にオレゴン大学教授となる）だ。この論文は最初北京出版の『中国の政治及び社会科学評論』に掲載され、その後本として出版された。比較的短いものは『中国と白銀』（中国は銀本位制を廃止し白銀をアメリカに売り始めたところだった）という経済のパンフレットで、作者はモスクワ大学で講師を務めていたこともあるＭ・グリウィッチだった。四十年後、私はニューヨークの公共図書館の目録索引カードに自分の名が書かれたこれら翻訳本の名を見つけ、大いに満足した。

　翻訳の仕事を通して、ロシア語や英語の語彙は増えた。だが私も同僚たちも中国語がわからなかったので、中国語からの翻訳は行っていなかった――租界というのは閉鎖的な環境だったのである。

植民地的な環境にはいたが、植民地主義への反感により、私はさまざまな場面において中国や中国人の味方となった。そのうち一つは『北京天津タイムズ』で長い間同僚だったアニー・ボナートが、天津のイギリス市民図書館が中国人の入館や利用を認めないことに抗議したが受け入れてもらえなかったため、怒りのあまり退出したという事件である。

この図書館は植民地総督府職員たちの所有だったものの、蔵書は豊富で管理も行き届いていた。私はここでさまざまな百科事典を読み、何年間もたくさんの刊行物を借りたり読んだりしていた――さまざまな政治、文学、学術の流派、左右の政治思想、古典から現代に至るまで。これほどの書籍を買い揃えることなど、私にはとてもできなかっただろう。この図書館には、読みたい本がほとんどすべて揃っており、私の教育に貢献してくれた。その価値は私も認める。

＊＊＊

私は徐々に、しかしはっきりと、中国で起きている事件とその発展に興味を持つようになっていった。その後の数十年間、中国が私の執筆の唯一のテーマとなった。最初私はフリーライターとして国外の出版物に投稿していた。いつもペンネームを使っていたのは、私は無国籍なので不利益を被りやすいからだ。最初は短い連続報道を、マニラの『フィリピン自由報』に投稿した。フリーライターとして旅の途中に見た日本の支配下における中国東北部（満州）で見たことを書いたのである。

それから、ニューヨーク出版の刊行する『民族』に中国紅軍の長征に関する文章を書いた。友人がそれをフランス語に翻訳してくれ、パリで出版される日刊紙『妥協せざる者』に載せてくれた。長征については、直接の情報源がなく、蔣介石の支配下にある新聞から見つけてきたものだった（よって、不正確にならざるを得なかった）。これら新聞ではどこそこの紅軍が「敗北」または「殲滅された」という報道がよく行われており、私はそれを地図で探し出して、マークをしてみたところ、紅軍がまだ存続し、さらに前進しているということがわかった。中国の革命はいかなる挫折を経験しようと、決して阻まれることはない。私は歴史からそう信じるに至った。

　この報道がちょっとした騒ぎを引き起こし、後に厄介なことになるとは、当時の私は思ってもみなかった。一九三五年初め、上海出版の英語出版物上で、「アメリカの自由主義と急進的なメディア」に対する攻撃が起き、その矛先は主に私が『民族』に発表した文章に向けられた。その出版物はＪ・Ｂ・パウウェルが編集長を務める『中国週刊報』で、親中派であったが、蔣介石を中国の救世主だとみなしていた。

　当時私を庇ってくれたのは、スノーだった。一九三五年四月一日に雑誌『民族』と『新共和』に出した手紙では、

> ……宣教師たちはあなた方の態度に大変失望しています……どうにかしてあなた方に「中国赤党の実情」を知っていただこうと思います。
>
> 　華北ではいま、血生臭い犯人探しが行われています。Crispian Corcoranと名乗る、あなた方を

間違った方向に導かんとしている悪人を探しているのですよね……たまたまですが、私はその青年に会ったことがあります……非常に優秀で、慧眼を持った新聞記者です、もちろん責任感にあふれてもいて……私の見たなかでは、彼は今の混乱の中国において、最も信頼できる情報を発信できる記者です。

このCrispian Corcoranとは私のペンネームだ。これより少し前、子ども向けの『児童報』（あるいは『好友報』だったか、記憶が定かではない）でCrispianとCorcoranという架空のキャラクターを見つけていた。それらを合わせて作った名前である。

スノーが私の弁護のために出してくれた手紙が掲載されたかどうかは知らないが、私にこの手紙のことを教えてくれたのはルパード・ファーンズワースだった。スノーの伝記を執筆した彼は、カンザス・シティにあるスノー記念資料館でその手紙の複写を見つけたという。スノーは私との数十年に及ぶ交友関係で、それについて話してくれたことはない。スノーにしてみれば、陰徳だったのだろう、彼はそういう性格だった。

その後、私は中国の別の新聞社に職を得た。翻訳とフリーライターとしての仕事以外に、『北平時事日報』の兼業記者となったのだ（氏名は表記されず『本紙通信記者』とされていた）。『北平時事日報』は北京（当時の名は『北平』）で出版される英語日刊紙で、発行範囲を天津にも広げようとしていたところだった。報道するのは天津の外国人地域で起きたことに限定されてはいたが、私は「調査報道」という文章も書いた（これも名前は出さなかった）。日本が天津の中国人住民に対し、計画的に、政治的思惑を隠して薬物（主にヘロイン）売買を促進していることを暴いたのだ。販売ルートは「洋行」と呼ばれ、日本人商人の名義で経営される小さな店――不平等条約により、外国人商人は中国の法律で拘束されないことになっていた。最初こうした店は消費者に煙草をおまけとしてつけ、そのなかにヘロインを混ぜておく。客はそのうち中毒になってしまい、金を払って買うようになるというわけだ。こうした店では表では菓子から自転車まで何でも売られており、裏には仮設の薬物吸引部屋があった。実際に行ってみたところ、ずらりと並んだ中毒者が夢中で紙巻煙草を吸っていた。煙草の先端はくり抜かれて、ヘロインの粉末（小麦粉と呼ばれた）が詰められている。粉が飛び散らないよう、中毒者たちが煙草を真っ直ぐに立てて吸う姿は高射砲と呼ばれた。これら二つの言葉は薬物乱用の蔓延するこの地ではすっかり知れ渡っていた。

『北平時事日報』は中国人の所有だったが、従業員の大部分は外国人だった。編集部は私の書く記事を大いに気に入ってくれ、アドバイスもしてくれた。この新聞の編集長はシシール・テイラーというオーストラリア人で、定期的に休暇をとって帰国していた。航空機による交通が発達していなかった時代、往復と休暇には普通六か月必要で、彼は三年から五年に一度休暇をとっていた。「編集長が北京にいない間、代わりに仕事をしてくれない？　あの人はあちらにお手伝いさんつきの四合院を持っているから、そこで生活していいよ」。私は頷いた。待遇に関しては――『北京天津タイムズ』での月給は百銀元、『北平時事日報』では私は兼業で天津にいるのでその半分、だが北平で専属で働くのなら、三百銀元要求した。新聞社の社長、張明威は中国国民党の党員だったが、これに同意してくれた。そこで私は北京に引っ越し、北京の一般的な外国記者や学者と同じような生活を始めた。この美しい中国の古都（蔣介石は南京に遷都してしまったのだ）は天津の租界より私には合っていたようで、さらに中国に近づいたような気がした――それでもまだ、中国に理解的な外国人を通じてという形ではあったが。そういった人びとはスノー夫妻以外にも、二、三十代の若者にもいた。中国に関する学術やニュース、政治方面で当時すでに有名か、後に有名になる人たちだった。

ジョン・キング・フェアバンクは当時の中国に対する大変深い造詣を持ったハーバード大学の特別研究員だった。彼はその後、アメリカ全土における中国研究の権威となった。ラティモアはもっと徹底した道を歩んだ。多くの著述があったことから、第二次世界大戦中はルーズベルト大統領から蔣介石の顧問に指名され、戦後はマッカーシズムの総攻撃に遭い、大変な中傷を受けた（ジョン・キング・フェアバンクも危うく抹殺されるところだったが、知恵により乗り切った）。ハロルド・イサックスも一度は果敢にも中国共産党を援助したが、その後左傾してトロツキストになり、中国革命が勝利する直前に『中国革命の悲劇』を著し、その後さらに右傾して新保守主義派になった。エイダ・プルートは中国生まれで、ロックフェラー基金の創設した北京協和医学院社会事業部の主任をしていた。日本が北京を占領すると、自分の立場を利用して地下活動をしていた中国の愛国主義者を匿った。その後スノー夫妻の勧めにより、高い給料であったにもかかわらずその仕事を辞め、戦争中の中国の「工業合作」運動の資金を海外に募った。中華人民共和国成立後は新中国と友好的な立場を貫き、九十歳過ぎで亡くなるまでそれは続いた。

他の二人は『北平時事日報』の同僚である。Ｆ・フィッシャーの本職はＵＰ通信社の記者だったが、『北平時事日報』の編集部を手伝いに来ていた。私が北京に来る数か月前、彼は一九三五年十二月の北京愛国学生運動を支持していた。真珠湾事件後はアメリカ戦時新聞局中国事務所の主任となった。第二次世界大戦後は新聞業界にいるより安全だろうと官職に留まっていたのが間違いのもとで、マッカーシズムの嵐に巻き込まれることになった。なんとか自分の職位は守ったが、昇進の道は閉ざされ、公の場に現れることはできず、ましてや中国関連の仕事などさせてもらえなくなってしまった。なんとか名誉の回復を試みたが、無駄だった。

　ジャック・ベルデンは裏表のない性格で、人情に厚く真面目、さらに大変な文才の持ち主だった。アメリカから来る船の切符は、船上で働いて稼いだ。新聞社では給料の安い校閲の仕事をしていた。日本が中国に全面的な侵略戦争を仕掛けると、アメリカのＵＰ通信社と雑誌『生活』の戦場記者を務めた。それも司令部や軍人クラブで待っているだけではなく、兵士たちが戦ったり命を落としたりする第一線に赴き、命懸けで戦う彼らと苦しみをともにした。真珠湾事件後は、スティルウェル将軍とともにミャンマーから撤退し、辛酸をなめた。その後、『生活』で連合軍のイタリア上陸作戦を取材中に重傷を負った。中国の解放戦争開始後、彼は中国に戻り、『中国が世界を揺るがす』という本を書いた。ニュース的な作品としてはスノーの『中国の赤い星』と並んで語られることが多いが、文学的価値としては後者の方が高い。

＊　＊　＊

『北平時事日報』は内部構造も要職者も面白かった。すでに年配の編集長シェルトン・リッチはイギリス人ではあったが、『北京天津タイムズ』の編集長ウッドヘイドと違って、中国で何年も教師として、あるいはジャーナリストとして働いていた。一九一五年に中国に対華二十一か条要求を突きつけた日本を非難したので、日本側から脅されたそうである。

一九三七年に日本が北京を占領すると、さまざまな苦難にもめげず彼は新聞社を守ることに徹した。無慈悲な日本の侵略者に脅され、郵便局や新聞店が『北平時事日報』の販売を諦めざるを得なくなると、彼は黒い愛車を運転し、自分で購読者のもとへ届けた。

新聞部の中国人社員であったY・C・孫は、ロイター社と兼業していたが、それでも大家庭（子どもが六人もいた）を養うのには足りないようだった。もう一人の中国人社員王公達（漢字不正確、英語名ジョージ）は明るく、機知に富んだ、生活を楽しむ人物で、国民党とも親しかった。中国に関するニュースはすべてこの二人が担当していた。外国籍の従業員は内勤のみだった——国外の英語紙の形に合わせて原稿を作りなおし、紙面レイアウトを行うのである。

この新聞は国民党が運営するもので、張社長が監督していた。技術的な問題、あるいは外国通信社との通信の処理は、編集部には一定の自主権が認められていたが、国内の報道についてはそうはいかなかった。私は国民党に関する反共産党内戦の虚偽報道を扱っていたとき、それに気がついた。国民党の公式発表では毛沢東、朱徳やその他紅軍の首領はすでに死亡した（毛沢東は肺結核の末期だとされていた）か、戦闘中に殺害されたことになっていた。そこで、私はそのニュースに『朱徳、再び殺さる』という見出しをつけた。張社長は常に私の味方になってくれ、仕事ぶりを褒めてくれた。だがそれからしばらくして、彼は私に解雇を告げてきた（理由は説明されなかった）。この見出しが採用されたためか、あるいは誰かの気に障ったか、ともかく私に対する復讐は早かった。『北平時事日報』では、反日的なニュースは受け入れられ、むしろ歓迎されていたのに、国民党の反共産党内戦を批判することは絶対に許されなかったのだ。

私は再び失業し、文化は不毛で金ばかりが幅を利かせ、世知辛い雰囲気のあの天津外国租界へ戻ってきた。

だが北京は私の心に忘れがたい印象を残した――中国の古代と現代がセンスよく融合された建物や街並み、国内で何か起きれば外国人ですら蚊帳の外ではいられないような雰囲気。短期間でも働いたり生活したりすれば、誰もがそれらを感じずにはいられない、北京はそんな街なのである。

＊＊＊

私は中国について直接報道したことはなかったが、北京で暮らした一年間は私の一生を決定的に変えた。それまでは繭のように閉鎖的な租界の外国人を対象に、毒にも薬にもならないような文章を書いていたが、それからは海外や中国を含む広い範囲の読者を視野に入れ、中国をテーマに書こうと思うようになったのだ。

私はすぐに英語紙に投稿した。北京の『民主』と上海の『中国呼声』。これらの中心的読者（つまり、最も熱心な読者）は中国人学生とインテリ層だった。これら出版社は中国に共感的な外国人の編集者によって、外国企業として登記されていたので、蔣介石政府による検閲を受けなかった。二誌とも一九三五年の学生抗日救国運動と三六年の西安事変後に創刊されていた。

月刊『民主』の創刊者はスノー夫妻で、毛沢東の声明文を始めて掲載したのもこの雑誌だった。スノーが果敢にも中国内地を旅して持ち帰ったのだ。編集委員には無償で記事の執筆や編集を担当している人がいて、そのなかに、才能あるニュージーランド人作家で記者であったバルトラムもいた。彼はオックスフォード大学のローズ奨学金生で、当時は『中国の危機』を執筆中だった。これは、一九三六年の西安事変について同時代の外国人が書いたなかでは最高傑作である。

私はスノー夫妻の招きに応じ、『民主』に積極的に参加するようになった。原稿の執筆と、天津でのプロモーションを担当し、最終期の版権ページには編集委員会のメンバーとして名前が載った。当時満二十二歳、編集委員のなかで最年少だった。だが日本人が一九三七年七月に北京を占領すると、この雑誌は廃刊させられてしまった。

経済的には、『民主』はスフェンサイ・ケネディ神父からの援助を受けていた。ケネディ神父は本物の解放の神学の神父（この言葉は彼の後に生まれたものだが）だった。彼は日本で宣教していた頃、宗教性の平和主義刊行物を組織したかどで日本の軍国主義者に国外追放されてしまう。私たちにとって幸運だったのは、彼が各方面からの寄付金の残額を持って中国に来たことだ。一〇〇〇ドル（一九三〇年代には大金だった）、しかもこれを反ファシズムの理想のために使おうと決めていた。『民主』は出版されるとたちまちに人気になり、中国人学生及び英語のわかる愛国人士は競って購読した。中国語の雑誌や新聞にはない情報があったからである。だが国民党から目をつけられ、アメリカ大使館がこれにより行動に出た。日本人はこの雑誌に大いに不安になったようで、市内中の雑誌売場で見かけては一冊ずつ買い求め、まとめて廃棄していた。

ヘレン・フォスター・スノー（スノーの最初の妻）は当時『民主』の仕事に非常に積極的であった。彼女は一九八四年に出版された『私の中国の歳月』（晩年に書かれた本だ）で、この雑誌の生まれた経緯と運命について奇妙で興味深い記述をしている。

『中国呼声』が刊行されたのは『民主』と同じ、一九三七年の前半だ。宋慶齢の支持の下、上海で産声を上げ、アメリカ共産党党員マックスとグレイス・グリニッジが編集を務めた。『民主』と同じく、抗日民族統一戦線を構築すべきと主張していた。天津の仲介人を通して私は投稿し、いくつものペンネームを使った。『民主』では実名で投稿していたからだ。私の記憶では、私も他の投稿者は皆無報酬であった。この二つの雑誌に発表した文章と上海への短い旅によって、私は宋慶齢に名前を知られることになった。だが、私の方は彼女に会ったこともなかったし、その後数十年ともに仕事をすることになるとも思ってもみなかった。

この二つの出版物の両方、あるいはいずれかと関連がある人物にはスメドレーとレウィ・アレーがいる。スメドレーはアメリカの革命作家で、自由主義の色が濃かったドイツの『フランクフルト日報』で正式に中国への特派員となった。アレーはニュージーランド人で、上海公共租界工部局の工場検査員だった。スメドレーはRasty Knailesというペンネームで『中国呼声』に投稿していた。アレーの方はペンネームをいくつも使っていた。二人とも共産党員ではなかったが、地下共産党と親しく付き合っており、共産党秘密交通員を家のなかに匿ったりしていた。アレーはさらに自宅に秘密の放送局も持っていた。日本が中国への侵略戦争を仕掛けると、アレーはスノー夫妻及び中国の友人たちと中国工業合作運動を起こし、敵の占領区の労働者や技術を工業の発達していない僻地及び共産党の率いる敵後抗日拠点地に運び込んだ。『中国呼声』の関係者のうち、私が知っているのは朱伯森、張紀（漢字不正確）と曹亮らだ。彼らは皆中国共産党員だったが、当時はそうとは知らなかった。

朱伯森（私たちはヨハネス・チューと呼んでいた）は痩せぎすで眼鏡を掛け、中国の文人らしい知的な雰囲気の人間で、『紅楼夢』の優れた研究者だった。だがその外見と裏腹に、地下共産党員としての腕もあり、ときに賭博場やダンスホールに出入りしては、その風貌を利用して、権力者や金持ちとコネを作っていた。多くの人間がそれに騙され、国民党の時代だけでなく、第二次世界大戦中の日本占領期も長く潜伏していた。見つかれば拷問を受け殺されてしまうに違いなかったが、彼は無事に生き延び、その後、新生中華人民共和国政府で国際文化交流の仕事をした。彼にとってはやりがいのある仕事であっただろう。

張紀も痩せていて背が高かった。アメリカのミネソタ州立大学で採掘を専攻した彼はかの地でアメリカ共産党に参加し、スペインの反ファシズム戦争では多国籍軍であるリンカーン部隊に所属した。不幸なことにそこで負傷し、治療中に肺結核を患ったそうで、その後香港で会う機会があったが、第二次世界大戦を生き延びたのかどうか、私は未だに知らない。

曹亮は小柄でがっちりした体つきに真ん丸な顔をしており、上海キリスト教会が運営していたメトハスト学院で生徒たちからの人望も厚い教師であった。彼は地下活動に積極的に参加すると同時に、生徒たち（大多数は裕福な家庭の出身だった）に抗日思想を教え、多くの生徒がこれに応じて行動を起こしたり、共産党員になったりした。当時上海には国際的なマルクス主義研究チームができており、メンバーにはアメリカ人、ドイツ人、オーストリア人、そしてその他の国の人びともおり、曹亮とアレーもそのなかにいた。チームは定期総会を開いてマルクス主義を研究するだけでなく、中国共産党を援助してもいた。抗戦中、曹亮は僻地へ趣き、周恩来の下で働いた。それから香港へ赴き、ある海運会社の協力の下で、多くの民主主義者を香港から解放区へ運んだ。その後、中華人民共和国政府でも公職についた。

＊＊＊

天津へ戻ってすぐに私の失業者生活は終わった。アメリカＵＰ通信社の天津支社に仕事を見つけたのだ。当時ＵＰ通信社はスクリップス・ワードの傘下にあり、ライバルは新聞業界の巨頭であるＡＰ通信だった（一九五〇年代後期、ＵＰ通信社はハースト・コーポレーション傘下で世界第三位の通信社ＩＮＳと合併しＵＰＩ社となった。この頃、両者の業界における勢いは、かつてほどではなくなっていた）。

その後、スノーはスメドレー（自称ロジェス夫人）を天津に行かせ、私と会わせた。当時、私は彼女の自伝的小説『大地の娘』（ヒロインの名はマリー・ロジェス）ともう一冊の『中国紅軍は前進する』を通じて、彼女のことを知っていた。私はスメドレーから、親中派の人びとが主催する雑誌『今日中国』（THE CHINA TODAY、ニューヨークで出版）への投稿を頼まれた。私と彼女との、中国での長い友情の始まりだった。それはアメリカでも途切れず、彼女が一九五〇年に亡くなるまで続いた。

『民主』は外国人の運営する雑誌だったが、ここで初めて、私は中国の左派の人たちとの交流を得た。

天津では、この雑誌のプロモーションのため、私はフランス租界内の知識書店を訪ねた——中国共産党華北局が秘密裏に開設した書店だ。だが私はそのことを半世紀以上経って、当時働いていた葉篤庄が教えてくれるまで、知らなかった（葉はダーウィンの著作を中国語に訳した翻訳家である）。当時華北局の指導者は林楓だったが、私は一九四四年まで会ったことがなかった。彼は当時晋西北の敵後抗日拠点地を指導しており、私は会いに行き、拠点の状況について長い時間話を聞いたことがある。

『民主』から私は表立って政治的意見を発表するようになった。版権を記したページの編集委員欄に本名を書くことに同意したのである。危ないことであったが、同時にわくわくしてもいた。すぐに、戦争の気配は高まった。一九三七年七月七日、日本人の大砲が北京郊外の盧溝橋に轟き、中国の八年間に及ぶ抗日戦争が始まった。私はその日、北京の西の郊外にある香山臥佛寺で休暇中、轟音を聞いた。私は涅槃仏よろしく、迫りくる運命の嵐に対して見て見ぬ、聞いて聞かぬふりをしていた。人びとは緊張した空気にすっかり慣れてしまい、大砲の音ぐらいでは驚かなくなっていたのである。こののどかで家庭的な休暇を過ごした後、武装衝突の現場に直接駆けつけるのではなく天津UP通信社の職場に戻った。日本の侵略戦争が激しくなったのに伴い、私は数年間、戦場記者をしていたのだ。

私自身が戦火の洗礼を受けたのは七月末であった。天津の歴史ある海河大橋（旧称万国橋、現在は解放橋）のたもとへ駆けつけた。橋の西側は静まり返った中立の西側国家の租界だった。私はそこから通信した。橋の東側では戦闘が繰り広げられた。一方は高性能の武器を持った、数千人の日本の侵略軍で、もう一方は小銃と機関銃しかない約六百名の中国准軍事部隊、保安隊であった。一九〇一年の辛丑条約（八国連合軍が義和団事件を鎮圧し清政府に押し付けた不平等条約）により、中国の正規軍は天津の各地に駐留することはできなかった。一九三〇年代半ばに蔣介石政府が日本の外交的・軍事的圧力に負けた結果、中国軍の駐留を禁止された地域はますます広がった。この海河大橋は戦闘区域内だが、飛び交う銃弾にも私は恐怖を感じなかった。さっきまで生きていた人間の真新しい死体を見るまでは――イギリス詩人、シグフィールド・サスーンが第一次世界大戦中に書いた「屈辱に折れ曲がった死体」というのを彷彿とさせ――目にした途端全身が寒くなった。同時に、日本の侵略者の戦闘機が南開大学を爆撃しているのが見えた。特に図書館は集中攻撃されているようだ。日本側が一番憎んだのは、愛国学生だったらしい。

　日本軍の本部が開いた記者会見の記録をいまでも持っている。

私たち外国人記者は「大学を爆撃するのはなぜですか」と聞いた。

「諸君、そこには無法無天の中国人が駐兵しているのだ」

　いわゆる「無法無天の中国人」というのは、日本側の発言者がよく使う公式用語になっていて、日本の侵略に抵抗するあらゆる中国人を指していた。

「あそこで中国兵を見かけたことはありませんが」記者の一人が言った。

「だが丈夫な建物があるだろう。中国人はそこを利用する」

「なぜ？」

「私が中国側の司令官ならそうする」

「世界的に有名な名門学府ですよ。まさかそんな理由で……」

「諸君、南開大学は反日拠点だ。そういう場所は一つ残らず破壊せねばならない……南開の学生は皆反日、親ソなのだ」

「ですが、大尉、いまは夏休み中で、学校内に人はいません」

この日本の軍人は本気で怒りだした。

「諸君、私は軍人なのだ、これだけは言っておく、我々はいま、反日拠点である南開大学を破壊しているところだ。中国の大学などどこも反日拠点なのだ」

「では、日本側は中国の大学をすべて破壊すると……」

「ご理解願いたい」

* * *

一九三七年七月末までに、日本人は天津を占領した——西側国家の租界を除いて。そのなかで面積が最大のイギリス租界は、日本の占領下で生活したくない人びとの主な避難場所となっていた。ここから、人びとは外国船に乗り、敵軍が未占領の沿岸港へ行って、それから地方へ行くのである。このような状況の租界では住む場所を探すのも難しく、ましてや船の切符を入手するなどはさらに大変なことであった。

最初、私はスノー夫妻から学生たちの住む場所を手配するよう頼まれた。さらに、スノー本人がベッテルヘイムと汽車に乗り、日本占領下の北京から天津へやって来た。彼らは年配の女性二人と男性一人を護送していた。三人は日本占領区からの脱出を希望している愛国者だという。中立国の外国人が一緒にいてくれれば、その従業員か付き添いを装い、車に乗った日本の憲兵に勾留されたり、それ以上に不幸なことにはならずに済むのだそうだ。実際には、この中国人たちは私が思っていたより地位のある人で、このとき大変な危険が迫っていた。

　年配の女性は鄧穎超――周恩来の妻、自身も中国共産党の高級幹部で、秘密裏に北京に肺結核の治療に来ていた（長征のときに罹患したのである）。スノーはその著作『中国の赤い星』の取材をしていた際に彼女と知り合い、そのとき彼女は八路軍の制服を着ていたという。日本人が北京を占領したある日のこと、彼女は街のお洒落な女性のような服装をしてスノーの家へやって来た。スノーは一瞬誰かわからなかった（天津に来る道中、また一番質素な服装に着替えた）。

　背が低くて太った、洋装の中年男性は王世英といった。スノーは大学教授だと言ったが、実は国民党地区で活動し、大変な辛酸をなめた中国共産党の地下工作者だった。

　若い方の女性は張暁梅という、これも中国共産党員だった。ずっと後になってから知ったが、彼女は鄧小平の第一夫人（国民党に殺害された）の妹だった。三人とも偽名を使っていたので、私はその正体について何も知らなかったが、ただ愛国主義者なので手を差し伸べなければならないと思っていた。私は王世英を当時の妻の両親の家に住まわせた。両親はちょうど、夏休みでアメリカに帰っていたのだ。アメリカ国民であった彼らは、治外法権の保護を受けていたので、彼らの家は比較的安全であった。女性二人はインド人が経営していたホテル――孚中飯店に住まわせることにした。

　私はスノーに、この三人が上海か他の未陥落の港へ行けるよう、外国船の切符を手配してほしいと頼まれた。私もちょうど脱出したいと思っていたところだった。すでに反日的な文章を書いたことが知られ、さらに無国籍だったので、私はどこからの保護も受けられないからだ。幸運なことに、父の仕事のひとつは輸出貨物の保険取り扱いだったので、イギリスのスワイヤー社とコネがあった。私は彼ら三人のことを同行する従業員だと言い、同じ船の切符を買った。そのとき若いイギリス人の係員は、私にこう確かめた。「本当に、悪い人たちじゃないんですね？」笑ったときにちらりと歯が見えた。当時の情勢では、これは冗談にならないことだった。だが私が何も言わず、笑い返しただけだったので、彼はそれ以上聞いてこなかった。彼は日本人にもそう言ったのかもしれない。いままで自分たちが持っていた主導的地位に迫りくる日本人に、イギリス人やアメリカ人は大変な反感を抱いていたのだ。

私たちは無事イギリス租界内の海河埠頭から蒸気船に乗ることができた。大沽口まで来ると、沿海を航行している客船が海上に停泊していた。それが上海に向かう船だった。碇を上げると、たくさんの日本の上陸艇が周囲に現れた。華北の侵略拡大に向け、より多くの日本軍兵力を運んできたのだ。来るなら来ればいい——私はそう思った。中華民族はどこまでも戦うのだ。時間はかかるかもしれない。だが、侵略者を無傷でやすやすと返してはならない。革命活動の経験が長い同行者たちもそう思っていたに違いない。それは若気の至りのようなものではなく、幾度も挫折し、ついに勝利を手に入れた経験からのことだ。

結論から言えば、私たちは上海に到着することができなかった。航海の二日目、船上の無線ラジオから日本軍が大挙して上海に攻め込んだというニュースが流れてきたのだ（一九三七年八月十三日）。船長から、船は「煙台と青島に停泊した後、イギリス統治下の香港に直行する」という通知があった――私たちのうち誰も、香港になど行きたくなかった。

中国人同行者は煙台で下船した――後になって知ったが、彼らは山東省の濰県駅から、鉄道で西安と延安に向かったのだという。私は青島で下船し、南京に行って引き続きＵＰ通信社で働いた。

真相を知る前も知った後も、この三人を脱出させたときのことを、私は長い間誰にも話さなかった。私の知る限り、三人も誰にも話さなかったはずだ。一九三八年にも、遠くから鄧穎超の姿を見る機会があった。彼女は周恩来と一緒だった（当時国共抗日統一戦線はまだ発展中で、周恩来は共産党代表として、国民党統治区で働いていた）。だがそのときの印象は天津で会ったときとまるで違っていて、同一人物だとはとても思えなかった。記者として私が周恩来に面会したときも、周恩来はこの件に関して仄めかすこともなかった。だが、彼はきっと知っていたと思う。なぜなら、彼は自分の部下を通じて私の記者の仕事を大いに助けてくれたからだ。私はいつもその時々の戦況を知ることができた。

一九七三年、中華人民共和国が成立して三十周年を超えた頃、スノーの遺骨の一部が北京大学のキャンパスに埋葬された（旧燕京大学、スノーが長年にわたって教鞭を執り、学生運動を支持していた学校だ）。その儀式で、鄧穎超が私の前に歩み寄ってきて、一九三七年天津脱出のことを話題にした――いまや三十五年もの月日が経っていた。彼女の声はまわり中の人に聞こえてしまうほど大きかった。それは大変特殊な場面での再会だった。私は文革で秦城監獄に五年近く収監され、当時釈放されたばかりだった。私をわざと避ける人もいた。彼女がなぜこのとき、この場を選んで話しかけてきたのか、それにどんな意図があったのかは想像に難くない。

一九八五年、私が七十歳の誕生日を迎えると、彼女はさらに大っぴらにそのことを語り、それが大きく報道された。

王世英との再会はこれより早かった。脱出からわずか七年後——一九四四年、延安。私は中国内外の記者による西北訪問団に参加し、国民党の報道規制を突破して、延安と敵後抗日拠点地を訪問した。外国人記者のなかには、晋綏の抗日拠点地で戦う遊撃戦の戦地を訪問し、直接記事を書こうと意気込む人もいた。八路軍本部から出てきたのは、部隊を引き連れた高級幹部だった。彼は私を見るやいなや、一瞬目を見張り、驚きと喜びに満ちた声で叫んだ、「あなたは、あの天津の？」彼はそのとき灰色の軍服を着ており、スノーが連れてきた洋服を着た教授とはこれもまるで別人だった。確かに私も歳をとり、最初に彼に会ったときのような二十二歳の若造ではなくなっていた。私たちはそこで、さまざまな積もる話をした。

張暁梅は新中国成立後北京市の中華全国婦女連合会主席を務めた。

だが彼ら二人は文革を生き延びられなかった——大変惜しい人材を亡くしたものである。

＊　＊　＊

以上からわかるように、一九三七年、私は歴史の渦により、中国革命の傍観者からそのなかへ、ますます深く巻き込まれていったのである——そのときはさほど意識もしていなかったが。

第七章　戦場記者（一）南京

天津を離れても私は戦争は離れず、それどころかますます戦火のなかへ巻き込まれていった。上海へは行けなかったので、ＵＰ通信社は私を当時の中国の首都、南京へ異動させた。前線と銃後、私の両方からの戦時報道が始まった。

南京へ汽車で向かう途中、早速空襲を受けた。天津でも南開大学が空襲で焼かれるのを断腸の思いで見ていたが、その後私は数百回もの空襲を受けることになった。

南京に到着した最初の夜、ＵＰ通信社の事務所に宿泊したときのことだ。深夜、突然耳をつんざくような爆撃音と高射砲の砲声で起こされた。危険も忘れて窓際にすっ飛んでいくと、防空用のサーチライトと色とりどりの曳光弾が入り乱れて、敵機の姿を探しているのが見えた。外へ下りていくと、あちこちに死体が倒れている（爆撃で手足も吹き飛ばされ、血まみれになった人もいれば、比較的きれいなままの人もいた）。それで私はようやく目が醒めて、何が起きたのか理解した。

そのうち、夜間外出禁止令中に空襲があっても眠れるようになった。ＵＰ通信社の上海本部には始終電話がかかってくるのだが、暇を見て居眠りをするのである。かつてのように恐怖心から眠れぬ夜を過ごすということもなくなり、どんなに激しい爆撃も、もはや私の睡眠を邪魔することはできなかった。その後何度も危ない目に遭ったが、この能力には大いに助けられた。

日本による南京への爆撃は、最初はたまにある程度だった。日本側は脅したり休戦を呼びかけたりと、飴と鞭を使い分けて中国を投降させようとしていた。国際的には、日本はドイツの外交官に調停を依頼した。中国内部では、漢奸〔中国人の売国主義者〕と敗北主義者が利用された。これらの試みが失敗に終わると、日本は九月に最終通告をして、その後は頻繁に、ときには昼夜続けて空襲を行うようになった。特に赤十字の大病院を故意に狙っていたことをはっきりと覚えている。現地の病人や前線からの負傷兵が多く収容されていたからだ。爆撃され、ベッドの上で血肉を吹き飛ばされた兵士の姿によって、「負傷者であっても手加減しない」という態度を見せつけ、南京市民の士気を挫くのが目的であったと思う。

見たところ、一部の負傷兵は国際的に使用が禁止されている武器の犠牲になった模様であった。彼らの皮膚はマスタードガスによってチーズのように穴だらけにされ、そこから体の奥まで毒がしみ込んで、耐えられないほどの痛みであったことだろう。日本人が化学兵器を使用した痕跡を、その後私は他の多くの場所で目撃した。その後の調べで、日本軍がペスト、炭疽菌など致死性のウイルスを散布する生物兵器を中国で試していたことがわかった。

だが、南京市民はひるまなかった。敵の爆撃機が中国の戦闘機や高射砲に撃墜されるたびに、火花や煙、それに落ちてくる破片にもめげず、人びとは歓喜の声を上げて現場へ駆け寄った。蔣介石夫人である宋美齢が敵機の残骸の上に立っているのを見たこともある。航空委員会代表としての仕事のようだった。彼女は常に勇敢な人だった。

だが、国民党中央政府があった南京では、上海のような住民たちによる戦地奉仕団は少数だった。軍政機関が密集する南京には、高層ビルと街路樹の植えられた通りが立ち並んでいた。緊急事態の処理は垢抜けた制服を着た警察官と憲兵の仕事で、空襲警報がひとたび鳴ると、彼らは街中の人びとにできたばかりの公共防空壕に入るよう命じてまわった。いわゆる「防空壕」は、造りも極めてお粗末な天井を付けただけの塹壕に過ぎず、飛んでくる弾丸の破片やガラス片ならともかく、爆弾を直接放り込まれたり近くを爆撃されたりしたら、軽型爆弾であってもひとたまりもないような代物であった。乗用車もトラックも緑色の迷彩色に塗装され、路肩の街路樹の下に停車されていた。

　南京市中心部では、中国の他の地区ならどこにでもいる、つぎだらけのぼろを着た、生活にあえぐ人びとの姿は見なかった。だがよく見てみると、そういう人びとはここでは地下下水道のなかか、空き地に一時的に建てられた掘っ建て小屋に住んでいるのだった。

　爆弾は彼らにも容赦なく浴びせられた。侵略者は一番豪華で住みやすい場所を、占領した後の自分たちの居住区として残そうとしていたため、宮殿のようなきれいな建物より、粗末な小屋の方が、爆撃に遭いやすかった。

　だが、社会全体の風向きは徐々に変わってきた。そもそも南京は、気位の高い新首都と、昔からの住民が住む街という二つの顔を持っていた。前者を代表するのは広々とした並木道と、かっちりした軍服を着て白い手袋をはめた軍人、高級車にふんぞり返った高級官僚及びアメリカ式の豪華なスイートルームに滞在しているでっぷりと太った忙しい商人たちであった。後者としての南京は、日に日に貧しくなっていくように見えた。敵機が撃墜されるのは、この二つの南京の共同の勝利であり、特に貧民や難民たちは大いに喜んだ。なぜなら彼らは戦災の最大の被害者だったからである。戦争によって故郷を追われた難民たちは、侵略者を最も恨んでいた。

一九三七年九月十八日——日本が東北三省を侵略して六年目の日、戦時の南京で初めての、市全体規模のデモがあった。北京やその直前に占領された他都市から来た学生たちに公共の場所で呼びかけを行うことを許され、「職業軍人のみに頼らない全民武装による抗戦」が叫ばれた。首都で力を持つラジオ局が『義勇軍行進曲』を始めて流したのもこのときで、力強い歌詞に多くの人びとが心を動かされた。

奴隷に甘んじぬ人民よ、立ち上がれ！
我らの血肉で、新たな長城を築くのだ！
いまや中華民族未曾有の危機
……
心を一つに、敵の砲火にもひるまず、
前進！　前進！　前進！　進め！

数か月前、天津で初めて聞いたときは、国民党の統治区では歌うことが禁止されていた歌だ（今日では中華人民共和国の国歌となっている）。

複雑な状況のまま迎えた九月、北京と天津の学生劇団の公演を観る機会があった。陥落した都市からやって来た学生たちで、前線を巡回公演していたのだ。演目は学生たち自身の経験をもとに書かれた活報劇と呼ばれる煽情的な一幕劇で、戦争の勃発を描いた『防衛盧溝橋』、陥落後に地下新聞社により書かれた『北京の夜』、農民の伝統的音楽の太鼓に合わせて愛国の文句が歌われる『大鼓詞』（民間芸能と時事を組み合わせた素晴らしい試みの草分け的存在で、その後の中国の戦時文化において重要な役割を果たした）などがあった。

観客には要職についている官僚もおり、宣伝部長邵力子の姿もあった。外に車を止め、いつでも自分たち専用の鉄筋コンクリート製防空壕に逃げ込めるようにしている一方、席にどっしりと座っている。帽子を被ったり脱いだりして、落ち着かなげな人もいたが、転覆活動をしている者がいないか会場を見回っている私服警官ですら、空襲から逃げようとはしていなかった。

だがこうした新しい社会の風が吹く傍らには、依然として変わらない部分もあった。

私は学生劇団の代表者を取材しようと、彼の住所をメモしておいた。一、二日して、そこへ訪ねていくと、女性の劇団員が「あの人は憲兵司令部にいます」と言う。彼は学生劇団が未届けだったことを口実に憲兵に呼び出され、まだ解放してもらえないようだった。

これが当時の南京であった。日本の侵略に対し、果敢な態度で挑み、全市民を挙げた統一戦線を結成したのも、当局が幅を利かせ、それらを鎮圧していたのも同じ南京である。だが、以前より少しましになったのも事実であった。それまでは学生が逮捕されると、無期限で拘留され、拷問を受けた後、秘密裏に殺害されてしまうこともあったが、その頃には一週間ほどで解放してもらえるようになっていた。

だが不幸なことに、このような緩やかな雰囲気があったのは戦争の最初の年だけであった。

＊　＊　＊

国民党と統一戦線結成の協議を締結した共産党が、南京に常駐代表団を置くこととなった。その公開代表に、私はそのときはじめてお目にかかった。存在的には合法的な代表団であったが、新しい政治体制に拒否感を持つ国民党の官僚たちは、知りたがりの新聞記者にその具体的な駐留地を教えてくれようとはしなかった。

実際に紅軍の長征戦士たちに会いに行くまで、彼らのことをいかめしい顔つきをした生え抜きの軍人だろうと思っていた。十年もの過酷な戦闘により疲弊した体を奮い立たせていて、とてもこちらの話など聞いてくれない相手だろうと。

だが、私を出迎えてくれたのは、華奢で背が高い、眼鏡をかけたインテリ青年だった。まるで学生のような青い制服を着て、歳格好も大学生とさほど変わらず、さらに英語とロシア語を話すことができた。それからもう一人将校もいたが、こちらは端正な容姿をして、顔中に笑みを浮かべていた。二人とも私が想像していたより若くて小綺麗、何より話しやすい相手だった。

文官のほうは秦邦憲（別名博古）と名乗る、西北ソビエト政府の首席を務めたこともある人だった。将校のほうは葉剣英といい、元紅軍の参謀長だった（後で知ったことだが、博古は毛沢東と激しく対立し、長征の指揮の失策により、左遷されて当時そこにいたのだそうである。私たちは馬が合ったので、そう聞いたときは驚いた）。

そのときの取材記録はなくしてしまったが、UP通信社へ送った通信記録がまだ残っている。こんな内容だ。

> 中国共産党はいわゆる「国民党への投降」については否定している。彼らはマルクス主義の原則に基づき、戦時である現在のみならず、戦争が終わって経済が復興しても、あるいは十年にわたって多くの同志を奪われた過去にもこだわらず、あくまで国民党と最も充実した協力関係を築く考えである。彼らはさらに、抗日民族戦争は革命性のものであると主張している。マルクス主義理論によれば圧迫者の国家における民族主義と民族解放のために戦う被圧迫者の民族主義は異なり、前者は時代錯誤の、後者は進歩的なものである。全国的な抗日闘争によってすべての中国人は自分の運命を広く民族の問題と結びつけて考え、政治的にも民主的な新中国の建設に参加するようになり、この新たな覚醒の下、群衆は一つになる、そう共産党は信じている。

こういった視点が中国共産党員の抗日闘争と彼らの宣伝活動の基礎となっていた。社会闘争が激化すれば、有産階級はこの大切なときに平和（妥協）への道を選び、ひいては日本人に迎合してしまう恐れがある。そこで、あらゆる階級が手を組んで抗戦しなければならないと中国共産党は主張しているのである。彼らはこの政策を唱え始めると、協力関係に反対する人を反逆者として批判するようになっていった。彼らからみれば、革命のスローガンと伝統は両立し得ず、これらの対立はただ日本の帝国主義に利する——それは最も卑劣な政治的詭計である。そのような方法で自分たちの主張する

「あらゆる階級と党派を超えて形成される民族前線」を破壊しようとする連中は、トロツキストである、としていたのだ。

共産党の指導者は私に、「自分たちはいままでもこれからも、国民党の要求どおりに自ら解散することはないだろう」と語った。共産党員が全力で抗日運動を行っているのは、彼らが思想改造されたからではなく、共産党員としての当然の義務と認識しているからなのである。

＊　＊　＊

その頃、三か月勇ましい戦いが繰り広げられていたものの、上海防御戦はこの街を守り抜くことはできなくなりつつあった。最も高品質の武器を持っていた国民党軍が惨敗を喫し、防衛線上に大きな空白ができたところへ、日本軍に入り込まれたのだ。

同時に、中国紅軍は統一戦線体制をとり、八路軍へと改編された。共産党の率いる支部隊はゲリラ戦と遊撃線を繰り広げ、北方の長城沿いの平型関で、抗戦始まって以来の初勝利を挙げた。ライフルだけで、日本軍に占領された農村地区を取り返したのだ。部隊の人数は減らなかったばかりか増え続けた。彼らは真空地帯を敵の銃後とみなし、群衆を動員して新たな武装勢力として農民の民兵組織をも組み入れた。その人数は正規軍を上回っていた。

国民党は中国の正規軍対日本の正規軍という前提で戦略を立てていた。だとすれば、海陸空いずれにおいても高品質の装備を持つ日本側が圧倒的に優勢であり、そのよい例が上海戦だ。しかし共産党員たちは、中国軍だけではなく、武装した人民も自分の土地に侵入してきた日本軍と戦うだろうと考えていた。だとすれば、日本軍は人数で言えば劣勢、しかも中国側の軍民に包囲されているわけだから、待ち伏せ攻撃や迂回、徐々に相手の体力を消耗させる作戦がとれる。平型関の勝利はそのことを物語っていた。

国民党はそもそも支配階級を母体として生まれた政党なので、群衆が武装し力をつけることを恐れていた。平型関の勝利は彼らにとって不都合な事実であり、最初の頃はそれについて話すことも忌避していた。宋美齢が南京で記者会見を行った際、私が改編後の中国紅軍によるこの勝利について尋ねると、返答を拒否された。聞かれては困ることであったらしい。

だが、上海陥落に続き、首都も十二月中旬に日本軍に占領されてしまうと、蒋介石は全国に向けて以下のような演説をした。

中国の長きにわたる抗戦の礎は南京でも、大都市でもなく、全国の村や人民の決心にある。

だがこの人は言うこととやることの違う人だった。共産党は一貫して農民のための福利を充実させて彼らの支持を集め、その巨大な力を借りることに成功した。一方蒋介石政府は、ずっと農民を搾取の対象としてしか見てこなかったのでそれができなかった（一時的に葉剣英とその他共産党員を遊撃隊の教官として招いたことはあるが、自分たちの部隊に技術的な訓練を行ったのみだった）。遊撃戦の成否は武装した人民と正規軍の協力にかかっていたのだが、それは国民党の統治階級にとっては不利益をもたらすものだったのである。

上海陥落後、日本軍はいよいよ迫り、十一月中旬には南京の撤退が始まった。

ＵＰ通信社は私を武漢に異動させた――長江の中流にある、中国の臨時首都である。私は政府の手配した船に乗って武漢へ向かった。数百人しか乗れない設計の船であったが、実に三千人も乗っていた。中堅クラスの役人が四、五人、ツインの船室に押し込まれ、さらに低い職位の役人は粗末な船室の隙間か、甲板に寿司詰めになっていた。大部屋には負傷兵たちが無秩序に寝かされて押し合いへし合いしており、高熱や痛み、寒気などによって上がるうめき声は聞くに堪えないものだった。

私は何とか船上の郵政局の事務所に入ることができた。同室となったのはマダガスカルから来た国民党の華人指導者とその七歳の娘さんであった。この女の子はずっと興奮気味に『義勇軍行進曲』を歌っており、この歌がいまや広く歌われていることを思わずにはいられなかった。

もしこの船に乗ることができなかったら、私もＵＰ通信社の若い同僚、ウィルトン・ジェームスのように、アメリカのパナイ号に乗っていたかも知れない。そちらの方が安全だと思われていたが、パナイ号は日本軍の爆撃に遭い、多くの死傷者を出した。日米両国はそのときまだ交戦状態ではなかったので、これにより東京とワシントンの間ににわかに緊張が走った。だがそれでも、アメリカは莫大な利益を上げていたくず鉄と石油――戦争に必要な物資だ――の日本への販売を止めることはできなかった。

日本はイギリスの軍艦レディバード号をも爆撃した。こちらはそれほどの損失も出さなかったので、ロンドンの反応はワシントンに比べてずっと穏やかであった。日本は中国侵略を進めていくにあたり、故意にイギリス側の出方を試したのだ。だが相手がさほど大騒ぎしなかったので、日本側は「イギリスとアメリカなど恐れるに足らない」と、高をくくることになる。

南京駐在の外国人の記録（長期間秘密とされていたラーベの日記や、当時の新聞報道、手紙や写真など）はすべて南京大虐殺の動かぬ証拠である。第二次世界大戦後日本の主要な戦犯が裁かれたとき、多くの中国人が証拠を提供し、主な責任者に死刑判決が下った。今日に至るまで日本の右翼の詭弁家はこの事実を過小評価したりひいてはなかったことにしようとしている。だが、一方で自らのしたおぞましい行いを正直に述べ、後悔の念を表す日本人もいる。

＊＊＊

ここで、当時の南京における外国メディアについて簡単に紹介しておこう。アメリカ系メディアとしてはＡＰ通信社、ＵＰ通信社と『ニューヨーク・タイムズ』、イギリス系としてはロイター社、ソ連系としてはタス通信、それにドイツの通信社もあった。全体的には、メディア人員はドイツ人も含めて（まだ徹底的なナチズム主義者に取って代わられてはいなかった）、中国の抗日を支持していた。彼らはとても仲が良く、ずっと単身生活をしている人も、一時的に単身になっている人もいて、私もその一人だった。誰もが『ニューヨーク・タイムズ』記者ディディンのマンションの食堂で食事をとった。ディディンの部屋にはピアノがあって、彼が弾き、私たちはそれに合わせて合唱した。爆撃がそれほどひどくなかった頃には、みんなでお金を出し合って中国料理店へご馳走を食べに行くこともあった。私たちの行きつけの店は夫子廟地区にあり、出汁を継ぎ足して数百年も煮込み続けているとかいう「伝説のスープ」が有名だった。これは、喫茶店ジ・オールド・チェシャー・チーズのキドニーパイが、ロンドンの新聞社が集まるフリート・ストリートで記者たちのお気に入り料理だったこととよく似ている。すべてのレストランを回ることはできないので、私たちはよく互いに情報交換をした。もちろん、自分だけのお気に入りの店を見つけると、他の人に発見されるまで教えなかったものだ。食事中に空襲警報が鳴ると、皆それぞれの車に飛び乗って、速やかに事務所に帰るのだった。

　南京では、政府部門と外国大使館の人たちの他に、私たちがよく情報源としていた外国人ドナルドがいる。彼は中国生活が長く、「中国のドナルド」とも呼ばれていた。オーストラリア人のベテラン記者で、一九〇四年から翌年の日露戦争時代にすでに戦場記者を経験していた。一九三七年、彼は蒋介石と夫人の宋美齢の顧問となった。その一年前、彼は西安事変を解決し国際的な注目を浴びていた。西安事変とは、張学良少帥ともう一人の将軍、楊虎城が蒋介石を監禁し、中国共産党の周恩来の調停を経て、蒋介石に内戦の停止と統一抗日を認めさせ、釈放した事件である。

　南京へ到着した二十二歳の無鉄砲な私は、単独で蒋介石を取材したいから手配してほしいとドナルドに頼んだ。他のベテラン記者はそんなことを頼んだことはなかった。ドナルドは話題を逸らし、「じゃ、私を取材しなさい」と言った。私たちは茶菓子をつまみながら、それから一時間以上会話を続けた。ドナルドは自分が中国のためにしたさまざまなことを話し、そして自分がなるべく目立たないようにしていることを強調した。いままで数々の栄誉や、賞や勲章の候補に挙がったが、すべて断ったそうだ。自分の謙虚さをこれほど事細かに話す人を私はそのとき始めて見た。

だがその話は大方正しかったと言えるだろう。彼は虚勢を張ったり、嘘をついたりする人ではなかった。きっと心の底から中国の抗日を支持していたに違いない。一九四〇年、国民党内の敗北主義者が日本側に懐柔され、内戦を再発させようとすると、彼は長年勤めていた顧問の職を辞した。

その後、彼は世にも奇妙な運命を辿った。真珠湾事件当日には、彼は中国籍秘書のミス・リーとともに、自家用ヨットに乗って、太平洋を漂っていた――それが趣味だったのである。そして、ちょうど海上を巡邏していた日本海軍の軍艦に捕えられてしまった。日本人に名前を聞かれたので、彼は本名を答えた。中国側要人の顧問をしていた著名オーストラリア人の身柄を拘束するとは、日本側にとっては思わぬ収穫だったに違いない。だが、彼らはドナルドが中国大陸か香港、あるいはその他の国にいると思い込んでいた。日本の軍艦艦長も、あるいは日本中の情報をもってしても、そんな大人物が太平洋上で休暇を過ごしているとは想像の外だった。だから上陸すると、日本人はドナルドをフィリピンに設置した一般外国人向け収容所に収容した。名前を登録する際に本名を使ったのにもかかわらず、日本人は彼を「中国のドナルド」本人ではなく同姓同名の人物だと思い込んでいた。日本が投降すると、彼は釈放された。後年彼は癌を患い、ハワイの病床で静かに世を去った。

第八章　戦場記者（二）武漢・台児庄

南京から武漢への移転は、地理的に言えば撤退であった。

武漢には大きなチャンスが訪れていた。この街は国家と人民が団結し、存亡を賭けた戦いに勝利を摑み取れそうな潜在能力があった。当時の武漢にはそこに由来する自信がみなぎっており、それは国家の表側ばかりではなく、市民一人ひとりの言動と人間関係にも現れていた。

その頃、進歩的思想を持った人はみな武漢を偲んだだけでなく、他の場所にも民族の希望の火を見つけようとしていた。そして共産党の指揮する抗日拠点地を一層重要視するようになった。こういった拠点地は主に遊撃戦を通じて敵の占領区の後方で日本人から取り返したものだ。武漢には南京よりずっと自由な空気が流れていた。南京では、国民党の発行物検閲制度により、人びとは共産党の政策や彼らによる勝利を知ることができなかった。だが武漢では違った。一九三八年、それは国共二大政党が抗日統一戦線を結成した最初の年、形勢が一番よかった年でもある。当時の武漢の書店には長征と紅区（革命拠点地）に関して書かれた本が、中国人著者のものも外国人著者のものも堂々と売られていた。例えばスノーの『中国の赤い星』。毛沢東とその他中国共産党指導者の著作、特に抗日戦略に関するものは、以前なら持っているだけで危険であったが、ここでは堂々と買ったり討論したりすることもできた。こういった本は、特に若者には人気があった。

武漢に集まっているのは南京から来た官員だけでなく、北京や上海から来た大学教授や学生たち、進歩思想を持った作家や編集者たちもいた。彼らは武漢市で自由な雰囲気の左翼的出版機関を設立し、優れた図書を多く発行した。力みなぎるこれらの本は、読者の人気を得ていた。一方、国民党や保守派、耽美的な政府系か半政府系の出版物は差し当たった問題にちっとも触れていなかったので、人気がなかった。

一九三八年初頭の武漢で、共産党は国民党の統治区では一九二七年以来最初の合法的新聞となる『新華日報』を創刊した。地方紙ではなく全国紙である。創刊に際して初版を祝う式典が行われ、多くの共産党以外の人も参集した。私も出席し、貴重な写真を撮影した。右派の人びとはこの新聞の発行を阻止しようと、『新華日報』の売り子を脅したり、故意に騒乱事件を起こしたりとさまざまな手を使ったが、販売数と購読数は日に日に増え続けた。

ともかく、武漢には新しいチャンスの空気が漂っていたのである。日本の侵略に対し中国人どうしで内輪もめをするのではなく、再び団結し、祖国の独立と未来のために戦うというチャンスが。時計を戻せば、二十世紀初頭、一九一一年の辛亥革命が起きたのも武漢だった。この革命は中国で二千年以上続いた封建君主統治を終わらせた。この街ではそこかしこに、全国統一と進歩に向けた奮闘の史跡が見られた。武漢に漂う楽観的な空気は、そのお陰でもあっただろう。大詩人、郭沫若の詩集『武漢の希望』にはそういった雰囲気がよく描かれている。

さらに、南京（後に軍政官僚の巣窟となった）と比較すると、武漢は重要な工業都市であったため、労働者階級はここで政治的にも組織的にも多くの勝利と挫折を経験していた。一九二六年から翌年にかけて、中国共産党の指揮の下、この地の工会はその影響力の絶頂期を迎えていた。群衆により武漢の旧イギリス租界が奪還されたのは、主に工会の功績である。十九世紀中頃から諸外国が中国に租界を設立し始めたが、武漢は租界を回復した最初の都市だった。この地の労働者運動は一九二三年の軍閥による鎮圧にも持ちこたえたが、二七年に国民党右翼が大虐殺を行ってからは、長く抑圧されていた。私が滞在していたのは、それが再び息を吹き返し出した頃であった。

　社会の風向きが変わったことを思わせる出来事は一九三八年五月一日、武漢で十一年ぶりに行われた国際メーデーの式典だった。市内最大の公園で、大勢の労働者たちが十年ぶりに共産党員王明の演説を聞いた。王明は当時まだ中国共産党の最高指導部にいた。彼は一度は左傾して教条主義者になり、その頃も国民党との統一戦線においては依然として教条主義者であった。なぜなら彼は国民党を手を組む相手ではなく、指導者として崇めていたからである。彼については、後ほどまたお話ししよう。

＊＊＊

　何より一九三八年の武漢には、楽観主義の火が灯っていたのである。それは共産党の率いる八路軍と新四軍による、抗日闘争における絶え間ない勝利によってもたらされたものだった。一つひとつは小さな勝利であったが、積もり積もって大きな進展となった。その当時、多くの都市はすでに日本の鉄蹄の下に陥落していたが、革命の情熱は長征の困難を乗り越えるばかりではなく、広大な農村地区において敵に反撃する力となっていたことが、ここからおわかりいただけるだろう。

広大な農村地区では、中国人は日本人より圧倒的に優勢であった。その歩みは遅くても、遠い目で見ればたいへん希望に満ち溢れたものであった。

国民党軍は指導者が無能であったばかりではなく、防衛戦と陣地戦に慣れきっていた。このような戦法では、高い工業力による高品質の武器とよく訓練された兵を持つ日本側を打ち負かすどころか、むしろ敵に塩を送ってしまう結果となった。

一方、共産党軍は日本軍の弱点をよく知っていた。日本側は戦線は長いものの、力の及ばない空白地帯が多かったのである。敵の守りの弱い拠点間にある広大な空白地帯を遊撃戦や運動戦で攻めるのは効果的であった。敵後にある広大な農村地区はこうして、徐々に解放区となっていった。正規軍対正規軍では、当然日本側が優勢であった。だが、自分の土地を守ろうとする遊撃隊と群衆も相手となると話は違ってくる。彼らは日本側の弱点を見つけては攻め込み、勢いで相手を上回る兵力と高度な機知によって敵の武器や装備を接収し、自分のものにしてしまうのである。

武器や装備面で劣っていても人民の支持を得た軍隊は、高品質の武器を有していても人民の支持を得られない軍隊を打ち負かすことができる。十年間の内戦中に、中国の紅軍が証明したことであった。彼らはこうして蒋介石の度重なる包囲攻撃を破り、大量の武器や装備を接収した。毛沢東は「蒋介石は紅軍の『運輸大隊長』になった、欧米から渡された武器を紅軍に明け渡してくれたのだから」と皮肉を言っている。後の長征で証明されたが、退却を迫られても勝利を収めることもあった。

一九三七年十二月、武漢へ到着するとすぐに、カールセンという人物が訪ねてきた。痩せていて背が高く、顔中皺だらけで、思慮深そうな目をしており、くわえ煙草に羊皮の上着、帆布地のリュックを背負い、スノーからの紹介状を携えていた。そこには「同人は親中反日派の軍人で、共産党の率いる八路軍の抗日活動の視察を希望している」とあった。つまり、彼を八路軍の武漢事務所に連れて行ってほしいということだ。スノーはこの他に、八路軍に対する紹介状も書いてカールセンに持たせていた。

そこで私は、彼を葉剣英将軍と董必武のところへ連れて行った。彼らは周恩来より先に武漢に到着していた。二人は延安と連絡を取り、すぐに敵後遊撃区拠点地を訪問させてくれた。

遊撃区の訪問から帰ってきた彼は、熱い目をして、自分の見たことを語ってくれた。正式な報告のなかでも見聞きしたことを逐一綴っていた。さらにはルーズベルト大統領にも手紙を書いていた――そのことは何年も経ってから公になった。中国に派遣されたとき、ルーズベルトから自ら見た真実を書くよう、彼は求められていたのだ。二人の友情はジョージア州の温泉にある避暑地で育まれた。ルーズベルトは長くここで休養していて、カールセンはその警備隊長だったのだ。

カールセンは遊撃区の前線から戻ってくると、武漢で自分の意見を公にした。彼が外国人記者や宣教師らが参加した集会でした演説を私も聞いた。彼は「八路軍は中国最強の部隊で、抗日活動に最も積極的、部隊内部や軍民関係もどこより民主的だ」と語った。なかでも八路軍の総司令官である朱徳については、アメリカの歴史的人物を引き合いに出し、「リンカーンの謙虚さと、リー将軍の機知と、グラントの屈強さを兼ね備えた人物だ」と評した。国民党指導者の蔣鼎文については、憤怒を露わにした。国民党軍は八路軍の軍事供給だけでなく、抗日戦による負傷者に対する医療物資の供給も妨害したというのである。たいへん強固な反共思想を持つ葉剣英将軍は正直にも、カールセンに向かってこう叫んだ。「あんたも物分りが悪いな、奴らの生き死になどこちらにはどうでもいい。むしろ死んでもらいたいぐらいだ」。

カールセンはここから思想的影響を受けていた。中国に来るまで、彼は左派を毛嫌いしていた（彼はニカラグアの民族的英雄サンディーノに対するアメリカ側の武装干渉に参加した経験があった）。だがいまや彼は、中国共産党員の精神と効率を褒めそやすようになり、視点を同じくするアメリカ人とより親しくなった。戦前北京にいたとき、すでに自分の目で見ていたスノーから、中国共産党と軍隊について聞いてはいたが、それを実際に見て、中国共産党は抗日闘争の指導者的役割を果たすかもしれない。日本は将来的にアメリカの敵国となり、アメリカは中国とは敵をともにする戦友となる。彼らは軍事において、アメリカに多大な力を貸してくれるだろう、と考えるに至ったのだ。八路軍では、彼はスメドレーにお目にかかった。スメドレーは社会的、政治的角度から中国共産党についてさらに教えてくれた。武漢へ戻ると、彼はスメドレーを手伝って八路軍のための医薬品を集め、スノーとニュージーランド人の友人レウィ・アレーと中国の工合運動を推し進めた。

このアメリカ海軍陸戦隊軍官の新たな視点はその後も変わるどころか一層進歩した。第二次世界大戦中、彼は有名な太平洋戦区海軍陸戦司令部の突撃隊司令官となる。その訓練法と思想教育理念には、彼が八路軍で見たものが一部取り入れられている。部隊の掛け声である「Gung Ho」（工合、「ともに戦う」という意味）は中国語の工合運動で主張されたともに働こうという箴言からだ。一九四七年に亡くなる直前、蒋介石が中国共産党に対する内戦を再び勃発させたが、ワシントンがこれを支持していたことに対して、彼はそれに対する反対意見を忌憚なく述べた。

その頃、国際学生連盟の代表団が武漢経由で延安を訪問し、毛沢東と中国共産党のその他指導者たちと会談をしている。アメリカ代表はモリー・ヤードという名の中国の宣教師の家庭に生まれた女性であった。数十年後、彼女はアメリカの全米女性組織を率いる、アメリカのフェミニズム運動の指導者の一人となった。

一九三八年、武漢の中国人たちの間に、国際的な反ファシズム闘争と親しくなる動きがみられた。

特に強く感じられたのは彼らがスペイン共和国の防衛戦を徹底的に支持していたことである。これは、当時のファシストの侵略に対するもう一つの武装闘争であった。フランコの軍事反乱はヒトラーの率いるドイツとムッソリーニの率いるイタリアから軍隊や武器の提供を受けていた。

この年、何年も歌うことを禁止されていた愛国歌『義勇軍行進曲』が再び南京の空に響き渡った。これは『ラ・マルセイエーズ』の辿った運命と似ている。歴史家の記録によれば、『ラ・マルセイエーズ』は復活した君主制とナポレオンの第三帝国下では長く歌うことが禁じられていたが、一八七〇年の普仏戦争時に再びパリに響き渡ったという。一九三八年の武漢にはこの愛国歌だけでなく、遠い異国を想う歌もあった。『マドリードを守れ！』という、あちこちで聞かれるようになった新しい中国の歌だ。「中国とスペインは同じ戦線にある」という思いから生まれた歌だった。

「情熱の花」〔ドローレス・イバルリの愛称、スペイン内戦における指導者のひとり〕も当時よく知られていた。スペインを援助する国際部隊には、百人以上の西側諸国に住む中国人が志願兵として出征していた。武漢では、スペインの前線から来たカナダの外科医、白求恩に会った。彼は敵後の八路軍拠点で負傷兵のための戦場医療部隊を設立しようとしていた。この素晴らしい医学の腕とインターナショナリズムに対する忠誠心を持った戦士は戦場に散り、その英名は中国で永遠に刻まれることとなった。毛沢東の追悼文によって、彼の名は全国に知られることとなったのだ。同じ道を辿った人物には、オランダのドキュメンタリーフィルムの先駆け、ヨリス・イヴェンスがいる。一緒にスペインから中国へ来たのは、ポルトガル出身の有名な戦場カメラマン、ロバート・キャパ（後にアメリカ国籍を取得）。スペイン共和国が惨敗を喫すると、フランスの収容所に入れられた国際部隊の医師二、三十人は、中国へ戻ってきて反ファシズム闘争のために働いた。

＊　＊　＊

一九三八年四月、私は楽観的な空気がみなぎる武漢から前線の取材に行き、抗日戦争始まって以来の中国正規軍の初勝利を目撃した。この勝利に全国は湧き、人びとの興奮は絶頂に達した。台児庄は江蘇省と山東省の境界にある。国民党軍が正面から攻め込み、遠く北方の共産党遊撃隊が日本軍の交通線を遮断し、敵の増援を防いだのだ。統一戦線がうまく働いた例であった。

私たち台児庄の取材に行った一行は意気投合し、あうんの呼吸で動く仕事仲間となった。イヴェンスの撮影班は戦火飛び交うスペインで、世界的に有名なドキュメンタリー『スペインの大地』を撮影したばかりだった。中国では、彼らは『四億人』という別の作品を制作していた。同じような効果を狙った作品で、解説者はアメリカの映画スター、フレドリック・マーチだった。映画は、彼らがその目で見た台児庄の戦役の様子、及び共産党の率いる遊撃戦区の状況を描いたものだ。国民党は彼らを台児庄の戦場へ行かせてくれなかったので、彼らは仕方なく現地人のカメラマンにカメラを渡して撮影を委託していた。私たちの一行には優れた頭脳を持ったアメリカ海軍陸戦隊軍官カールセンがいて、敵後の共産党遊撃区訪問から戻ったばかりだった。もう一人は政治部第三庁郭沫若の部下、曹亮だった。私が彼に初めて会ったのは上海の『中国の声』社で、彼はそのとき、教会学校で教えている地下共産党員だった。非凡な才覚を持った人で、他にも逸話があるのだが、それについては後でお話ししよう。さらには国民党宣伝部員もいたが、いかにも役人らしい雰囲気の人たちだった。一人は政府系のカメラマンで、あれは撮影していいがこれはだめだと指示をするのが仕事、他人の撮影したものを自分のカメラで検閲用に複製していた。さらに滑稽なのは、私たちの元締めで、キリスト教青年会で聖歌隊の指揮を執っていた、でっぷりと太ったセオドラ・ドゥ氏であった。彼は後に戦時の准将となったが、軍人らしさのまるでない人で、あと二駅で台児庄に着くという鉄道の分岐点で、突然あたふたと駆け寄ってきて「やめておこう、昨日ここに日本の砲弾一発が落ちたらしい」などと言う。つまり、私たちに引き返せと言うのが彼（と彼の上司）の意図なのであった。だが、こちらは毎日砲弾だの爆弾だのが落ちてくる地区にいるのだ。私たちは肩をすくめ、この勇士の言うことを取り合わなかった。こういうのが、戦争の過渡期における中国（役人、民間人含む）の複雑さであった。

　三十分ほど汽車に揺られ、台児庄が近づいてきた。私たちは大変な思いをして孫連仲将軍の前線司令部へ歩いていった。孫将軍は顔中髭もじゃの典型的な北方男児で、ここ二週間ほど戦闘の指揮で睡眠不足、疲れで声が少ししわがれていた。戦闘の砲声や銃声が遠くに聞こえてくるのだが、農民たちは春うららの畑で野良作業を続けていた。

翌日、私たちは古い運河にかかる浮き橋を渡って台児庄に入った。瓦礫と死体がそこかしこで目に入ってきた。戦死した兵士が多かったが、死者には農民もいて、伸ばした手の先にはガチョウの死体が転がっていた（家畜を抱えて逃げようとしたのであろう）。近くには鉄製スプリングベッドに寝かされた日本兵の死体もあった。日本軍は逃走兵を空き地で焼き殺そうとしたのだが、焼き尽くす時間がなかったらしい。

中国第三十一師師長池峰城の指揮する部隊は壮絶な肉薄戦を繰り広げ、ついには侵略者を撃退した。地位のわりには彼はまだ若く三十歳そこそこ、華奢な体をして、だがとても切れる男であった。戦闘で軍服がぼろぼろになってしまったので、皮の上着と私服のズボンに着替えていた。部隊政府兵の七〇%がここ数か月の戦闘で国のために命を散らし、ようやく勝利を収めたのだそうである。城壁は半分が砲弾で破壊されていた。城外には、日本軍により遺棄された戦車の残骸が四両あった。

台児庄戦役の特徴は、主に非正規軍による戦闘だったことである。非正規軍とは、蔣介石の嫡系である精鋭部隊以外の部隊を指す。非正規軍なので装備は悪く、兵士たちは僻地の出身で、蔣介石の最高統帥部からは軽視されていた。だが、彼らが死をも恐れず果敢に戦ったことがおわかりいただけるだろう。

いまや民族精神は、広い中国の隅々にまであまねく行き渡っていた。なぜならほとんどの地区がこの戦役に関わっていたからである。そんななか、蔣介石は自分の精鋭部隊を政権の支柱として温存していたので、遠くからさほど人数もいない部隊を派遣してくるだけだった。

日本上層部のスポークスマンは台児庄での敗北に衝撃を受けた。彼らを打ち破ったのが非正規軍だったからである。そこで彼らはいままでどおり、臭いものには蓋という態度をとった。台児庄が中国人によって奪い返されたという事実を頑として認めず、さらには自分たちは徐州（台児庄は徐州の前哨基地であった）などもとから攻める気はなかったと主張したのである。だが徐州はそれまでもその後も、一貫して重要な戦略地であった。

一九三八年四月二十九日、台児庄の勝利から三週間後、武漢の士気は武漢上空の空中戦により一層と高まった。そのときの空中戦を私はこの目で目撃した。

台児庄の勝利は、さまざまな側面から見て記念すべきものである。台児庄は華北、上海と南京が陥落してから、中国側が正面切った戦いで敵から取り戻した最初の都市だった。その勝利は全中国全土、いや全世界の人民を沸かせた。中国と中国人民は必ず戦い抜き、勝利を得ることができると信じたのである。

国内では、台児庄の勝利は歓迎をもって迎えられた。国民党の統治する銃後、延安と解放区、敵の占領区で、踊り上がって喜ばない人はいなかった。世界各地の華僑や中国人までが喜びに包まれた。政府関係者も含む外国人には、一度は中国は簡単に陥落してしまうのではないかと疑っていた人も多かったが、彼らもある程度は中国の実力を理解した。日本の侵略者たちにとって、台児庄での失敗は致命傷で、軍隊の士気は大いに下がった。

日本軍は台児庄では敗北を喫したものの、依然として武士精神を保ち続けていた。台児庄に向かう途中、開けた農地を通りかかったときのことである。日本の負傷兵が一人、毛布で入り口を覆った住宅の弾痕の穴から、絶えず銃撃をしてきた。彼は結局、私たちの護送についていた中国兵に射殺されたのだが、本来であれば隠れていればよかったものを、このような「名誉の自殺」を選んだのである。日本軍部が彼らに植え付けた恐ろしい思想であった。中国人に捕らえられたらおぞましい拷問をされる、捕虜として生きていることは天皇や自分、家族に対するたいへんな恥だ、と教えられているのである。中国人の同行者は「我々には日本語のできる人がいないのが残念だ。説得することもできない」とつぶやいた。

カールセンは中国共産党の率いる戦区でよくこのような活動を行っていたという。捕虜になった日本兵のなかには、最初のうち自殺を図ったりあるいは中国衛兵にわざと殺されようとする人もいる。だが彼らは生き残ると、やがて思想も徐々に変化していくそうだ。日本の部隊に戻るか、そのまま留まるかと聞かれると、後者を選ぶというのである。なかには、中国の戦争は正義だ、日本の戦争は日中両国民にとって有害だと考えるようになった人もいた。彼らは危険を顧みず、拡声器を使って戦線付近にいる日本軍の説得へ行こうとした。いままで天皇の神話を信じていた人たちが、新たな思想を信じるようになったのである。

台児庄では希望ある勝利を収めたが、全体的な戦略や決策は国内の状況に追い付いていない状態であった。機動戦と遊撃戦は正面戦では増えておらず、敵後解放区でのみ行われていた。その後の一年間、国共両党の提携は強化されるどころか弱体化した。国民党は毛沢東ほど先見の明がなかったのだ。毛沢東はその綱領的著作『持久戦論』において、抗日の三段階と防御から反撃に持ち込む過程を述べている。全民動員と団結が必要だということだ。一方、蔣介石は抗日ではなく共産党との内戦再開に向け力を温存し、自己の権力を固めることに腐心していた。

＊＊＊

台児庄では勝利を得たものの、周辺地区の中国戦線は一九三八年五月末から明らかに崩壊状態に陥っていた。日本軍が徐州に大挙して押し寄せ、この地は数週間で陥落してしまったのだ。続いて、日本の侵略者は武漢に迫ってきた。蔣介石は黄河のダムを破壊し、洪水を起こして日本軍を阻止しようとしたが、それほど長く足止めできなかったばかりか、中国の無数の村が沈み、数十万の死者が出た。共産党の指揮する地区はこれとは対照的だった。日本人に村を破壊されても、人民は自分たちの故郷や畑を必死で守ろうとしていた。町が日本軍に占領されてしまうと、彼らはそれを取り返そうとした。台児庄の戦役後は、戦術でも基本方針でも両者の違いがますます明確になった。

政治の舞台では、一度は鳴りを潜めた国民党右派と投降派が再び動き出した。国民党副主席汪精衛及びその部下たちが欧州など亡命先から帰国すると、投降派はいよいよ勢力を盛り返した。一見人当たりのいい汪精衛は政界のカメレオンで、まるで俳優のようにころころと顔色を変えた。一九二六年から翌年には武漢の革命統一戦線政府を率いて、蔣介石に反対していた。その後、蔣介石と同じく左派を虐殺し、反対陣営のなかで蔣介石と権力争いをしたが、結局勝つことはできなかった。そこで彼は海外に赴き、ムッソリーニやドイツのナチストたちと手を組み、一九三八年に再び武漢に現れたときには、抗戦を熱望する愛国者のふりをしていた。その腹心である陳公博と周仏海はさらに風見鶏であった。ふたりは一九二一年の中国共産党第一次代表大会の代表十二人のなかにいた。その後、国民党内で左翼から右翼に転向し、武漢の戦時政府に抜擢されて、宣伝部長を務め、四〇年には汪精衛とともに日本側に寝返り、唾棄されるべき漢奸となった。日本の投降後、周仏海は獄死、陳公博は死刑となった。

私も彼ら三人に対しては不愉快な記憶がある。汪精衛は公共の場所で他人と握手をするときは、怒ることもなくつかみどころのない人だった。女のように小奇麗な服装をした陳公博はアメリカ・コロンビア大学への留学経験があったが、いつも演技をしているようなところがあった。陳も、眼鏡をかけた周仏海も、ドイツ語か日本語が話せる記者を明らかにえこひいきしていた。

＊　＊　＊

一九三八年、私は武漢へ来たついでに長沙へも寄ってみた。長沙は湖南省の省都で、毛沢東の故郷である。私はこの街で一九二〇年代半ばにおける革命精神の象徴を見た。一見何の変哲もないが、注目すべきは残酷な鎮圧にも負けない精神であった。中国の他の都市では、人力車夫は乗客に気に入られるため、駆け足で車を引く。だが長沙では、せいぜい早歩きぐらいの速度なのだ。「遅い」と乗客が文句を言うと、「それなら、自分でお歩きなさい」と言って車を引くのをやめてしまう。何年も前に、有力な人力車夫工会がストライキの末に手に入れた成果だった。工会はすぐに鎮圧されてしまったが、その精神は受け継がれたのだ。

一九三八年十月末、武漢は陥落し、中国の戦時の臨時首都としての役割を終えた。国民党上層部の右傾化は一層進み、汪精衛の売国的行為の後、蔣介石は再び徹底した抗日を誓った。だが、内部の投降派を掃討することはできなかった。だが、中、下層部の抗日精神は依然として強かった。

武漢にいた外国人記者として、私は「最後の目撃者」となることはできなかった。一九三八年七月に中国の別の大都市、広州へ異動させられてしまったからである。広州も主要前線で、日本の激しい爆撃によく遭っており、武漢と同じく、十月に日本軍に占領された。

広州では、私は都市の陥落をこの目で見た。文字どおり塹壕から最後に出てきた一人になったのである。

第九章　戦場記者（三）　広州

広州は戦時の国民党統治区域における、高まる士気と絶望が同居する街であった。

広州にいた一九三八年六月から十月の五か月間に、私はすべてを目撃した。日本軍の猛攻撃、沸き起こる民間抗日組織、最後の大撤退と都市の陥落。日本軍の上陸後、中国軍はわずかな間抵抗したが、前線を取材して、軍があっという間に瓦解していった理由が少しわかった。日本軍に占領された広州を離れ、しばし農村に滞在していたときには、迫りくる日本軍の勢力と村民の反応を観察することができた。

広州に到着したのは仲夏の頃だった。当時そこは日本の占領から残された最後の海港大都市だった。広州へ到着するやいなや、現地の人びとの雰囲気が私の心を捉えた。南方の人たちなので北方の人より小柄だが、体中精力みなぎっていて、黒く輝く目をしている。早口で声も大きかった。他の地方なら激高していると思われるような話し方でも、ここでは普通なのだ。

私が来る数週間前、日本人は人口密集都市である広州を新米爆撃兵の練兵場にしていた。爆撃はしょっちゅう目標を外れ、無辜の市民に多くの死者が出た。広州に到着した翌日、一般人の遺体二千体が広州の川辺に転がっていた。日本軍が毎回繰り出してくる飛行機はそれほど多くないが、絶えず順繰りに爆撃してくるのだ。六月六日、千五百人の罪なき命がまた失われた。老若男女の遺体は日本軍の爆撃機により血肉が吹き飛び、識別も困難なほどであった。負傷者のなかにはコンクリートの下敷きになり、泣き声を上げている人もいた。破壊された壁から出た水道管からは水が流れ続けており、まるで血を流し続ける死傷者の血管のようだった。

　日本の戦闘機は幾晩も空襲を続け、投下する爆弾は多くはないものの、絶えず頭上を旋回し続け、神経を逆なでする唸り声をあげ、人びとの眠りを妨害した。沙面島のイギリス・フランス租界の周囲には小川が流れていたが、その岸に多くの寒さと飢えにあえぐ群衆が日夜集まり、橋の上の租界警備員は武装して彼らがなかに入らないようにしていた。日本の広州への空襲は、恐怖心によって広州の人びとの意志を挫くのが目的で、ヒトラーのスペイン共和国への空襲に匹敵する残酷さだった。

　だが、ここは屈服を知らない街だった。志願者によって結成された赤十字救護隊、消防隊とボーイスカウトは爆撃も恐れずに働き、しなければならない作業の手を途中で止めることはなかった。新聞は通常どおり発行された。老若男女は屋外で集会を開き、抗日のための募金を募った。女性は家庭内の宝石や首飾りを寄付した。広州人の好きな茶楼（伝統的な喫茶店）は相変わらず朝晩客で賑わっていた。香港のプロダクションが危険を恐れて新しい映画を持ってこないので、映画館はしかたなくアメリカの古い映画を再上映していた。六月六日、ロンドンに住む陳依範（孫文時代の外交部長陳友仁の息子）が広州へ来て反ファシズム画展を行った。多くの人が訪れ、広州市長も来た。画展が行われたビルの門前で、その日空襲による多くの死者が出たというのに。それは、その後数か月間の広州の人びとの可能性を予見するかのような雰囲気であった。

武漢などでもそうだったように、広州でも私はすぐに進歩的知識分子や学生と知り合い、意気投合した。『救亡日報』の若い社員のうち、編集長は夏衍と尚忠義（正確な漢字表記はわからない）であった。夏衍は評論家、劇作家、中国近代映画の先駆者であり、尚忠義は北京大学で教授を務めていたこともある人物だ。二人とも三十歳そこそこなのに、新聞社では老大哥（ボス）と呼ばれていた。さらには長年の絆で結ばれた木刻家、広告画家や漫画家もいて、その戦闘的な作品は街角や催し物会場でよく見られた。苗毅範（正確な漢字情報なし）はとても真面目な学生で背が高く、歳の頃は二十歳ほど、日本に侵略された沿海へ行こうとしていた。帰ってきたらUP通信社に寄稿してほしいと私は頼んでいたのだが、それは永遠に果たせない任務となってしまった。なぜならかの地ではコレラが猛威をふるっており、彼は感染して亡くなったからである（長い年月の後、拙著『中国未完成の革命』でこの情熱的な愛国学生について書いておいた）。

　六月中旬、日本の広州に対する空襲はしばし止んだ。国内外の目は日本軍の武漢に対する侵攻に向けられた。日本軍が徐州から西進するのを阻止しようと、蒋介石は六月十日に河南省の黄河堤防を破壊した。洪水が起きて日本軍を束の間足止めできたが、彼らはそれでもあきらめることはなく、長江流域を南下するルートに変更し、陸海空三軍と、さらには毒ガスで攻めてきた。

　その後の数週間、敵の進行速度はやや遅くなった。これには二つの原因がある。一つは、国民党正規軍がそれまでより強い抵抗を行ったからである。二つ目は共産党の率いる八路軍（華北）と新四軍（長江の下流一帯）が敵後で勇ましい遊撃戦を繰り広げ、日本軍の武漢に対する圧力をけん制し、大規模な増援を防いだからである。

さらに、国際的な要因もあった。日本軍は日本とソ連が共同で占領している中国東北部の国境付近に攻め込もうとしたが、張鼓峰（ウラジオストクからさほど遠くない）で大敗を喫したのだ。東京のスポークスマンは言葉を失い、ただ「ソ連軍の砲火が強烈であった」と語った。

陸路で北進する計画が阻まれたので、東京の参謀本部はもう少し希望のある戦法に変更した。西側国家の太平洋上の陣地を海陸両方から攻めることにしたのだ。保守党政権下のイギリスは「甘言を以て怒りを制す」という原則で、日本に媚び、中国における勢力範囲を再分割しようと持ちかけた。武漢では、汪精衛がドイツ・イタリアとの関係改善を促した。これら二か国は中国の日本に対する投降的性格を持った協定調停人の役割を果たしてくれそうだったからである。同時に、イギリスとフランスはヒトラーのファシズムに対し、日増しに宥和政策をとるようになっていった。ドイツは数か月前にオーストリアを占領し、チェコスロバキアは九月三十日に締結された「ミュンヘン協定」で地図から消された。こうした状況につけ上がった日本は、武漢と広州に同時に攻め込んだのだ。

＊＊＊

一九三八年十月十二日、日本軍は孤立した海岸の漁村、哈冲の砂浜から上陸し、広州への侵攻を開始した。現地の莫希徳という旧式軍閥の首領は無抵抗であった。彼は権勢を笠に着てやりたい放題、軍の統治も残酷であることで有名で、腹心である軍官たちとタングステン（重要戦略品の一つ）の採掘事業を個人的に行っており、まず香港に運んでから、最終的には日本に販売していた。こうして個人的利益のために日本軍に対する警戒を怠った彼は逮捕され、軍事裁判にかけられた。

敵の先頭部隊は上陸後多くの橋頭堡を作り、装甲部隊が続いて押し入り、海軍の強力な航空戦隊の援護によって包囲攻撃を分散させ、行く手の中国軍の守りを破った。広州の東側の恵州は日本軍の爆撃により平地になっており、あるイギリス人技術者によれば、「血生臭い午後の二時間だった。十秒に一発、爆弾が落ちてきた」。

一週間も経たずに、日本軍は広州に迫った。私は他の記者二人とタクシーに乗り、夜間に前線に到着して十二時間にわたって尋常ならぬ取材を敢行した。最初、私たちは中国部隊について前進していたが、その後敵の素早い反撃をかわすため急に後転した。

当初私たちは市内から東に向かっていた。三〇マイルほど行くと、大勢の中国軍しか見えなくなった。まるで検閲場にいるときのようにきちんと並び、戦闘をした痕跡は見えなかった。最終的には、私たちは数十台ものウェクス社製軽装戦車と一緒に歩くことになり、さらに多くのオートバイとまるで霊柩車のように長いバス（参謀官が乗っている）が同行した。車上の軍官が私たちに後ろを歩くようにと言ってきたが、私たちは前を歩いていた。

突然、オートバイ部隊と歩兵がそれぞれ別の方向に向かって走り出し、「前方に敵発見！」と叫んで、機関銃で正体不明のバスに向かって掃射を始めた。参謀官の車と私たちの車は方向転換した。私たちはすぐに後退した中国機械化部隊と砲兵部隊の間に走り寄った。ここで防衛措置を講じないということは、敵の両側からの包囲が成功したのかもしれなかった。

旅館へ戻って、翌朝前線へ行くことを私たちは決めた。だが皮肉なことに、むしろ私たちがいた場所がすぐに前線になった。珠江沿岸に多くの日本軍戦車が現れ、ゴウゴウと耳をつんざく音が聞こえた。遠くからは爆破音が聞こえた。最後に撤退した中国軍が重要設備を爆破している音だった。人びとは慌てて逃げていった。

危険を冒し、私は市内へ行ってみた。日本の戦車二十台がいかなる抵抗も受けず堂々と走行していた。戦車の通った後には、弾痕により蜂の巣になった壁と血まみれの死体——一般人四人、美しい女性一人と兵士一人。ＹＭＣＡの外にあるアメリカ国旗にも二つ弾痕が開いていた。頭上では、日本の戦闘機が低空旋回しているところだった。

夕方、日本の装甲部隊は広州の幹線道路を完全に制御下においた。私がこの地に来た最初の夜にはそこに高品質の装備をした中国の機械化部隊兵士が並んでいたのだが。生存した部隊は広州市内を通って逃げるか、広州—恵州の幹線道路に沿って逃走したのだろう。

数時間前、タクシーに乗ってあちこちを回っていた私たち新聞記者は、その実いつ死んでもおかしくない状況であった。私たちが朝四時まで同行していた中国部隊は、日本戦闘機の急降下爆撃と戦車の爆撃により、夜明けには何人も残っていなかった。朝五時、人と機械の死闘が始まった。

＊　＊　＊

いまにして思えば、日本軍の上陸前後、広州の群衆の士気は下がることを知らなかった。敵が広州に攻め込む一、二日前にも、盛大な動員大会が行われ、高級官員が意気高揚と演説を行った。実際には聴衆たちと違って彼らは早々に逃げる準備をしていて、市内やその周辺からはすぐに姿を消した。人びとはにわかに混乱に陥った。そして愛国心ある彼らは日本の鉄蹄の下で暮らすことをよしとせず、広州から離れていった。その思い切りのよさ、行動の素早さは、いままで他のどこでも見たことがないものだった。

その後広州周辺の武装抗日運動は徐々に共産党指導の東江縦隊と関連の遊撃隊へと発展していった。

＊＊＊

広州の郊外では組織的な武装抗日運動は見られなかった。地元の軍閥官員たちが慌てて逃げていった結果である。

以下は全体的な状況を表すものではないが、目撃したことを書いておこう。

十月二十七日から三十一日にかけ、私はアメリカ人のフリーカメラマン、レイ・スコットとこの陥落都市を抜け香港に逃げようとして失敗し、やむを得ず引き返した。沙面のイギリス租界にある旅館に戻ると、ＵＰ通信社に原稿を一通送信した。その当時はまだ協定が有効だったので、珠江口に停泊中のアメリカ軍艦の通信局から原稿を送ることができた。以下は私が書いた内容である。

私たちは四日間を過ごした「無人区」からいま戻ったばかりである。日本軍が荒れ果てた港から上陸するのを、この目で見た。続いて日本の飛行機が三機、私たちに向かって四十五分間爆撃してきた。徒歩と船で八〇マイル進んだ。以下、途中で見たことを述べる。広州陥落後の珠江三角洲の様子について、皆さんの理解の助けになれば幸いである。

スコットと私は日本の占領の様子を伝える最新の写真を撮ろうと、小川と小道を経て広州市外へ出ようとしていた。だが、日本人は三角洲の水路を厳重に封鎖していた。偵察機が絶えず飛び交い、武装した艦艇が巡邏にあたり、陸上拠点には一か所につき百人は詰めていただろうか。

だが彼らは海から離れた内陸まで占領したわけではない。広州から半径二〇マイルの範囲内は中国当局はすでに撤退したものの、まだ日本人によって占領されていない事実上の無人地帯となっていた。私たちの通りかかった十数の村では、人びとは事態への対処法について熱心に討論していた。まずは日本人に対して。次に、押し寄せる難民に対して。

広州からさほど遠くない仏山郊外では、街道に一マイルにもわたって武装した民兵が立ち並び、日本軍の小部隊を駅まで追い返していた。

難民に対する典型的な対処法は、一食与えてよそへ行ってもらうというものだった。

青い制服を着た村の自衛団員は武装帯を背に、ライフルや拳銃を構え、出入りする人びとに目を光らせ、故郷を守っていた。人数は多くないが仕事の効率は高い組織であった。だが外界と完全に隔離されていたので、協調性を欠いてもいた。広州から一〇マイルと離れていない村でも、日本人が広州市内に侵攻してきたことを信じない住民もいた。付近の仏山で日本軍を撃退したのに、日本の旗を掲げた漢奸だと思っている人もいた。

この地区には中国軍がほぼおらず、広汎な組織が村の一つを拠点としているだけだった。数十名の寡黙な、学生のような若者がおり、彼らは農村地区に分散した抗日勢力を束ねて指揮する計画を立てているようで、私たちの見聞きしたことに大いに興味を示した。だが、広州市があっという間に日本軍に占領され、やって来る難民たちは占領を前に逃げ出したのだとは信じられない様子でもあった。だから、私たちの話が本当かどうかもわからないのであった。

途中、日本の飛行機が私たちの貸りたサンパン船の付近に何発か爆弾を落としてきた。動くものは何でも攻撃してくるようだった。一度などは、日本の巡邏艇が一〇ヤードしか離れていないところまで近付いてきたが、ござをかぶせた船棚の下にしゃがんでいた私たち外国人二人には気が付かなかった。

私たちはブローニング四十五式の拳銃を二丁所持していた。アメリカの軍艦にスコットが頼み込んで護身用に貸してもらったのだ。とはいえこれで日本人相手に戦うとなると、勝ち目はないだろう。

結局さまざまな問題により、私たちは広州に残るほかはなかった。沙面のイギリス租界にあるビクトリアホテルが安全な避難場所だった。そこから、私は観光客としてモービル社の汽船で香港へ向かった（西側国家が日本に宣戦布告をしたのは真珠湾事件後である。これはその三年も前のことであった）。

私は大きな大洋金属桶を持っていた。中身は広州出版の『救亡日報』一式、新聞社の編集長に持っていくよう頼まれたもので、彼らが香港に到着すれば、これを返すつもりだった。それが広州の中国愛国知識分子に対する、私の最後の貢献であった。

＊＊＊

広州陥落前の群衆の高揚する愛国心についてもう一度語るなら、忘れてはならないのが宋慶齢の広州への二回の旅だ。彼女は広州市全体を激励しただけでなく、彼女との会見が私の人生を変えた。

私の広州滞在中、高い理想を持ち人びとの尊敬を集めていた高貴な宋慶齢は二度も広州を訪れた。中国民国の国父、孫文の未亡人である彼女が、民族と国家が存亡の危機に瀕している際に広州を訪れたことには大きな意義がある。彼女は二度の重要な時期にいずれもこの街で暮らし、活動していたからである。最初は孫文率いる辛亥革命が中国の古くからの君主制を倒したときで、革命の火を絶やさぬようにしたのはほかならぬ彼女であった。次は一九二四年から二七年の帝国主義と封建軍閥に反対する大革命の準備中だった。

宋慶齢の一九三八年八月の広州を訪問の際には、彼女と会わなかったが、ＵＰ通信社を通じて彼女の談話を発表した。ここには彼女の観点が明確にしめされている。内容は以下のとおり。

> 十二年ぶりに広州へ戻ってまいりました。それは、日本の野蛮な爆撃に抵抗する広州人民の偉大な精神をこの目で見るためです。中国の力は人民にあります。日本が中国に対して起こしたのは全面的な侵略戦争――軍民問わずです。ですから、私たちに残された唯一の対策は全民抗戦です。それなしには、中国に勝利はありえません。日本が中国に対する侵略戦争を初めて一年経っ

ても、あまり理解されていませんが。

官員たちはますます外国の力に頼るようになり、……国際的な趨勢が私たちに不利になるなか（ドイツは日本が中国の東北部に建てた傀儡政権満州国を承認しましたし、イギリスと日本は協議中であるとも伝えられます）彼らは絶望的になって「もうおしまいだ」と言うようになりました。

日本は華南から侵略を始めようとしていますが、しかしそうなればイギリスと対立するでしょう。日本が中ソ国境でソ連を挑発した際には、官員たちは「外国がきっと干渉してくるだろう。ありがたい」などと言っていたのです。これが半植民地状態になり、他国に頼って生きるしかなくなった国の弱音です。つまり、自国の人民の力を信じていないのです。その実、人民の力によってのみ——そして必ず——中国は救われるのにもかかわらず。……我々の勝利は、自国の人と物をどれだけ動かせるかにかかっているのです。決して外国の援助を望んでいないわけではありません。いままでに差し伸べられたすべての援助に感謝します。

アメリカのみなさんに伝えたいことがあります。あなた方は中国に同情しているのですね。しかし、前線で私たちの兵士を殺した銃弾と、丸腰の広州市民の上に落ちた爆弾はアメリカのくず鉄でできています。日本の経済はアメリカに依存しています。そのことをアメリカのみなさまにどうぞご理解いただきたく。

次の言葉には、彼女の先見の明が現れていた。

今日、日本の飛行機が爆撃のため飛来しましたが、使われたのはあなた方の石油でした。明日、日本の飛行機はフィリピンとハワイの上空に現れるでしょう。あなた方は海軍で外からの脅威を防いでいますが、その脅威のもとを作ったのは目先のことしか考えないアメリカの商業界です。

続いて、彼女はこのような問いかけをした（宋慶齢がこの講話を発表した二年半後、かの真珠湾事件が起きた）。

これに対するアメリカのみなさんの対策は？

＊＊＊

初めて宋慶齢に会ったのは、彼女が最後に広州を訪れたときだった。九月十八日、日本が一九三一年に中国の東北三省を侵略した国恥記念日であった。だがそれから七年後の広州には、勇敢な精神が見て取れた。人民や群衆による信じられないほどの勇気であった。日本の飛行機が海岸から広州に飛んでくるまでのわずか十五分間に、大勢の広州市民が松明を灯し、夜の街道でデモを行った。彼らは一片の私心もなく、広州の方はもういいから、集中的に武漢を守るよう中国空軍に要請したのだ。華奢な体で、生き生きとした表情の宋慶齢が悠々とデモ隊の最前列にいた。彼女の名声はすでに私の脳裏に刻まれていたが、実際に初めて見たその姿を忘れることはできない。

それから二十四時間も経たず、会談の機会が訪れた。宋慶齢は中国人や外国人の知人らを集めて、日本の野蛮な爆撃を非難した。そして、自ら香港で設立した保衛中国同盟の広州支部を作るよう、私たちに呼びかけた。保衛中国同盟の任務は中国の武装抗日闘争、特に効果の高い遊撃戦に対し、外国人支援者から医薬品などの物資面援助を募ることである。遊撃戦士たちは敵から多くの領土を取り返してくれた。私は広州人民の苦難と闘争を報道していたので、この保盟の広州支部の一員となることにした。宋慶齢は『中国呼声』によく投稿している私のことを知っていた。『中国呼声』は彼女が上海で主催していた英語版の愛国雑誌である。

一日ほど経って、宋慶齢は前線へ向かうインド国民会議の医療部隊を見送ることになり、私もその場に誘われた。ネルーの組織した医療部隊だ。宋慶齢とネルーは友好的な関係を築いていたのだ。この部隊には若くて勇敢なコトニス医師もいた。コトニスは亡くなったカナダ人医師白求恩の業務を引き継ぎ、自分も同じく戦場に散った。

保盟広州支部が正式な活動を開始するより先に、広州は陥落してしまった。だが私と宋慶齢、保衛中国同盟や彼女のその他事業との関係は四十年以上続き、その後の私の人生を大きく決定づけた。ついには私は彼女の求めに応じて彼女の伝記を書いた。一九八一年、臨終の直前に、彼女は中華人民共和国の名誉主席の称号を授けられた。

だがそれはずっと後のことだ。話を一九三八年末に戻そう。広州の陥落後、私は香港に向かった。

第十章　香港、宋慶齢と

日本が広州を占領すると、私の戦場記者生活は一旦終わった。香港に到着するやいなや、ＵＰ通信社から解雇されてしまったからである。香港では宋慶齢の下で一年以上働いた。広報として、世界中から中国への援助を募る仕事である。

これがその後の人生を大きく変えることとなった。香港はイギリスが百年前のアヘン戦争で中国から奪った直轄植民地であり、戦火飛び交う中国内地と違って、表面的には落ち着いていた。第二次世界大戦後に急激に興った鉄筋コンクリートとガラス窓のジャングルとは違う、十九世紀ビクトリア時代の風格漂う建物が立ち並び、行政機関や金融機関の入る建物はレンガ造りで、大英帝国の威厳と財力を物語っていた。せいぜい四、五階建てしかないような建物でも、である。

香港直轄区の住民のうち、九五％は中国人であったが、法律的に彼らの立場は認められていなかった。だが外国人、ひいては支配国の国民であるイギリス人であっても、文官や軍人でない一般人であれば同じであった。ここには民主的に選ばれた機関というものがなく、すべてがイギリスの任命した総督によって決められていた。だが、住民（ほとんどが中国人と戦争による難民）の政治的傾向は大陸の民意を反映していた。どのみち、香港の植民地体制は中国内地の死闘と無関係ではいられなかったのである。さらに注目すべきは、香港は当時中国に唯一残された外界との連絡口だったことである。

＊＊＊

UP通信社が私を異動ではなく、解雇してしまった理由は多くある。まず、中国戦線に派遣する記者人数が減らされた。広州と武漢が立て続けに陥落してしまうと、UP通信社は「中国の抵抗はじきに治まるだろうから、報道の価値は低い」と考えたのである。一方、じきに重大ニュースがあるだろうと、日本に派遣する記者は減らされなかった。ここで看過できないのは、日本の新聞がUP通信社のアジアにおけるお得意さまだったことである。さらにUP通信社の極東地区における最高責任者——東京支社の社長、マイアス・ヴォーンは日本の債権を大量に購入していたと伝えられる。つまり、親中的すぎて、日本の占領区での仕事には向かない私は、ちょうどいい解雇の対象だったというわけだ。第二に、私は解雇するのに金もかからない。現地採用で、雇用にあたって契約書も交わしていなかったので、解雇手当や、帰国旅費やアメリカ本国採用ならもらえるその他さまざまな費用を請求する権利もなかった。

私にしてみれば、UP通信社との別れは仕事の終わりではなく始まりだった。すぐに宋慶齢が香港の保衛中国同盟中央委員会に誘ってくれたからである。英語出版物の編集が、私の仕事となった。無報酬の仕事だったが、香港にとどまる理由になった。しばらくして、私は地元の新聞社に働き口を見つけ、糊口をしのいだ。

宋慶齢が他でもなく香港で保衛中国同盟を設立したのは、この同盟が戦火に蹂躙された中国内地では二重の意味で封鎖されていたからである。一つは日本の侵略者による海岸線の封鎖。もう一つ、当時進みつつあった封鎖は、蒋介石政府による、中国共産党の率いる抗日運動や拠点への物資供給封鎖で、医薬品ですら供給を許されなかった。同時に、共産党の軍事的・政治的勝利や成果も報道することを制限されていた。保衛中国同盟の任務はこれら二重の封鎖を破り、いかなる人も外界と通じ外に向かって声を上げる権利を踏みにじられないようにすることであった。香港——その頃もまだ世界の大部分と連絡がついた——はその点、窓の役割を果たせる地であった。宋慶齢は周恩来と相談して香港へ趣き、この地を全世界の反ファシズムの力と海外華僑の支持が集まる外界との連絡口にすることを決めた。国共両党による統一戦線と全国人民の抗日闘争を強化することが目的である。

宋慶齢にはその経歴と強い意志からくる、まるで磁石のような人を惹き付ける力があった。この事業の柱、魂になれるのは彼女をおいて他にいなかっただろう。孫文夫人として、中国共和革命の創始者・指導者の未亡人として、世界中から尊敬されていた。同時に、中国の団結進歩の愛国事業に一貫して忠誠心と純潔な思想を持ち続け、廉潔で正直な品徳で知られていた。その情熱と誠心により多くの中国人や外国人の仲間を得て、さまざまな思想や立場の人たちとともに働き闘った。世界を動かした人物の一人とも言われるが、とても謙虚で、若者だろうが下っ端だろうが、一緒にいても緊張することはなかった。

私たち香港の保衛中国同盟委員会は人数は多くないものの、活気みなぎる組織だった。宋慶齢は当時まだ四十五歳、私たちみんなの慈母だった。三十歳の廖承志は中国共産党及びその抗日武装勢力の香港駐在代表としてよく働いていた。その他メンバーは皆二、三十代であった。私は最年少で、二十三歳になったばかり。宋慶齢と少数の中心メンバー以外にも、さまざまなボランティアが多くいた。宋慶齢の威信のお陰で、彼らは一声かかればいつでも飛んでくるのであった。

保衛中国同盟とその支持者は、特に設立から最初の二年間は政治的に国外から広く賛助を受けていた。宋慶齢は弟の宋子文を保盟の初代会長として招いた。宋子文は国民党の高級官員で、蔣介石の義理の弟にあたる。アメリカからは、中国援助委員会が保盟を通じて寄付金を送ってくれた。この委員会の名誉主席はルーズベルト大統領の母親だった。

宋慶齢は保盟のメンバーたちと非常に民主的な関係を築いていた。中国全土のみならず全世界に名が知れた人なのに、誰に対しても対等に接するのだった。事務所のタイプライターで手紙を書いたり、救援物資の荷詰めや発送など、どんな仕事でも皆と一緒に取り組んだ。会議の主催者となったときには、自分の前でも後でも、他の人に自由に発言させた。愛国主義者でインターナショナリストであるという立場は誰もが一致していたからである。中国籍のメンバーは祖国の生存を賭けた戦いを全世界の圧迫と侵略に反対する闘争の一環と見ていたし、外国籍のメンバーは中国人民の抗日闘争は全世界の反ファシズム運動の一環と見ていた。

宋慶齢の人柄を表す小さなエピソードをここで一つ紹介しよう。他愛もないようなことだったが、私には忘れられない。

香港で、私はドナルド・エレンと同じアパートに住んでいた。エレンは二十歳そこそこの教師で、保盟や工合やその他反ファシズム事業の協力者でもあった。あるとき、私たちはこの部屋に宋慶齢を招いて手製の昼食を振る舞うことにした。彼女が嬉しそうに招きに応じてくれたので、私たちもとても嬉しかった。だが、困ったことに気がついた。私たちの部屋にはテーブルクロスもないのである。仕方なくきれいなベッドカバーをあてがった。私たちは食事をしながら保盟やその他のことについて話し合った。食後、彼女は感謝の言葉を述べ、それからからかうような口調で「このベッドカバーはあなた方どちらの？　言ってくれるまで帰らないわよ」。私たちは笑い声とともに彼女を見送った。果敢な戦士として世界に名を知られる彼女は、私たちのような若い相手に対してもユーモアを忘れない人だった。

一九三九年から一九四〇年にかけて、保盟の活動は急な進展を遂げた。中国の現状に心を痛める外国人と華僑により構成された、国外の多くの進歩的な中国援助組織と関係を構築したのだ——こうした外国人や華僑にとって、宋慶齢は信念と正義の象徴だった。寄付金や救援物資が世界各地から続々と送られてきた。海員たちも仲間から募った寄付金を、私たちの事務所に持ってきてくれ、さらに宣伝資料の束を持っていってくれた。宋慶齢は一人ひとりからの寄付金や物資に対しその多寡にかかわらず、受け取り票に必ずサインをしていた。

国民党地区における援助計画には、中国赤十字会の医療部隊の設立もあった。国民党地区と共産党地区の両方で中国工業合作運動は行われていた。工合運動の目的は労働者（特に敵の占領区から来た労働者）が一丸となり、労働者の自治による生産機関を設立することだった。こうして多くの地区で生産された日用品は、一般消費者の生活に欠かせないものもあれば軍事用絨毯のような軍需品もあった。遊撃地区ではこの他に、武器も生産していた。これら合作社はある国際団体によって組織されたもので、メンバーには中国の愛国人士と外国人支援者がいた。外国人支援者には、スノー夫妻とニュージーランド人のレウィ・アレーもいた。スノー夫妻は工合運動の国際的な宣伝について、多大な貢献をしてくれた。レウィ・アレーは水面下で厭うことなく働いてくれていた。宋慶齢は合作社のこうした経営方式を、孫文の民生主義を体現化したものだとして絶賛した。そして香港で設立した中国工業合作協会の国際委員会名誉主席となり、多くの活動を主催した。

＊＊＊

保盟は香港で幾度となく募金活動やチャリティーバザーを行った。賛助してくれたのは儲かっている企業から、労働者階級の人びとまでさまざまだった。中国人も、外国人もいた。皆、宋慶齢（「孫夫人」と呼ばれることの方が多かった）の名前を慕ってやってくるのだ。そういう意味で、彼女は余人を持って代えがたい人物であった。自分の左翼的観点を正直に表明しているにもかかわらず、高い威信を持つ彼女が主催する活動には香港総督羅富国（ジェフリー・ノースコート）も出席せざるを得なかった。

汪精衛が売国的行為に出たとき、宋慶齢は姉妹である孔祥熙夫人（宋靄齢）、蔣介石夫人（宋美齢）と長年ぶりの再会をし、一九四〇年三月三十一日からともに重慶を訪問し、汪精衛に投降せず団結して抗戦することを呼びかけた。中国の政界から広く注目された出来事である。

毛沢東、朱徳や共産党のその他指導者たちは事実によってデマを否定し、両党の団結を破壊するのではなく、強化しなければならないと強調した。一方の国民党は相変わらず、陰に陽に共産党を批判し続け、後にそれは果てしなく続く罵詈雑言へと発展した。さらに数年経つと、重慶当局は外国人記者（私もその一人だ）の共産党指導地区訪問を許可せざるを得なくなった。だが出発前、私たちは共産党に対する批判を長々と聞かされた。共産党地区を数か月間取材した私たちは、それがまったく根拠のないでたらめだったとわかった。

＊＊＊

一九三九年から翌年にかけて、香港は抑圧期だった。イギリス在中大使は宋慶齢を訪問し、政治的な、特に国民党当局を批判する発言をしないように告げた（大使本人の意思ではなく、イギリス政府からの通達であった）。実は、その頃香港政府が恐れ、顔色を伺っていた相手は東京だった。香港の中国語紙は、日本の侵略と戦争の暴行を表立って書くことを許されなかった。イギリス帝国の利益のため、中国語出版物は香港人を中国人ではなく、華人と表記することを強制された。香港の検閲官たちは抗日戦争の真実を伝える映画の上映を禁止した。例えば、保衛中国同盟はイヴェンスが台児庄で潜入取材したドキュメンタリー『四億人』の上映は許されなかった。

＊＊＊

私は保盟で、主に中国の政治的形勢と戦局を担当していた。現地の新聞社での仕事は中国の利益になるものであったが、長年に渡る植民地の雰囲気が漂う香港という場所が私には好きになれなかった。私が現地の新聞社に職を見つけた経緯はこうだ。宋慶齢は私が報酬のある仕事を必要としていることを知り、夫のかつての用心棒であるモリス・コーエンに仕事、できれば新聞業の仕事の口利きを頼んだ。モーリス・カーンは中国語名馬坤、「二挺拳銃コーエン」というあだ名でも呼ばれた、香港に非常に通じた人物で、彼が香港『毎日新聞』編集部の仕事を見つけてきてくれた。『毎日新聞』は一八五〇年代創刊、香港で最も長い歴史を持ち、何十年間も社会に大きな影響を与えた新聞であったが、その後財政危機に見舞われ、所有権の一部を国民党に売って、中国の抗日事業に転じた。内輪もめが止まない中、新たな編集者一人を速急に必要としていたので、私は宋慶齢の推薦を得て応募することにした。

まもなく新聞社の国民党責任者である兪鴻鈞による面接があった。兪鴻鈞は上海市市長を務めたこともあり、香港では、新聞社に経費を提供する国民党中央信託局の責任者で、アメリカのミシガン大学卒業、流暢な英語を話す、腰の低い人であった。彼はかつて自身も記者だったが、その後宋慶齢の姉（孔祥熙夫人）と妹（蔣介石夫人）の力添えの下政界入りした。彼は私の新聞記者としての経歴に満足し、まだ若いことは気にしなかった。抗日統一戦線を嫌ってはいたが、左派である宋慶齢の推薦は受け入れた。それに何より、私は中国の味方であった。さらには、私は競合相手である英語紙の編集者より安い給料でもいいのだ。

『毎日新聞』は非常に混乱した、途方に暮れてしまうような職場だった。字母が昔のままで、印刷の質は競合他紙より悪かった。だが誰に聞いてもそのことの担当者が誰なのかわからない。株の一部はモロー大佐が所有していた。彼は創立者一族・モロー家の子孫で、赤みの指した顔に真っ白な髪の毛をした貴族であった。新聞に関しては門外漢で、インドのイギリス軍でずっと軍人をしており、退役すると一族の新聞事業に携わった。中国国民党政府も株の一部を買っていた。両者以外の第三の株主がこの産業の鍵を握っていたのかも知れなかったが、イギリスや中国の株主とも連盟を結びうる存在で、モロー家のすでに他界したかあるいは高齢の親戚かもしれないし、政敵に倒されるまでは株を所有していることが明るみに出たりしない国民党の派閥の誰かだったかも知れないが、とにかくどこにいるのかもわからなかった。

　こうしたリスクにもかかわらず、俞鴻鈞の支持するその派閥は徐々に相手を締め出していった。すぐに私は編集部の責任者になった。部下はそれほどいなかった。若い助手が一人、スコットランド人で、マックナードという名前だった。それからベテラン記者が二人。一人はアレックス・クリフスというヨーロッパとアジアの混血児、シンハラ人の血を引いて背が高く機敏な人で、「Jansz」という、十七世紀から十八世紀の、スリランカがオランダ人に占領された時代にまで遡ることができる名字を持っていた。もう一人は一心不乱に働く白系ロシア人青年だったが、残念なことに彼の名前は忘れてしまった。この他に痩せぎすのアメリカ人女性もいて、海運関係のニュースと有名人の特別記事を担当していた。署名はHyerであったが、正式な名前はついぞ知る機会がなかった。彼女は自分より年下だったが地位は上の私を、いつもまるで目下のように無遠慮に呼んだ。そんなことは私も一向に構わなかった。彼女は仕事もでき、小賢しいところもなかったからである。私の覚えている限りでは編集部に中国人はおらず、印刷所と経理部門にいるきりだった。当時の香港では普通のことだった。

私たちが直面した最大の問題は発行部数だった。イギリス人の発行する『南華早報』『香港電訊報』と『中国郵報』にはまるで敵わなかった。ある日、私は街へ自社新聞の売れ行きを確かめに行った。新聞の売り子の中年女性たちが抱えているのは競合他紙だけだ。そこで、私は一人に聞いてみた。

「あの、『毎日新聞』は？」

「もちろんあるよ！」女性は抱えている新聞の束の一番下から、『毎日新聞』を一部引っ張り出した。

「どうしてそこに？」

「腕の汗で『南華早報』が湿ったら困るからね」

彼女の返答に、私は気が遠くなった。

このような不利な状況に対し、『毎日新聞』はさまざまな工夫をし、そのうち一部は効果があった。

私たちの社説（多くは私が書いていた）は急所を突いた、忌憚なき意見を書いていたので、ときどき注目を浴びることになった。私たちは中国侵略を続ける日本を、そして一九三九年にヨーロッパ戦争が勃発するまで、特にヨーロッパで戦争が勃発して以降、日本に宥和政策をとり続けた西側諸国（特にイギリス）を非難した。反ドイツ戦線に数か月も動向がなかったいわゆる「有名無実の戦争」の際には、西側諸国が「もう一つの戦線」に転向したことを批判した。「もう一つの戦線」とは、ソ連への干渉である。当時ソ連はレーニングラード付近の国境でフィンランドと戦争中であった。

『毎日新聞』は国民党の所有であったが、ときには社説で共産党の率いる遊撃戦のことに触れ、さらに設立された敵後の抗日拠点地を列挙した。香港の英語紙はニュースでは時折このような記事を書くこともあったが、評論では珍しいことだった。

日本軍の占領区から流れてくる、捏造された中国戦局の報道については、私たちは流言を事実として書いているロイター社の上海支社と筆戦を繰り広げた。

私たちは「中国の抗日闘争は全世界における反ファシズム侵略闘争の重要な一部であり、ヨーロッパが戦場となった後も「二の次」としてよい問題ではない」として、外国に支持を呼びかけ続けた。こうした問題について、私は夜になるとよく『星島日報』の編集者で進歩の士である金仲華と電話で話し合ったので、二社の社説論調はよく似通うことになった。

＊＊＊

香港で私は尋常でない境遇に置かれていた。無国籍だったので、合法的に香港に住み続けるためには、二か月に一度更新する特別居留証が頼りだったのである。この点に関して保盟の名誉秘書へミダ・シャルウェン＝クラーク夫人は大いなる力添えをしてくれた。彼女の夫は香港の高給官員――医務総監で、社会的影響力のある人だった。それに、歴史ある新聞の編集長である私は、それなりの待遇を受けるべきであろう。香港総督ジェフリー・ノースコートが英語出版物界の代表者を招いてブリーフィングを開いた際、私もそこへ招かれた。そこで政府関係者のものの見方を知り、さらにシェリーと麦茶を味わった（客に麦茶を出す習慣はいまも世界のどこかに残っているのか、それとも大英帝国とともに消失してしまったのか、それはわからない）。

『毎日新聞』に私がいた一年間に小さな内部危機――あるいは、逸話と呼ぶべきか――は二回あった。

モロー大佐は新聞社に来ることは稀であったが、毎晩深夜、マックナードと私が印刷所から出てくる頃になると、酔っ払ってクラブから電話をかけてきて、あれやこれやと聞いてくるのだった。最初の言葉はいつも「どうだね、そっちは？」であった。一度、私は我慢がならなくなって「仕事に専念させてくださいよ！」と言ってしまった。この退役軍人は夜中に電話をかけてくるのが自分の役割だと思っていたらしく、私の態度に大いに腹を立て、兪鴻鈞に言いつけた。彼は自分の宮殿のような中央信託局事務室に私たちを呼び、事態を丸く収めようとした。モローは「いままでこんな事を言ってきた奴はいなかったぞ！」と怒鳴った。私は「不適切な事を言ってしまったこと、お詫びします。ですが、あのとき私たちは本当に忙しかったんです」と弁解した。これでモロー大尉の面子は保たれたらしく、機嫌を取り直し、それからも毎晩電話をかけてきた。だが以前のようにあれこれ聞くことはなく、かわりに毎月必ず「社員に給料は払えているのかね？」と聞いてきた。

もう一つの危機はもっと意義深いものだった。競合他紙である香港の新聞社ストライキが起きたときの逸話である。本来であればこちらの売上部数を伸ばす絶好の機会だったのだが、子どもの頃から「他人のストライキには協力しなさい」という教育を受けて育った私は、自社の従業員に対しても仕事をやめ声援を送るよう呼びかけた。香港でそんなことをする編集長は他にはいなかった（国民党の中国では犯罪とみなされる行為だった）。正直に言うと、私たちの従業員はおとなしく、この呼びかけにさほどは応じなかった。すぐにその場は丸く収まり、ストライキは終わって、私の香港における名声はかなり下がった。

私の保盟の友人である柳無垢は几帳面にも、『毎日新聞』の社説をすべてスクラップブックに貼り付けていた。そのスクラップブックは半世紀の風雨を経て、奇跡的にいま私の手元にある。読み返してみると、自分の若いときのエネルギーを思い出して、懐かしさがこみ上げてくる。新聞社の仕事は忙しかった。夕方から深夜まで働いていたが、疲れを感じることはまるでなく、他の仕事もしていた。保盟の宣伝の他に、工合香港促進委員会の宣伝冊子を一、二冊編集した。最初の著書『人民の戦い』もついに完成した。私の見た中国の抗日戦争の最初の二年間を書いた本だ。スノーの『中国の赤い星』と同じ、ロンドンの Victor Gollancz 出版社から出版された。『人民の戦い』は出版されると、広く論議を呼んだ。全体的にはよい評価だった。

宋慶齢は「中国の抗戦について、他の外国人が書いた本とは違い、直接見たことを分析して報道している。現在の闘争を過去の歴史及び未来の展望と結びつけている」と絶賛してくれた。スノーは「戦争報道ものとして絶品、中国の夢に対する共感と理解に溢れている」と言ってくれた。

読み返してみると、恥ずかしくなってしまう言葉ばかりだ。だが若い記者だった私にとっては、こうした言葉がとても励みになった。最後の四〇ページは一晩で書き上げ、タイプライターで打って提出したものだ。

出版社からの報酬については注文をつけなかった。出版できればそれでよかったのである。四〇〇ページ近い本で、出版社 Gollancz は三五ポンド（税抜き後）をくれた。その後、この本を置いていたロンドンの倉庫がドイツ機の爆撃に遭った。幸い、一部は売りに出された後であった。何年もしてから、私は『人民の戦い』が多くの本や参考資料の出典となっていることを知った。皮肉なことに（さらに幸運なことに）、この本の海賊版がすぐに上海の公共租界に現れた。上海の租界は太平洋戦争勃発まで日本軍の占領を免がれた一方で外界と隔離されていたため、周囲の情報を渇望していた住民たちは『人民の戦い』を喉から手が出るほど欲しがっていた。遠く香港にいた私も彼らと同じ状況にあった。出版社が十数冊しかくれなかったのに、多くの友人からくれくれとせがまれたからである。結局自腹で買うしかなくなったが、貧乏だったので高価な正規版ではなく、懐に優しい海賊版を買ったものだ。

自分の著作の海賊版に喜ぶ作家は、世界で私ぐらいかも知れない。だが、当時の状況からして、海賊版という言葉は正しくない。第一に中国は当時、まだ万国著作権条約に署名していなかったからだ。中国の本は外国での販売冊数が極めて少なく、一方外国からの輸入書は需要が高かったため、読者や学生、学者までもが購入をあきらめるほど本は高価であった。次に、日本軍占領区の人びとは中国の抗戦を激励する書籍を渇望していた。私の『人民の戦い』は安価な英語版だけでなく、中国語版もあった。複数の翻訳者が同時進行で翻訳してくれ、すぐに出版できたのだ。中国語版は租界内でも合法的に販売でき、同時に闇ルートで敵の占領区にも運ばれた。有益で、愛国的な海賊版だったのである。

この他に、廖承志の主催する中国共産党文書英語翻訳版の編集と修正作業にも携わっていた。廖承志は父親がアメリカのサンフランシスコ生まれで国民党早期の革命烈士廖仲愷、母親が才覚と勇敢さを兼ね備えた女性政治家何香凝で、父親廖仲愷が一九二六年に国民党右派に暗殺された後、共産党に加わった。一九三八年から四一年にかけては、八路軍の香港事務所の責任者を務め、かつ保盟の主要メンバーでもあった。人好きがして大変活発な、多才多芸の人で、いくつもの言葉に通じており、中国語と日本語（彼は日本で生まれ、学校にも通った）、英語（かつて香港に住んでいた）、その他にも少しはわかる言葉がいくつかあった。苦労人だったが、その経歴によって屈強な革命主義者となった。

廖承志が私たちにくれる翻訳原稿は延安で選ばれ、国際的に発表されるものだった。なかには毛沢東の名作長編『持久戦論』（もとは演説だった）もあった。抗日戦争の過程で起きうるいくつもの段階ととるべき戦略について論じ、実際の戦争の展開を予見した論文だ。理路整然として説得力があり、事態の展開を説明するとともに発展させていた。他には国共両党対立の展開と危険について書かれた文書もあった。党内政策について、王明と論争を展開したものもあった。王明はモスクワで育てられた後抜擢され、中国の実情も顧みず、毛沢東のボスになろうとしたようだった（名前がはっきり書かれていなかったので、よくわからない部分もあった。文書で述べられている路線闘争は革命の原則と策略によって立論されており、個人または国家については触れられていなかった）。

　延安から送られてきたこれら文書とその他文書は香港で翻訳、出版され、ときにはそこから、あるいはマニラから世界各地に運ばれることもあった。現地で翻訳に携わった人のなかには、のちに有名な小説家となった若手作家葉君健もいた。同居人でもあったドナルド・エレンも、私と一緒に英語原稿の修正にあたった。エレンは保盟広州支部設立に携わり、広州陥落後は香港に来ていた。彼がアメリカ共産党の党員だったことは、後になって知った。当時アメリカ共産党は全盛期で、十万もの党員と大きな影響力を持っていたので、さほど驚きもしなかった。

　エレン、葉君健と私は香港のロビンソン通りに部屋を借りた。原稿の翻訳が終わると蠟紙に印刷し、ガリ版刷りが出来上がると、そのまま配るか国外向けに複写した。しばらくして、強力な助っ人が現れた。モリー・ベイクマン・トロンテールという男で、エレンとニューヨークの国際労働者共済会で働いていたこともある人物だった。

仕事は忙しかったが、私は暇をみては延安から勧められた『中国革命運動史』の英文訳原稿を編集し、数期分の『中国作家』の英語版に文字修正を行った。『中国作家』にはその当時の中国作家のさまざまな作品が掲載されており、多才な葉君健がそれを英訳していた。彼の英文にはときには手を入れる必要があるものもあったが、原作の精神と含意を理解しているので意味は伝わり、問題にはならなかった。私たち三人は文学に強い興味を持ち、よく香港の中国人小説家、散文家や詩人と会談していた。左派の茅盾、それに戴望舒、葉霊鳳やその他各流派の人物である。彼らは皆、統一戦線の支持者であった。当時他に付き合いがあったのは愛国画家葉浅予や丁聡であった。私たちは『中国作家』の中国語編集部員だった馮亦代やその夫人鄭安娜、及び著名な作家で評論家で詩人の楊剛らとよく語り合っていた。楊剛は当時自由主義色の強かった全国版の新聞『大公報』の文学部編集長だった。『ニューヨーク・タイムズ』への投稿を始めたのも、ちょうどその頃の香港のことだった。中国の新文学芸術について論じる記事で、同紙のブックレビューに発表された。一年ほど経つと『ニューヨーク・タイムズ』で同紙初となる中国解放区潜入取材の連載を始めることになった。

話は戻るが廖承志が指揮を執る政治文書の翻訳業務は、周恩来自らの指示によるものだった。一九三九年から始まった国共両党が団結して抗日戦争を展開していた複雑な闘争の間、周恩来は国民党の第二都市重慶の中国共産党軍政代表団を指揮し、同時に中国共産党華南局書記を務めていた。

当時の重慶は中国の政治的中心で、すべての外国大使館はそこにあった。周恩来は中国共産党の重慶最高代表として、実質上党の外交部長の役目を果たしていた。十年後、中華人民共和国が成立したときには、総理兼外交部長を務めた。

同様に、私たちの出版物も新中国をよく知るための最初の外国語宣伝資料とされたのである。

＊　＊　＊

一九四〇年晩春、私の最初の香港生活は終わった。古くからの友人である、ニュージーランド人作家で記者のバルトラムが『保衛中国同盟新聞通訊』の編集の仕事を引き継いでくれた。エレンたちは香港にとどまり、翻訳の仕事を続けることになった。

私にとっては『毎日新聞』の仕事は糊口をしのぐためのもので、イギリス植民地で編集長の仕事など、もとから長く務めたくはなかった。そこで私は重慶に戻り、妻のイディスと再びともに暮らす道を選んだのだ。イディスは私のために重慶で国際放送局の仕事を見つけてくれた。私たちは久しく離れてお互いを想うことも少なくなっていたが、もとはといえば同級生だったので、ここで別れてしまいたくもなかった。

何より、久しく離れてしまっていた中国の内地に戻りたくてたまらなかった。

第十一章　内陸の旅

一九四〇年、日本軍が香港の中国内地に通じる境界を閉鎖したので、陸路で重慶へ向かうことは不可能になった。飛行機は高価すぎるし途中の状況がわからないので、私にはよい交通手段ではなかった。その後、旅の道連れを見つけた――若い中国人画家で、陳という名字だったことは覚えているが下の名前は思い出せない。私たちはまず海路で大陸に上陸し、それから陸路を歩いて内地へ向かおうと決めた。最寄りの日本軍が未上陸の地点といえば沙峪冲という、砂浜の上に木造の小さな港がある場所だった。沙峪冲があるのは大亜湾というかつては海賊がよく出没していた湾で、その頃そこでは保衛中国同盟が時折救援物資を秘密裏に運んでいた。この湾を名義上は手中に収めている国民党は、共産党がここで東江抗日縦隊という海外華僑、特に愛国学生による遊撃隊を設立しつつあることに頭を悩ませていた。

私たちと行動をともにしたのは東南アジアの華僑一家で、親戚参りに中国に来ていた。彼らの故郷がその付近にあったのだ。それにピルンカ神父という外国人が一人。中年のイタリア人カトリック宣教師で、大柄で背も高く、その一帯で布教をしていた。上陸してすぐに彼の教会所在地に到着した私たちは、彼の自家製ワインとチーズを振る舞われた。私たちをもてなしてくれたのは女性信者たちで、大勢の子どもたちが好奇心旺盛に様子を見に来た。子どもたちの何人かは、神父によく似ていた。

内地への道は、狭い土の道だった。雇った労働者が天秤棒で荷物を運んだ。私たち一行は三、四十人もいて、保安隊という覇気のない、旧式のライフルかモーゼル拳銃を構えている警察官が警備を担当していた。後になって知ったが、これは日本の特務機関ではなく、東江縦隊に抵抗するための部隊だったらしい。

最初の夜、私たちは木板建ての小さな宿屋に泊まった。なかには小さな部屋がたくさんあり、どの部屋もダブルベッドが一台置いてあるきり、それ以外にはほとんど空間がなかった。旅の疲れで私たちはすぐに眠りについたが、真夜中に突然近くで銃声がしたかと思うと、あっという間に二十人以上もの強盗が押し入ってきた。みな広東で流行していた香雲紗の短い上着を着ている。一人が私と陳さんの部屋に入ってきて、私たちに「金、特に金の指輪はないか」と言った。私が「ない」と答えても彼は「あるはずだ」と言い、拳銃で私の膝頭をつついた。結局、彼は私たちの金を持っていなくなったが、すぐに戻ってきた。今度は銃を鞘に収め、大きな包丁を握っている。私はさらに不安になった。言うことを聞かなければ、この包丁で斬りつけられるのだろう、そう思うと体が震えてきた。彼は果たして（私が持ってもいない）金の指輪を要求してきた。だがそのとき運よく、隣の部屋から大声が上がった。もっと高価なものが見つかったらしい。彼は自分も分け前をもらおうといそいそと走り去った。

出ていこうとしたとき、それまでおとなしかった陳さんが果敢にも強盗の袖を摑み、大声で「この外国人に身分証を返してやりなさい。それがなきゃ、どこへも行けないんだから」と言った。強盗もそれは一理あると思ったらしく、札入れを返してくれた。私はそこから自分の身分証明書だけでなく、中国銀行の旅行信用証まで取り出した。強盗は字が読めなかったらしく、それに対し何も言わなかった。陳さんはさらに「すっからかんにされちゃ、こっちも明日の朝飯代がないんでね」と言った。強盗は私たち一人あたりに十元相当の中国紙幣を渡し、自分は数百元を持っていった。彼が今度こそ帰ろうとすると、陳さんは突然民族的誇りを込めて「ほら、中国では強盗だって話がわかるだろう！」と言った。

　私も多少の自慢を込め、「中国に数十年も住んでいて、町中の不衛生な料理など何千回と食べたが、当たったことがない」と応じた。私の豪語を復讐の神が聞いていたのかは知らないが、翌朝、私も陳さんも腹を下した。

　韶関に到着すると、広州で知り合ったＹＭＣＡ職員のアメリカ人アイダ・ラックウードに地元のロンドン教会病院にかかるよう言われた。病院のベッドで二週間も苦しい日々を過ごした。当時は抗生物質がまだよく知られておらず、医者は私たちがすでに脱水症状を起こしているにもかかわらず、果敢にも大量の硫酸マグネシウム七水和物で胃腸を洗浄したが、これが以外にも功を奏した。だが、私たちの体重はすぐに半分になってしまった。泣きっ面に蜂とはこのこと、さらに私はマラリアにもかかってしまった。医者がキニーネを注射した時、うっかり脚の神経を傷つけてしまったので、私の脚はその後何年も麻痺していた。

　病気になった私は、重慶の妻に電報を打った。彼女は慌てて、その当時華南で取材をしていた『クリスチャン・サイエンス・モニター』の在中記者、ヒュー・ディオンに韶関の私を見舞ってくれるよう頼んだ。背が高くて痩せたディオンはその頃ハーバード大学を卒業したばかりだった。私たちの友情はその後六十年も続いている。

痩せて弱りきった私はディオンとともに、重慶への旅を再開した。最初はガリガリで元気もなかったが、すぐに食欲を取り戻し、体重も増えた。私の体力を回復させるには歩くのが一番いいらしい。その頃私たちは夜明けとともに起き出し、夜になると休んで、一日に九十華里も歩き、正午頃に道端の屋台で一時間かけて食事をとり、それ以外にもときどき足を休めた。この徒歩旅行で、面白いことをたくさん見聞きした。

江西南部の贛州専区では、ディオンと私は行政責任者だった蔣経国を取材した。彼は蔣介石の息子で、ソ連に何年も留学していた。一九二〇年代末、彼は公の場で自らの父親を「人民の血で染まった手をした、反動分子」として批判していた。私と会った頃には父親と和解していたが、この地区で工合運動を支持するなど都市改革について論じ、実行にも移していた。だが、すぐに他の多くの国民党の官僚と同じく、工合運動を行った人びとを一斉逮捕し、共産党員を迫害するようになった。その後知ったことだが、蔣経国と鄧小平はモスクワ中山大学時代の同級生、二人ともクラスで一番背が低かったので、点呼のときは最後列に並んでいたらしい。数十年後、晩年の蔣経国は台湾政権の総統となり、かつて公然と批判した父の後を継いだ。

湖南省を横断する際、ディオンと私は中国の農村の世間知らずぶりを垣間見た。残りの道中、私たちはときにはバス、ときにはまだ中国人側にある鉄道に乗った。

重慶に戻って、私はイディスと再会した。イディスが私のために宣教師から借りてくれた平屋は、霧の立つ長江の南岸にあった。そこで一週間休んだのち、イディスが口利きをしてくれた中国国際広播電台（ＸＧＯＹ）で働き始めた。

第十二章　重慶へ

武漢から重慶への移転は、あらゆる意味で退却だった。

最初の、ほんのわずかな間だけはあまりそうは見えなかった。一九三九年は重慶が第二都市として新たな役割を発揮し始めた年だった。当時重慶はすでに二つの試練をうまく乗り越えていた。一つは汪精衛及びその追随者による売国的投降で、政府の分裂は起こさなかったものの、蔣介石を中心とする大多数の人たちは依然として抗戦を続けていた。私は当時香港にいたが、統一戦線の雰囲気はある程度改善され、お蔭で宋慶齢は自分の姉妹である宋美齢（蔣介石夫人）、宋靄齢（孔祥熙夫人）とともに重慶を訪問することができた。三姉妹が行動をともにするのは久しぶりのことであった。当時の重慶は日本からの爆撃が一番ひどかった頃で、火災が起きて甚大な損失が出ていた。だが、政府も民衆も、敵の思い通りにはならず、抗日の決心は揺るぎなかった。重慶はこの試練を乗り越えたのである。

このような形勢の下、一九四〇年初め、私は香港を離れ重慶に向かい、政府系国際放送局で働き始めた。当時はまだ、香港で保衛中国同盟にいた私のような人間でもそのような場所で働けたのだ。

私たちは普段、国際宣伝局の敷地内にある小さな部屋から放送を行っていたが、外国人記者の招待所も同じ敷地内にあった。日本軍の空襲が頻繁だったりひどかったりしたときは、私たちはトラックに乗って郊外の沙坪壩まで行き、地下の鉄筋コンクリート製防空壕の発射台から放送した。

一九四〇年初頭、私が働き始めた頃は、ほとんどの職員が愛国的だった。皆自分の仕事を抗日事業だと思っており、中国はこの戦争に勝つと信じていた。だが、それも変わってしまった。国民党の戦場では、政府発表では絶えず戦闘が起きていることになっていたが、敵との戦闘は減っていった。銃後の不満は日に日に高まっていった。

働き始めた頃、それを強く感じることがあった。あるとき、若い同僚数人と防空壕の外の斜面から日本の空襲を見ていると（私たちはいつも防空壕に入っていたわけではない）、彼らは「や、まただ、命中していないじゃないか！」などと言う。敵の攻撃が命中しなかったことを残念そうに言う人がいるとは。南京ではこんなことを言う人に会ったことがなかった。武漢ではなおさらだ。一体なぜそんなことを言うのだろうか。

ある人が冷めた態度でこう言った。「孔祥熙の家に命中してない、ってことさ」。若者たちが侵略者を恨んでいたのは間違いない。だが同様に、国民党の高級官員に対する恨みも日に日に募っていた（自身が国民党員であっても、である）。インフレが進み、生活水準は戦前よりはるかに下がってしまった。彼らが特に恨んでいたのは国難で儲けた悪徳商人たちであった。国家財政を牛耳り、でっぷり太った孔祥熙はその象徴である。

一九四〇年初から四一年春、私が重慶にいた一年間で、重慶と国民党地区全体の形勢は急激に悪化した。日本への抵抗も無気力になった。圧迫と腐敗が一層と進んだ。内戦の危機が日増しに高まり、反動派の時折の挑発が全国的な脅威となった。国民党政権の宣伝部員は不満でいっぱいだった。放送局英語部の最高責任者であり、ＹＭＣＡの秘書を務めたこともある彭楽山はそれまでは国民党の宣伝に対して何も文句を言ったことはなかったが、その頃は私に「もう嫌だ」とこぼすようになっていた。「一九三八年の頃は仕事が楽しかった。自分たちが放送しているニュースや宣伝を信じて、励まされていたからね。でもいまや、いつもでたらめを言わされている気がするよ」。

国際的には、ヨーロッパで戦争が進行中だったので、中国に関するニュースはめったに報道されなかったし、中国の情報は少なかった。それはＵＰ通信社が自社の在中記者に出した通達にも見て取れる。「世界を驚かすようなニュースのみ報道、さらに五十字以下にまとめること」。こうして、「世にも奇妙な中国」のニュースが西側諸国でまた捏造されるようになった。アメリカのメディアは「中国では春節の頃、鶏の卵が小さな人の頭の上に立つ」などという珍聞を何日も報道した。そんなものは有名科学者（アインシュタインなど）にでも解明してもらえばよい問題だった。

重慶では、外国人の国民党に対する信任は下がり続けた。外国人のなかに左派思想を持つ人はまれだったが、全国の形勢に関してはしばしば、共産党の方が国民党より正しいことを言っていると感じていたのだ。

この点に関して、共産党は外界に真相を知ってもらえるよう予防措置をとっていた。皖南事変が発生する前、アンナ・ルイーズ・ストロングは重慶を短期訪問した帰り際に、「こんな攻撃事件が起きるかもしれないからと、周恩来からもらいました」と、秘密資料をもらったことを教えてくれた。実際に事件が起きたら、アメリカで発表できるようにである。その頃国民党はスノーの入国を許可しなかったが、共産党は彼にも必要な時に発表できるようあらかじめ準備した資料を渡していた。香港では、宋慶齢の指揮する保衛中国同盟も同様の資料を入手していた。こうして国民党の報道封鎖は破られていたのだ。

重慶のアメリカ人記者ジャック・ベルデンは新四軍を取材したばかりで、彼らの抗日闘争に深く敬服していた。彼は国民党が新四軍を攻撃したと聞いて、外国人記者招待所の敷地内で、一人デモを行った。怒りに満ちた涙を流し、「国民党の将領は殺人鬼だ、国民党の新聞機関は真相を抹殺している」と叫んで、自分の知っている新四軍の状況を他の記者にも伝えた。いつも真実に正直な彼の言うことを皆が信じた。ベルデンは真理を守りたいという情熱にあふれた人物であった。以前武漢にいた頃、彼に「頭を使うんだな」と言われたことがある。「他人の言うことなんて簡単に信じちゃだめさ」。それから「話し上手より聞き上手の方が得るものは多い」とも。以降、私はその教えを守っている。

重慶では、新四軍の襲撃に対し、周恩来が最も強烈で人目を引く対応をした。国民党政府の新聞検閲官は共産党『新華日報』からこの事件を報道する記事をすべて削除した。そのとき現場にいた周恩来は、切り取られた新聞の一面を保存するよう指示し、そこへ毛筆で、事件を強烈に批判する言葉を書いた。「真っ先に逮捕されるべきは私である」と。彼は共産党の全権代表だったので、国民党もかつに手は出せなかったのである。さもなくば、国民党は抗日統一戦線を破壊した責任をすべてとらなければならなかっただろう。

延安の共産党高級指導者は、政府による新四軍の解散命令を拒否した。新四軍は改編後の革命軍事委員会の指揮の下に置かれ、新たな指導幹部が任命された。国民党の襲撃により、軍長の葉挺は負傷して捕虜になり、副軍長項英は戦死したからである。

国際的には、一九四一年三月、ナチスドイツの政府文書に外交部長リッベントロップと日本の松岡外相の談話が残されている。松岡外相は「蔣介石と「自ら接触を試み」」「信頼するに至った」と発言している。

新四軍事件後、重慶の雰囲気は抗日戦争が始まって以来最も——窒息感を覚えるほど——反動的になった。多くの知識分子や民主主義者が香港に向かった。香港ではまだ言いたいことが言えたからである。私も、香港の保衛中国同盟の職場に戻りたくなった。

以前私は香港で国民党所有と左派のメディアで同時に働いて、共通の敵——日本の侵略者に反対することができた。だが新四軍事件後、国民党は内戦再開に向け積極的になったので、そんなことはもはや不可能だった。

第十三章　香港の日本収容所から逃れて

日本が真珠湾と香港に侵攻するまで、私は香港のイギリス紙『南華早報』で働くと同時に、ボランティアとして宋慶齢の指導する保衛中国同盟で宣伝の仕事をしていた。

日本が侵攻してくるまで、私は住んでいた九龍から香港の新聞社へ船で通勤していた。侵攻が始まると、九龍はすぐに日本軍に占領されてしまったので、新聞社へ住み込むことにし、夜は机の上で寝た。保衛中国同盟とは付き合いが続いていた。宋慶齢は日本軍が侵攻した翌日香港を離れ、保盟の事務所は折よく九龍から香港へ引き上げてきた同僚柳無垢一家（彼女の父柳亜子は国民党左派指導者の一人だった）の避難所となった。私は新聞社の仕事が終わると、海の向こうから飛んでくる日本軍の砲火をかいくぐり、保盟の事務所で文書を破棄する柳無垢を手伝った。

同時に、中国の進歩の士とも不定期的に連絡していた。彼らは日本当局に見つからないよう、たびたび引っ越ししていた。彼らに対する外国人支持者たちとも私は付き合っており、そのなかには後に妻となる邱茉莉もいた。

戦局が不利になるなか、私は日本人に連行されないよう、公の場から姿を消すことにした。私はアメリカ人でもイギリス人でもないので、敵国民ではなかったが、公然周知の「日本の敵」であったし、無国籍なので、どこかの政府や国際公約による後ろ盾もない。日本の軍国主義に反対する文章を何年も書いてきたし、中国の愛国人士たちと抗日運動も行ってきた。日本人には恨まれているだろうし、復讐などされたらひとたまりもない。

楊剛は女性の共産党員で、中道派である『大公報』で働くジャーナリストだった。姿を消すにあたって彼女と相談した。彼女の手引きでまず姿をくらまし、後で助けにきてもらうことになった。当時の中国共産党香港駐在代表廖承志が『南華早報』に、私が「香港湾仔地区で日本の砲弾にやられて死んだのを目撃した人がいる」という匿名の電話をかけ、日本軍は当時湾仔に猛烈な爆撃をしていたので、誰もが信じ、私は無事姿をくらますことができた。

個人的に不幸だったことは、出所も不確かなまま『ニューヨーク・タイムズ』に掲載されたこの知らせを見た両親が、本当に一人息子を亡くしたと思ってふさぎ込んでしまったことだ。助けに来てくれるはずだった楊剛は計画に失敗し、私は数か月後になってようやく生き返ることができた。

死亡宣言がされてから、私は楊剛と中国式住宅に潜伏していた。彼女の友人呉医師がそこに住んでいたのだ。話し合いの結果、私はまず偽名を使って病院に潜り込み、そこから東江遊撃区に行くことになった。入院するためには、負傷者でなければならない。呉医師は私のズボンの腿に切り目を入れ、弾丸の破片で負傷したように見せかけた。脚に傷をつけるとき、呉医師は私に局部麻酔をかけてくれ、さらに骨や筋肉に傷が到達しないようにしてくれたので、危険も痛みもさほどなかった。鋸歯状の傷から血を滴らせ、足を引きずりながら私は近所のメアリ病院へ向かった。中国戦時救済運動をしていたときに知り合った看護師長のマーガレット・ウォーセンが私を担当してくれた。入院書類には本名ではなく、「アレックス・スティーブンソン」という、「戦争勃発前に中国内地からやってきたばかりの、アイオワ州シグニー郡出身のアメリカ人宣教師」として登録してほしいと彼女に伝えた。アイオワ州シグニー郡には行ったこともなかったが、友だちの一人がそこで生まれ育ったと言っていたのを思い出したのだ（田舎の地名はそこが実在するかどうか、ましてや日本人にはわからないという点で便利だった）。

香港が日本に占領されたとき、私の病室には負傷軍人も一般人もいた。時局に対する彼らの反応はさまざまであった。

香港が陥落した朝、私は、果敢なる戦闘で腕を負傷したと思われるイギリス正規軍軍官とともに病院の窓の前に立っていた。投降の意思を示す一面の白旗のなかで、突如ガソリンタンクが爆発して、炎が天に躍り上がった。戦争物資を敵に渡すことをよしとしなかった人だろう、私は嬉しくなった。だが意外なことに、このイギリス軍軍官はそうは思わなかったようだ。「日本人が投降してきても、倉庫に火をつけるなどという猪口才な真似は許せぬ」。彼にとって、戦争というのは選ばれた人間だけが参加を許されるゲーム——とても残忍なゲームなのだ。一般人が抵抗するのは許せない、不道徳ですらある、という考えであった。日本人の中国における、あるいはナチスドイツのヨーロッパにおける大虐殺を知っていただろうに、それでもそう言うのだ。

入院中に一度、日本人による負傷者の検査があり、私は危うくへまをやらかすところだった。傷が治ったとみなされた人は軍人は捕虜収容所に、一般人は収容所に入れられるのである。私は病院にもう少し長くいて、隙を見て逃亡できるように傷口を指先でつついていたのだが、あっさりと治ってしまっていた。

検査官である日本の軍医は私のベッドに近づいて、「この包帯を巻いた脚はどうしたんだ」と聞いた。「爆弾の破片にやられて」と私は答えた。「歩けるか?」と軍医は聞いた。「いえ、とても（もちろんこれは嘘である）」。運良く、軍医はこのとき他の負傷者に対してするように、包帯をほどいて傷口を確認することはしなかった。

三十分後、私はベッドから下り、廊下に出ていった。物音がしたので振り向くと、先程の軍医が私の背後十歩ほどのところを歩いていて、腰に差した指揮刀がリズミカルな音を立てていた。私はすぐ脚を引きずって歩きだした。また運良く――この軍医は忙しげにどこかへ行ってしまった。私になどまるで気が付かなかったようだ。しばらくして、腕に負傷した人が病室の入り口で大笑いしている声が聞こえた。「何が可笑しいんだい?」と聞くと、彼はクックと笑いながら、「バカだなぁ、脚が逆だろう?」私は包帯を巻いた脚で歩き、巻いていない方の脚を引きずっていたのである。「悲喜こもごも」とはまさにこのことだ。

いよいよ逃亡準備の段階となり、私は会いたくてたまらなかった中国の友人と再び連絡をとれるようになった。呉医師は私を転院させ、楊剛も看護助手として来た（そのような訓練は受けていなかったが）。私は彼らから外国人支持者の脱出計画について説明を受けた。外国人支援者のなかには私も、邱茉莉も含まれる。邱茉莉は住んでいた場所から姿をくらましており、彼らはその行方を追っていた。

ヘミダ・シャルウェン＝クラークは保衛中国同盟のボランティア秘書長で、香港医務総監シャルウェン・シェルウェン＝クラークの夫人、この病院では看護助手をしており、私に赤十字の腕章をくれた。だがまだ、入院時に着替えた服を取り戻さなければならない。中国人の連絡人と日曜日の朝待ち合わせることにした。当日、私は病室の看護師に「着替えたい」と告げた。看護師は最初「まだ退院じゃないですよ」としぶった。私が「もうかなり元気になったから、病院の教会に礼拝へ行きたいのですが、こんな病衣じゃね」と言うと彼女はそれを受け入れ、服を返してくれた。これで逃げられる。

　廊下で誰かに聞かれるかも知れないので、腕章をポケットに入れた。もうすぐ外に出られるというところで、ショートという名前のアメリカ人宣教師（当時病院の管理者だった）に「どこへ行く」と行く手をふさがれた。私は「外の空気を吸って、それから煙草でも買おうかと」と答えたが、彼はそれ以上行かせてくれなかった。もしかしたら日本人から通達が行っていたのかもしれない。こうして、私の中国人の連絡人は外で待ちぼうけを食うことになってしまった。

　監視の目をかいくぐって、私は楊剛にこのことを伝えた。「明日の同じ時間にまたやってみなさい」と彼女は伝言してきた。だが翌日の同じ時間、病院の通用口には日本のトラックと兵士がびっしりと詰めていた。退院できるとみなされた負傷者は捕虜収容所に連行されるのだ。約束の場所までは歩けば数分で行けたが、そこは近くて遠かった。こうして、逃亡計画は完全な失敗に終わった。

　しばらくときは流れ一九四二年一月末、すべての患者が病院から一般人のための赤柱収容所に移された。収容所内には約三千人、私は相変わらず「宣教師アレックス・スティーブンソン」という偽の身分を名乗っていたが、日本人に気付かれたらおしまいである。何とか隙を見て逃げ出そうとしていた。定期検査で身分証がないことを理由に（いつも「紛失した」と言っていたが）いつか身元を探られないとも限らない。時間は貴重だ、一刻も早く逃げ出さなければ。

　だが運良く、収容所に私を知っている人はそれほどいなかった。香港で私の交友圏は中国人が中心だったからである。だがそれでも油断は禁物だった——正体がばれないよう髭を伸ばしていたが（カミソリは一枚しか持っていなかった。入院していた病院からこっそり持ってきたものだ。正体がばれたら拷問を受けることは間違いないだろうから、そうなったら腕を切って自殺しようと考えていた）。

時間は迫ってくる。外からの援助もいまはそれほど望めない。中国の友人は収容所にいる私と連絡を取ることも、私の居所を突き止めることも難しいだろう。

幸いにも私はともに逃亡する仲間を見つけることができた。同じ境遇——抗日運動に参加した経験が、私たちを結び付けた。

単身のアメリカ人を収容していた区域で、これも大変な偶然かつ幸運なことに、中国工合で働いていたときに知り合ったパーク・ファニス（愛称「オランダ親父」）が私と同室であった。彼は海員だった頃、国際埠頭と倉庫労働者委員会の積極分子だった。この委員会の当時のアメリカ全国指導者はハリー・ブリッジス、ハワイの指導者で彼と個人的交流があったのが日系人のジャック・カワノだ。彼は戦争勃発時、香港の啓徳飛行場で技術者として働いていた。

すぐに私は逃亡の意思を彼に告げた。彼もこっそりと「俺もだ、それも一刻も早くな」と応えた。彼は香港に侵攻してくる日本兵に発砲したことがあり、身元が発覚すれば戦闘に参加した一般非戦闘員とみなされ、すぐに銃殺されてしまうからだ。

四人部屋に私たちはいたが、パークの他にはレイ・オニールという病院で知り合った血の気の多い人物もいた。彼には黙っておくべきだろうか？　それも難しい。「できればレイにも参加してほしいんだ」という私からの申し出にファニスは同意してくれた。船員だったレイの勇敢な精神は、海上からの逃亡計画に大いに役立つだろう。私たちが提案したところ、レイはすぐに同意してくれた。彼が短気を起こして計画全体をおじゃんにするのでは、というのが唯一の心配として残ったが。

　邱茉莉の行方や生死については、私は何も知らなかった。赤柱収容所に着くと、彼女はイギリス人区域に入れられていた。「中国の友人があなたを探していますよ」と私は告げた。「脱走計画を立てていたけど失敗したの」と彼女は言った。「できるならここから逃げたい、それがどんなに危険でも」。こうして、彼女は私たちの逃亡計画に積極的に参加するようになり、私と仲間たちは彼女にますます好感を持つようになった。

　邱茉莉がイギリス人区域で出会った、中国の税関で働いていたイギリス人F・W・ライトも「逃亡したい」と言っていた。彼は妻が中国人で広東語が話せた――私たちは誰も話せなかった――ので、地元の人と親しくなりやすかった。税関職員であった彼は、香港周辺の水路を熟知していた。私たちは邱茉莉を通じて彼の出方を聞いてみることにした。誰も彼と面識がなかったからである。ライトは私たちの計画に加わる意思を示した。いままでの中国人左翼との付き合いや、自分の本名などをライトに洗いざらい話すことに不安は残ったが、具体的な逃亡計画やすべての話し合いに彼は参加した。

　幸いなことに、当時赤柱収容所を守っていたのはさほど強い部隊ではなかった。若い男性はほとんど香港志願軍団に志願して捕虜収容所の方へ入れられていたので、赤柱に入れられていたのはほとんどが一般人、しかも女性や子供や老人だったからである。そういうことで、私たちはさほど危険にさらされてもいなかった。その頃は戦局がよかったお陰かも知れない。日本はアジアに急速に侵攻し、香港は銃後となったので、軍隊と行政人員はここではなく、新しい戦区付近に回さなければならなかったのだろう。
逃亡方法について、最初に考えたのは小島の間を泳ぎながら少しずつ進むことであった。その勇気は立派だが、現実的な方法ではなかった。私たちは他の収容者と同じく、体が弱っていたからである。収容所の食事はひどく、一人あたり主食の米が定量支給される他は、おかずとして豚肉か魚肉がほんの少しつく程度であった。医者だった収容者に聞いてみると、普通に生活していく人ならば一五〇〇キロカロリー、体力労働者なら三〇〇〇キロカロリー摂取する必要があるが、この食事はせいぜい七〇〇キロカロリーしかないという。

その後、新しい、比較的希望のある方法を見つけた。禁止令をかいくぐってこっそり海岸に出ていたファニスが、ある日船を見つけたのだ。海水浴客用のシャワー小屋のそばに打ち捨てられ、船体が半分茂みに隠れていた。ここはかつて聖ステファン学校の生徒が遊ぶ海岸だったが、学校の敷地はその頃は収容所の一部となっていた。船もすべて運び去られてしまったが、この船は持ち主もいなかったので打ち捨てられていたのかも知れない。

その晩、ファニスは果敢にも船の様子を確かめに行った。間違いなく廃棄船だった。船体はぼろぼろ、ずっと陸に上がっていたため、船板の間には大きな亀裂が入っている。龍骨は残っていたが、舵も、櫂も、帆柱も、帆もなかった。ファニスはしかし「そんなもの、自分たちで作ればいいさ」と判断した。大きさも、五人乗るのにはちょうどよく、体を縮めれば六人でも乗れそうだ。船板の亀裂は、しばらく水につけておけば木がふやけて小さくなるだろう。

その後、私たちは船具と淡水容器を作ることに専念した。想定していた目的地は大亜湾（イギリス名バイアス湾、新中国成立後最初の原子力発電所ができた場所だ）。そのあたりには共産党の率いる東江遊撃隊がいて、人数は少ないものの精力的に活動しているはずだという。

　収容室には粥の鍋に入れてかき混ぜるための長い木の板があり、これを櫂にすることにした。もう一本の櫂は、爆撃で吹き飛ばされた木製ドアで作った。私たちはこれら貴重な物資をファニス、オニールと私の部屋にしまっておくことにした。同室にはもう一人、クラリス・ヒューボという真面目なアメリカ人海員もいて、夜な夜な作業を続ける私たちに何事かと聞いてきた。私たちは逃亡計画のことを話し、彼にも一緒に逃げようと持ち掛けたが、断られた。「私はもう君たちほど若くないし、家庭もあるから」と。だが彼は私たちの逃亡計画を告げ口しなかった。ただ「逃亡するときが決まったら教えてくれ」とだけ言われた。自分も関与を疑われないよう、外へ行ってくるという。さらに、私たちが計画を進行させている間、彼はアリバイ作りのためよく誰かとトランプをしに出ていた。

　船にまだ空きがあったため、誰かを乗せてあげられそうであった。私たちは邱茉莉と話し合って、モリス・コーエン老人を誘うことにした。孫文の用心棒兼副官だったカナダ籍の（その実ロンドン生まれだったのだが）人で、孫文の精鋭部隊のなかで少将まで上り詰め、「二挺拳銃コーエン」と呼ばれた（拳銃の腕が人並外れていたからである）。彼は高齢で、体も大きかったため、何もせずにただ乗っていることしかできなかったが、私たちが誘った理由は以下の通りである。第一に、国民党と親しく、宋慶齢の香港での仕事（保盟と工合運動を含む）を個人的に手伝っていたから。第二に、かつて日本の憲兵に拷問の末「殺すぞ」と脅されたこともあり、これ以上危険な目に遭わせられないから。第三に、参加しなかったとしても、私たちの秘密を漏らすようなことはしないと信じられたからである。だが彼は私たちの申し出をやんわりと断った。「もう歳だし、足手まといになるから」というのであった。それに血管炎を患っており、脚がよく痙攣を起こしていたので、「船がひっくり返ったらお陀仏だろう」とも。後から考えてみれば、彼の選択は賢かった。数か月後、国際赤十字社の取り持ちにより、各交戦側は収容された市民を交換して解放し、コーエン老人もカナダに帰れることになったのだ。

　私たちは航海の途中で必要になる物品を一生懸命集めた。二本目の櫂と舵を作った。収容所の図書館に地図のついた本があり、さほど正確でもなかったが充分使えそうだったので、破り取って保存しておいた。それから、五ガロン入るガソリンタンクも。これに淡水を一杯入れ、きっちりと蓋をしておけばよい。それから、小さな方位磁針。

　ファニスはよく果敢にも夜闇に紛れ海岸へ赴き、これら物品一つずつをイギリス軍が防御用に掘った塹壕に隠した。砂浜にある塹壕なので、中身を埋めた後、砂をかけてしまえばわからない。

　計画全体において、ファニスは本物の英雄だった。毎回、命がけで海岸へ行き、物品を埋めるだけでなく、私たちが必要としている情報も持ってきてくれた――私たちの造った舵がはまるよう、指で舵孔のだいたいの周長を測ってきてくれ、さらに船の元の持ち主がつけたVandaという名前まで調べてきてくれた。「ファン」とか「ヴァン」という名前とは縁がある船なんだと、私たちは笑った。

＊＊＊

その後長い間、私はファニスの消息を知らなかった。一九七八年、共通の友だちで、北京で働いていた寒春（ジョン・シドゥン）がアメリカでファニスに会った。当時彼は出身地であるフロリダ州ジャクソンビル代表として米中友好の講演を行っていた。米中関係の改善に積極的で、演説のなかで私と邱茉莉に触れていたという。

寒春は北京に戻るとファニスの住所を送ってくれ、そこから私たちの関係が再開した。数年後、私は邱茉莉とニューヨークの父を見舞いに行った。ファニスに電話をかけると、彼はニューヨークまで会いに来てくれた。その頃、彼にはカールとマークという、背の高い息子が二人もいた。

一九九二年、私は再びファニスと妻のレニーに会いに行った。その頃彼は八十代になっていたが、昔と変わらず痩せていて頭の回転も速く、社会主義の信念は新たな生活経験によりさらに確固たるものになっていた。

第十四章　ヴァンダ号の旅

私たち五人は一九四二年三月十八日に収容所から逃亡した。暗くなるのを待って、私たちは灌木と高木が生い茂った斜面を駆け上がった。この斜面は収容所を取り囲む道路の路肩にあり、その下は鉄条網で隔てられた海岸、そしてその外が大海原だった。この道には二十人ほどの日本兵が決まった路線を定時巡邏をしていた。灌木の茂みに隠れ、彼らがそこから二百歩ほど立ち去ると、気付かれないよう海岸に下りた。鉄条網のそばに腹ばいになり、用意したペンチで切断し、ファニスが危険を冒して埋めた物品を砂の下から掘り出し、船に載せ、船を進水させた。

すると恐ろしいことが起こった。

櫂をこぎ出すと、海面に強い燐光が走ったのだ。櫂の動きとともに生まれる、冷ややかな、鮮やかな光だった。

少しの光や音でも、私たちにとっては脅威だった。斜面を下りるとき、金属容器を落としてしまい、大きな音がしたが、幸い誰にも聞かれていなかった。

海岸まであと少しでというところで、遠くの岬のそばに停泊している日本の巡邏船が、サーチライトで捜索をしているのが見えた。

私たちは焦った。だが長い勾留生活の後、ようやく鉄条網を突破した私たちの言葉にできないほどの狂喜が収まることはなかった。世界が再び自分のものになった——不思議な感覚だった。

数十年経ったいま、あのときの気持ちを一番よく言い表しているのは、ある香港逃亡者の次の言葉だと思う。「人類の経験しうる冒険のなかで最も偉大なものは……ここで逃げなければ、千載一遇の機会を逃してしまうというときだ」。

だが再び手に入れた自由に興奮して何も見えなくなっているこの状態は危険でもあった。海岸で捕まれば、荒々しい拷問をされ、牢屋に入れられ、銃殺される恐れもあった。海上で見つかれば、即刻機銃掃射され、血まみれになって、あるいは溺死するだろう。だがそのとき私たちの脳裏にあったのは「逃げられるってすばらしい！」ということ。おそらく私たちが皆若く、希望が恐怖に簡単に勝ってしまったせいもあるだろう。

私たちは日本軍の海岸巡邏船のそばを通り過ぎた。運良く、船をこぐときに出る燐光は誰にも気が付かれなかった。距離があったのでそれほどはっきり見えなかったのかも知れない。

もう一つの脅威は海流によって、船が沿海から果てしない太平洋に流れてしまうことだった。そうなればどこへ流れ着くかもわからない——どこかにそんな流れ着く先があればだが。

だが私たちは進んだ——船をこいでいたのは相変わらずファニスだった。夜明け、私たちはダンベルの形をした長州島に上陸しようとした。ここまで来れば、上陸しても誰にも気付かれないだろう。だがすぐに、海岸に日本人が新たに建築したコンクリートのトーチカを見つけ、慌てて船を遠ざけた。敵に捕まったらなんと言えばいいだろう？　数時間の逃亡で、私たちはもうすでに頭がクラクラしていた。そこで、「日本の友好国であるドイツ人のふりをして、釣りに来たと言えばいい」という結論に落ち着いた。だがこれは見え透いた嘘だろう、私たちのなかにドイツ語が喋れる人はいなかったし、どう見ても釣りをしている様子ではない。皆何日も髭を剃っておらず、私などは収容所にいたときから身元がばれないように髭を伸ばしていたため、もう数週間も剃っていなかった。船は水漏れが続いていたため、みんな下半身はびしょ濡れで——難民としても見るに忍びない姿だった。

私たちは大嶼島へ行き先を変更した。香港外島で最大の、だが当時最も開発が進んでいなかった島、そこへ上陸しなければならない。なぜなら日本軍の巡邏船が航行してくるのが見えたからである。帆に風を一杯受けて進むサンパン船を怪しいと思ったらしく、ちょうど追いかけているところだった。あの巡邏船がこちらに目をつけてきたらおしまいである。そこで岸までまっすぐ向かい、船を砂浜に引き上げると、全身の力を振り絞って灌木の茂みに隠した。

すでに精魂尽き果てた私たちは、砂浜に倒れ込み、眠ってしまった。

目覚めて最初に目に入ったのは島の漁民たちだった。私たちをぐるりと取り囲んでおり、寝ていた私たちを見て、広東語（わかるのは私一人だけだった）で「収容所から逃げてきたんだろ」と言った。「そうだ」と言うべきか「違う」と言うべきかもわからず、ただ「はぁ」と答えたが、言葉遣いからしてこちらの味方になってくれそうな人たちだった。彼らは「ここじゃ危ないから」と、灌木の茂みに私たちを連れていき、それから手や裸足の足で砂をならした。私たちが寝そべっていたことや、船が上陸した痕跡を消したのだ。後ろには渓谷があり、彼らは「あそこに隠れていればいい」と言った。「このへんに日本人はいないんですか」、私たちは思わず聞いていた。「ときどき大きな集落にほんの何人か駐在兵士がいることはあるがね」というの彼らの答えだった。迷惑になるといけないので、私たちは村に行くことをためらった。村にも密告をする悪い人がいるかも知れないし、日本兵が突然押しかけることも考えられる。「俺たちが戻るまでここで待ってなさい」。そう言って、彼らはいなくなった。

助けてもらえば、漁民たちに大きな災難がふりかかることは私たちもよくわかっていた。だが、私たちは彼らを信じる気になった。彼らは私たちの身柄を引き渡して得られる利益より、危険を冒してでも私たちを助けることを選ぶだろう。嬉しいことに、彼らはもとから貧しく、戦争によりさらに苦しい生活を強いられている人たちだった。その困窮ぶりは、もらった食べ物からも伺い知れた――水で煮たサツマイモ。「米なんて、もうしばらく見てもいないや、何週間も前に食べ尽くしてきりだ」、彼らはそう言った。

比較的年配の漁民の一人が、イギリスや他の外国船で海員として働いていた経験があることがすぐにわかった。アメリカと中南米の間を航行するユナイテッド・フルーツ社のバナナ船団にもいたという。偶然、レイ・オニールもそこで働いていた経験があった。二人は微笑んで肩を叩き合い、労働者の団結を示した。これがあれば話は早い。

私たちの案内人を引き受けてくれたのは村の仕立て屋だった。「日本人がまだ占領していない場所に連れて行くよ」と言われ、私たちは頷いた――その実、他に選択肢はなかったのだが。

具体的な行き先や行き方を話し合う段になっても、彼らは私たちに金を要求しなかった。私たちの持ち金は全員合わせても二〇〇香港ドルにもならず、それをみんなで使うのだ。当時香港から逃亡するためには、一人五〇〇から一〇〇〇香港ドルの手引料が必要で、日本側のブラックリストに載っている人なら、リスクも高いのでさらに高額であった。私たち五人は皆日本人に身柄を狙われているのに、一人あたり二、三〇香港ドルしか払えないとあっては、まるで不経済な相手である。こんなつましい暮らしをしている中国の漁民が金のためでなく、偉大な歴史ある民族の愛国的子孫のひとりとして私たちを助けてくれたことを、私は決して忘れない。

私たちはその日丸一日峡谷に隠れていた。彼らは何度も食事を差し入れてくれた。翌日になっても、私たちは出発に備えてまだそこで寝ていた。夕方、彼らは私たちを漁船に乗せた。船棚のついた船で、その下に身を隠すところができた。海流の関係で大亜湾まで送っていくことはできないという――私たちはそこの東江抗日遊撃隊を訪ねたかったのだが――行けるのはマカオまでだった。マカオはポルトガル植民地なので、理屈から言えば中立のはずだ。

私たちが乗船した埠頭には小さな廟があって、華南の漁民に信仰される女神、媽祖が祀られていた。漁民たちは海に出る前には必ず媽祖にお香を上げ、平安を祈っていた。この小さなサンパンの船長とその十二歳の息子（船上唯一の海員）は敬虔な祈りを捧げ、それから私たち全員（案内人の仕立て屋も含む）が狭いなかに身を縮めて乗り込むと、船は出発した。人目につかないよう帆も上げず、船尾の櫓だけが頼りだった。

すでに辺りは暗かった。船は沿岸を航行していた。広い外海より、巡邏船に見つかりにくいのだ。「日本人に見つかったら？」私は少年に聞いてみた。「これがあるさ」彼がそう言いながら船底の藁をかき分けると、なかからライフルが顔を出した。これも忘れることができない一幕だ。大日本帝国は侵攻の途中で香港を破り、続いてフィリピンとシンガポールをも呑み込んだ。だが、その轍の下には銃を隠し持った、こんな果敢な少年がいたのだ。この島の住民は命がけで私たちを守ってくれた。イギリス人の香港統治に対してではなく、祖国を侵略した日本人に対する怒りから、私たちは盟友となった。

　船の上で一食をとった。海でとれたばかりのイカは硬くて相当な歯ごたえがあったが、えも言われぬ香りがして、三か月は肉を食べていなかった私たちにとって、この上ないご馳走だった。船上の炭こんろにフライパンを置いてあぶるのである。炉の周りは光が漏れないようきっちりと囲ってあった。朝四時頃、光もまだ差さぬうちに、私たちはマカオの漁港に秘密裏に入り込んだ——普段使われる表の港ではなく、裏の港である。港には数百艘もの小舟が停泊していた。日本人を恐れて海に出たがらないのだ。長く停泊しているうちに、そこを臨時の住処としている人もいた。私たちの船はその中へ入っていったが、どの船も似たような大きさなので、どれが新しくてどれがずっと停泊しているのか見分けるのは難しかった。

　船が埠頭に向かうステップに沿ってゆっくりと進んでいくと、岸に一人の警察官の姿が見え、さらに教会の鐘の音がした。マカオの住民は大部分がカトリック教徒なので、一斉に鳴る鐘の音で日曜日の朝を迎えるのだ。

　警察官の姿が見えなくなるまで、私たちはまた身を伏せていた。それから上陸する段になり、麻袋に入れた着替えを腋に挟んで、岸に沿って進んでいった。突然、背が低くて色が黒く、太った男が足早に歩いてきて、私たちの姿を見るやいなや「や、香港から来たのか？」と聞いた。言葉にアメリカ訛りがあるその男は、ポロス神父と名乗り、カトリックのマリノー教会に所属しているそうだ。教会は本部がアメリカ・ニューヨーク州のオスニンというところにあるという。

びしょびしょに濡れ、汚らしい身なりの私たちはどう見ても逃亡者だった。私たちはここで余計なことは言わず、ただイギリス領事館へ行く方法を聞いた。いまやソ連のウラジオストクからオーストラリア沿岸まで、日本人に占領されていない同盟国側の政府機関は他にないだろうと思われた。

「こっちだ」とその太った神父は言った。「だがまず嘉梅修道院でミサがあるのでな」。

「人に見られちゃまずいんです」と私たちは言った。

「安心なさい」と神父は言った。「うちのシスターは口が堅いよ」。

確かに、柵の向こうにいた彼女たちは声ひとつ上げなかった。ポロス神父はミサを始めた。五人のうち、レイ・オニールはアイルランド人で、教会で育ったのだといい、その場に跪いた。それまで彼が信仰心を見せたことはなかったのだが。

イギリス領事館のドアベルを鳴らしたとき、太陽は上ったばかりだった。担当の領事はリフスといい、パジャマを着て寝ぼけ眼のままドアを開け、私たちを迎え入れた。

「お入りなさい」、そして彼は続けざまに「誰かに見られなかったかね?」と聞いた。「いいえ、シスター以外は。ですが口が堅い方々だと聞いていますし、他にはほとんど。まだ夜が明けたばかりなので、誰も私たちに気を留めませんでした」。そう私たちは言ったが、彼は「甘いな、マカオってのは、誰かに見られたら街中に知れ渡るところなんだ」と言うやいなや、傍らの部屋に入り、しばらくして電話で話している声が聞こえてきた。「やあ、やあ！　すごい人が来たもんだ——五人も、香港から直接だってさ！　君の家族のことも知ってるかもしれないよ」。

もちろん私たちは、収容所に入った人とそうでない人を詳しく知っていた。日本軍が香港を侵攻するまで、マカオには多くの同盟国の国民がいた。カジノ目当てに数日だけ滞在している観光客から、香港に住んでいたイギリス人の奥さんで、当局から家族疎開の通達が出ても帰国せず、近場であるこの中立湾岸都市に一時的に避難に来た人まで。彼女たちはその後戦争の間中マカオで足止めを喰らい、家族は日本人によって収容所に入れられてしまっていた。

　私たちはリフスに「どこか他のところへ行きたいので、できれば身を隠していたい」と言った。だが彼は即刻首を横に振った。「どこへも行けないさ、戦争が終わるまではな」。私たちはいまや世界中にその姿を晒しているので、マカオに潜伏し続けるしかないというのが彼の考えだった。これには、大変落胆した。

　リフスが説明してくれた現地の政局は、喜ばしくないものだった。ポルトガル当局は二派に分裂しており、総督は連合国寄り、警察局長は日本寄りだという。戦争勃発以来、マカオの人口は難民の流入によって四倍になり、食物の供給は日本の封鎖をかいくぐらなければならない。日本人が供給を断ち切ると脅せば、マカオは日本の言いなりになるというわけだ。実際、私たちは市内で恐ろしい光景を目撃した。配給される食べ物は絶望的に少なく、長い列をなした人びとが地べたにうずくまって待っていた。何か食べ物を持っていれば、それが生の魚でも、飢えで発狂した人びと――多くは子ども――に奪われる危険があった。彼らは手当たり次第何でも口に入れていた。リフスによれば、人肉を食べた人もいたらしい。

これ以上事態が悪化しないよう、ポルトガル人は倉庫の綿をすべて日本人に与えた。ポルトガル空軍はマカオに駐在させている飛行機一台を、燃料のガソリンごと譲渡した。こんな状況なので、日本人が私たちを名指しすれば、ポルトガル人はあっさりと身柄を引き渡すだろう。

リフスは私たちを慰めてくれることもあった。ビールを飲みに連れていってくれた。収容所を逃げ出して以来、そんなものは飲むこともなかった。泡の一つ一つが舌の上ではじけるあの快感を忘れることは死ぬまであるまい。人生というものは苦しい経験の後に、ようやく楽しいことが巡ってくるものだ、としみじみ思った。数か月前に香港が陥落してからというもの、私たちは美味しいものなど何ひとつ口にしていなかった。

私たちの中国人の友だち、薩空了は進歩的なジャーナリストだった。香港の戦いの末期、彼は邱茉莉にマカオの住所を渡していた。「万一このポルトガル植民地を経由して逃げることになったら、この住所が役に立つ」。収容所にいたときに私たちが考えていたのは別の逃亡ルートだったのですっかり忘れていたが、いまやそれだけが頼りだった。

それは陳という苗字の医師の住所だった。住所がわかるのは私と邱茉莉だけだったので、二人で訪ねることにした。だがその通りを探すのは一苦労だった。邱茉莉の記憶もあいまいだったのかもしれない。ようやくそれらしき医者の診療所を見つけて、ドアを叩いてみた。出迎えた看護師が「どうされました」と聞くので、邱茉莉が「胃の調子が悪くて」と答えると、診察室に入れてもらえた。私は外で待っていた。退屈だった。邱茉莉は薩空了に言われたとおり、その医者に「マカオを出たいから力を貸してほしい」と言った。医者は「じゃ、うちの弟に相談しなくちゃな」と言った。弟という人はいかにも中国の知識分子といった感じの、教師か何かに見えた。彼は「よし、何とかしてあげよう。知り合いに、密航を手引している人がいるんだ。一人でも、仲間がいても、金はとらない。愛国者なんだ」と言った。

それから彼は「では、私はこれからウェーリングさんと奥さまを見送りに行くので」と言う。彼は前オランダの広州駐在の商務領事（本国政府に任命され、領事の任務を行う商人）だったのだ。イギリス領事リフスの要求により、彼らはマカオに滞在しているこの夫婦を中国の僻地へ見送るのだ。

私たちはそれを聞いて思わず腹を立てた。リフスは私たちには断固として首を横に振ったくせに、彼らには逃げる手はずを整えているのである。だが私たちは戻ってきてからもリフスに何も言わなかったし、彼も私たちに対して固く口を閉ざしていた。彼に誤解を与えて、敵に回さない方がいい。

別な問題は、その頃マカオでは通りで荷物を担いで歩いている旅人などいなかったということだった。私たちがそんなことをすれば、きっと人目を引いてしまう。密航引受人に相談すると、「大丈夫だ、古物屋に化けてそちらの宿屋に向かうよ」という返事が返ってきた。私たちの服か何かを買い取りに来るふりをするそうだ。

私たちを護送してくれた中国人は、ウェーリングたちが計画をもたつかせるのではないかと心配していた。そうなれば皆の命取りになりかねない。彼らはマカオ領土外の岬にある偽軍歩哨所と秘密裏に通過時間を決めてあったからだ。私たちのサンパン船はこれといった特徴もなかったので、特に夜間は見分けがつきにくく、その時間に通過しなければわからない。時間がずれれば、歩哨所から発砲される恐れがあった。そのもたついている夫婦がやって来るまで、私たちのいら立ちは募り続けた。

彼らはたくさんの荷物を持っていたが、そのなかの彼の商務領事証書が入った紙筒を、片時も手放さなかった。

ウェーリングは色白で大柄、がっちりとした体つきで、一見こわもてに見えたが、微かな瞳の光が心にある一抹の不安を物語っていた。奥さんは色黒の、活発な感じのするオーストリア出身のユダヤ人だったが、ヒトラー統治下で辛い目に遭ったらしく、明らかに精神を病んで、理性を失ってしまっている様子だった。

岸から発砲され、銃弾によって四方八方に水しぶきが上がった。船尾の舵手はしゃがみ込んでいるだろうと思って見やると、どっこい彼は背筋を一層伸ばして立ち、「早く、早く！」と叫び続けている。岸の哨兵とは互いの声が聞こえそうな距離だった。舵手が合言葉と、それから罵り言葉を叫ぶと、射撃が止んだ。私たちは関門を越えた。

さらに進み、漆黒の夜闇に紛れて西江三角州に到達することができた。水路が縦横無尽に走っている地域で、あちこちでくねくねと曲がり、ようやくある村に到着した。この水上遠征隊には私たちの密航船二艘の他に、小さな帆と船の主を持つ装載艇のようなボートもあった——主というのは私たちを護送した密航手配人の頭である趙其休の兄弟である。村には武装した警備隊があり、私たちの護送を担当してくれた人によると、日本人に仕えているように見せかけた偽軍だという——日本人が来ることは稀だった——だがその実彼らは親日ではなかった。私たちは、言われたことを信じるしかなかった。

一晩村に泊めてもらったが、住民たちは私たちによくしてくれた。例の偽軍の兵士の銃はよく見ると、錆だらけの第一次世界大戦時代のものだった。「確かにふざけたことをしてるとは思うさ」とその兵士は言って、私たちを古い廟へ連れて行った。そこにはまともなライフルが隠してあった。彼は微かに笑って「あっちは日本人が視察に来たら見せるための、こっちの新しいやつは愛国行動のために用意したものさ」と言った。

　翌日は夜明けとともに、喫水の浅い内陸航行用の船三艘に分乗し、私たちは自称小艦隊を結成した。一番前は機敏な船でリーダーが乗り、偵察をしたり、誰かに行く手を塞がれたら交渉したりする役割だった。二艘目は少し大きく、貨物と私たち数人を載せていた。幌のある船で、私たちは昼間はその下に隠れていたので、安全なことこの上なかった。最後の一艘は私たちの船と同じくらいの大きさ、乗っているのは村の警備隊で、偽軍の制服を着ており、ライフルと機関銃で武装していた。威圧用だったが、必要時にはもちろん実際に戦闘もできる。

　船の上で「まるで昨今の世界情勢だね」と私たちは笑いあった。最前線は外交官と情報員、それで目的が果たせるのが最も理想的である。だがこれらを支配しているのは武力――最終手段である。他に方法がなければ、相手を威圧するには私たちの「小艦隊」で充分だ。私たちの選んだルートには小部隊で、さらにまとまっていない敵の巡邏兵しかいないからである。だがわが護衛隊は衝突を極力避けねばならない。一番前の指揮船が合図をすれば、後ろの二艘は安全な航路へと行き先を変更した。

＊　＊　＊

約半世紀近く経って——正確には一九九一年になって——私はあのときの密航引受人の正体を知った。久しく忘れていたのだが、鐘華という人から突然手紙が来たのだ。私が彼に会ったのは逃亡の旅の最後、当時彼は年若い学校教師で、『前峰報』の記者でもあった。新中国成立後、彼は全国的に有名な『羊城晩報』の運営陣の一人となり、ベテラン編集者として定年まで勤めた。

その後の手紙のやり取りで、彼は私が知らなかったことを教えてくれた。

あのとき私たちを脱出させてくれた人たちの頭領は商人で、商売として密航を何度も引き受けていたこと。だが彼は愛国者でもあり、戦争勃発後は地方武装勢力を結成し、日本の占領軍に抵抗していたこと。中国共産党は彼を抗日統一戦線に迎え入れようと、仲介役を寄越してきたこと。徹底した抗日主義者で、進歩的思考を持つ趙其休はそれを受け入れたこと。

鐘華は当時すでに地下共産党員で、職業は教師兼地元の新聞の記者だった。彼は趙のために働き、味方に引き入れ、ついには趙の秘書になって、党の指揮による部隊設立に貢献した。趙は密航引受人だった経験から水上交通網に詳しく、日本の偽軍占領地区も行くことができた。彼はマカオで新たな貿易会社を設立し、マカオの陳医師——私たちも彼を通じてこの関係に入ることができた——は彼と同郷で友だちだった。陳医師はマカオでは尊敬された人物で、すでに引退したが、いまでもそこに住んでいるという。趙は数年前病気で亡くなっていた。戦後、彼は対日戦時に香港及び国外で連合国を援助したとして、イギリス政府から勲章を授けられた。イギリス駐マカオ領事リフスのお陰かも知れない。

つまり一九九一年になって一九四二年の出来事について再び知ったということだ。最初に中国共産党の助けにより香港逃亡計画に失敗してから、その後の逃亡はすべて自力で成功させた、と私は思っていた。だが薩空了が邱茉莉にくれたマカオの連絡先といい、及び陳医師と趙の密航仲間とのつながりといい、知らなかっただけで、中国共産党は私たちを二度も助けてくれたのだ。実際、日本の占領下であった香港及び周辺地区では、外国人の逃亡と連合国の作戦は、多くが中国共産党の力に頼っていた。

中国の古典小説『西遊記』には孫悟空が観音さまの掌から逃げられないという場面がある。当時の中国では人びとは孫悟空と同じように、歴史の掌から逃げることはできなかった。それは、抗日戦争と抗戦の最も強い力であった。

第十五章　再びの重慶

私が重慶に戻ったのは太平洋戦争が勃発した頃だった。この頃、中国は日本と一騎打ちするのではなく、西側国家を同盟国としてつけていた。そうなると首都の士気も上がりそうなものだが、蔣介石とその腹心たちは日本をアメリカに打ち破ってもらう腹づもりで、自分たちは共産党との内戦に備え力を温存し、外国からの武器を大量に買い溜めしていた。

スティルウェルは政治の世界では蔣介石及びその中米両国人物で構成される小集団には敵わず、ついにはアメリカに召還されてしまった。ルーズベルト大統領は策を誤った。結果を予期できればしないような決定であった。アメリカはこれにより、過ちの道を歩むことになる。一九四五年にルーズベルトが死去し、第二次世界大戦が終わると、アメリカは蔣介石を支持し、中国の内戦に巻き込まれることになった。中華人民共和国が成立したのちもこれを承認せず、転覆させようとした。アメリカはさらに朝鮮とベトナムに余計な軍事干渉をした。中国と二十年以上も国交が途絶え、両国の利益は大きく損ねられた。さらにこのことにより、台湾問題など未だ未解決の問題が両国間に生み出されてしまった。

一九四二年から翌年にかけて、中国を侵略していた日本軍は対国民党戦線には平穏を保ったまま、共産党の指揮する農村の抗日拠点を消滅させようと、集中的な猛攻撃をかけてきた。彼らがとったのは「殺光（皆殺し）、搶光（奪い尽くす）、焼光（焼き尽くす）」という残忍な三光作戦であった。だがこの恐怖心にも拠点は屈服することなく、それどころかより多くの農民大衆が武装闘争に身を投じ、大生産運動というものが実施された。これは敵の陰謀を挫くのに欠かせない運動だった。戦士、民兵と補助人員が片手に銃、片手に鋤や簡単な工具を持って畑を耕す。さらには糸繰り車や織り機の前に座り、日用品の生産に必要な布を織る。極度の困難のなかで拠点は生き残っただけでなく、そうやって将来に向けて力を蓄えていた。日本のスポークスマンやメディアは共産党を中国における手強い主要な敵とみなすようになった。抗日拠点の軍民はさまざまな困難を乗り越え、自分たちが中華民族の希望を背負っていることを意識し始めた。そしてそれは日に日に人びとの共通の認識として浸透していった。一九三七年から三八年の抗日抗戦争初期からその兆しはあったが、共産党が厳しい試練を耐え抜いたいま、人びとは以前にも増してそう信じるようになっていた。

　国民党と共産党の指揮する戦場の違いは日に日に鮮明になり、中国の西側同盟国もそれに注目するようになってきた。将来的な利益を考えれば、共産党は不都合な相手であった。だが日本に戦勝するという点においては、抗日戦力における共産党の力を無視することはできなくなりつつあったのだ。

　私の仕事についてお話ししよう。香港の日本収容所から逃亡し、桂林に到達すると、董顕光が重慶から電報を打ってきた。国民党の宣伝部門に戻って働いてほしいという。私にとっては苦しい選択だった。断ってしまえば、生活ができなくなる。だがこの仕事をすれば、自分の視点で記事を書くことはできない。私はすでにニューヨークに行っていたイディスに電報を打ち、中国で外国人記者としての働き口を見つけてくれるよう頼んでいた。幸いなことに、彼女は私の頼みを聞いてくれた。連合労働新聞社が私を在中記者として雇ってくれたのだ。新しく設立された、工会と左派新聞に世界のニュースを提供する通信社だった。この通信社から採用の電報が来たので、私は晴れて董顕光に断りの連絡を入れることができた。「ありがたいんですが、外国の新聞社から採用の知らせをいただいたので」。

　連合労働新聞社は雀の涙ほどしか給料をくれなかったが、私は自分の独立性を保つことができ、給料の足りない分は副職をして補った。すぐに、アメリカ戦時新聞局（ＵＳＯＷＩ）の重慶事務所で働き口が見つかった。その後、そこはアメリカの新聞局となった。事務所の責任者はフィッシャー、彼とはＵＰ通信社で一緒に働いたことがあった。私は毎日ワシントンから無線で送信されてくる情報をまとめてニュースの原稿にし、中国の新聞に提供していた。三、四時間もあれば片付く仕事だったが、相変わらずつましい私の暮らしには充分すぎるほどの生活費をくれた。

＊　＊　＊

　個人的なこととしては、重慶に戻った頃の大きな変化として一九四三年に邱茉莉と結婚したことが挙げられる。私たちはその後彼女が亡くなるまで四十年以上も生活をともにした。結婚するにあたり、私はまずイディスと離婚した。イディスは私の学生時代からの恋人で、十九歳のとき私の妻となった。

　イディスとはお互い助け合う、仲のよい関係が続いていたが、お互い長く離れて暮らしていたため、求めているものがもはや違っていた。彼女は家庭を築き、落ち着いた生活がしたいと思っていた。私は記者として、中国の戦場を報道したいと思っていた。別れは不可避だった。私は香港から逃亡する際に知り合った邱茉莉と愛し合った。同じ人生の目標があった邱茉莉と私は、生涯のパートナーとなった。イディスもアメリカで再婚した。中国の戦時救済運動に携わるなかで新たな夫と知り合ったのだ。結婚後は教師の仕事と進歩事業への支援で忙しくしているという。新たな夫との間に子供、さらに孫も持った。両家は多くの変遷を経ても、良好な関係を続けていた。

邱茉莉との結婚はイディスとの離婚よりずっと簡単だった。中国の法律にのっとったからだ。まず、文房具屋で結婚証書を買った。結婚証書には、白髪になるまで添い遂げられることを象徴する、オシドリが印刷されていた。私たちは結婚証書に署名し、友人二人が証人となった。公の儀式を行わなかったため、規定にのっとり、新聞に結婚の知らせを出した。

手続きは簡単だったが、結婚を決めるまでは大変だった。私の気持ちは揺るぎなかったが、彼女は私より九歳も年上だったため、長い間迷っていた。結婚後、私たちは愛し合い、数十年も生活をともにし、さまざまな苦難を乗り越えた。

＊＊＊

邱茉莉と結婚して最初の数年は重慶の外国人新聞記者招待所に住んだ。忘れられない場所だ。もとは金持ち子弟の通う学校だった場所で、煉瓦の建物は董顕光の国際宣伝部の事務所となっていた。運動場には臨時で建てられた一階建てや二階建ての掘っ立て小屋があり、これが新聞記者の招待所なのだった。壁は竹板を乱雑に組み合わせ、上から石灰を塗りたくったとてもお粗末なもので、日本の爆撃機が付近に爆弾を落とすと、よく石灰が剝がれ、部屋はまるで竹籠のように、外から丸見えになった。そこに私たちは国際宣伝部がふんだんに提供してくれる、緑色の紙に印刷された『毎日新聞』を貼ってしのいだ。だが石灰も新聞紙も、防音という点においては心もとなく、隣の一挙一動は丸聞こえであった。タイプライターを打つカタカタという音、政治について盛んに議論する声、「フン」という笑い声、男たちあるいは男女入り混じった夜の宴会の賑わい、睦言……及びその他さまざまな音。

　私は平屋建ての部屋の一つに住んでいた。部屋ごとに窓とドアが一か所ずつあり、いずれも中庭に面していた。中庭には多くのバナナの木があり、枝葉は茂っていたが、実がなったことはない。外国人記者は酔っ払うと、よく力自慢で木を根こそぎ引っこ抜いていた。UP通信社記者のロバート・マーティン、通り名唐辛子は屈強な体を持ち、ある時一気に一列引っこ抜いて、最高記録を作った。

　邱茉莉が桂林から重慶へやって来たとき、彼女は中国工合運動の宣伝員だったので、私は隣にもうひと部屋手配してやった。余暇のときも仕事のときも、私たちは互いの部屋で多くの時間を過ごした。結婚後は、二つの部屋の間の壁を打ち抜いて、木炭火鉢を置き、二部屋分の暖房とした。

　部屋の天井は竹ひごを格子状に編んだ上から白紙を貼り付けたものだった。重慶のネズミは大きい。子猫を食べるとも聞いた。彼らは天井裏で遊び回り、天井紙の上に黄色くて臭い尿をしたり、ときには爪で紙を破ったりもした。夜になると上から降ってくることもあった。あるとき、邱茉莉は熟睡している間に、ネズミに髪の毛を嚙みちぎられた。彼女の髪の毛は麦わらのような黄金色で、柔らかかったので、よい巣材になると思われたに違いない。とてもすばしこく行動の周到なネズミだったので、翌日起きるまで、邱茉莉はネズミに髪の毛を持っていかれたことに気が付かなかった。

照明には電球を使った。二五ワットのか、それが手に入らなければ一五ワットのを使い、そこへ手製の傘をかぶせたものだった。

新聞記者招待所には数十の部屋があったが、水洗トイレと浴室は一つしかなかった。灰色のセメントが塗られ、内側にはまるで人造大理石のような、光沢のある玉石が敷き詰めてあった。前にもお話ししたとおり、これら設備は財政部長の孔祥熙が寄贈してくれたもので、私たちは交代で使った。

＊＊＊

私と邱茉莉は給料のある仕事以外にも、保衛中国同盟のボランティア活動を再開した。一九四一年十二月に日本が真珠湾と香港を侵攻すると、宋慶齢は最後まで頑張り抜いた末に香港から重慶へ飛んできた。高官夫人である姉妹二人による接待攻勢から数か月かけて逃れ、彼女たちの官邸から離れた場所に私宅を見つけた（彼女たちの官邸には厳重な警備が敷かれ、友人との連絡も遮断されていた）。一九四二年八月、宋慶齢は保衛中国同盟の指揮に復帰した。

宋慶齢の率いる保盟はあらゆる抗日勢力から救いや援助の手を差し伸べられ、国内外において威信を高めていた。援助の手を差し伸べようとした人たちのなかには、外国の外交機関の若手官僚や、同盟国大使の夫人もいた。若手外交官には慈善公演に参加する者もいた。国際的なコンサートやサッカーの試合、深刻な飢餓にみまわれた河南省への募金などである。国民党は腹を空かせている被災者を放置していたが、共産党の率いる陝北拠点では被災者を受け入れ、定住させた。

宋慶齢は同盟国の軍事使節団に多くの友人がいた。彼女は士官クラスの軍人だけではなく、下・中級の兵士をも自宅に招き、あるいは慈善的な社交舞踏会を開いた。これにより、彼女は使節団の下の方の人たちからもあまねく称賛されていた。統一戦線で、彼女ほど手広く活動していた者は誰もいなかっただろう。

保盟は香港時代に外国から大きな支持を得た。彼女の努力が実り、多くの国際救済組織、赤十字社やその他団体が保盟への寄付をしていた。

さらに彼女は、国民党による共産党地区への医療など救済物資の運送封鎖について、国際世論の注目を集めようと尽力していた。『アメリカの労働者たちに告ぐ』という強烈な手紙を書いたのである。連合労働新聞社を通じてこの手紙を国外に報道できたことを、私は誇りに思っている。彼女はこの手紙のなかでアメリカの労働者運動に対し以下の原則を貫くように言っている。「彼らの生産した製品とプレゼントを積極的な抗日を行っている中国の軍隊に（地区を問わず）平等に分けること。そうでない軍隊には分けなくてよろしい」。さらに彼女は中国国内における内戦勃発の脅威についても述べている。「中国の反動派はいまこの戦争に向け着々と準備を進め、私たちの闘争における民主的な部分を消し去ろうとしている。民主的な部分とは陝北と敵後の拠点である。そこでは、労働者運動は援助され奨励され、多くの鉱山労働者と鉄道労働者が武装して遊撃戦士と力を合わせ、日本とその華北、華中における主要な大陸基地との連結を断ち切ろうとしている」。

この声明の他にも彼女は「中国人負傷者のなかには差別を受け、治療を受けさせてもらえない人もいる」ことを怒りとともに指摘した。こういった発言は国民党の怒りを買った。それは次に紹介する様子からも見て取れる。

友好的なアメリカ外交官サーヴィスは公式文書のなかで以下のように記録している。「宋慶齢が友人の一人に伝えたところによれば、国民党陸軍部長何応欽とその秘書長呉鉄城らに「叱責」されたという」。「「彼らは事実を頑として認めず、ただ共産党に対する封鎖を解けと言う私を黙らせようとしただけ」であった」。宋慶齢はサーヴィスに、「姉の夫である孔祥熙が不安そうにこう言ったの」と伝えた。「そんな発言を続けていたら、いまに拘束されるぞ、ってね」。

彼女は孔祥熙に「ならそうされるわ」と言ったそうだ。彼女は大人しくて柔和で、果敢であった。

＊＊＊

重慶で二度目の生活をしていた頃、国民党政府により開かれる記者会見には二種類あった。軍事性のものと非軍事性のものである。

軍のスポークスマンである徐培根将軍は、背筋の真っ直ぐな人だったが、苦しい毎日を送っていた。前線からは喜ばしい知らせが聞こえてこず、かと言って悪いニュースや膠着状態を報道するわけにもいかなかったからだ。記者たちは「この人、本当のことなんて何も知らないんじゃないか。かしこまった顔をしているが読んでいるニュースなんてでたらめ、ときどき地図の適当なところを指差したりしてさ」とからかった。

喜ばしい知らせは――共産党の指揮する人民武装勢力が敵後拠点で日本軍と善戦しているということぐらいだった。徐将軍はそれについては一言も触れなかった。彼の任務はそれら戦績については聞かなかったふりをし、否定することだった。

外国人記者は軍の記者会見に行かないことがよくあった。だが政府の記者会見には行きたがり、連れ立って参加しては戦争に関する政治的な質問をした。

＊＊＊

私たち新聞記者がついに延安とその共産党率いる抗日拠点へ行けたのは、私たち自身の国民党政府への圧力だけでなく（それだけでは不充分であった）、さらには同盟国政府、特にアメリカ政府からの圧力のお陰だった。これらの政府が圧力をかけたのは、国民党のもとから消極的な軍事体勢がさらに急激に悪化したからであった。

アジア太平洋の戦局が膠着状態であれば起き得ない状況であった。だが一九四四年になると、アメリカ海軍の立て続けの勝利により、日本新帝国の各部をつなぐ海路は切断された。これら海上輸送網は日本の占領軍の移動と補給品の供給、及び日本が略奪した資源を国内に持ち帰るのに大切な役割を担っていた。海上での失敗を埋め合わせようと日本は中国を侵攻し、陸路（主に鉄道）でアジア大陸の占領地の最北端から最南端（つまり中国の東北から東南アジア沿海まで）をつなげ、さらには蒋介石政権を投降させるか、破壊しようとしていた。その年の春、日本軍は重慶方面に迫ってきた。重慶より南の貴陽市は日本軍の通り道となったが、占領はされなかった。そこで私が目撃したのは、戦闘が始まってもいないのに、軍心も緩み、慌てて逃走する国民党軍の姿だった。彼らは日本の軍服を来た相手が出てくれれば、都市を放棄して逃げていくのだと私は理解した。以前には、国民党はアメリカ空軍将軍（国民党前顧問）クレア・リー・シェンノートが描いた青写真に夢中になっていた。シェンノートは空軍の決定的力を信じており、飛行機が五百機あれば、侵略者を中国から追い出せると自称していた。この話はもちろん蔣介石を大いに惹きつけた。蔣介石は日本人との地上戦で兵力を失うことを恐れていたからだ。兵力は内戦用に温存しようとしていたのである。だが日本人の新たな攻勢はあっという間に広がり、アメリカ空軍は慌てて桂林にあった最前線基地を放棄し、すべての地上設備を放棄する羽目になった。シェンノートと蔣介石の夢も破れてしまったわけだ。事実からして、アメリカの中国・ビルマ・インド戦区総司令スティルウェル将軍の観点の方が正しかった。良質の訓練、供給と指揮があれば、中国軍は地上戦で反撃するだけでなく、空軍基地を守り抜くこともできる。よく訓練された軍隊は非常に効果的な戦闘ができることは、中国―ビルマ国境で証明された。さらに日本軍と戦えて、後へ引かない中国の軍隊――それは中国共産の率いる軍隊だと、いまや同盟国にはわかっていた。

　では私たちの延安の旅についてお話ししよう。

　重慶で行われた侃々諤々の記者会見で、外国人記者たちが国民党当局の共産党地区に対する封鎖にもめげず、取材へ行かせてくれるよう何度も要求したことは、前にお話しした。最初、当局は幾度にもわたる申し出を拒否し、相手にしなかった。その後、蔣介石とその政府は同意はしたものの、外国人記者は当局が組織し監督する取材団のメンバーとして（団員のうち、重慶当局が主催または許可した中国メディアの記者人数は外国人記者の数倍であった）、共産党側の言論を報道する場合は検閲を受けなければならない（国民党の評論または反論とともに発表される場合を除く）といった、多くの制限を出してきた。

第十六章　重慶から延安へ

多方からの圧力により、国民党はついに外国人記者の延安入りに同意した。だが、記者団に加わるという条件付きだった。女性用の衛生設備がないことを口実として『ロンドン・デイリー・テレグラフ』とカナダの出版社数社の代表であった邱茉莉はメンバーから外された。実際には、許可が下りなかったのは政治的な理由からだった。国民党の任命した取材団の団長、謝保樵は当初私たちに、邱茉莉が行けるよう全力を尽くすと言ってくれた。だが裏では、彼はアメリカ戦時新聞局重慶事務所のリチャード・ワット二世にこんな本音を漏らしていた。ワットが邱茉莉に教えてくれたのである。「嫁を延安に連れていけるよう手配してくれだって？　エプスタインはどうかしてるな、百年かけたって行かせやしないさ。奴め、嫁と二人きりで延安で暮らすつもりかな」。

まったく根拠のない話である。なぜなら私たちがしたかったのは――同時に国民党が恐れていたのは――人里離れた辺境で世捨て人になることではなく、この目で見た真実を外国のメディアに掲載することだったからだ。

重慶に新しくできた外国人記者クラブは、正式任命された記者である邱茉莉が記者団に入れなかったのは女性差別だとして抗議した。カナダ在中大使ビクター・オドロン将軍は邱茉莉に「董顕光に文句をつけてやったよ」と言った。「むちゃくちゃだな、カナダの新聞業界を代表する記者を取材に参加させないなんて」、さらには「いまの女性は強いんだ、苦難なんてものともしないさ」とも。

　邱茉莉はこの件で国民党元老である孫科とも話し合ったが、彼女の名前が記者団リストに入ることはなかった。邱茉莉のいる前で孫科は自ら宣伝部長梁寒操（孫科側の人間だったそうだが）に電話をし、このような待遇をするべきではないと怒りを込めて告げた。この問題の背後には彼ら官僚よりさらに上の人物がいるように思われた。

　私たち取材団は出発してから、ようやく邱茉莉が直前になって取材団から外されていたことを知った。道中の国民党地区ではよく「あの女の記者さんはどうしたの」と聞かれた。彼らは邱茉莉に滞在先まで手配していた。どうやら、行かせないことは本当に直前になって決定され、下の方まで情報が回る時間がなかったらしい。決定したのはかなり上層部の人間だろう。

　国民党は邱茉莉が参加したら「外国人記者団が大きく左寄りになってしまう」と考えた。さらに、女性を参加させない方針により強い影響力を持つ中国人女性記者二人も外された。『大公報』の彭子岡と『新民報』の浦熙修であった。彼女たちは全面的な国共合作による抗日を主張していた。抗議されることは充分承知の上で、すでに行われた決定を覆せるほどの力を持っていた人物と言えば、蔣介石本人ぐらいしか思いつかない。彼は細かいことによく口を出す人であった。

　国民党は延安に取材に行く男性の外国人記者にも調整を行っていた。国民党宣伝部に雇われたモリス・ウォルターは『バルティモア・サン』特派記者の資格を与えられた。強烈な反共主義者であったクマーク・シャナハン神父は週刊『ローマ・カトリック教会評論』から派遣されてきていた。だが、国民党の思惑は外れ、彼ら二人は延安及びその指揮する地区を非難せず、保守的な観点は持ちつつも、「自分たちの見たものに感動した」と言っていた。

取材団入りした中国人記者は国民党によって選り抜かれた人たちだった。だが彼らに対しても、国民党は思想を統一させることはできなかった。重慶『新民報』の趙超構はその後延安を称賛する報道を立て続けに行った。最も反共的だった国民党軍新聞『掃討報』の謝爽秋は実は中国共産党の地下党員で、中華人民共和国成立後にようやく身分を明かすことができた。

国民党は延安の旅を制御しようと腐心したが、広報分野で手痛い失敗を経験した。第二次世界大戦の最後の一年における中国情勢はこの時点で決まっていた。国民党に選ばれたジャーナリストたちにさえ、有力な国民党の支持者はいなかった。

重慶に続き、私たちの旅の第二出発点は西安だった。西安から、私は『ニューヨーク・タイムズ』に最初の記事を寄稿した。概要は以下のとおり。

> 西安――封鎖の砦
>
> 我々外国人記者団は中国共産党地区へ向かう道中、西安に滞在して三日になる。私たちにとって五年ぶりとなる中国共産党地区訪問である。中国の未来、及び同盟国のアジア大陸における日本への反撃という面で、西安は要地である。インドから中国に至る幹線道路も間もなく開通し、西安の重要性は高まる一方だ。中国内部における団結が喫緊の課題であることは、軍事情勢からも明らかである。重慶では共産党の全権代表が話し合いへの希望を賭けて待機している。重要な

決定はすべて重慶で行われているものの、そのことで西安の重要性が下がったわけではない。西安は政府が一九三七年に「共産党問題の解決」のため設立して以来、巨大な政治、軍事の砦なのだ。中央政府の方針が和解政策であろうが強硬政策であろうが、執行されるのは西安なのだ。

西安には常に政治、軍事の砦としての雰囲気がつきまとう。ここでは、個人の行動は私事ではない。すべてが検査され、追跡され、再び検査される。これと比べると、重慶は極端に自由で奔放な街である。長江沿岸の蒸し暑さを離れ、カンカン照りの陝西高原へやってくると、最初は心地よく感じるが、すぐにこんな感覚が襲ってくる。「ここでは誰もが歯車なのだ、何でも自分の意思ではなく、規則に従わなければならない」。

外国人記者団は盛大に歓迎され、まるで大人物のように、毎日宴会に招かれた。だが私たちの目的はそんなことではなく、その合間をぬって重要人物や重要な場所を訪問することだった。

西安で軍政を牛耳る胡宗南将軍はここにはいなかった。日本軍が平漢線を占領すると、彼は軍の一部を率いて前線に駆けつけ、日本軍が陝西方面に攻め込むのを防いだ。彼らにとっては初めての実戦経験だった。彼の参謀長、羅子凱（音訳）少将はきっぱりと「共産党は参戦していない」と宣言した。羅は私たちに「これは胡宗南の意思だ」と告げた。

西安が警察都市であることはあちこちで見受けられた。私たち外国人記者が共産党の指揮する八路軍（公式で合法的な存在だと聞かされていた）の西安事務所を訪問した時、事務所のある通りには人っ子一人いなかった。至るところで国民党特務機関が監視の目を光らせており、通りを歩こうものなら、誰であろうが共産党と秘密裏につながっていると疑われるからだ。人力車でそこへ向かったのだが、後ろから自転車に乗った人たちが尾行してきた。滑稽なほどわざとらしかった。最初は帽子などかぶっていなかったのだが、私たちが何度も後ろを振り返ったのでつば広帽子をかぶったのである。

だが、この監視の目にも隙はあった。国民党はさまざまな手段によって八路軍事務所を孤立させ、外部との連絡を断ち切ろうとしていたが、驚くべきことに私たちがこの街で何をしているかもすべてお見通しであった。「昨日、イギリス宣教師館に行ったろう。どんな話をしたんだ」、「省長になかなかきわどい質問をしてくれたようじゃないか」などなど。

もっとも反共の砦である西安は一枚岩ではないようだった。私たちのために開かれた反共青年集会に招かれた後、最も強烈な講話をしたスポークスマンが私たちの滞在先にやって来て、こっそりと「今日あなた方にお話ししたこと、あれはすべてでたらめなんだ」と言ったりもした。大変勇気のある人だった。誰かに密告されたら、拷問され命を失う危険さえあるのに。何年も経ってから、この若者は陳忠経という地下党員だったと知った。中華人民共和国建国後、彼は身分を明かし、著名人物となった。西安では彼は胡宗南（共産党地区を封鎖した軍隊を率いた人だ）の事務所で働いていた。当時二十歳そこそこだった熊向暉も地下党員だった。彼は後に中華人民共和国で新中国の駐英代理人など多くの要職につき、その後周恩来の指揮の下、キッシンジャーとの秘密交渉に携わった――この交渉は米中関係の雪解けとなった一九七二年のニクソン訪中につながる。

西安では、国民党はわざわざ反共の証人と私たちを会わせた。延安地区八路軍からの脱走兵だった。会ってみたら確かにそのとおりだったが、彼は正直すぎて、国民党側の思惑は外れた。彼は共産党の指揮する軍から脱走を試みて、最初の二回は失敗で三回目にようやく成功したと語った。脱走を急いだ動機としては「自分は兵士として戦争がしたかったのに、労働をさせられたから」と語った。延安地区の軍は部隊や幹部、学生の食料を確保するため、荒れ地の開墾をしていたのだ。連れ戻された後監禁や拷問はされなかったそうだが、恨めしげに批判されたと言った。彼の証言では、中国紅軍がいかに残酷で野蛮かという国民党のお決まりの説明を裏付けることはできなかった。

　国民党の宣伝における失敗は他にもあった。そのひとつは私たちに労働改造所の見学をさせたことだ。共産党員とその共感者はここでは新たな自分に生まれ変わるため温和な教育を受けているということだった。そこにいたのは大部分が十代から二十代の学生で、延安に行く途中で拘束されたのだった。彼らの住まいはペンキが塗られたばかり、返答は明らかに用意されたもので、それと違うことを言ったら大変なことになるのだろう。だが、若者の一人は何とかして私たちに内情を知ってもらおうとしていた。私たちは彼に「労働改造所は普通何年ぐらいいるんですか」と聞いた。彼は教えられたとおり「二年」と答えたが、私たちが「じゃ、あなたは何年ここにいるの」と聞くと、小声で「四年」と答えた。外国人記者たち、ことに保守的なウォルターですらも、彼らの置かれた状況には同情を禁じえないようだった。そこで生まれた疑問は延安でさらに揺るぎないものとなる。それについては次章でお話ししよう。

＊　＊　＊

重慶当局が手配した路線に従い、私たちは国民党地区にさらに数日滞在し、やっと延安地区に入ることができた。その間、国民党は絶えず彼らの思想を植え付けようとしてきた。

陝南の大荔では、私たちを歓迎してくれた代表団は各社会階層の人びとから構成されているという話だった。彼らはお約束どおりに地元の情勢を称賛し、共産党を非難した。「農民」代表が高そうな絹の馬掛（中国の伝統的な男性用上着）を着ているのは明らかに胡散臭かった。彼は私たちを信じ込ませようと、杖で「こうやって鋤で畑を耕すんですよ」と説明した。

それから、国民党がいかに日本軍を防いでいるか説明するため、私たちは黄河沿岸の潼関に連れて行かれた。対岸は日本の侵略軍で、時折近距離の砲撃戦になるそうだ。そこで、私たちは有名な胡宗南将軍に会う機会があった。彼の普段の仕事は、延安に対する封鎖であった。背は高くないが痩せ気味で神経質、ナポレオンを真似ているようにも見えた。彼が語ってくれたのはただ「潼関は抗日前線だ」ということだけだった。

現地の彼の本部で食事をしていると、彼の副官蔣緯国（蔣介石の下の息子）が私に酒を注いでくれた。ここで、国民党は体面を保つため面白いことをしてくれた。蔣介石はピューリタンの生活形式を提唱し、軍官たちに飲酒を禁じていた。だから、私たちが重慶に提出した検閲用のニュースには、息子である蔣緯国が酒を飲んだと書くことは許されなかった。重慶の検閲官は邱茉莉と言い争った挙げ句、「言葉を一つ変えれば許可してやる」と告げた。変更後の文は「司令官の指示により、蔣副官は酒を注いだ」であった。こうして、国民党の体面は保たれた。

私たちは次に黄河が北に大きく湾曲してからの東岸を克難坡まで進み、さらなる反共教育を受けてから、ようやく延安地区入りをした。克難坡という場所は、閻錫山にとって故郷である山西に残された最後の砦であった。閻錫山は狡猾な老軍閥で、辛亥革命で清王朝が倒されても、その知恵で自分の政治的地位を保ち続けていた。この地方は一〇〇〇メートル級の高山地帯で克難坡と呼ばれている。私は通信録のなかで「閻錫山将軍の不思議な山」と名付けた。

この老将軍（『老帥』と呼ばれることを喜んだ）は地方政権を牛耳ることに関しては誰にも負けない才能があった。数十年来、彼は競争相手となる軍隊を自分の地区に入れたことがなかった。山西は豊富な石炭資源に恵まれ、質屋を基礎とした銭荘業が発達していた。全国より線路幅の狭い専用鉄道と、巨大な兵器工場もあった。日本が中国を侵略するまで、彼は賢く立ち回り、全国政権の座を狙う軍閥たちの調整役を長く務めた。一九三七年に日本が中国侵略戦争を起こし、山西の一部地区は敵に占領され、一部は八路軍に奪い返されたが、彼は戦後も生き残ろうとこの二大勢力に対抗するためさまざまな手段を試みた。その間、紆余曲折を経て八路軍とも交戦し、何度かは勝利している。彼の夢は、自分のような社会行政王朝を立てることであった。だが人民を丸め込むには革新性が必要だ。彼はそれについても語ってくれた。

滞在四日が過ぎ、私は邱茉莉に次のような手紙を書いた。

閻錫山はここに、自分の桃源郷を建てようとしている。この山の住民は一万人——軍政官吏、紡績労働者ら及び軍人、皆山の洞窟に住んでいるのだ。彼らの生業は以下のようなものだ。山を下りて農民から食糧や綿花を徴収する。黄河大橋を越えて、河南省に日本製品を売りに行き利ざやを稼ぐ。一人一日四時間園芸や紡績などの生産に携わる。正規の給料の他に、皆余暇の時間を使って労働し、「合作券」という貨幣を稼ぎ、綿布や靴、靴下といった他人の労働により生産された製品、及び低価格で購入できる輸入品を買う。電灯やトラック（家畜で運んできた部品を組み立てたもの）やその他全国各地から運ばれた現代的製品はあったが、周辺の農村は荒れ果てていた。克難坡はそもそも中世貴族の城のように、老師が世襲して統治している領地だった。彼とその取り巻きは付近の農村から徴収する税金で生活していた。彼の夢は戦乱が終わったら省都である太原に戻ることだった。

ここで閻錫山は神、学校と事務所には肖像画が飾られていた。彼は「新経済制度」と「農兵合作制」（畑を耕す人二人につき兵士一人を養う）を提唱していた。ここで許される思想はそれだけで、アメリカに留学経験のある大学教授、博士、技術者、軍政官僚などにとっても彼の哲学は絶対だった。さらに、ここでは喫煙や飲酒、あるいはその他禁止事項を行ってはならず、違反すれば警告から自殺命令までの罰が待っている。

閻錫山は「共産主義対策なら考えてある」と言い、機が熟せば宣伝も行うそうだ。その対策とは「土地を一人ひとりに分配する」ことだという。農民を土地に縛り付け、そこから離れれば、土地は回収される仕組みだ。こうすれば、共産党を支持する無産階級は「階級としては消滅し」、「不法軍隊」に加わる浮浪者はいなくなるという。この制度はさらに充分な兵源を確保することもできる。農民二人が兵士一人に必要なものをすべて与えて養う仕組みだからだ。

「閻老西児」は有名な作家で、多くの本を書いている。私たち一人ひとり、分厚い本をひと抱えももらった。私が原稿を書いていると、彼の副官が新しい本を何度も持ってくる。本にあった小見出しはそれぞれ『閻帥の宇宙観』『閻帥の生活哲学』『博愛と正義の政治原理』、さらに『兵農連盟の原則による組織』。

黄河対岸の西北約一五マイルのところには八路軍、東南二〇マイルのところには日本人がいる。閻錫山は彼らどちらとも貿易を行っていた。閻老師は八路軍と紛争を起こすこともあり、現在も衝突が起きているが、現場はここから離れた場所だという。「共産党は俺のところの人間を捕まえると、一か月の思想教育をして戻してくるんだ」と彼は語った。一方、彼が共産党員を捕まえた場合には、思想教育は一週間でいいと言う。「俺の理論は共産党より強力だからな」。

明日私たちは黄河を渡り共産党地区へ入る。今日、ここで警告を受けた。「文書類は旅行カバンではなく、身につけておきなさい。共産党の身体検査は徹底していて、なかなか解放してもらえないからね」。私たちが理由を聞くと、曰く「一度、重慶外交部招待に泊まったときにやられたよ。あそこだってそうなんだから、共産党なんてなおさらだ」。

ふもとの黄河は幅が四〇ヤードほどしかない。上流ではこれの四倍あったが、下流に行くほど狭くなり、漏斗状の河床を形成していた。地元住民によると深さは三マイルだという。実際の深さはわからないが、確かに水量は多い。だが泥が多すぎてタービンが破壊される恐れがあり、発電など何かに利用することはできないのだった。

第十七章　延安訪問（一）新中国の胎動

私たちは平底の木船に乗り、黄河の激流を渡った。五十人ほど乗れる船で、十六人の船頭が脚を伸ばして座り、渾身の力を込めて数人で一本の櫂を漕いでいた。一斉に声を上げ、高らかな声で歌うその船歌を私は生涯忘れないだろう（中国の優れた声楽作品「黄河大合唱」のもととなった船歌で、その後延安で一、二百人の大合唱を聞いたときはこの上なく心が震えたものだ）。

河を渡るのにはものの数分しかかからなかったが——河の向こうは別世界だった。それまで数日間滞在した陝南国民党地区と違うのは、事前に準備された旗や標語の書かれた横幕もなく、まるで私たち訪問者がルーズベルトかチャーチルでもあるかのように、駆り出されて踊り上がったり叫び声を上げたりしている人びともいなかったことだ。私たちを迎えてくれたのは二人の農民らしい人物だけで、一人は若く、もう一人は髭を生やしていた。彼らは私たちと握手すると、「郷政府から派遣されてきたんです」と言い、山の上にある村まで案内してくれた。村には黄土高原によくある窯洞（土を掘ってできた家）が並び、私たちもそのなかの一つに滞在した。窯洞には長い炕（オンドル）とかまどが一つずつついていた。窯洞の前側は庭になっており、乳牛とロバが一頭ずつ、それに鶏の群れが飼われていた。

翌朝、軍人が一人、馬に乗ってやって来た。土埃まみれの灰色の制服にわらじを履き、足の親指には包帯が巻かれている。「陝甘寧辺区南部警衛部隊司令員の王震だ」と名乗り、私たちにも馬を用意してくれていた。彼は将軍だったが、軍人としての地位を示すものは何も身に着けておらず、普通の兵士と変わらなかった——彼は姿も態度も、体に合わせて仕立てられた軍服を着て白い手袋をはめた国民党の軍官たちとは大違いだった。

一時間後、私たちの馬が来た。これから西へ向かうのだ。同時に、私たちは初めて八路軍戦士にも会った——銅色に日焼けした顔でよく笑う若者たちで、王震将軍よりいいものを着ている人もいた。日本の三八式ライフルか日本軍官の指揮刀を装備している者もかなりいた。中国のよその軍隊なら高級司令部に戦利品として陳列されていそうな武器だった。

王震はこの部隊を引き連れ、遠くから急行軍で私たちを迎えに来た。私たちが辺区入りする地点はもともとここではなかったからだ（記者団のなかの国民党員はその後大袈裟に「相手に準備の隙を与えないために、河を渡る地点は変更したんだ。共産党の秘密が漏洩するルートを通過したのもやむを得ないことだった」と言い、「道中にケシが植えられていた。アヘンを製造している」というデマを流した）。王震の部隊はかつて河北、山西などを転戦した後、辺区の警備に戻された。彼らの三八式ライフルと指揮刀はもちろん戦闘中に日本軍から奪い取ったものだが、その後も敵との戦闘に活用しているという。想像してみてほしい、銃弾の雨のなかをかいくぐり、顔は日に焼け、汗をかいても、微笑みを絶やさず、自分の武器を大切にし、弾帯にはいつも赤い布を巻いて（老紅軍の伝統だった）、警戒心ある強い好奇心を絶やさない若者たちを——最初の一時間、彼らは私たちに外の世界に関することをいろいろと聞いてきた。

そのとき私たちはまだ、王震の経歴を知らなかった。

彼はもとは鉄道労働者で、その後革命戦士となった。彼の率いる三五九旅団は十年内戦の紅軍時代にすでに優れた戦績を残しただけでなく、辺区では南泥湾の開墾で知られていた。南泥湾は延安の南に位置し、もとは野獣が出没する荒れ地であったが、彼らが開梱したお陰で穀物や野菜、綿花が栽培できるようになり、部隊の衣食を支えるようになった。その後視察させてもらう機会があったが、部隊は開墾が終わると土地を地元農民に引き渡したそうである。部隊が自給自足できるので、ここの農民は軍需用の農作物を供給しないで済むのだ。

話を記者団の旅に戻そう。私たち一行は馬に乗り、山を登ったり、谷に下りたりした。道中、私たちは南泥湾精神を発揚させた「大生産運動」が荒れ地だった辺区を大きく様変わりさせた様子を目の当たりにした。かつて荒れ果てていた山頂や斜面ではアワ、小麦、豆、亜麻や綿花が栽培されている。国民党が封鎖を行うまで、ここでは綿花が栽培されていなかったので、辺区の人びとは最初の二年間はまともに着るものさえなかったが、去年この綿花は半数が自給用として植えられたという。農民たちはいまや綿花を植えることに積極的だ。辺区政府は最初の二年間は収穫された綿花に対し税を免じ、さらに綿花は人びとの生活と抗戦を支える作物だと広く宣伝したためだ。農村供銷合作社（辺区総人口百五十万のうち二十五万が会員）は適正価格ですべての綿花を買い取り、合作社側で余剰が出れば辺区政府が買い取る。

私たちが道中見た農民たちは衣食足りているように見えた——服につぎを当てている人たちはいたが、ぼろぼろの服を着ている人は見かけなかった。中国の他の地方では、人びとは兵士を見ると避けて通ったり、それができなければ嫌そうな顔をして睨んだりするのだが、辺区で私たちの部隊が休憩しているときに見た光景はまったく異なるものだった。人びとは私たちを護送してくれた八路軍戦士たちを見ると、「風変わりな人たちだが何をしに来たんだね」と世間話をしに来たり、戦士たちにお湯を飲ませてあげたり、何も頼まれていないのに馬の手入れを始めたりした。「皆が戦士たちを遠くに出ている家族のように思って、体を休ませたり気持ちよく働けるようにしている」——私たちはそんな印象を抱いた。

馬で歩いた数日間、私たちは毎日多くのことを学んだ。

＊＊＊

私たちが到達した最初の県城（県人民政府の所在地）は古林（音訳）といい、農民出身の県長が迎えにきてくれた。彼は数年前まで文盲で、いまも簡単な報告書ぐらいしか書けないが、県内のことは何でも知っていて、質問一つひとつに詳しく答えてくれた。農民が開墾した荒地の面積や、生活水準の改善に話が及ぶと、顔に笑みがこぼれた。

さらに彼は労働英雄を紹介してくれた。この英雄は、率先して多くの荒地を開墾しただけでなく、近隣の河南省から逃れてきた難民の受け入れにも積極的だった（辺区は労働力を必要としていたため、外地からの移民には土地が分け与えられ、長期貸付という形で種子や農具が提供され、最初の三年は作物の供給が免除された。地元の農民で移民の受け入れに功績があった人は政府から表彰された）。この六十歳を過ぎて強健な体をした労働英雄は自分の生活がいかに改善されたか、さらには去年延安で開かれた英模大会（模範的な農民を表彰する大会）に行ったときの様子を語ってくれた。大会で、彼は農作業と労働力の割り振りに関する新しい方法を学び、映画を見て、毛沢東と握手をし、賞品をもらった――新しい服一式と革靴である。かつて彼は土地を持たなかったが、その後分配を受けた（辺区の一部では一九三五年以前に紅軍による農地の分配が行われていたが、その後この政策は廃止された）。彼はいまでも文字はほとんど読めないが、世のことには明るく、私たちにさまざまな質問をしてきた。ファシズムやヨーロッパ、ソ連国内の戦争、ヨーロッパ戦がいつ始まったかなど、さらには国民党が頑なに綿花や薬品を辺区に運んでくれないことについては「一体なぜだ、理解に苦しむ」とも。

農民出身の県長は農民労働英雄をからかって「偉くなったもんだな（労働英雄は県政府の会議に出席し、自分や村民を代表して意見を提出する権限を与えられていた。実際には県政府の一員なのである）」と言っていた。英雄もからかい半分でそれに応じて「県長、あなたもね。この前の大生産運動では、皆を動員させるために、肥料を大奮発したものね」と言った。彼は長い間ここに住んでいるので、地元のことは先祖の時代まで何でもよく知っていた。そんなことができる県長なんて、他にいるだろうか？

さらに道中目にした農民たちの使っている新しい農具にも驚いた――鋤と深く耕せる鋤の刃はいずれも高品質の鉄や、なかには鋼で作られているものもあった。辺区にはこれら農具を生産できる小さな工場がいくつもあり、兵器工場でも副業として生産していた。日本軍の交通網を切断するため、八路軍は華北で鉄道を破壊しており、その線路を千里はるばる辺区まで運んできていたのだ。辺区政府は生産振興のため、こうして手に入れた鋼材を農具の生産に惜しみなく使った。辺区では、農民の生産工具と部隊の武器はいずれも敵との武装闘争から獲得したものだった。

＊　＊　＊

次に私たちが向かったのは延長で、ここには油井と精油所があった。現在採油中の油井が三か所、さらに新しく一か所を掘削中だった。深くまで掘っていないので、産油量は少ない――労働者たちは不運にも、掘削設備をすでに枯渇した油田のなかに落としてしまったのだ。

私たちは労働者たちとともに油井やクラブでおしゃべりをした。このクラブはこのあたりで一番いい建物で、屋根には赤い星が飾ってあった。工会主席はシンガポールから帰国した元海員で、油田全体のディーゼル機関を管理しており、ここで働いて何年にもなるそうだ。ここの油田はもとはアメリカ人（モービル社）の所有で、その後国民党の手に渡り、最終的には紅軍（八路軍）の所有となった。彼によれば「紅軍遊撃隊が来る前、油田には南京から来た技術者と、上海から来た労働者がいたんだが、私がディーゼル機関の使い方を覚えたがっているのを知って、連中は自分たちがお役御免になるのを恐れて、解体するときに私を追い出したんだ。私はもう使い方は覚えたがね。私たち労働者も、いまや他人に仕事を奪われる心配はなくなったよ。能力とやる気さえあれば、油田の取締役にだってなれるさ」。

さらに彼はことばを継いだ。「労働者の給料は現金払いだけど、給料の額はアワの重量で計算しているんだ。例えば、給料がアワ一担（百斤）だとしたら、その月は『辺幣』で（辺区の貨幣）二万元を支払う。翌月アワの市価が上がったら、給料も増える仕組みなんだ。ここでいう市価とは自由市場（政府が価格を決定しない市場）の価格だから、労働者の実際の収入は市価の変動による影響を受けないんだ」。

ここの小さな精油所はぼろぼろだったのを辺区政府が修復したそうだ。非常に巧妙な応急措置が行われているのも目にした。例えば、冷却器用に二インチのパイプ一本が必要になったがない場合、一〇インチのパイプを別の一二インチのパイプにはめ込む。こうすると両者の隙間はちょうど二インチとなるわけだ。精油所の取締役は以前イギリス汽船で機械工をしており、技術者は上海聖ヨハネ大学に通っていた。記者団のモリス・ウッドはそこで教鞭をとっていたこともあり、教え子との思わぬ再会に感激していた。

＊＊＊

これ以前に重慶にいた頃、私は油田についていろいろと聞いていた。中国共産党が統一戦線の方針に従ってその設備で国民党を助けていること、などである。だがこういった話は国民党の新聞検閲のせいで国外までは伝わってこなかった。延安でも、そのような話は聞かせてもらえなかった。一九四二年、当時雑誌『時代』の記者だったセオドア・H・ホワイト（白修徳）はこう語ってくれた。以下は私の記録に残っている内容である。

有名な地質学者翁文灝は国民党戦時政府の経済部長だった。彼がホワイトに語ってくれたところによれば、一九三八年に甘粛省の玉門油田（当時国内最大の石油供給地）の採掘の準備をしていた頃、西北唯一の掘削設備が延長にあり、延長は十年内戦中は中国紅軍が占拠していた。国共合作による抗日が始まると、翁は周恩来のところへ掘削設備をくれるよう要請に行った。周は「使いなさい。国にとって必要なときが来るだろうと、ずっと保存しておいたんだ」と二つ返事で応じてくれたという。

だがホワイトがその話を『時代』に掲載しようとすると、国民党宣伝部副部長董顕光（ホリングトン・K・トン）――外国人記者の書いた記事を検閲する主要責任者でもあった――は烈火のごとく怒ってホワイトを呼びつけ、「発表を禁ずる」と宣言した。「共産党に海外向けの宣伝に使われる」。

「（経済）部長がそうおっしゃったんですよ」。ホワイトは董に説明した。

「そうかも知れないが、部長にも新聞記者ごときに国家秘密を漏洩する権限はない。彼がもし蔣委員長の前で「すべての責任を負います」と宣言するなら話は別だが」

そこまで言うと、董は電話機をひっ掴み、翁と話し始めた。翁はその話をホワイトにしたことを認め、突然こう聞いた、「で、何を書くんだ？　石油の具体的な生産量か？」

「ええ、」と董は言った。「もちろん数字はいくつか書きます」。

「では」と翁は言った、「その部分は削っておけ。数字を外に出すわけにはいかないからな」。

こうして、彼の面子は保たれ、気まずい局面は打開されたのだった。

＊　＊　＊

辺区は陝北の経済発展が遅れた地区に位置し、工業はまだ萌芽期にあったが、発展に向けた努力も見受けられた。記者団がある合作社を視察したとき、「あなたの国では石鹸はどうやって製造しているのか」と絶えず質問をしてくる人がいた。私たちが「すみません、それはちょっと……」と断ると、彼らは軽蔑と同情の入り混じった視線を投げかけてくるのだった。「石鹸の作り方も知らないとは、それでも国際記者か」という意味だったのだろう。放送局では、さらに技術的な発言があった。私たちが使った煙草の箱についている金属箔をくれと言われたのだ。コンデンサを作るという。

実際、辺区ではできることはすべてやっていた。辺区政府には工業局もあり、国内各地から高い技術を持つ技術者と科学者が来て、現在や将来の需要を満たすため、地元の資源を研究・開発していた。辺区にはいまのところ飛行機はないが、飛行士学校はあり、そこの学生たちが通りで木製の飛行機模型を押したり、手の上で旋回させているのが時折見られた。

私はその後ほどなく邱茉莉に宛てた手紙に、興奮して次のようなことを書いた。

この辺区は勇敢な人民が封じ込められた悲惨な場所などではなく、小さいが偉大な国家だ。ここはもっと大きな地区の後方基地でもあるので、厳密には「小さい」とは言えないが。ここで行われている活動は中国の他のどの地区より多彩かも知れない。確実に言えることは、ここの人民は他の地区よりずっと積極的だということだ。自分たちが中国、ひいては中国の未来を背負っていると確信している。はっきりそうとは言わないが、自信に満ちた言葉と行動、そして微笑みと表情には、それがはっきり見て取れる。私もいまや、延安は中国の未来の雛形だと強く信じるようになった。次の十年でそれが証明されるだろう。

「自給自足」「自力更生」がここでのスローガンだった。例えば、毛沢東は煙草好きだったので、自ら煙草の葉を栽培していた。総司令朱徳は野菜が好物だったので、自分で土地を開墾し、美味しいトマトを栽培した。私たち記者団が重慶へ戻るとき、彼は自分で栽培したトマトを籠にいくつもくれた。私たち記者は新鮮な野菜を味わっただけでなく、辺区に関する認識を新たにした。

第十八章　延安訪問（二）中国共産党指導者への取材

私が延安で訪問した中国共産党の指導者のうち、最大の傑物は間違いなく毛沢東であった――それは当時も歴史的視点から見ても変わることはないだろう。

延安では、毛は親しみやすく素朴な人柄であった。よく埃の舞う通りを護衛もつけずに歩き、人びととも気軽に話していた。集合写真を撮るときも真ん中には立たず、またそうさせようとする人もいなかった（私たち中国人や外国人の記者団ともそうだった）。隅っこでも人の後ろでも、適当なところに立っているのだった。単独取材でも時間制限を設けず、長々と何時間も話していることもあった。記者側の質問が終わると、逆に記者たちにあれこれ聞いて、自分の視野や知識を確かめたり広げたりするのが好きだったからだ。他の指導者も同席して何度か食事をともにしたが、二、三の小さなテーブルを並べ、世間話をし、ありあわせの食べ物を食べるだけの質素な会食だった。私たちが延安を離れる直前、毛は一、二人の同僚とともに私たちの滞在した窯洞招待所にお別れの挨拶をしに来て、自分の署名が入った写真を一人一枚ずつくれた。延安で石版印刷された、英知にあふれたよい表情の写真だった。私はその写真をずっと大事に持っている。一九四五年から五一年ニューヨークにいたときも、その後北京でも、いまも家の壁に飾ってある。一九四〇年代、インド、イギリス、アメリカでいずれも中国解放区に関する展覧会が開かれ、私も講師として呼ばれたが、そのときはこの写真を主催者側に貸し出し、現地の人びとが毛主席の姿を見ることができるようにした。

延安滞在中、毛の態度は私たちの印象に強く残っている。多忙でも大変な問題に直面していても余裕を保てる人であった。彼は重責を担っていたので、公務は多忙で、常に重圧に直面していただろう。毛が率いる中国共産党は十数の敵後抗日拠点を指揮していたため、戦闘が絶えず、行政管理も大変であった。国民党との複雑極まる関係においては、彼は最も重要な決策者だった——国民党の侵攻を防ぎ、戦力が内戦ではなく対日戦に向かうように仕向けなければならなかった。理論性の著作や、党内の討論によって、彼は将来の国内と国外に対する政策を制定していた。蔣介石とはこれとは対照的であった。重慶で彼は常に威張り散らし、動作はわざとらしく、神経を尖らせており、対応も「ふん」とか「はぁ」ばかりだった。彼は何でも——部下の叱責から出国させる国民党官吏一人ひとりの見送りまで（さらに、接見時には陰から人相見に観察させ、不適切だったり不忠な態度がないか見ていたともいう）自分でやらないと気が済まない気質だった。毛はこれとは反対に、部下に仕事を任せることに長けていた。抗日拠点は全国各地に分散しており、地理的には互いに断絶していたため、交通や通信は困難を極め、中央政府が直接具体的な軍事的、政治的措置を指導することはほとんど不可能であった。そこで、中央の各方針は理解・遵守するという前提のもと、拠点の行動に自主決定権をもたせることにした。こうして、統一性と自主性が精力的に両立されていた。

以下は中国内外の記者団と一九四四年六月十二日に延安で会見したとき、毛が発表した談話である（原文は英訳であった）。

私たちには共通の目的がある。日本の軍国主義分子及び世界中のあらゆるファシズムを打倒することだ。あなた方はそれを果たすためここへ来た。ここは中国の辺境で、歴史的にも恵まれない場所であった。だが皆さんにもここにある揺るぎない決意が見えるだろう、中国共産党と国民党が肩を並べて日本軍を撃退する姿を。私たちが日本の侵略に抵抗しているのを、その目でご覧になっただろう。

ヨーロッパ第二戦場の火蓋は切って落とされたばかり、ドイツのヒトラーの滅亡及び日本の最終的な敗北の兆しが見て取れる。中国全土、それに中国共産党にとって喜ばしい展開だ。ヒトラーと日本が瓦解すれば、世界は楽園となる。中国では、ヨーロッパ第二戦の勃発にともない、私たちの行ってきたことのさらなる成果が表れ始めた。中国の抗日勢力はさらに団結して自身の力を強め、ヨーロッパや太平洋の戦場の勝利をも力として、日本の軍国主義を打ち砕くべく以前にも増して努力をすべきである。

このような形勢であるから、新聞の世界で働くあなた方も中国内部の情勢に興味を持っておられよう。これから私がお話しすることは、団結の必要性を強調し、かつ私たちの態度を明らかにするものである。

まず、私たちは蔣介石の国共合作継続を支持する。日本のファシズムを打ち破り、独立した、民主的な中国をつくるという目標では私たちは同じである。これは私たちが長年続けてきた方針であり、現在もそれは変わらない。この中国人民の共同の願いを私たちは叶えなければならない。

中国の非常に大きな欠点は、民主性がないことに尽きる。私たちに民主性があれば、中国はもっとよい国になる。抗日の力はさらに強まり、戦勝後は中国を再建できる。仮にいま団結と民主主義が実現されれば、未来は約束されたも同然だ。中国は全民族の団結を維持しなければならないが、民主主義さえあれば、団結は保証されるのだ。

以上が私たちの国内、国際情勢に関する観点の概述だ。

続いて、毛は記者たちの質問に答えた。

重慶で行われている国共両党の話し合いについては、「進展と実質的な問題が解決されることを願っているが、現在のところ結果は出ていない」とした。

「中国共産党は第二戦によって世界に新局面が訪れたと考えているか。その新局面について何らかの声明を出すか」という質問に関しては、「本当の転機は一九四二年十一月ソ連のスターリングラードの反撃における勝利のときだった。第二戦場の勃発は戦争が新たな段階に入り、私たちが新たな機会を得たことを意味するが、本当の転機ではない。我々の観点については、我々の新聞ですでに報道している」(『解放日報』はこれ以前に「ヨーロッパ第二戦の勃発はソ連のスターリングラードにおける勝利と同じく、あらゆる反ファシズム国家の協力の賜物である。戦争は新たな段階に入った」とする社説を書いていた。一九四二年十一月にソ連紅軍が反撃するまで、反ファシズム国家は敗北と退却を続けており、ファシズム勢力の方が優勢であった。その後、形勢は急変し、連合軍は北アフリカ、続いて太平洋で後退が止まり、反撃に入った)。

中国人記者の一人が「中国共産党が国民党やその他政治団体に望むこと、及び行うことは」と質問した。毛は以下のように答えた。

「民主的な協力の下ファシズムを攻撃しなければ力は生まれない。中国の軍隊にも官と兵、軍と民、各級指揮部門、部隊の間の民主性が必要だ。ここまでできれば、私たちの部隊はイギリス、アメリカ及びその他民主的な軍隊と同じぐらい団結することができる。政治、経済、文化、思想、出版や芸術創作など各領域において、私たちは民主化を必要としている。それは文化と人民が一つになって初めて、広く愛され受け入れられるようになるのだ。

各党派内部、異なる党派間の関係も、国際的には国家内部と各国間も民主的でなければならない。外国と私たちの外国人支持者が中国に対し民主的態度をとってくれることを望む。私たちが民主的になりさえすれば、私たちの内部の団結と国際社会における団結は強化され、この戦争に勝利し強固な国際関係を築くことができる。

人民レベルでの団結が築かれてこそ民主的な団結、あるいは民主的集中制と呼ぶことができる。この民主制度はなにをもっても破壊できないほど頑丈なものだ。これこそが、私たちが国民政府、国民党、我らの同胞とファシズム国家人民も含む全世界の人びとに望むことである。

戦後の国際連盟は民主的な基礎の上に築かれなければならない。

つまりは、すべての方面における民主的な基礎の上での団結に賛成する」

その後私は再度毛沢東と単独で話す機会があった。そのときは報道するつもりはなかったので、記録も残してはいない。宋慶齢からの言葉を伝えたかったのである。当時宋は保衛中国同盟の主席で、私は保盟幹部であったから、保盟がどうすれば解放区を効率的に援助できるか（国民党は解放区に封鎖を行い、薬品やその他救済物資の搬入を禁止した）相談したのだ。毛は必要物資のリストを作り、私に持ち帰らせた。

そのとき毛主席は会話のなかで国外の状況を尋ねてきた。私がさまざまなメディア（うち通信社一社はアメリカの労働組合新聞に専門で記事を提供している）に寄稿していると聞くと、アメリカのアメリカ労働総同盟（略称ＡＦＬ）と世界産業労働組合（略称ＩＷＷ）はどちらが会員数が多いのか聞いてきた。その後合併した両者だが、この当時はまだ対立していた。私は急激に発展していたＩＷＷに比較的傾倒していた。ＩＷＷの方が会員数が多かったからである。毛はそれを否定した。「ＡＦＬの方が人数が多い」という。結局、毛の方が正しかった。彼は延安の窯洞にいながら、外の世界について相当明るく、他人と議論する前には充分予習をしていることがよくわかった。さらに毛はアメリカ共産党の当時の指導者であるアール・ブラウダーがアメリカ両党制の枠組みの中で活動できるよう党を解散し、政治団体に格下げした理由に注いても聞いてきた。私はブラウダー自身が新聞に発表した声明を引用した。毛は「労働者階級の独立政党としての原則性はどうしたんだ」と言ったきり口をつぐんだが、反対していることは明らかだった。フランス共産党など外国の共産党がブラウダーの行動を「原則に背いている」と批判するより数か月も前のことだった。

＊　＊　＊

七月中旬、私は延安で中国共産党の指揮する部隊の総司令官朱徳のもとを訪ねた。以下はそのときの記録である。

　朱徳将軍はがっちりした体に歩みもしっかりした、穏やかで親しみやすい五十八歳の老将軍である。髪の毛は黒々として濃く、えらの張った顔に大きく落ち着いた褐色の瞳、それに素朴で理解力に富んだ人柄は、アメリカ人ならエイブラハム・リンカーンを思い起こすであろう。だが彼はこの見た目からは想像できないほど勇猛な軍事首領で、世界的に有名な、過酷な軍事行動を何度も経験した戦略指揮者なのだ。それでいて、どこにでもいそうなお父さんという雰囲気を持っていた――一日の仕事で疲れながらも、満足げに家に帰り、服のボタンを緩め、座ってにこにこと話し始めるような。だがその話の内容は、長年の深い洞察から得られた、素朴な知恵に満ちている。彼はそんな人物なのだ。

以下は私からの質問に対する、朱徳将軍からの返答である。

　一、現在の中国の軍事形勢及びその進展についてどう思うか。

　中日の戦争はすでに七年も続いており、我々は侵攻してくる敵を破ることに尽力している。いまは反撃のよいチャンスだが、我々は未だに力不足である。敵と我々の形勢については、日本側は政治的な孤立状態で、全体的には日に日に不利な状況に陥りつつあるが、依然として広大な占領地における力を強めようと尽力しており、あわよくば国際情勢が変わらないか窺っているところだろう。それは例えば軍事において、大陸交通線を開通させ、中国同盟国の軍事連結を切断しようとしたり、さらに日本にとって脅威となる同盟国空軍基地を後退させたりしようとしていることからもわかる。経済的には、日本は我々の資源を利用して中国で戦争を進めようとしている。それは遊撃戦の展開が思わしくない地区では成功し、逆に我々が遊撃拠点を設立した場所では失敗している。我々はよく日本側の交通や生産活動を破壊し、その貿易活動を封鎖し、人力や物力の供給を切断している。全体的には、日本人はある程度の勝利を挙げている。例えば長江流域では、日本の部隊は給養を得られるまでになっている。山西陽泉の大兵器工場から武器の供給も一部受けられる。この兵器工場はもとは太原にあったのが、鋼鉄と石炭資源が比較的近い陽泉に移転したのだ。

　敵は北平から広州間に鉄道を開通させ、さらなる侵攻をもくろんでいる。よって彼らは大平原を離れ、山間部へと進行方向を変えるであろう。だとすれば、彼らの軍事力は分散せざるを得ず、交通も不便になる。我々がさらなる人力と資源――必需品だ――を動員できれば、敵を食い止めることができる。

　中国の国際的環境は日本より百倍はよい。だが現在の国民党の政策は日本を打ち破ると同時に、共産党と人民の民主的要求をも打ち破ろうとしている。これにより中国の人民は適切に動員されず、国家の潜在能力も発揮できていない。経済的には、我々の人民の生産と金融資源では戦時経済体制を構築するのに充分でなく、ごく少数の人間に利するだけであろう。交通面では、中国にとって機はまだ熟していない。我らの偉大な人力資源はこれを利用すれば、未発展の技術を補ってくれるだろう。つまり、我々が前進するどころか、正規の戦場で部隊が負け続けているのは、主に政治的、経済的原因だと言わざるを得ない。

だが我々は敵後にもう一つの戦線がある。そこでは、八路軍と新四軍は大衆の力を充分に発揮させ、人民は動員され、部隊は組織され、抗日民主拠点も設立されている。七年に及ぶ苦戦を経て、我々は敵後に新たな戦線と、抗日の新しい軍を構築した。敵は我々との戦いにおいてしばしば兵力を分散することを余儀なくされるため、ここ数年正規の戦線は安定している。例えば洛陽は、八路軍が黄河北岸にいなければ敵にやすやすと奪われていたであろう。正規の前線が同様の政策をとらず、八路軍、新四軍及びその他遊撃部隊が敵後で有力な支援を得られないから（彼らの戦績や全体的な国益からして、受けられるべき支援である）、中国はいまだに日本の前進を止められないのである。

形勢が改善する可能性については、いまのところ実行可能な唯一の戦略は相変わらず機動と遊撃戦術で敵に対し全面的な消耗戦を続けることである。

現在、敵は占領地が広がりすぎて、力が分散している。我々は機動的に、比較的小さく孤立した拠点を一か所ずつ攻めて大打撃を与えることができる。今日の条件下で、中国にふさわしい唯一の戦略であろう。

中国の形勢が将来的に改善されることを望む。政治、経済や軍事政策が変わらなければ、正規前線の形勢は変わらない。半封建、半ファシズムの独裁統治を廃止し、民主政治が行われなければ、人民は武装せず、大規模な遊撃戦が行われることはない。軍隊内部では、反共思想教育をやめ、すべての部隊が『ともに敵を討つ』という同じ目標を持つべきである。部隊内の特務機関制度も廃止されなければならない。以上が達成され、同盟国より提供された武器装備が正規戦線の部隊及び敵後戦線にいる我々の部隊に分配されれば、我々は自分たちの地位を強固にし、二つの戦線にいる部隊を同時に反撃に向かわせられる。

二、同盟国として最善の戦略は？　同盟国の中国に対する支援はどのような形が最善か？
同盟国の日本軍撃退戦略には二方面、海上から陸地に上陸するものと、大陸を進軍するものがある。これがニミッツ計画にふさわしいのは、大陸戦争は同盟国の援助する中国の軍事力及び発展した人民の力によるものに必ずなるからだ。そのために必要な条件の一つは、八路軍と新四軍が連合軍の最後の反撃において協力を得られるよう、これら軍に対する速やかかつ相当数量の援助をなすことだ。さもなければ、中国が日本を打ち破れる可能性はほとんどない。そのためには、正規戦線を管轄する当局の軍事、経済、政治方面における改革が不可欠である。

三、ビルマにいる中央政府軍はアメリカ軍と同様の装備の給養を得て戦績を上げたと思うか？
もちろん。だがそれはそれら部隊が衣食も満たせないような軍事的・経済的構造から脱したからだ。同時に彼らが自分たちの力を温存しながら日本・共産党・人民の望む政治体制を攻撃するような体制を離脱すれば、敵は日本だけとなる。もし彼らが再び古い体制に戻れば、その戦闘力も落ちるであろう。表面的なことのみならず、その奥にある事象も見なければならない。

四、八路軍、新四軍の連合軍との協力は？

いまのところ、間接的なものにならざるを得ない。日本軍が東南アジアで連合軍と戦闘をしている間、我々は華中と華北における攻撃を強化する。さらに我々の拠点に飛行場を建て連合軍の飛行士をいままでよりさらに救援できるようにし、敵に関する情報を提供し、我が軍の制御下にある河北、山東、江蘇、広東沿海地区で連合軍潜水艦の軍需給養を行う。直接協力はその後でよい。連合軍が中国沿海の我々の制御下にある地区に上陸するか大陸南部から北に侵攻すれば、我々は直接的軍事行動でこれを支持しよう。

五、八路軍と新四軍は連合軍のどんな支援を必要としている？

武器弾薬、無線電気設備、医薬品及び技術者。我々は連合軍の技術顧問を歓迎する。空軍との協力は、いまのところ一部の物資を運んでもらうにとどまっている（別の話し合いで知ったことだが、早急に必要とされていた武器は軽型で、携帯できる小型砲だった。鉄道沿線の敵のトーチカを破壊するのだ。ロケットランチャーが使えるかも知れなかった）。戦術的な協力も将来的には行えよう。

周恩来はいつも事実に基づき真実を求めるエネルギッシュな人だった。私たち記者に対しても詳細に、具体的に国共関係を振り返り、抗日戦争前夜からその当時に至るまで、自ら関わっていた。私たちが彼に対する取材を行ったのは一九四四年十月十三日――私たちは敵後遊撃区（次章「敵後にて」をお読みいただきたい）から延安に戻ってきたばかり、重慶へ帰る直前であった。この取材から一週間も経たずに、スティルウェル将軍（当時蒋介石の参謀長、アメリカ軍の中国・ビルマ・インド戦区における総司令官）が免職されるというあってはならないことが起きた。蒋介石がルーズベルト大統領に要求したのである。ルーズベルトは不幸にも同意してしまった。彼のこの同意は中国の将来の運命を決定づけた。これにより中国国共両党の戦後協力の可能性は内戦再発の危険性に取って代わられたからである。この同意はアメリカの運命をも決定づけた。対中外交政策においては、中国の戦後和平実現に向けた動きは覆され、内戦を推し進める蒋介石を支持することになった。全体的な国策においては、その後の新中国との二十二年間に及ぶ国交断絶のもととなった。アメリカは新中国を囲い込んで息の根を止めようと、外側では大量の軍事力をつぎ込んで朝鮮戦争やベトナム戦争を起こし、国内では「中国を失ったのは誰のせいか」というナンセンスな問いかけがマッカーシズムの嵐へと発展した。ルーズベルトの同意は全世界の運命をも決定づけた。その後数十年に渡る冷戦の原因の一つとなったのだ。

取材のとき、周恩来は中日戦争勃発前夜の一九三六年西安事件から語り初めた。国民党の愛国将校張学良と楊虎城は十年にも渡る反共内戦に不満を感じ、西安で蒋介石を監禁し、国内和平と抗日団結への方向転換を迫った。周恩来はそのとき、延安から派遣された代表として、仲介役を買って出た。蒋介石はやむなく同意して釈放され、国家と軍隊首脳としての地位をつなぎとめた。一九三七年、日本が全面的武装侵略を開始すると、中国は抗戦に邁進し、人民の要求により、国共両党は協力を約束した。

だが一九四〇年には、国民党の約束違反が著しくなっていた。共産党の政治家林祖涵（伯渠）は団結強化に関する二十条の建議を携え、延安から重慶にやってきた。だが国民党の代表者はこの建議を蔣介石に渡したがらなかったので、十二点の書面建議に変更し、残りの部分は口頭説明に変更した。

一九四四年八月、周恩来は「話し合いを振り返って」という談話を発表した。

国共話し合いの再開は新形勢下で推し進められた。一九四四年四月以降、中国中部の国民党戦線は負け続きで、日本軍の再度の攻撃により急激に瓦解していった。だが北方では、共産党の指揮する部隊は敵に占領された農村地区を以前にも増す勢いで取り戻し、その力を見せつけていた。国民党側は、スティルウェル将軍の指揮の下、インドで再度訓練と補給を受けた部隊が、ビルマ国境付近で比較的よく戦っていたのみであった。このような複雑な情勢と、さらに国内外からの圧力により、重慶の政局はぐらつき気味であった。例えば、国民党は私たち記者団の延安訪問を渋々承諾し、その直後アメリカ軍の視察団（ディクシー使節団）がスティルウェルの強い要望と日本を打ち負かそうとはやるワシントンの要求で延安に派遣された。さらに国民参政会では国内情勢に関する議論が、かつてないほど深く戦わされた。

国民参政会は国民党政府が戦時首都に設立した機関で、メンバーには少数の中国共産党代表と何人かの中道派政治団体の人物がいた。だが、国民党の度重なる陰謀により、議論は幾度となく妨害され、ついには事実上停止させられてしまった。

周恩来は私たち記者と会見した際、国民党宣伝部長梁寒操による七月二十六日の声明に反論した。梁の声明はあたかも国共の話し合いが順調に進み、両党関係が改善しているような誤解を招く表現にしてあった。

それに対して周恩来はこう言った。「いままで議論しなかった問題を話し合っているという点は正しいが、梁の「さまざまな問題は概ね解決した」という意見には反対である。具体的な問題は何一つ――小さなものも含めて――解決していないと私は確信を持って言える。我々の延安と重慶間の無線連絡、郵便の自由化、拘留された人員の釈放、共産党に対する流言をやめることなどだ。封鎖解除や八路軍と新四軍に対する攻撃の停止という重大な問題については、解決どころか、相手側は歯牙にもかけていない状態である」。

梁は「政府と共産党の観点には重大な齟齬はない」としたが、周はこれを「この地と国外の人民を騙そうとしている」と批判した。「実際には、両党は原則からして大きな齟齬があった」。周によれば、西安事件以来、共産党は一貫して「民主によってのみ抗戦は強化され、公正がもたらされ、国共やその他政治的問題を正しく解決できる」と考えていた。これは共産党のみならず、九九％の中国人民の考えであった。「だが、国民党と国民政府統治当局は違った。彼らが一貫して望んだのは民主主義の実行ではなく、国民党の一党統治を続けること、さらに他人の政策を弱体化させ消し去ることであった（人びとを欺き自分たちに盲目的に服従させ、団結を支持するよう強いたが、その団結が抗戦に有益なものか問うことは許さなかった）。両党の議論が未だに平行線である本当の理由である」。梁によれば共産党は「言うこととやることが違う」、周はこれに対し「共産党はずっと一九三七年の宣言を遵守してきた。国民党こそ民主的に動員された政策や本当の三民主義を実行していない。これこそ共産党が約束していることだ」と反論した。

続いて、周は両党の話し合いにおける本当のことを語りだした。軍事面でも政治あるいは財政面でも、重要な問題は何一つとして合意が成立していなかった。

最後に周恩来は評価として、「梁は「両党の齟齬は解決に向かっている」と言っており、また何度も言うように中国は内戦を避けなければならないが、現実は違っている。先月辺区は度重なる攻撃を受けた。閻錫山の六十一軍が日本軍・国民党軍と手を組んで、陝西の八路軍を攻撃したのだ。李品仙の率いる軍隊は湖北の新四軍部隊を攻撃したが、新四軍部隊はアメリカの飛行士を救助し、さらに日本軍を攻撃して正規前線での動きを封じていた部隊だった。羅茂宣（音訳）の率いる国民党軍は広東東江地区で戦闘中の遊撃隊を攻撃した」、つまり「軍事衝突は依然として続いており、内戦の危機は去ったわけではない」。

「とどのつまり、抗日の最終的勝利のためには、国民党と共産党は団結せねばならず、両党間に存在する問題はただちに解決されなければならない。よって、統治当局と国民党はただちに一党独裁政策と異なる政見者を弱体化・消滅させようとする政策を廃止し、民主主義に移行しなければならず、両党関係は民主的な過程を経て公平・合理的に解決されなければならない」。そしてこう締めくくった。

「この道こそが成功への唯一の道、そして共産党の真摯な願いだ」。

私が周恩来を取材したのは彼の窯洞のなかであった。そこにはベッドとテーブルが一台ずつ、椅子が二台に本がいっぱいに並べられた本棚が何台かあるきりであった。小さな無線機が最初の新華社ニュースを送信し始めたところだった。周恩来はその報道される内容に気を留め、さらに私が「この無線機の材料はどこで手に入れたんですか」と聞くと、「トランクに入れて重慶から持ってきた」と言う。国民党当局が八路軍と敵後抗日拠点に医薬品すら供給を許さなかった頃だ。彼はよく重慶と延安の間を行き来していたので、宋慶齢の主催する保衛中国同盟（私も長く協力していた）の集めた薬品や医療設備を延安に持ってきていた。彼の乗る列車と荷物は検査を許されなかったからである。小さくても高価な物品――歯科用のドリルや外科手術用の糸――を服のポケットに入れてくることもあった。

＊＊＊

　私が初めて周恩来に会ったのは中国の抗日戦争勃発後、一九三八年臨時首都武漢であった。私は外国人記者（当時はアメリカＵＰ通信社で働いていた）として、よく彼の率いる八路軍事務所を訪ねたり、ときには直接訪問することもあった。当時まだ若くて子どものようだった私――二十三歳にもなっていなかった――に対し、彼はいつも丁寧かつ親切に状況を説明してくれた。エネルギッシュで、はっきりとしていて、厳しくはあるが覇気のある話し方――書斎で本ばかり読んでいる人のような頭でっかちでつまらないことや、お茶を濁すようなことは言わない――それが、私の抱いた強い印象であった。彼はたびたび助手を私のもとへ派遣しさまざまな事件やその動向を説明してくれた。お陰で私は、情勢についていつも最新の情報を持っていることができた。葉挺将軍（後に、当時設立中だった新四軍の軍長になった）を取材するよう紹介してくれたこともあった。取材した記事は国外で広く受け入れられ、新四軍軍史研究の重要資料となった。

　その後重慶で私が外国人記者として得た情報のうち、最も信ぴょう性が高いのは周恩来事務所からの情報であった。直接取材も、龔澎ら事務所の他の人たちから聞いたものもあった。彼らは常に外国人記者たちと接触していた。

重慶での周恩来に関する私の記憶を、ここでお話ししよう。

第一に、彼は我を忘れて働く人だった。外国人記者と語り合っていて疲れの色が見えたとき、「お休みになっては」と私が言うと、厳しい目で睨まれた。いつも優しかった周恩来が、唯一私にとった厳しい態度だった。

第二に、指導者として非凡なる魅力があった。さまざまな年齢層の知識分子との集まりでは、予告なしで来て、他の人が驚かないよう気配を消して入り口のところに立っていることもあった。だが他の人たちに気付かれると、すぐにその場の主役となって、活発で非常に有意義な話し合いを取り持った。

第三に、統一戦線に対する意識は、どこへ行っても忘れることのない人だった。私たち外国人記者が董顕光（当時の国民党宣伝部国際宣伝所所長）と新聞検閲をめぐって揉めていたときのことである。公開記者会見の席で、周恩来は私と握手した際に「董をあまり苛めないでやってくれ」と小声で言った。これが「董は彼よりさらに反動的な上司とは違う」という意味なのか、「あまりに左翼的すぎる行動は控えなさい」なのか、私にはわからなかった——何であれ、周の話にはいつも深い含みがあった。

周恩来が中国共産党代表団の同志と同席した際に、まるで家族のような懇ろな雰囲気があったことも忘れられない。高級幹部でも一般職員（調理師、警備員、通信員など）でも、彼は人を差別しなかった。彼らを心から愛し、自分がどれほど忙しくても、部下たちの仕事や学習、生活に対する心遣いを忘れることはなかった——子どもの保育から文化娯楽の集いに至るまで。私が他の外国人たちとそのような集いに参加したときは、周恩来は指揮者を務め、皆と一緒に延安の歌を歌っていた――優れた音楽の才能と、美しいテノールの持ち主だった。

だが仕事においては、自分にも他人にも、細かいところに至るまで厳しかった。

彼の人格そのものが詩だった。教養と、決意と、責任感と、内に秘めた力を持つ人だった。その後、彼は新中国の「敬愛される総理」となったが、その頃からすでに人びとに敬愛されていたのである。

第十九章　延安訪問（三）　敵後にて

延安とその他中国共産党の指導する地区を訪問中、最も収穫が多かったのは敵後への旅であった。以下は私が一九四四年十月九日に延安から『ニューヨーク・タイムズ』に寄稿したそのときの旅に関する通信である。

　私と記者団の他の外国人記者二人は中国共産党の指揮する晋西北地区の訪問を終えたばかりである。かかった時間は七週間、道のりは一〇〇〇マイル以上、うち十七日は八路軍の敵後戦場、馬に乗ったり歩いたりで、三〇〇マイルを旅した。今回私たちの旅は外国人記者にとって六年ぶりとなる中国敵後の「第二戦場」訪問であった。

　短い旅であったが、多くのことを見聞きした。八路軍の奇襲が成功するのを二度目撃し、うち一度は攻撃目標――日本軍拠点まで三マイル、もう一度は五〇〇ヤードしかなかった。他に二度、敵のトーチカの破壊を近くで目撃した。敵軍に二回も追跡され、一度は一マイル、もう一度は一〇マイルのところまで追い詰められた。夜、私たちが宿営していた村が敵の封鎖線トーチカのライフル射程距離内だったことが二度あった。だが村人たちはこれに抵抗し、敵に対する罠と狙撃手に対する掩体として、トーチカの周囲に数百もの手製の地雷を埋めていた。外から強力な増援部隊が来て道路を一掃されない限り、敵はトーチカから出ることはできないのだ。ルーズベルト、チャーチル、スターリン、蒋介石、マルクス、エンゲルス、レーニン、毛沢東の肖像画が敵から歩いてわずか一時間ほどの場所に立っており、さらには「日本のファシズムを粉砕し、四強宣言を守れ！」などと大文字で書かれた標語が敵のトーチカののぞき穴からよく見える位置に掲げられていた。今回の戦地訪問を通じて、共産党の軍隊と現地住民が華北と華中各地で侵略者に対して行っている人民戦争の性質、深度とさまざまな形式について、具体的に知ることができた。

全日程において国民党宣伝部代表とアメリカ陸軍軍医メルビン・キャスバーグ少佐が同伴し、彼らもこれらすべてを目撃した。

新聞の限りある紙面で私たちが敵後で昼夜経験したさまざまな出来事を報道するには、時系列順にお伝えするのがよいだろう。

私たちは九月八日に日本軍の統制下にある離石から嵐県へ続く自動車道を抜けた。沿線には三マイルおきに日本軍のトーチカがあり、命令を受けて私たちの護送にあたった八路軍第四中隊は決死隊を派遣して、馬坊鎮のトーチカ外の封鎖溝にかかっている吊り橋の縄を切断することにした。吊り橋を落下させ、トーチカを攻撃するのだ。二時間の戦闘後、トーチカ内にいた日本軍の制服を着た五十名の残存偽軍兵士は武装を解除し投降した。捕虜のなかには大尉もいて、近くのトーチカ開府（音訳）の守備隊の指揮にもあたっていた。八路軍は彼を連れて、近くの偽軍に馬坊はすでに陥落したので皆大人しく出てくるよう告げさせた。——偽軍兵士たちはそれに従った。

私たちの行く手にあったトーチカ二か所は二十四時間以内に武装解除された。そこで私たちは真昼間から堂々と封鎖線をかいくぐり、トーチカ内の見物や、撮影までした。頑丈な作りのトーチカで、外には鉄条網が巡らせてあり、さらに幅三〇フィート、深さ四〇フィートの封鎖溝まで掘ってあった。溝の上には吊り橋が、溝の外側にはさらに鉄条網と、三重の塹壕及び地下に身をひそめる空間があった。

馬坊鎮では多くの共産党幹部が秘密裏に活動していた。彼らは農民の身なりをして拳銃を持ち、急速に地元の人びと——三年以上も抗日政権の下にいなかった——を組織していった。人びとは日本軍の報復を恐れて、トーチカを破壊するどころか、垂木を分解して薪にすることすらできず、農会は他の村から農民たちを動員してそのようなことをさせていた。私たちがまた馬で到着すると、少なくとも千人以上の老若の農民たちが出迎えてくれた。皆、鉄鍬や鋤を担いで、嬉しげに談笑している。まるでお祭りにでも来たかのようだ。

十七日後（その間日本軍が一度来た）馬坊を再訪すると、トーチカ、塀、鉄条網、封鎖溝、塹壕、地下の身を隠す場所はすべて消えていた。村の裏手にあった丘（トーチカはここにあった）には黄土だけが残され、八路軍旅団にとって有利になった。この旅団は辺り一帯の警衛を担当しており、冀中平原で長年闘ってきた老戦士たち、山西「新軍」の一部及び遊撃隊数部隊で編成された、合計数千人になる部隊で、日本軍に占領された太原、汾陽などの大都市郊外で戦っていた。

翌日私たちは晋綏辺区の軍分区司令部の所在地に到着した。ここは周囲の日本軍拠点から三〇マイルも離れていなかった。民兵は遊撃隊と異なり、生産活動も行っていて、農閑時に練兵を行う。地元に敵が来ると戦い、彼らの土地の耕作や収穫は変工隊に任された。この軍分区には一万二千人の民兵がいて（私たちが見たのは四つの村から集まった六百人だった）、正規軍と遊撃隊は約八千人、武装人員は合計二万人。全分区の人口は四百万人なので、前に訪問した他の二つの軍分区と同規模である。武装人員全体の二分の三の武器は敵から鹵獲したものだった。共産党は自分たちの指揮する正規軍は四十七万人、民兵二百五十万人と宣言したことがあるが、私たちが軍分区の資料を入手したところ、正しい数字であった。敵軍のこの地区での兵力は日本軍五千五百人、偽軍三千八百二十人、この他に太原に強力な守備部隊があり、百十か所の拠点を構えていた（私たちが見た馬坊に似た拠点だった）。私たちが晋西北にいた一か月間、この軍分区で破壊された敵の拠点は二十か所以上に上った。

　軍分区の司令部では、日本人捕虜六人を見かけた。大成功を収めた八月二十八日の八路軍の突撃奇襲で捕らえられた人たちだった。トーチカの壁の外で田園光景を楽しみながら、銃も携帯せずに呑気に朝食をとっていたところを、突然現れた八路軍に猛撃されて捕まったのだ。彼ら日本兵は一人を除いて、その年の六月に入隊したばかりの新兵だった。まだ子どものような年頃で徴兵された人や、やや年上だが身体検査で不合格とされたことがある人もいた。彼らや八路軍に自主投降した十人の朝鮮人は私たちに「日本兵は皆知ってるよ、八路軍は捕虜を殺さないってね」と話した。だが日本軍が彼らに教育していたのは正反対のことだった。さらに彼らは日本人民解放同盟の宣伝資料を前線だけでなく、北平のような警備の厳重な主要都市でも見かけたと言った。

司令部では、百人以上の偽軍捕虜も見かけた。二週間以内に捕らえられた人たちだった。さらに四十人以上の偽軍の小分隊が自主的に投降してきた。彼らは自分たちの武器を持ち続けることを許され、訓練を受けてもとは日本軍の指揮の下駐在していた地区の遊撃隊に編入された。同時に、日本の駐在軍人が減ったことにより、偽軍はこの地区でさらに多くの拠点の守備を任されるようになっていた。だが偽軍は急速に瓦解していった——八路軍が彼らにとった政策が大いに効果を発揮していた。馬坊で捕虜となった偽軍兵士たちによれば、自分たちが投降しなかったのは日本軍の村にいる家族に対する報復を恐れてのことだったという。そこで八路軍はすぐに村民を動員してロバ車を引かせ、彼らの妻子や家財道具を積み、捕虜とともに安全な場所へ避難させた。以上は私たちが実際に目撃した例である。

軍分区の司令部を離れ、私たちは足早に複数の村を通過した。そこには医療機関、医師や患者の居住している洞窟、別の村には軍工場もあり、月に手榴弾と地雷を一万発生産できるそうだ。最後に私たちは、ある山のふもとを訪れた。山脈から見えるのは三マイル先の汾陽市——日本軍が山西で占領した戦略要地の一つだ。八路軍の正規軍と遊撃隊が三晩連続でこの都市の郊外を攻撃し、駅や空港、家屋、発電所やマッチ工場を焼くのを、私たちは実際に目撃した。城門外一マイル半のところにあるトーチカで、日本軍や偽軍の兵士十名が射殺され、日本兵士二名、偽軍兵士数名及びここに潜伏していた偽鎮役場の人員全体が捕虜になり、機関銃二挺、ライフル七十丁及び日本の桜印の煙草、ビスケット、パン、缶詰などが鹵獲された。今回の攻撃において、こちらは急行軍で優勢な兵力を複数の方向から向かわせ、都市全体を包囲した。作戦の主な目的の一つは、守りについている敵軍を街の外へおびき出し応戦させることだった。だが三日三晩の絶え間ない攻撃にも、敵は一向に出てくる気配がなかった。

記者団は今回の軍事行動の間いくつかの村を視察してまわった。数時間ごとに村一か所という具合であったが、汾陽市はどこからでもはっきりと見えた。どこの村でも、八路軍の設立した政府が機能しているのを私たちは目の当たりにした。人びとは勝利の喜びに沸いており、地元の幹部は私たちに以下のように語った。「スパイは村民たちによって一掃されました。敵の特務機関はもはや日本軍の突撃隊がいなければ動けません。抗日拠点（八路軍がここで権威を持っていることは疑いの余地がなかった）はすでに汾陽の城壁付近まで広がっています（日本の砲楼からわずか一マイルの場所で私たちは一度宿営した）。日本軍の砲楼がある村ですら政権構造は二重になっている――一つは公開の偽政権、もう一つは愛国政権であった。日本人の目を欺くためにそうなっているのだと、人びとはみな知っていた（偽政権の村長は村民の求めに応じてなった人が多く、よく職務の便を利用しては、八路軍のために働いていた）。そのような場所では、私たちは鹵獲した日本軍の封筒と便箋を使って、集団で日本の昭和天皇に手紙を書いた。「汾陽の日本軍司令官より、日本軍のこの地における苦境についてこの目で実際に見た通り、奏上いたします」。地元の遊撃隊はこの手紙を村の敵軍ポストに入れておくと言ってくれた。

三日間の遠征の後、私たちと集まった八路軍部隊はすぐに解散した。騎兵偵察兵や秘密の電話連絡所（鹵獲した電話線を使っているところもあれば、鉄条網からとった針金を電話線として、灌木の茂みや地下に埋めて隠して使っているところもあった）から敵の大部隊出動の知らせを受けたときには、私たちはそれを躱した。敵前逃亡ではなく囮となって、他の、すでにわが軍が包囲した敵の拠点に敵をおびき寄せるのである。

　三日後、私たちは汾陽の北数マイル、汾河の上に位置する婁煩鎮で取材活動をしていた。ここには我が軍に包囲された日本軍の拠点が二か所あり、日本人民解放同盟メンバーが夜間拡声器も使って声を張り上げたお陰で、拠点にいた三百名の日本軍と約百名の偽軍兵士たちの心は揺らいでいたがまだ投降には至っていなかった。八路軍はこれら拠点の砲楼の下まで地下道を掘り、爆破することにした。私たちは部隊の援護の下敵の砲楼からわずか三〇〇ヤードのところまで到達した。敵がこちらの動きに気が付き、ライフル、機関銃、追撃砲と六五ミリ野戦砲で射撃してきたので、私たちは地面に伏せた。敵は夜になるとメチャクチャな砲撃をしてきたが、数日間こちらに死傷者は出なかった。しかし夜明け前に地下道を完成させることはできなかった。私たちはその村で戦闘の結果を見届けることはできなかったが、翌日の夜、別の村で宿営していると激しい爆発音が聞こえた。戦闘は勝利に終わったのだろう。すぐ後に聞いた情報によれば、敵の婁煩拠点は破壊され、敵は捕虜になった人以外全員戦死したそうだ。

　この攻撃全体にわたる（日偽軍百人以上が戦死、鹵獲した物資多数）、こちらの犠牲は十二人、負傷者約三十人、なかには大衆団体のメンバーもいて、前線に担架や、梯子や弾薬を運んでいた。双方負傷者は砲火をかいくぐった救助人員によって救護され、戦闘終了後部隊とともに速やかに撤退し、村ごとに順番で担架隊によって後方に運ばれた。日本の捕虜は人道的待遇を受け、アメリカ人医師により痛み止めを注射された。捕虜たちはこれに大いに驚いていた。彼らの表情を見ているのは面白かった。

八路軍にはなぜそのような戦闘が可能だったのだろうか。最も根本的な原因は彼らが人びととぎめ細やかな協力をしていたことだ。民兵、遊撃隊、正規軍はあらゆる戦闘において密接に連携し合い、ときには民兵が、ときには遊撃隊が、あるいは正規軍が主体となって戦っていた。村政府、大衆団体、民兵は常に情報交換を行い、状況をよく把握していた。

遊撃隊と民兵指揮員はさらに、拠点ごとの敵軍の状況にも通じていた。敵の人数、動向や行動規律だけでなく、一人一人の氏名や家庭状況、内部関係まですべて筒抜けだったのである。敵の下に出入りする雑用係や水汲み、物売りたちから得た情報だった（実際にこのような話も聞いた。遊撃隊のところに「偽軍兵士の妻が夫との面会許可をもらった」という情報が入ってきた。そこで彼らは夫に夜間吊り橋を下げておくよう妻に言わせ、そこから砲楼に忍び込み、哨兵を刺殺して、窓から手榴弾を投げ込み中で眠っていた敵兵を全滅させたそうである）。

さらに、敵の情報伝達は鈍かった。私たち外国人記者団が来るまでここには長い間外国人が入っていなかったのだが、私たちは堂々と行動し、人びとと話し、大衆大会で演説をすることもあった。だが数マイル先の日本人はそれらをまったく知らなかった。軍隊と人民に互いに充分な信頼関係があったのだ。司令員たちは村に到着すると、大衆に現在の主な任務を引き継ぐこともあり、戦闘後には必ず住民全体に詳細な戦績報告を行った。戦闘に功績のあった人には感謝を述べ、鹵獲した武器の一部を民兵に、その他物資の一部は大衆団体に寄付した。

さらに、こんな事実もあった。八路軍は人びとから針一本略奪せず、彼らの施設は人びとの自衛技能向上の訓練を行っており、敵軍侵入時には女性や子供を援護して山や秘密の地下道に避難させていた。これら地区の住民が、「抵抗（投降ではなく）は広義における愛国の義務であり、さらに自分たちの社会集団にとっての最善の選択だ」と堅く信じていたことは、容易に想像がつく。

八路軍の目下の戦いの性質を、私たちは身をもって実感した。彼らは武器や装備では敵軍の大部隊による集中攻撃には敵わないが、八路軍とその補助軍事組織は常に攻勢を摑み、敵を罠にかけ、弱点を叩いて相手に痛手を与え、士気をそぐだけでなく、敵の軍事・政治・経済における統治圏を縮小させ、八路軍の管轄する地区や人口を増やし、共産党の指揮する拠点、軍隊や人民に対する敵の報復を防いでいた。日本人は各地で守りに入ることを余儀なくされていたので、優勢兵力を集められず、さらに北京、太原、石家庄などにある上級司令部の行動を待たなければならなかった。他の八路軍が活動する地区の守備兵力が弱体化し、あるいは予備隊が縮小し、さらに大量の鉄道車両、トラックや石油を調達しなければならなかったため、上層部の戦略決定がなければ報復しようにも動けなかったのである。

いまや戦闘は地雷と雀戦の様相を呈していた（フライパンの横、古い食器棚のなかに手榴弾と地雷の導火線が設置されているのを目撃した）。小規模な日本軍部隊が拠点を離れられないようにしているのが、当時の華北や華中における人民戦争の戦術であった。八路軍は次の段階――大反撃に向けて準備を進めていると語ってくれた。そうなれば日本軍はさらに連合軍に牽制されることとなり、八路軍はさらなる供給を受け（質のいい野戦砲が一台あれば、一、二時間で敵軍拠点一か所を片付けることができた。その頃はまだ数週間、ときには数か月もかけ、綿密な計画と行動があって初めて成功するものだった）、北側と西側から出動し、東側と南側から来た連合軍と合流することもできるのだ。

第二十章　インドを経由する

当時、中国から欧米への旅は大変なことだった。戦時だったので商業的な国際就航便はなく、唯一の方法はヒマラヤ山を飛び越え、インドと中国の間を行き来するアメリカ空軍の飛行機に乗ることだった。中国へ物資を運んで空っぽになった機体をインドへ返すので、席がなくなったり誰かにとられたりすることはない。ただし乗るためには軍の許可証が必要である。軍服を着た正規の現役戦地記者にとってはわけもないことだったが、私たちのように重慶に活動を制限されている記者にとっては難しかった。

結局、かつて私が兼業していたアメリカ戦時新聞局の力添えの下、私たちは昆明行きの飛行機に乗った。アメリカ第十四空軍大隊司令部が昆明にあって、ヒマラヤ山を飛び越えるには、彼らと交渉しなければならなかったからだ。昆明空港で私たちはジョゼフ・アイソップに会った。当時彼はシェンノート将軍の副官で、空軍大尉だった。彼は政治的には私たちにさほど興味を持たなかった。特に最近の指揮権争いにおいて、私たちはスティルウェル将軍側に、彼は非常に国民党寄りのシェンノート側についていたからだ。とはいえ、香港時代赤柱収容所で苦労をともにした私たちは、アイソップが大変辛抱強い性格であること、さらに育ちがよくて邱茉莉のような女性に対するマナーも心得ていていることを知っていた。私たちは彼の書き殴った字で書かれた紙と鶴の一声で、コルカタに戻る飛行機に乗れることになった。

コルカタへ到着した私たちは、戦地記者用に提供された宿泊施設に向かうことにした。幸運なことに、ロンドンの『ニューズ・クロニクル』のスチュアート・ゲルデが、私たちのその晩の宿を見つけてくれた。さらにその後すぐ、私の『連合労働新聞社』時代の同僚だったニール・グラワディと美しいレヌ夫人と連絡がついた。ニールはオクスフォード大学を卒業した共産党員で、インド独立後はインド共産党の国会代表の一人となった。ニールは当時よくインド共産党機関紙『人民戦争』に寄稿し、後に自身でも週刊『主流』を創刊、この雑誌はある意味ニューヨークの『民族』誌に似ている。レヌは一九九四年に死去するまで、ずっと党内にとどまっていた。『主流』は情報が豊富で独創的な見解に飛んでおり、視点も鋭く歯に衣着せぬ新聞だった。現在は彼らの息子スミタが編集長を務めている。

インドは当時、特殊な状況に置かれていた。インド国民会議は戦後のインド独立を条件として第二次世界大戦を支持していたが、イギリスによって不法宣言をされてしまい、ガンジー、ネルー及びその他指導者たちは監獄へ入れられてしまった。一方の共産党が禁止の憂き目を見た数十年後、公認されたのは、人びとにドイツと日本の戦争に反対するよう呼びかけていたからである。彼らの第一目標は、ドイツと日本を打ち破ることであった（この立場は機関紙『人民戦争』の名前に現れている）。彼らは新たに手に入れた合法的地位を利用し、インドやイギリスの社会各界、アメリカ及びイギリス戦時派遣軍においてさまざまな人たちと接触した。アメリカ、イギリス派遣軍の官兵は植民地の常駐軍と異なり、反ファシズムや左派の思想を持つ人もいた。このような多方面との接触が可能だったのは、インド共産党員には労働者や農民だけでなく、高い素質を持つ知識分子もいたからである。彼らの中には国外で教育を受け、社会と広いつながりを持つ家庭の出身者も多くいた。

コルカタでは、インド人科学者の家にも泊めてもらった。彼はほぼ毎日、誰かと私たちを会わせてくれた。以下の名前を挙げれば、その範囲の広さがおわかりいただけると思う。チャトゥパシア一家（彼の姉妹の一人でインド国民会議の傑出した女性指導者であるサロジニ・ナイドゥには会うことができなかったが、他の姉妹である共産党員スハシニには会えた）、後にパキスタンの総理となったムスリム連盟指導者スラワディには取材を行った。さらに、私が多くの中国に関する報道、特に中国共産党の指揮する解放区で自分が見聞きしたことについて寄稿してきたイギリスの雑誌『ニュー・ステーツマン』やインド国民会議寄りの『ヒンドゥスタン・タイムス』の編集者。

ついで訪れたデリーは私たちがインド滞在中唯一宿泊施設（スウェーデンホテル）に宿泊した場所だ。

『連合労働新聞社』の別の記者シャラフ・アサール・アリが多くの方面で力添えをしてくれた。

デリーでは、ラール・キラーにあるイギリス領インド軍司令部の官吏たちが主要な日刊新聞に掲載された私の記事を読んで、中国の戦況に関する話をして欲しいと呼んでくれた。私は戦争の大衆性と共産党の指導する地区における抗日戦争について強調したが——遊撃戦術と民兵による地雷戦の話もした——それはイギリス植民地主義者がインドで見たくない現実だった。彼ら自身が現地の占領軍だったからである。だが彼らは日本人が中国で想定外の苦境に陥っていることについては興味を持った。イギリス人からすれば、日本はすでにインドで自分たちとの戦いに回すほど充分な軍事力がないことを意味するからである。

これもやはりデリーの、イギリス新聞部で私たちは旧友であり、博学多才な陳翰笙博士（邱茉莉はニューヨークで、私は香港で知り合った）に会った。桂林にいたとき、邱茉莉は蔣介石の特務機関に狙われていた彼を匿ってインドに移住させ、さらに仕事まで手配していた。驚いたのは、デリーでウィルフォード・V・ペンネルと予期せぬ再会をしたことだ。ペンネルは私が働いていた『北京天津タイムズ』で編集長を務めていた。日本人に逮捕・勾留されたが国際赤十字社による交換捕虜として釈放され、その後イギリス新聞部の主要アナウンサーとなった。彼のことは第六章ですでに説明しているので、ここでは繰り返さない。

これもデリーで、交渉の結果、ついにイギリス――インドの次の目的地――行きの許可をもらったとき、私はノートだけでなくある戦利品――日本人から鹵獲した回転式拳銃も持っていけることになった。延安で朱徳を訪問した際にもらったもので、これが正当な手段によって獲得されたものであることを証明する書類も書いてもらった。

＊＊＊

ムンバイはインドの旅で訪れた最後の都市で、私たちはここから船でイギリスに向かった。ここでまた面白い経験をした。背が高くて痩せたモハン・クマラマンガランにインド共産党本部まで案内してもらい、当時のインド共産党指導者P・C・ジョージを訪問したのだ。ここの本部は公社のような造りで、指導者と職員たちはここで寝食をともにしていた。ジョージは背が低く、眼鏡を掛けていたが、疲れを知らない精力的な人で、皆から好かれていた。国内、国際、経済、文化――彼は生涯文化を愛し続けた――話題をくるくると変えて機関銃のような早口で話し、私たちが語った中国のことについては、どれも興味を持ってくれ、延安ではどのようにして民間文化――有名な秧歌舞や説唱劇など――を国家や社会のために役立てているのか詳しく聞いてきた。

　ムンバイで会った人びとを通じて、インド共産党の人民出版社は私が中国解放区から『ニューヨーク・タイムズ』に寄稿した報道をまとめて、小冊子の形で出版してくれ、さらに私が延安から持ち帰った、文字による説明のある木版画も添えてくれた。全書約一〇〇ページ、書名は『わが延安訪問――共産党の指揮する中国西北解放区目撃記』だった。この小冊子は大量に発行された。三十年後、私はこの本をとうに紛失してしまっていたが、幸運なことに、チェワットという退役アメリカ軍人と知り合い、彼が戦時にインドで購入してずっと保管していたこの小冊子を、一冊コピーしてもらった。一九九四年まで、彼は米中人民友好協会ニューヨーク支部の会長を務め、二〇〇一年の初めに病気で亡くなった。その後もう一度、インド共産党人民出版社は拙著『中国未完成の革命』ヒンディー語版を出版してくれた。原書となった英語版は一九四七年にアメリカで印刷されたものだ。何年も経った一九五六年、北京で出版された別の拙著『アヘン戦争から解放まで』も、この人民出版社からヒンディー語版が出た。

　インドでは、ビルマの革命家モウ・ダン・ペイとモウ・ディン・ルイにも再会した。私たちは一九四二年頃に重慶でエドガー・スノーの紹介により知り合っていた。スノーから中国共産党重慶代表団と彼らを接触させるよう頼まれていて、私はそのようにしたのだ。ともかく、私たちは彼ら富豪たちに中国及び中国が未来の新世界において獲得しうる地位について説明した。

私たちがインドに滞在したのはわずか二か月という短い時間だったが、生涯忘れられない思い出となった。インドは美しく、しかし悲しい国だった。満身創痍で血を流す、中国よりさらに悲惨な状況に置かれていた。

独立運動は盛んに行われていたが、人びとの雰囲気としては、運命にすべてを委ねているような消極的な態度が見て取れた。中国とは大違いだ。中国では、特に生気にあふれ覚醒した解放区では、人びとは塗炭の苦しみにも笑顔を浮かべ、あらゆる場面で屈強な生命力を感じることができた。人びとは戦争で痛めつけられ、血を流していようとも、強大な敵を睨み返し、力強い闘志と意気をもって、自分たちが新しい未来の世界における新しい中国の礎を築いていると信じていた。

短い滞在ではあったが、インド（特に色とりどりの壁掛け絨毯）のことは生涯忘れられない。

去り際、私たちは確信した――将来的に機が熟せば、インドは自分たちのやり方で変革の時代を築き上げるだろう、それは避けられないことだ、と。

＊　＊　＊

私たちはムンバイで外洋汽船「キャッスル・ダニーデン」号に乗り、軍艦の護衛の下、イギリスに向けて、敵艦がよく出没する海の旅に出た。そして私は空いた時間を利用して、『中国、未完成の革命』の執筆を始めた。

旅の間中、乗客は船員とともに、交代で甲板、船首、船尾、舷窓及び右舷の各部から敵の潜水艦がいないか監視にあたった。私たちを護送してくれたのは駆逐艦二隻で、私たちの船に水兵二名を派遣しており、彼らは爆雷による砲撃及び高射砲と平射砲の操作を担当していた。邱茉莉と私はいずれも潜水艦監視のリストに名前が載っていた（タイプライターに向かって執筆に専念していた私は、何度も約束の時間に遅刻して厳しい警告と叱責を受けた）。邱茉莉は比較的時間があったので、いつも時間より前に着いて、時間が過ぎてもまだ監視を続けていた。彼女は砲手をうまく言いくるめて最上階まで上げてもらい、砲弾射撃の演習までさせてもらった——万一砲手に当たったら、自分がその代わりを務めるつもりだった。

だがこれは単なる演習ではなかった。私たちは実際に爆雷による爆撃を行った。ジブラルタル海峡付近では撃沈された船体の一部が水面に出ているのを見た——まるで私たちに対する警告のようだった。

空間の有効利用のため、一般の乗客は男女別に分けられていた。だが結婚した夫婦は一、二時間一緒にいられるように気配りがなされ、同室の乗客は自主的に外に出ていった。

数週間に及ぶ旅で、私たちが上陸を許されたのはただ一度、アデンでだけだった。そこでは、巨大な石製の池を見学した。ソロモン王が、アラブの国における淡水の重要性を人びとに伝えるために建造したものだという。私たちは街道にあった小さな書店にも入った。店にはモスクワ出版のレオンティエフの『政治経済学』英訳本があった。店主によれば、よく売れている本だという。そこで私たちも一冊買った。第二次世界大戦中のこんな場所にまで、マルクス主義は広がっていたのだ。

イギリスへ行くのは本当に大変だった。私にとっての障害は物理的なものだけでなく、目に見えないものもあった。数年後、古い資料の機密保持が解除されたので、友人がコピーを送ってきてくれた。私のイギリス行き申請について、当時イギリス在中大使館がロンドンの外交部と交わした公文書である。ある官吏は「この人を入国させる意味がわからない」としていた。他の官吏は「彼がこちら側の役に立ってくれることを願う」と表明していた。「中国共産党に心酔しているから」だという。

だがともかく、私たちはイギリスを経由して最終目的地であるアメリカへたどり着いた。

第二十一章　イギリス――一九四四年

一九四四年春、私たちはイギリスに到着した。ヨーロッパ戦はすでに終わりに近づいた頃だったが、ナチスは相変わらずＶ２ロケット（当時はロケットと呼ばれていた）によるロンドン爆撃を続けていた。

ここで私は自分の国にいる西洋人と初めて付き合う機会があった。それまで私が出会い付き合ってきた西洋人は、植民地か半植民地の特権統治階級に属する人に限られていた。

ブリテン王国の首都とはどれほどきらびやかな場所だろうと想像していたのだが、ロンドンでは物見遊山どころではなかった。戦況の動向に全神経を傾け、中国のことを書くのに忙しかったのでロンドン塔や、ロンドン橋、ウィンザー城、ハンプトン・コート宮殿、ウェストミンスター宮殿、セント・ポール大聖堂、画廊、博物館……どれも観光などしている時間も気力もなかった。

列車が海港からロンドンに入ると、私たちは窓から外を眺めた。鉄道沿線に見えるのはまるで裏庭かと思うほど雑然とした灰色の建物ばかり。市内に入ると、目に入ってきたのは都市の汚らしい埃色だった。長く掃除をされていない建物の上に煙から出た煤が積もっているのだった。立派な大理石の純白はどこにも見当たらず、そもそも建物の元の色すら何なのかわからない。想像していた大都会とは大違いだ。ロンドンで本当に偉大だったのは、厳しい戦下でも毅然とした勇気を持ち続けている人びとだったのだが、私がそれに気が付いたのはしばらくしてから、それも徐々にであった。

邱茉莉の母親がロンドンまでわざわざ私たちを出迎えてくれた。彼女は私たちをインペリアルホテルへ連れていき、部屋を一つとってくれた。インペリアルホテルは大英博物館とロンドン大学付近のラッセル・スクウェアにある。戦争のせいで、他の建物と同じく、ぼろぼろになっていた。多くの爆弾によって割れた窓ガラスの上には板が打ち付けられていた。チェックインの際には、フロント係に邱茉莉と私の結婚証の提出を要求された。帽子をかぶり、手袋をした彼女の母親が顔を上げ、大声で「これはうちの娘です！」と言うとその場はすべて解決した。

私たちの部屋は高層階にあった。私たちはそこで寝ていて、遠くの強烈な爆撃音で目を覚ました。V2ロケットがスミスフィールド・マーケットに落ちたのだ。戦争後期における最悪の死傷者を出した空襲だった。

私たちはロンドンで最初の朝食をとった。小汚い若い女性サービス係が革のように硬いオムレツ二つを作ってそそくさとテーブルの上に突き出すと、間延びした声で「粉末卵で作ったんで、味は期待しないでください！」と言った。彼女の正直さを私は気に入った。現状を美化せず正直に見つめ、やるべきことを平常通りにやる。長きにわたる戦争に勝てたのは、こういった基礎があったからだろう。

それからすぐに、「しぼんだアメリカ人」という戦時の笑い話を聞いた。ノルマンディで、イギリス兵士が敵の砲火をかいくぐり苦難の末に水際から上陸したとき、付近に上陸用舟艇が停泊していて、ボール紙のようにしぼんで小さくなった人たちがそこから乗り降りしていた。「見ろよ！　ありゃなんだ？」一人の兵士が聞いた。「しぼんだアメリカ人さ」、別の兵士が答えた。「しぼんで、もう小便すら出なくなってるんだ！」イギリス人は盟友であるアメリカの援助を必要としていたが、アメリカ人の高い給料と豊富な物資、戦争に蝕まれていないみなぎる精力、及びそれによるイギリス人女性に対する奉仕のまことしやかな逸話には反感を持っていた。「あいつら（アメリカ人）は給料も、あっちの方も俺たちとは比べ物にならない上に、馴れ馴れしいんだ！」確かに、イギリス人は彼らと比べたら給料も安かったし、外国に占領されたという、彼らに植民地化された原住民が彼らに抱くのと似た感情を抱いていた。

　私はすぐに、本土イギリス人に対して東方にいるイギリス人より好感を抱いた。東方のイギリス人は偉そうだったが、イギリス国内の戦時における平等精神には深い感銘を受けた。政府の経営する「イギリスレストラン」では、最低価格であらゆる人に素朴だが健康にいい食品を提供していた。昼食は一人前一シリング六ペンス（現在の七・五ペンスまたは一〇セントに相当）、もちろん当時はいまより物価が安かった。「安くて実用的」な服や靴はとても安く、見た目はぱっとしないが、とても頑丈で破れにくい縫製だった。数十年後のいまでも、私はまだ使っている。

　こうした戦時の素朴で平等なやり方は、将来的にはもちろん消えてしまうだろう。イギリスは階級社会、戦時には一致協力して難関を切り抜けようとする風潮も生まれたが、戦前からの強固な伝統はすでに大きく揺らいでいた。

＊　＊　＊

私たちはロンドンから邱茉莉の故郷であるヨークシャー地方北部へ向かった。弟のリチャードは一族に残された最後の耕作地を経営していた（銀行家の兄フランシスから借りていた）。私たちが利用した移動手段は列車だった。ガソリン統制により、自家用車はほとんどなくなっており、途中のイギリスの美しい田園風景を楽しむことはできなかった。田舎からも戦前や戦後のような美しさは消えていたのである（戦時の食料供給確保のため、草原も農地にされていた）。

弟のリチャードは大学の農学部を卒業していて、体力労働者ではあったが、科学的な農業を営んでおり、この国難時における国家の食糧増産に非常に厳粛かつ真面目な態度で臨んでいた。いつも夜明けとともに起き、長靴を履いて畑に出かけ、昼には疲れて重い足取りで昼食を食べに戻る。気付けのためのシェリーを一杯、その後はがつがつと昼食を食べ、食べ終わると新聞をとって安楽椅子に腰掛け、すぐに船をこぎ始める。私があれこれ議論をふっかけてもまったく反応がないときはすでに寝ている。数時間後、彼は目覚めて立ち上がり、また重い足取りで畑か牛舎に戻って、夕陽が西に沈むまで働き続ける。

東方では、私は体力労働に携わるイギリス人を見たことがなかった。だがイギリスで彼らがしている仕事は、私のしていた仕事よりきついものだった。あるとき、リチャードの妻であるレイチェルと邱茉莉が食事の準備をしていると、私が椅子に座ると、リチャードの四歳の娘ダフネが突然叫んだ。「エプスタイン伯父ちゃんはいっつも座っているね」。そこで私は気が付いた。中国で私たちは外国人としては貧乏な方だが、少なくとも一人は小間使いを雇っている（金持ちなら数人はいる）。膨大な量の家事は彼らがやってくれるので、私たちはずっと座っていられるのだ。銀行家の兄フランシスはその頃防空部隊の軍官であった。彼は軍装に身を包み、農場に来たのは一日だけだった。母親やリチャードと違い、兄は私を相手にしなかった。自分の好きだった妹がこんな、ユダヤ人のうだつの上がらない文筆家と結婚したことが許せなくて、一緒にいることを嫌がったのだ。彼のもう一人の妹ロサモンドが、アイルランドのカトリック教徒で、飛行機工場の労働者だったクリストフを夫にしたことですら許せないのに。彼は私に表面上は礼儀正しかったが、実際には距離を置いていた。

　邱茉莉は兄とは年が近かったが、兄は彼女に敬意を払っていた。邱茉莉はさらに自分の尊厳を保つ方法を知っていたので、兄は上の妹邱茉莉に対しては、不機嫌を直接表さないようにしていた。だが邱茉莉より十二歳下の下の妹ロサモンドには違った。彼はロサモンドを一度も自分の家に呼ばず、クリストフを義理の弟として扱うことを嫌がり、昼食にレストランに誘うことすらしなかった。私に対してはそれなりの態度をとっていた。ロンドンクラブのホワイトレストランへ招いてくれたのである。だがそこでこんなことをやらかした。ウエイターが私にステーキの焼き方を聞いてきたとき、私は「Rare（柔らかく）」と言った。「や、それは何かな？」フランシスは馬鹿にしたように言った。私が説明すると、彼は「フン、アメリカ人みたいだな。ここでは「underdone」と言うのだ」と言った。私に対して礼儀正しくしているときもあったが、時折こういう本音が覗き見えた――さまざまな本を読み人格者だったクリストフに対しては、まるでその場にいないかのような態度をとった。

　フランシスはその後バークレイズ銀行で、パリ支店の責任者や首席執行役員という高い地位に上り詰めた。彼はフランスやフランス語、フランス文学にも詳しく、さらにユーモアもあった。だが自分と異なる意見のものや人に対しては、非常に頑固な態度をとった。その後息子をスキー事故で亡くし、その悲しみにより、人柄も少しは丸くなったようである。一方、彼のスコットランド人の妻ミダは気取ったところのない、心の暖かい人であった。一九四五年、ヨークシャー地方で私は初めて邱茉莉の妹ロサモンド・カブリに会った。その後半世紀において、彼女は私たちと親しい親戚関係を築いてきた。おおらかで、芯の強い女性だった。私たちと会ったとき、彼女は娘のジルを抱いていた――当時彼女の子供は一人だけだった。だがその後、次々に七人の子を出産し、私がこの本を書いている時点では、すでに孫のいる身となった。

　終戦時、ロサモンドはまだ二十八歳で、大学出の病院栄養士だった。これは父親の意向だった。「ジェントリ家庭の娘であっても、自分で金を稼いで自立しなければならない」と父親は考えていた。その時代、その階級ではとても珍しいことだった。クリストフとの結婚でも、ロサモンドは大変勇気ある態度を見せた。母親も含む一家全体の反対に遭ったし、さらにクリストフは骨髄の病気を患ってもいた。だが病気はクリストフの仕事には影響しなかった。彼はマンチェスター郊外のサルフォードで生まれ育った。住民の大部分はアイルランド人労働者階級で、そこで育った彼は職人としての優れた腕前を持ち、労働党党員になりカトリックを信仰していた。飛行機工場は全国各地に分散していたので、彼は働く場所がよく変わり、彼ら夫婦は四人目の子供が生まれるまで定住所を持たず、車を住まいとして生活していた。家族はどんどん増えていったが、彼らは大きな困難を乗り越えて自分たちの人生を切り拓き、ずっと邱茉莉と私の親しい友人であった。

　ヨークシャー地方で私は、邱茉莉の他の友人たち――父親のかつての小作人であった――とも知り合った。彼らは邱茉莉を「ミス・ジェムリー」と呼んだが、幼馴染なので、それほどよそよそしい仲でもなかった。私たちは彼らと一緒に家畜の取引や他の村の集会にも参加した。邱茉莉はかつてレディングで乳牛飼育を学んだので、雄雌の牛に関しては目利きだった。

振り返ると、邱茉莉の家族にはところどころの階級社会の影があった。私はこうして、イギリス社会の当時と将来の変化について感じ取ることができた。

＊＊＊

初めてのイギリス訪問で、私が親戚訪問よりさらに重きを置いていたのは社会活動だった。一九四五年初頭の数週間、私は中国の状況、特に記憶に新しい中国共産党が指揮する敵後抗日運動について大量の講演と執筆とを行った。

これら活動の大部分は中国運動委員会の支持の下で行われたものだった。この委員会は中国抗日運動の支援と宣伝を目的として最も早く成立したイギリスの組織である。私は一九三八年から翌年、宋慶齢と香港の保衛中国同盟で働いていた頃から付き合いがあった。委員会の名誉秘書と実際の指導者はイギリス民主監督連盟のドロシー・ウッドマンだった（左翼自由主義の週刊『新政治家と民族』編集長ジェスリー・マーティンの夫人である）。その全国的な組織者は共産党員の教師で詩人、後に私の友人となったアーサー・グレッグであった。

イギリス左派世論に自分の把握している情報を理解してもらうため、私は一九四五年の第一期『労働月刊』に以下のように書いた。

今回は日本人が一九三九年以来初めて発動してきた大規模な戦略的侵攻であった。彼らはあっという間にアメリカの中国空軍前沿基地をすべて占領してしまった。国民党の軍事機材が時代遅れになっているのを証明するのに充分すぎる証拠である。国民党軍隊は決していつも無能なわけではない。上海の果敢な抗戦、台児庄での勝利、ゆっくりとではあるが秩序ある漢口（武漢）への退却及び一九三七年から三八年の最も偉大な民族団結期間に収めたその他成果。その間、湯恩伯将軍ら将校手下の軍隊は輝かしい戦績を収めていた。だがこれら部隊は六年後のいま、一九四四年、敵が河南で発動した最初の侵攻で全線崩壊し、国土を守る職責を忘れて河南から敵前逃亡し、残兵たちは匪賊となり果てた。人びとは彼らを恨んで兵たちから武器を取り上げ、麦の脱穀に使う唐棹で負傷兵を殴りつけた。なぜか？……

アーサー・グレッグの求めに応じ、私はイギリス共産党上層指導者数名に講話も行った。彼らのなかにはパム・ドッド（『労働月刊』編集者）、テッド・ブラムリーらがいた。彼らは中国共産党の指揮する解放区に非常に共感していたものの、解放区の具体的な生活や奮闘の状況について知っていることは少なく、私の話を興味深く聞いていた。私はさらにイギリス合作党の新聞『レイノルズ・ニュース』に何度も文章を発表し、中国の全体的な形勢と合作社の解放区における重要な作用を紹介した。

中国以外での講演を始めたのもイギリス滞在中であった（その後の数十年間で、私は各地で数百回も演説した）。最初の演説は中国運動委員会の主催で、場所はロンドンのキャクストン会議場、同時に私が延安から持ってきた実物も見せた。私は自分が国民党統治区と共産党解放区で見聞きしたことや経験を語った。

講演の会場で、国民党代表がその場で口を挟んで、私や私の報道を中傷したこともあった。後に台湾の外交部長となったジョージ・イエ（葉公超）は当時、蔣介石政権のイギリスにおける宣伝活動を担当していた。彼は立ち上がり、国民党統治区に政治収容所があることを否認し、「では具体的な地名を言ってもらおうか」と聞いた。私が収容所四か所の名前を一挙に挙げ、さらにどんな場所か説明すると、彼は怒りのあまり目を吊り上げたが、何も反論しなかった。

さらにはロンドンの女性団体で演説する機会もあった。聴衆のなかで他の人たちより若く、身なりに気を使った女性が、頭を垂れていそいそと膝の上のノートに速記を行っていた。まるで私の言ったことを一言も聞き漏らすまいとするみたいに。休憩時間中、私がその話を会長にすると、会長はその女性に「誰に頼まれたんですか」と聞いた。彼女は少し驚いて、それから「中国大使館です」と言った。「そのノートをこちらに渡していただけませんか」。「そんな」と彼女は懇願した。「これをタイプして、上司に出さなきゃいけないんです」。だが彼女はコピーなら大丈夫だと言った。大使館が私の話をどのように歪曲するのかわからないが、ともかく彼女の一文字ごとの記録（私は自分の書類入れのなかに長く保存していた）は、私がこうした歪曲に反論する助けとなってくれるだろう。

中国共産党の指揮する八路軍についても話した。彼らの優待政策と階級としての仲間意識に、多くの日本人捕虜が日本の中国侵略戦争が正義ではないことを知る。彼ら捕虜は延安で設立された日本人民解放同盟に入り、中国の遊撃隊とともに前線へ行って声を張り上げ、天皇のために戦うのと同じぐらいの勇気で、かつての戦友たちを説得しようとしていた。他の抗日武装分子は日本人捕虜を捕まえたり、ましてや自分たちの仲間（いればだが）に引き入れようとすることは稀だった。そんな私の話に大いに興味を持ったのは、当時イギリス新聞部で戦時業務に携わっていた日本問題を取り扱う作家ウエール・レイダーマンだった。アメリカやイギリスの軍部も興味を持っていたが、彼らにはできないことだった。

英国放送協会（BBC）で放送されたおかげで、私はより多くの人びとに自分の講話を届けることができた。以下はその一部である。

> 私たちは日本人に占領されていない地域を「自由中国」と呼んでいます。ですが日本の戦線後方に日本人の手から奪い返された「解放された中国」があることを知っている人はどのくらいいるでしょうか？　なかには九千万人の人口を抱える、分断された抗日拠点十五か所も含まれます。九千万人と言えば、中国の人口の五分の一。日本が未占領の国民党統治地区の総人口とさほど変わらず、ブリテン諸島の人口の二倍です。抗日拠点で五か月半を過ごした私は、これら拠点が今後日本への反撃に際して非常に重要な役目を担うと信じています。ですが私たちがいままでその武装勢力に気が付かなかったのはなぜでしょう？　いままでの五年間、自由中国から解放区に物資や人員を送ることは、国民党により固く禁止されていたのです。
>
> 最近、国民党は巨大な圧力に屈し、私も含む外国人記者の解放区見学を許可しました。私たちは馬に揺られ二か月かけ、一〇〇〇マイルの旅をして、敵の後方に入りました。私たちは愛国武

装勢力や一般の人びととともに行軍し、生活し、彼らの勝利を目撃しました。日本軍は長年、あの手この手でこれら武装勢力を根絶やしにしようとしています。ですが私たちが見たのは、彼らが日本占領軍を殲滅しようとしている姿でした。日本側の空港を爆破し、工場に火をつけ、拠点を一掃したのです。日本人はあちこちで人びとに対する略奪を行っています。私たちは中国兵士が鹵獲した日本の武器や装備を使用しているのを見ました。彼らの工場では日本人から鹵獲した機械が使われていました。また、敵の占領区から鹵獲されたレールを原料として追撃砲やライフルが製造され、大量に廃棄された日本の電話線の銅芯から弾丸が製造されていました。敵から鹵獲した発信機や電話機は、遊撃隊どうしの間の連絡道具として使われていました。旅の途中、私たちは護送してくれた部隊とともに日本人から鹵獲した食品を食べました。とても美味しかった。彼らが吸っていたのは日本人から鹵獲した巻き煙草でした――ひどい味でした。

　日本人は各地で忌まわしいファシズムの嘘やいわゆる優等民族に帰順せよという間違った理論を吹聴しています。ですが私たちが見たのは、瓦礫の壁に描かれた反ファシズム同盟国指導者の肖像画とこんな標語でした。「連合軍のヨーロッパ上陸を歓迎する！（ノルマンディ上陸で、ドイツに反旗を翻す第二戦場の火蓋が切って落とされたことを指す）ファシズムは西側において滅亡し、アジアにおいては反ファシズムの反撃が加速するであろう！」「敵に打撃を与え、解放区拠点を拡大し、連合軍に加わり反撃の準備をしよう！」「生産に努め、食糧を貯え、軍隊を支援し、解放区の人民のため食料や綿布を生産しよう！　敵に農地を奪われるな！」こういった標語は私たちも、日本人も目にしています。日本軍の哨所から三、四〇〇ヤードしか離れていないところにあるからです。ときには夜の闇に紛れて、標語を日本の兵営の壁に貼っていく人もいました。標語は人民を動員し、戦闘に向かわせることができます。ですがそれだけで七年も戦うことはできません。日本人の報復行為はヨーロッパのファシズムによる暴行に勝るとも劣らない残酷さです。人びとはなぜ戦い続けることができるのでしょうか？……信じられないことですが、これら戦禍に遭った地区では、人びとの食べる物や着る物は豊かで平和な地域よりよいのです。これは農民が納める地租が大幅に減らされたお陰かも知れません。軍糧の割り当ては以下の方法で計算されます。最も貧しい農民は収入の五％以下、地主は地租収入の約三〇％です。政権が一般の農民――代々貧困と悲惨な運命に苦しんできた人たち――に握られているからです。

　こうした背景を踏まえれば、農民が生産に努めるのも不思議ではありません。法律を執行するのはお上の派遣した、すぐ腐敗する官吏ではなく、地元の選挙で選ばれた、更迭や監督もされる代表者なのです。

　私はさらに、イギリス国会議事堂の会議室で労働党議員たちに向けて講話を発表した。この会議はエマニュエル・サイウェルの主催したもので、彼の票田は石炭鉱山の労働者だった。イギリス上流社会では、中国運動委員会の積極分子リストウェル卿の紹介により、私は空軍元帥フィリップ・チェットウッド士爵に会うことができた。この引退した老戦士は黒々とした八の字髭を蓄え、当時はイギリス赤十字社会長を務めていた。彼の組織は国民党統治区にしか医薬品を援助していなかったので、中国の二大政党の支配下にある地区に同時に援助をしてくれないか頼むのが私の訪問の目的だった。彼は最初は同意した。だが私が「こうした援助は人道的な意味合いだけでなく、中国国内の団結に対する、イギリス人の注目をも表すのですよ」と言うと、この仁徳ある老士爵はただちに私を部屋の外へ締め出し、こう戒めた。「まったく、中国には五億も人間がいるんだ、それが団結したらどれほど恐ろしいか」。彼が言うのは双方が援助を要求したらということで、中国人に団結してほしいと願っているわけではない。アジアやその他の地区の人民にはそんなことはとうにわかっていた。

同時に、このような環境で私は、西側の大手新聞の言うところの自由の本質と限界を思い知った。歴史と名声あるロンドンの『ザ・タイムス』は中国から来たばかりの私に、目下の中国情勢に関する記事を書かせてくれた。そのなかで、私は戦時中に発生した一連の事件を国民党が一九二七年に行ったことと結びつけてこう書いた。「当時国民党は「左派の盟友を大規模に虐殺し」「反封建運動を鎮圧する地主を支持した」」。これは中国の政治的史実であるが、実際はこれだけでなく、外国帝国主義の影響もあった。だが、『ザ・タイムス』は記事を以下のように書き換えた。

> 長江流域に到着すると、「国民党は中国革命の基本的性質とはロシアの扇動に反対し、中国社会の比較的穏健な勢力と妥協することだと改めて述べ」、「共産党員に対する大虐殺が発生した……」

括弧のなかの内容は編集部が付け加えたもので、歴史的事実とはまるで違っている。中国の革命勢力は外国統治勢力と妥協して、かえって不利益を被ったのだ。この記事の署名はただの「一記者」となっているが、それでも中国の現状を伝えることに差し障りはなかったので、その点については争わなかった。

結局、この文章は発表されなかった。抗日戦争を主な背景とした文章だったが、戦争はほどなくして終わったからである。だが『ザ・タイムス』は私に最終ゲラを寄越してきた。時局が変わらなければ、この内容で発表する予定だったという。ゲラは校正だけでなく、編集部の曲解も反映されていた。私たちの間にはきちんと取り決めがあったのに、彼らはこれを事前に私に見せてはくれなかった。一九二七年の国共分裂の原因については、彼らはこのように書き換えた。

　不幸なことに、事態はこれ以上ないほどの混乱に陥っている。秩序ある政府が生まれる可能性はもはやほぼない。この現状に、国民党と中国社会における比較的穏健な勢力は、ボロディンの組織した、ロシア人による扇動運動にともに反対することで妥協した。この運動の過激な行動は平和を愛する人民の大きな反感を引き起こしたからである。中国の多くのマフィアは左派の大虐殺を組織し、命からがら逃げだした共産党員は……臨時性の飛び地に飛び込んだ。そこでは、共産党の信念はすでにマルクス主義に反し、中国式になっている……。

　このような嘘が流布するのを防ぐことはできなかったが、私の文章が発表されなかったのはよいことだったのかも知れない。注意すべきは、言葉の端々に満ちている欺瞞だ。「ロシア人による扇動」は確かにあの革命の因子の一つであった――がしかし、『ザ・タイムス』のように「ボロディンの組織した、ロシア人による扇動運動」と書けば、革命は中国にいかなる起源も持たないような印象を受ける。国民党が「比較的穏健な勢力」と「妥協」したのだとすれば、国内外の統治者がそれを求めたのではなく、「これ以上の混乱に耐えられない」「平和を愛する人民」の圧力がかかったことになる。つまり「人民は立ち上がって左派に反対し（さらに人民を虐殺し）た」ということになってしまうのだ！　上海の労働者と工会の積極分子を虐殺したならず者たちはどこから来たことになるのだろう。彼らを裏で雇っていた銀行家、及び上海「公共租界」（当時の首席はアメリカ人だった）とフランス租界の外国当局についてもまるで触れられていない。両者はいずれも武装鎮圧者たちに自分たちの領地の背後から労働者に奇襲をかけさせたのだ。

　これらはすべて、階級社会における権威ある新聞だった。自由派も保守派も、とどのつまりとるのは同じ立場、こそこそとやるか、堂々とやるかぐらいの違いしかなかった。

　その後発生した事実は以下の通りだ。第二次反ファシズム世界大戦の終戦にともない、新聞戦線は第三次反共世界大戦支持側につくか、あるいはその後発生した冷戦支持側につくかした。イギリスのスコビー将軍は第二次世界大戦時の盟友であった共産党の指揮するギリシャの遊撃隊に銃口を向けたが、同じようなことはその後中国や他の場所で繰り返された。宣伝家たちはこうした行為の旗振りをし、さまざまな策略を献じた。この本を書いている時点では、悪名高き冷戦はすでに終わり、中国は新たな抑止の対象になっている。新たな戦争の戦鼓はすでに打ち鳴らされ、罵詈雑言と嘲笑が絶え間なく聞こえてくる。やはり歴史は繰り返すのだろうか？

第二十二章　アメリカでの五年――逆境下の新中国誕生と奮闘

一九四五年から五一年までの五年間を、私と邱茉莉はアメリカで過ごした。この期間は一九四七年を境に前期と後期に分けることができる。前期では、第二次世界大戦後のアメリカ対中政策の変化が、非常に複雑な両国の国内情勢のなかで見え始め、やがてはっきりしてきた。

中国では、国共両党の緊張は日ごとに高まっていった。だが双方はいずれも全面的内戦を避けようと話し合いに努め、アメリカはジョージ・マーシャル将軍（その後国務長官になった）を通じて調停を行った。彼はハリー・トルーマン大統領の派遣した特使として来中した。フランクリン・ルーズベルト大統領は太平洋戦争終戦まであと数か月という一九四五年四月に死去した。ルーズベルトと比べると、トルーマンは目先の利益しか考えない人物であった。国際社会では、ワシントンとモスクワは一連の世界的な問題について最上層の話し合いを行っており、そのなかには対中政策問題も含まれていた。アメリカ国内では、政府の蒋介石支持に反対すると公言してもまだ迫害されなかったので、邱茉莉も私も自分の意見を発表することができた。私たちに敵意を抱く人間も多くいたが、いわれなく発言を止められることはなかった。

後期には、マーシャルの調停は失敗した。調停はただ、内戦を起こそうとしていた蒋介石に兵力準備の時間を与えてしまっただけだった。アメリカは海空運輸で、国民党軍隊（一部はアメリカ式装備を備えていた）を大量に内戦前線へ運んだ。一九四六年六月、ついには内戦が起きてしまった。蒋介石やアメリカの願いとは裏腹に、この戦争は四九年蒋介石の軍事的、政治的な全面的失敗に終わった。これもアメリカの支援の下、完膚なきまでにやられた蒋介石は自分の将兵たちを連れ台湾島に敗走した。

一〇四六ページにわたる公文書『アメリカ対中関係白書』（一九四九年八月）では、アメリカ国務長官ディーン・アチソンはトルーマン大統領に宛てた公文書のなかで、不本意ながら以下のように認めている。

　中国内戦の望ましくない結果はアメリカ政府の統制能力を超えていた……。このような結果になったのは……中国内部のさまざまな勢力が相互に作用しあい、私たちもそれを制御しようとしたが失敗に終わったのである。

だがこれは最初からはっきり予想できたことだった。長年、政府側・非政府側を問わずアメリカのアナリストたちは国民党政府の無能さ、弱さ、腐敗、民心を得ていない（『白書』そのものがこうした例を無数に挙げている）ことを報告してきた。その後、トルーマン大統領自身が「国民党の統治一族がやくざ者」で、「彼らは私たちが蒋介石にやった三十五億ドルのうち七・五億を着服し……その金で（ブラジル）サンパウロと私たちの目と鼻の先にあるニューヨークで投資をしている」ことを知っているという自白を迫られた。トルーマンはアメリカの力だけでなくすでに投降した日本人も公然と利用して、自身がやくざ者と呼んだ相手を延命させようと空しい努力を続けていた。
トルーマン自ら以下のように述べている。

> ……共産党が鉄道線以外の地区を占拠している状態では、（蔣介石は）東北や華南を占領できないだろう。私たちが日本人に武器を捨てさせ、沿海地区へ向かわせたら、国全体が共産党に占領される、それは火を見るより明らかだ。よって、私たちが中国の国家（国民党）武装部隊を華北に空輸し、及び私たちの海軍陸戦隊が各海港の守りに入るまで、敵を部隊の盾としなければならない。よって、日本人には駐留して、治安を維持してもらわなければ。蔣介石の率いる中国の軍隊が到着したら、日本人は彼らに投降し、私たちは彼らを日本へ送り返す。日本人を利用して共産党の軍事行動を食い止める。これは国務院と国防部がともに決定し、私が批准したことだ。

これほど正直な権威者の自白もそうないだろう。もっとも、一九四〇年代中、このアメリカ大統領の赤裸々な自白は公開されなかった。すべては政府によって隠蔽されていたのである。長い年月を経て、第二次世界大戦の合言葉であった「反ファシズム」が「冷戦」に取って代わられるのを待つしかなかった。

特に一九四九年の中華人民共和国成立後、アメリカの支持した内戦で敗走していく蔣介石を見て、この自滅的政策を推し進めたアメリカの権威集団の困惑は怒りに変わった。彼らは、その怒りの矛先を、国内の自分たちに反対する勢力に翻した。

一九五〇年に朝鮮戦争が勃発すると、悪名高い政治的迫害運動——マッカーシズム——が猛威を振るい始めた。中国問題について政府と異なる意見を持つ人びとが迫害され、追跡されたのである。私や邱茉莉は、自分たちの意見を言うことが難しく、危険にすらなってしまった。私たちは人生計画を変えることを余儀なくされた。それまではアメリカに留まる計画であった。私は自分の本を書き終えたらここで出版し、さらにアメリカに帰化して、無国籍状態に終止符を打ち、そのうえで中国に戻って、記者としてのキャリアを続けようと考えていた。だが歴史は、私たちに別の道を行かせた。

＊　＊　＊

私たちが大西洋を渡ってアメリカで送った慌ただしい五年間を振り返ってみよう。私たちが乗ったイギリス客貨物船エクセター号がイギリスを離れると、護送していた船隊は解散し、各々の速度でそれぞれの航路に沿っていなくなった。船上の明かりが数年ぶりに真っ暗な夜の海を照らし、人びとは安堵のため息をついた——大西洋海域では戦争が終わり、大規模な兵力は集められ太平洋戦争の収束に向かっていた。アメリカに到着し私たちがニュージャージー州ホーボーケンから上陸すると、迎えに来てくれたのは私の父だった。父はすっかり老け込み、憔悴の色も見て取れたが、嬉しさのあまり顔をくしゃくしゃにした——久しぶりの再会だったからだ。

戦争で住宅が不足していたので、私たちはニューヨークのタイムズスクエア付近にある古いクラリッジズホテルでアメリカ最初の夜を過ごした。窓の外では集会が開かれ、まだ続いていた対日戦のための戦時公債が販売されており、その喧騒で私たちは何時間も寝着けなかった。

だが翌朝、新聞によってもたらされたのは新たな冷戦の寒風だった。『Amerasia Journal』誌（中国にいた頃、私もときどき寄稿していた）の編集者たちの逮捕を伝える太字の見出しが踊っていた。連邦捜査局が突然彼らの事務所へやって来て、「政府から盗んだ機密」を故意的に漏洩し、スパイに情報提供した（だがそれはいまなら間違いなく調査報道と呼べる内容だった）という容疑をかけたのだ。逮捕されたなかには私たちの友人ジョン・サーヴィスもいた。中国生まれ、中国語もでき、中国について本当に理解した若きアメリカ外交官で、かつてジョセフ・スティルウェル将軍の政治顧問を務め、アメリカ軍のディクシー使節団とともに延安で数か月働いたこともある人物だ。スティルウェルと同じく、アメリカにとって日本にとどめを刺していた戦争の末期、彼は中国共産党の指揮する軍隊を含むあらゆる中国の武装勢力と協力し、アメリカと未来の民主的で統一された中国が良好な関係を築くことを願っていた。サーヴィスはアメリカ政府へも意見し、さらにそれを自分と観点を同じくする雑誌に長い間発表し続けていた。彼の容疑とはこの程度のものである。一方、スティルウェル将軍が蒋介石の圧力により本国に召還されると、アメリカ国務省で中国問題を扱っていた官吏に対する大規模な攻撃運動が始まった。この運動の旗振りをした新大使パトリック・ハーリーは大変な自信家であったが、中国のことは何もわからない人物であった。その後、サーヴィスの中国に対する基本的観測は正しかったことが証明されたが、彼は名誉を失い出世の道は絶たれてしまった（その後何年も経って名誉回復され、さらに後にはアメリカでもっとも鋭い視点を持った中国問題専門家の一人と公認された）。

邱茉莉と私にとって、アメリカ最初の朝は薄暗くて、さらに後から考えれば親切だった。厳しい顔で私たちにこれから起きることを警告してくれたからだ——国会や主要メディアで上がった「中国を失った戦犯を探せ」という叫び声や、全国で吹き荒れたマッカーシズムの嵐を予言するような。

私がアメリカで執筆を計画していた本も、ワシントンで行われようとしている政策と全面的に、公然と、真っ向から対立する内容になってしまった。当時の背景としてはこうだ。アメリカと蔣介石は事実上の反共同盟を結んだものの、投降したが武器を引き渡していない日本の軍隊を公然と利用していた。一方、中国共産党の指揮する武装勢力及びその増え続ける支持者たちは、アメリカや蔣介石に屈服することを拒否した。彼らはアメリカが目論んだように、強力な殺傷能力を持つ原子爆弾にもひるまず、それどころか内戦を批判し、公正で、平和な新国家を建設することを主張した。同時に、内戦が不可避であることが証明されても、最終手段を逃れようといかなる現実的な、あるいは潜在的な脅威にも屈服しなかった。

アメリカに来て最初の一年あまり、私たちは民主極東政策委員会の事業拡大を手伝うことにした。これは新しくできた委員会で、「蔣介石を支持するアメリカ」と、「中国内政に対する干渉」に反対するアメリカの進歩主義者と自由主義者で構成されていた。だが、思ってもみなかったことに、私たちはアメリカ当局に監視されるようになった。

ニューヨークに到着した最初の週にはもう、私たちは連邦捜査局の影を感じ始めていた。当時彼らの主な目標はアメリカ左派記者で作家のアグネス・スメドレーだったのだが。私たちの古い友人である彼女は、大好きだった中国を離れてすでに久しく、いてもたってもいられないという様子で私たちにその後のことを聞きに来た。当時私たちはリバーサイドアベニューの、休暇で外地へ行っている友だちから又借りした部屋に引っ越したばかりだった。アグネスが部屋に来てから三十分もせずに、呼び鈴が鳴った。そこにいたのは一人の巨漢で、「冷蔵庫を検査させろ」と告げて部屋に入ってくると、あちこちをキョロキョロ見渡し、部屋のなかのものをすべて確認した。私たちは彼の態度に、ただならぬ雰囲気を感じた。

私たちはスメドレーと遅くまで語り合い、その晩彼女は私たちの家に泊まった。労働者階級出身であった彼女は、翌朝去り際にうちの台所とごみ箱を徹底的にきれいにしていった――私や邱茉莉のようなインテリは体力労働をしないと思われていたに違いない。

あのときの招かざる客の本当の目的を、邱茉莉と私は三十五年後にようやく知った。スメドレーの研究者が、公開された連邦捜査局の書類に、あのスパイの報告書を見つけたのだ。そこには「スメドレーがエプスタインの家に泊まった」と書かれていたが、邱茉莉も一緒だったとは書かれていなかった。こういった人びとが自分たちの発見にいかに尾ひれをつけるかというよい例である。

連邦捜査局の私たちへの監視には、こうした態度が見え隠れした。近所の人たちは頼んでもいないのに、私たちにあれこれ教えてくれた。それは危険なことだった。冷戦の暗雲は一層厚く垂れ込めるようになっていたからである。私たちが民主極東政策委員会の活動に積極的になるにつれ、監視も厳しくなり、ときにはわざと露骨な態度でくることもあった。私たちがそのような活動に参加しないよう、脅す目的だったのかも知れない。影で監視してくることもあり、ともかく私たちがアメリカにいた間中、監視の目は途切れることがなかった。

アメリカの古き良き民主主義と革命精神を愛する多くのアメリカ人は、中国の革命に魅了された。

カールセンもその一人だった。アメリカ政府が蔣介石を全面的に支持すると発表したことに彼は大いに反感を抱き、一九四六年十一月にはこんな歯に衣着せぬ声明も出している。

> 後世の人たちは、トルーマンの任期中、アメリカ政府が中国人民に対して行った裏切りは、アメリカ外交史上最大の過ちの一つであると考えるだろう。熟考の末、私はそう考えるに至った。

カールセン将軍の声明及びスメドレー・バルター将軍が戦前に発表した鋭い反帝国主義声明、さらに戦時のスティルウェル将軍の態度は、アメリカ上層将校のなかにも空威張りで相手を脅すだけのマッカーサー、パットン将軍とは異なる種類の人びとがいたかも知れない（いや確かにいた）ということを物語っている。彼らの心は常に自らの大志と国家の大業にあった。

＊＊＊

委員会の便箋の書き出しには、カールセン以外にも、当時の新聞界人士、エドガー・スノーとヘレン・スノー、リチャード・ワット二世、リラン・スート及び当時アメリカの主要自由派週刊紙『民族』と『新共和』の編集長フレッド・キースウェイとマイケル・ストレートらの名があった。中国問題について権威ある学者として、コロンビア大学のクリントン・グッドリーチ教授、二度もノーベル賞に輝いた自然科学者ライナス・ポーリング、政界の名士には前副大統領のヘンリー・ワラス、ルーズベルトのニューディール政策における行政官レクスフォード・タグウェル、及び衆参議員六人。さらに世界的に有名なアフリカ系アメリカ黒人指導者デュボイス博士とポール・ロブスン。さらに大きな組合組織の全国一級指導者、映画脚本家や俳優代表、なかには当時映画俳優組合の指導者で、後にアメリカ大統領になったロナルド・レーガンもいた（自分と後のアメリカ大統領の名前が同じ便箋の書き出しに出てきたのは、後にも先にもこれきりであった。だがレーガンは本当は進歩事業の支持者ではなく、その後明らかになったように、連邦捜査局のスパイであった）。

私の身分は委員会の顧問だった。顧問を務めたのは他にも中国で働いたことのあるメディア人員、エドガー・スノー、ヒュー・ディーン、リチャード・ワット二世、及び一九四四年に私とともに封鎖が解かれたばかりの延安を訪問したハリソン・フォーマンとジョンシー・スタインであった。

すぐに、委員会の積極分子として、第二次世界大戦で退役した多くの若き戦士が加わった。太平洋を越え、中国、日本、フィリピン、インド、朝鮮などからアメリカへ帰国した人たちだった。なかには自分たちの馴染みある部門や地区で分会を結成した人もいた。彼らは自分たちの経験から、第二次世界大戦の反ファシズム精神を受け継ぎ、これら国の人民を戦後現れた反動的な傾向に染まらせないよう、知見ある見地から提言していた。

邱茉莉は委員会の職員で確固たる積極分子となり、委員会の新聞『極東焦点』で何年も編集者を務めた。

多くの刊行物や新聞簡報を出版する他に、委員会及び退役軍人で結成された分会は各地方、ひいては全国に講演者を派遣していた。重要な問題については全国大会と地区大会を行った。私もよく講演に行き、委員会の各種刊行物、アメリカやカナダの新聞及び『連合労働新聞』（数十の組合に週刊で提供されていた）に寄稿し、中国、アジアとその他国際問題について意見を発表していた。その間に長年温めてきた拙著『中国、未完成の革命』を一九四七年ボストンのリトル・ブラウン・アンド・カンパニー出版社から出版した。

委員会の執行役員はエネルギーと勇気溢れるモード・ラッセル、かつて中国キリスト教女子青年会で長く働いていた女性だった。第一次世界大戦が終わってすぐに来中し、一九四〇年代初頭までいたので、一九一九年の反帝国・反封建主義の五四運動、一九二五年から二七年の大革命運動及び蒋介石の反逆、一九三〇年の中国工農紅軍による湖南省省都長沙の一時占領、及び一九三七年からの中国抗日戦争をすべて目撃してきた。その間何年も、彼女は上海の貧しい女性労働者たちのために働いてきた。中国における外国の帝国主義や国内統治者に反対する革命運動では、モードは徐々にだがはっきりと、圧迫され搾取される人びとの側につくようになった。中国キリスト教女子青年会のアメリカ人職員は大部分がそのような立場だったことは、注目に値する。男子のキリスト教青年会はキリスト教女子青年会と違っていた。彼らの一部活動は外国人社会で行われていて、メンバーには利益とチャンスを求めて権威ある人物と知り合おうとする中国人青年が多くいた。それとは異なり、中国に派遣されてくる女性志願者は中国の組織に身を置き、それを凌駕するわけでも、平等でもなかった。彼女たちに割り当てられる社会的、教育的な業務は主に女性職員の間で行われ、多くは滅私奉公的な中国人指導者がいる工業部門で行われた。仕事によって彼女たちのなかには一種の特別な共感が生まれた。その時代のアメリカ人女子青年会の秘書たちの多くは、アメリカに帰国後、委員会の正式あるいは非正式な支持者となった。そのなかにはローズ・ターリン、タリサ・ガーリッチ、リリー・ハスらがいた。アメリカ中国工業合作運動促進委員会の指導者エイダ・プルートは女子青年会の職員出身ではなかったが、性質のよく似た社会事業者だった。

　モードは本当に傑出した指導者で、いかなる緊急事態にも対応できた。体は丈夫で行動も機敏、淡褐色に灰色がかった濃い髪に誠実さの溢れる目をしていた。彼女は自分の車を運転し――もっと正確に言えば、何台も乗ってはだめにしていた――車には書類や本をいっぱいに載せ、全国を奔走し、遠路はるばる赴いた各地で講演を行って、資料を配布していた。講演と地元の支持者との話し合いの時間を多く取りたいと、よく数時間も休憩なしで車を走らせていた。彼女の先祖は一八四〇年代に幌馬車で北米大陸を駆け抜けた最初の西部開拓者だった。彼女の勇気は先祖に勝るとも劣らないものだ。

　連邦捜査局を前にしても、モードは怒りはしても冷ややかな視線を返し、自分の信念を歪めることがなかった。あるとき、連邦捜査局の捜査員が委員会の活動状況を吐かせようとして、支持者らの名前を挙げ、彼女を詰問した。モードは厳しい声で「ご自身で読んだら？　全部そこの便箋に書いてあるじゃないですか！」と突っぱねた。訪問者は雰囲気を和らげ、「私も名字はラッセルなんだ、親戚かも知れないな」と言った。モードは恭しく「そうですか？　もしかしたらカリフォルニアへの苦難の旅で脱走したラッセルの子孫かも知れませんね」と答えた。彼女は困難の前に逃げ出す臆病者が何より嫌いだったのだ。

　同じく忘れられないのは、委員会最後の不安な日々、ワシントンの国会反共委員会の召喚審問に対する対策を彼女が考えていたことだった。地方からこのような招待を受けると、首都にいる間毎日二五ドルの宿泊・食事手当がもらえた。モードは友人や支持者の家に泊めてもらい、金は使わず、だがこの手当はもらっていた。補助をもっともらうため、彼女は体調不良だの何だの、滞在時間を引き伸ばすさまざまな口実を設けていた。ポケットに入る最大限の補助をもらうと、ニューヨークに戻り、事務所で得意げにこう言った「ほら！　これで次の『焦点』も出版できるわ！」

　モード本人は報酬を受け取らなかった。故郷の州で遺産を相続していたからである。だが、国民党がアメリカでの影響拡大のために買収した中国ロビースト集団と比べると、委員会の経費など大したことのない金額だった。苦しい台所事情を、私たちは勤勉さと熱意で補った。委員会はさまざまな苦難を経たが、中華人民共和国成立後も、アメリカに新中国を承認し、貿易と友好的関係を設立するよう積極的に働きかけた。

　朝鮮戦争（一九五〇年から五三年）中、委員会へのマッカーシズムの圧力はピークに達し、最後はアメリカ政府の直接の妨害により委員会は解散に追い込まれた。だがモードは歩みを止めなかった。自身の新聞『極東報道』を創刊し、一九八九年まで続けた。毎年、彼女は自ら運転する車でアメリカ大陸を横断し、学術講演と書籍配布を続けた。私たちも彼女の旅に参加したことがあるが、一生忘れられない思い出になった。途中、各地で演説を行った。ペンシルバニア州のピッツバーグとヨーク、オハイオ州のクリーブランドとコロンバス、ミネソタ州のダルースとメサビ＝アイアン山地のセーボン、ユタ州のソルトレイクシティと露天銅鉱、カリフォルニア州のサンフランシスコとロサンゼルス。カリフォルニア州では、モントレー半島アッシュロマで行われた特別会議で演説も行った。

私たちは中華人民共和国の誕生を大いに歓迎した。委員会がその月に出版した第一期『東亜焦点』の表紙には五星紅旗が掲載された。アメリカで出版された最初の五星紅旗のカラー画像だったと信じている。

＊　＊　＊

邱茉莉と私は個人的にもお祝いをした。タイムズスクエアの録音スタジオから、私は声を高ぶらせて「義勇軍行進曲」を歌った。この歌は何年も前に天津で聞いたことがあった。日本の侵略と戦う中国の戦士たちを鼓舞していた歌が、いまや新中国の国歌となったのだ。

情勢の発展にともない、委員会は新たな署名運動を行った。「中華人民共和国との友好的な関係、承認、貿易」を呼びかけるものだった。

最初に新中国を訪問したアメリカ代表団はポール・ロブスン夫人エスランダの率いる女性代表団だった。メンバーの一人が私に手土産を持ち帰ってくれた——琺瑯製の中国人民政治協商会議記念章——新中国の誕生はこの会議で宣言されたのだ。中国公民として、三十年後自分がこの組織の一員となるとは、そのときはまだ思ってもみなかった。

＊　＊　＊

私たちがニューヨークにいる間、立派な体格と体中に漲るエネルギーで有名な「クリスチャン・ジェネラル」馮玉祥がアメリカに来た。彼も私たち委員会の講演者の一人だった。歴史的には、彼は一九二五年から二七年には中国大革命を支持し、鄧小平ら共産党員を自らの軍隊に招いていた。蒋介石の血なまぐさい反逆の後、彼は右転したが、蒋介石の大虐殺には関与しなかった。一九三一年に日本が中国の東北に侵攻すると、無抵抗主義をとった蒋介石に対し、馮玉祥は抵抗を主張し、さらに自分の武装勢力を率いて北方地区で日本の侵略者を攻撃した。八年間の全面的抗戦期間（一九三七年から四五年）、蒋介石が彼に与えたのは軍事指揮権ではなく、申し訳程度の実権のない顧問の閑職であった。馮玉祥はそれでも「国民党と共産党は実りある協力をするべき」と主張し続けた。一九四五年に日本が投降すると、彼は「内戦を再発させようとする蒋介石、及び国民党を支持するアメリカに反対する」と公の講話を発表し、中国でだけでなく、訪米中も演説を行った。ワシントンは最初彼を「穏健（蒋介石寄り）」的立場に引き入れようとしたが馮がこれを拒否したので、アメリカ政府は彼の滞在許可を短縮するなどの報復的嫌がらせを行った。

　馮玉祥がアグネス・スメドレーとニューヨークの縫製工場地区で街頭演説を行ったときのことを、私はまるで昨日のことのように覚えている。ちょうど昼休みの頃で、彼らはトラックに乗り、人混みのなかをのろのろと進んでいった。スメドレーは彼女らしい雄弁と毒舌を振るい、労働者たちは耳を傾けていた。驚くべきことは、馮玉祥が閲兵場にいるときと同じ高らかな声で、中国語で演説をしたのだが、これにも多くの人が耳を傾けたことだ。さらに驚くべきことは、通訳もいなかったのに、この大柄な老兵の、中国内戦を支持する外国への厳しい抗議の声が、たちどころに理解と共感を得たことであった。
　アメリカ政府はもともと、彼を言葉巧みに引き込んで中国における第三勢力にするつもりでいた。そうすれば中国共産党の勝利への道を妨害できると考えたのである。だが馮玉祥の正直さに、アメリカ政府は移民局を通じて彼に対する嫌がらせを始めた。彼が相談に来たので、私たちは腕のいい弁護士――アメリカ外国出生者保護委員会のエラ・グロービンを紹介してやった。

　結局、馮は中国解放区に招かれ、アメリカを離れて中国に戻ることにした。帰国の途中、黒海で彼の乗ったソ連客船が映画の放映中に火が出て、彼は娘の一人とともに帰らぬ人となった。夫人である李徳全――前キリスト教女子青年会の秘書で進歩主義者だった――は生還し、中国に帰国した。中華人民共和国成立後、彼女は衛生部部長となり、死去するまで合計数十年にも渡ってその役職を務めた。熱心な仕事ぶりと禁煙主義で知られ、生涯愛煙家だった毛沢東に、政府の会議で禁煙を勧めたほどである。さらに私たちの雑誌『中国建設』の編集委員も兼任した。いつも煙草を吸っていた私は、編集委員会の会議で彼女に会うたびに注意されたものだ。

　馮玉祥が生きていれば、新中国でどんな役割を担っただろう。戦いを率いることに関しては傑出した人物だったから、きっと高い地位についたであろう。馮は軍隊出身の将軍で、立派な体格とよく通る声を持っていた。その夫人は小柄で、話す声も小さかったが、二人とも同じくらい逞しい人であった。馮は旧軍閥出身だったが、祖国を強く愛しており、他の軍閥のように帝国主義と手を組んだりしなかった。李は一部西側の教育を受けていたが、祖国に忠誠を誓っていた。彼ら夫婦の人生は、沸き起こったさまざまな政治の波が最終的にはみな共産党の指揮する中国革命を支持し、勝利に向かっていったという、歴史の趨勢を物語っている。

半世紀近く経ったいま、中国人民政治協商会議の委員として私はよく彼らの娘――政治協商委員である馮理達に会議で会う。彼女は立派な体格を軍服に包んだ、中国人民解放軍の少将クラスの医官である。

＊＊＊

邱茉莉と私は一九四五年にアメリカへやって来て、五一年中国に戻った。この間、アメリカの政界には大きな変化があった。それは以下の一連の出来事から見て取ることができる。

まず、アメリカ社会の上層部に、中国を統一させ、内戦を防ごうという傾向が見られたが、微力だった。このような雰囲気の下、私たちが生まれたばかりの新中国のために行ったアメリカとの音楽交流も少しは役に立っていた。中国援助委員会は心揺さぶる「黄河大合唱」を初めてアメリカで公演した。著名な中国作曲家である冼星海のこの作品は、中国の普通の人びとが日本軍の侵略を受けても曲げなかった不屈の意志を力強く表現したものだ。一九四四年、外国人記者団として延安で始めて「黄河大合唱」を聞いたとき、深い感銘を受けた。なぜならこの作品は、私たちが延安のいたるところで感じた生命力を表現していると思ったからだ。「この作品は国外で公演されるべきだ」。私たちは強くそう感じた。手書きの楽譜を手に入れ、アメリカへ向かう途中イギリスを経由した際、香港時代の同僚、葉君健とともに歌詞を英語で歌えるように翻訳した。ニューヨークに到着すると、中国援助委員会はチャールズ・エジソン州知事及び新聞王で雑誌『時代』と『生活』のオーナーであるヘンリー・ルースの夫人クララ・ブース・ルースの協力を受けて、ニュージャージー州トレントンのウェストミンスター合唱団を説得して「黄河大合唱」のコンサートを行うことに成功した。エジソン、特にルース夫妻は、政治的にはアメリカ右翼だったが、当時はまだ対日戦が行われており、国民党は戦場で秩序なき撤退を繰り返していた。一方、共産党の指揮する武装勢力はますます力をつけ、規模も大きくなっていた。両党の協力は戦争を続ける唯一の方法で、反枢軸国全体の戦争において有利であった。このような情勢に対し、コンサートは広く理解を示す性質を帯びていた。私たちはオートバイに取り囲まれた州知事の車の列とともにトレントンへ向かった。こんな場面は邱茉莉にも私にも、最初で最後だった。

　その前に一度、私たちは邱茉莉の以前の雇用主である太平洋問題調査会のエドワードとアイリス・カート夫妻とともに、マサチューセッツ州の田舎で週末を過ごした。私たちは延安から持ってきた楽譜を、彼らのロシア系アメリカ人の友人で、有名なタングルウッド音楽祭の作曲兼指揮者であるセルゲイ・カスウィッキーに見せた。彼がここで公演してくれればと思ったのだ。共産党地区のものに対する反感かも知れないが、亡命者である彼はそれを一瞥し、楽器の組み合わせが単純すぎると言った。その後中国援助委員会は理解あるアメリカ人作曲家ウォリンフット・ラングールの協力を仰ぎ、延安での公演より伴奏楽器も増やし、トレントンでの公演は成功に終わった。アメリカ人による「黄河大合唱」公演はこれが最初で、最後にはならなかった。半世紀後、抗日戦争勝利五十周年記念では、アメリカの合唱団が北京で大合唱の公演を行った。

五〇年代初頭に中国に戻ると、私は延安から持ってきた楽譜を、アメリカで印刷されたラングール版の楽譜と合わせて、イギリスで翻訳した歌詞、及びトレントンで公演されたプログラムとともに、中国音楽家協会に寄付した。

戦後すぐの数年間、私たちはアメリカで比較的まともな生活をしていた。私たちは他に右翼の反対派と対面討論もしており、なかには外交政策協会の主催したヨゼフ・アルソップとのフィラデルフィアでの討論、及びフォレイド・ウッドリーらとニューヨーク市及び全国性放送ネットワークで行った討論（邱茉莉も放送局で同じような講話を行ったことがある）もあった。この頃には、ＣＢＳ放送のヘンリー・カシリアの招きで、人生初のテレビインタビューも受けた。四〇年代中期、アメリカのテレビ産業はまだ揺籃期で、調整の利かない照明の熱とあまりに熱弁を振るったせいで、私は舌も唇もやけどしそうになった。

『大衆性』の活動としては、他のメンバーとともに、ニューヨーク州キャッツキル山地の夏キャンプに出かけ、キャンプをしていた組合会員や他の進歩主義者に中国解放区で踊られている秧歌を教えた。秧歌は歌あり踊りありの民間芸術で、娯楽と政治、社会教育が一体になったものだ。速いテンポで体を動かす、覚えやすい踊りで、中国の大地の至るところで人びとは秧歌を踊り、人民共和国の誕生を祝っていた。私たちはアメリカ人に秧歌踊りを教えることで、解放された中国の農民たちの喜びを伝え、人民共和国に対する親しみを持ってもらえるようにした。

＊　＊　＊

一方、一九四九年以来、邱茉莉と私は警察による追跡と嫌がらせを前にもまして受けるようになった。監視されるのはもちろん不愉快なことだが、ときには意外な楽しいこともあった。ある晩、私はニューヨーク西二十三街で開かれた会議を終え、外に出ると、背後に人の視線を感じた。私は西百二十三番街に住んでいて、まだあと北に一〇〇ブロックも歩かなければならない。地下鉄に乗ろうとしたが、ポケットを探ってみたら一文無しだった。そこで若気の至りで、歩いて帰ることにした。

だが背後の私よりずっと年上で、太って動きも鈍い追跡者はそうはいかなかった。私が歩みを早めると、彼は付いてこようとしたが、フーフーという荒い息まで丸聞こえだ。彼は私が地下鉄に乗ると思っていたのだろうが、私は地下鉄の駅を通り過ぎて歩いていった。もし私の事情を知っていたら、交通費をくれて、その後から付いて来たかも知れない。ともかく、私は歩いていき、彼は付いてきた。太っているのに、彼は正装をして、ネクタイまでしていたようだ。連邦捜査局局長エドガー・フーバーの指示だろうか、部下が可哀想であった。追跡が終わったら、一週間は休みをとらなければ体力を回復できなかったであろう。

このフーバー局長、自分の知る限りで少なくとも一度は本人に目をつけられていた。スタンフォード大学に保管されていた公文書に私の名前があり、なかには公開された書簡が入っていた。国民党中国ロビースト集団の積極的な支持者で、アメリカ人のアルフレッド・カールバーグが連邦捜査局局長宛に、私を国外追放するように書いたものだった。カールバーグは商人で、新中国成立前には中国の児童労働により作られた刺繍製品を輸入して一財を成したと言われている。一方、働いていた子どもたちは視力に障害が残った。彼の中国革命に対する報復は、金に糸目をつけないものだった。

彼は金持ちではあったが、私たちの会議には毎回必ず自ら赴いて、速記を行っていた。カールバーグはフーバー宛の手紙で、私はアメリカにとって危険な人物だから国内にいさせるべきではないと書いていた。だが私が監視され続けた理由はこれだけではないだろう。

私たちの名前は連邦捜査局の退役スパイたちによって創刊された反共小冊子『反攻』にしばしば上がっていた。有名な映画スターや脚本家ですらここに名前が上がると、度重なる脅しを受けていたハリウッドではただちに解雇されてしまった。参議院の国内安全委員会の冗長な会議文書によれば、被害者たちはイスラエル・エプスタインと邱茉莉を知らないか何度も聞かれていたという。認めれば、いつ、どこで、どんな理由で及びどうやって知り合ったかまで詰問された。ジョン・フォーリンらに至ってはその反共書籍のなかで私たちを中傷した。

このような空気の下、移民局は私たちに牙をむき始めた。モールスという人物は、友情を装って『連合労働新聞社』事務所を訪ねてきた。私が移民局に尋問召喚されると、彼は正体を表した。私たちの尋問官だったのである。いよいよ国外追放の危機に直面した。委員会を守ることも、意見を言うことも難しくなり、庇ってくれた友人たちの身にも危険が及ぶようになっていた——もはやアメリカにい続ける意味はない。私たちは革命に勝利した中国へ戻ることにした。中国ならできることがあるかも知れない。

一九五〇年十一月に素晴らしい機会を得た。中国人民志願軍が朝鮮戦争に参戦してすぐ、北京はニューヨークの国連本部に代表団を派遣したのだ。新中国成立後二十年間における最初で、最後の機会だった。代表団のメンバーには、私の香港や重慶時代に理解を示してくれた人、例えば後に中国外交部長となった喬冠華もいた。彼のもとへ赴き自分の要求を伝えた私は、孫中山夫人である宋慶齢の招待状を受け取った。創刊準備中の雑誌『中国建設』（その後『今日中国〔China Today〕』に改名）で働かないかという誘いだった。

邱茉莉はイギリス旅券を持っていたので、まずアメリカを離れイギリスへ向かい、それからしばらくパリに滞在して、国連児童基金の下部組織責任者であるマイケル・サックス博士の下で二か月働いた。マイケルは戦時の中国で生活したことがあり、私たちの観点に共感してくれていた。私は国境通過のための査証手続きで、一九五一年三月にようやく出発し、ポーランドで彼女と落ち合って、二人でそこから旅を続けた。

私は自分からアメリカを離れたのであって、国外追放されたのではない。無国籍である私には、国外追放されても帰る場所がない。これはアメリカ移民局の誤算だった。それに、国外追放は私にとっても二度とアメリカに来られなくなるのだから、非常に不利なことだ。だが私はその前に、危ないところで自分からアメリカを出た。移民局は私がいなくなって喜んだが、国会のある委員会は私を留まらせて尋問を受けさせようとしていたので、すでに出国したと知って、烈火のごとく怒った。

第二十三章　ポーランド見聞

私たちは中国へ戻ることを決めたが、どう戻ろうか決めかねていた。邱茉莉はイギリス国籍だったので問題ない——彼女はまずイギリスに帰り、そこから中国へ帰ればよい。だが私はもっとややこしい。私は自分が持っている中華人民共和国の招待状を、ポーランドの北京大使館に確認してもらうことにした。旅券は、ワルシャワ生まれであることを理由に、新ポーランドのニューヨーク総領事館に申請する。いまや世界には左翼国家や左翼運動や政党まであるのだ、旅券発行なんてわけないだろうと思っていたが、そうはいかなかった。「いまも同じ政府ですから」。総領事ガリウィッチは私にそう告げた。ならば、時間はかかるが国籍を申請するしかないようだ。ガリウィッチは個人的には私に同情的だった。彼自身もユダヤ人で、ナチスのホロコーストの生存者でもあった。自分の二の腕にある入れ墨を見せてくれ、「こんなものがある総領事は、世界で私ぐらいでしょうね」と言った。彼に旅券を発行してもらうことはできなかったが、中国からの招待状を確認してもらい、渡航文書を取得すれば国境通過査証の公印を押してもらえるそうだ。

　幸いアメリカでは、無国籍者の公証人になってくれる人はいたる所にいた。自分の身分をその人に宣誓し、宣誓書を取得する。宣誓書はそのままでは渡航文書ではないが、査証公印を押してもらえば——ガリウィッチ総領事はそうしてくれた——他の手続きはなしで、渡航文書にしてポーランドまで行くことができる。ポーランドに着いたら、そこから北京行きの査証を申請すればいい。私はそれを持って、ニューヨークからポーランドへ向かう乗船券を購入した。バートリ号という、新生ポーランド商船事業の希望を背負った船だった。

邱茉莉は私より数か月早くニューヨークを発った。私たちはイギリスのサウサンプトンで短い再会を果たした。バートリ号は港のなかではなく、外に停泊していた。邱茉莉は埠頭から外港へ来てそこから船に乗らなければならず、大変な骨折りだったが、並ならぬ精神力でそれを成し遂げた。波間に揺れるタラップを歩いてくる彼女を見たとき、私の胸は高鳴った。金髪を風にたなびかせて、まるで船首の彫像のようだった。私の船室で束の間の睦まじい時間を過ごした後、彼女は二人が離れてからのことを話した。一時間後、彼女は別れを告げ、いそいそと手袋を落とし、私はそこに口づけして、それをしまい込んだ。ワルシャワで私が宿泊したのはブリストルホテルだった。ここは戦前には垢抜けた一流ホテルだったが、ナチスの占領時代には侵略者の本部となった。ドイツ人が市内の建物をおおかた焼き尽くしてしまっても、ここだけ焼失を免れたのはそういう理由だろう。その頃は相当ぼろぼろになっていたが、そこかしこにかつての輝きの面影を見ることができた——古めかしいエレベータと彫刻のされた鉄のドア。動かすとギーギー、ガチャガチャという音がしたが、独特の趣があり、まるですっかり歳をとった往年のプレイボーイのようだった。

レセプションで私は、社会主義国の洗礼を受けることになった。当時の社会主義国では、自分の身分より、誰に招待されたかの方が重要だった。「誰の招待で?」担当者の質問は、私にとっては新鮮だった。「自分で自分を招待したんですよ」。私の返答に相手は訝り、見下した態度をとってきた。その日中国大使館に行くと告げなければ、宿泊させてもらうどころか、さらなる尋問を受けたかも知れない。中国大使館では、私の旅行宣誓書はすぐに査証をもらうことができ、すべては合法になった。

　宿泊費をポーランドの通貨ズウォティで計算し、私がドルで払おうとすると、白髪の従業員は若くて無知な私を哀れんだのかも知れない、「そのへんで両替した方がレートはいいんだよ」と教えてくれた。だが私はそうしなかった。社会主義国家の金融規則に違反したくなかったのである。だがその人も立派で、両替の利ざやを稼ごうとしたわけでもなかったのだろう、話をそこで切り上げた。愚かな若造に愚かなことをさせてみようと思っていたのかもしれないし、私がかっとなって違法行為を拒否し政府機関職員の知り合いに通告することを警戒していたのかも知れない。はてまた私を闇両替の元締めを捕まえるための囮にしようとしたのか、ともかく、いまとなってはわからないことである。

　ワルシャワで真っ先に訪れた機関は対外文化協会だった。ニューヨークでポーランド人の友人であり、新聞記者のウェアチュックとゴール、及びポーランド文化省の官僚——名前は忘れてしまったが——に勧められたのだ。協会では、ルバーフという名前の、頭頂の薄くなり始めた男性が私を迎えてくれた。私が上述した人物たち、及びポーランド国連首席代表ユリス・カッツ・シューとポーランドのアメリカ駐在大使、著名経済学者オスカー・ランゲらと知り合いだと言うと、彼は訝りと、さらに尊敬の表情を浮かべ、だが続けて残念そうに「何か二、三言でも書付をもらっていればね」と言った。そうでなければ、協会は私のポーランド見学に協力できないらしい。ともかく書類——一言でもよいのだ——が大切なのだ。こんなことは初めての経験だった。

だが協会はできる範囲内のことはしてくれた。有意義な展覧会が見られる場所を教えてくれたのだ——ワルシャワではあちこちで展覧会が開かれていた。さらに本を何冊もくれた——ポーランドの優れた美術作品集及び中世の——世界で最も優れたものかも知れない——偉大な木彫芸術家ウィタ・ストワシュッチの作品集。ルバーフは自ら、私の『中国、未完成の革命』のポーランド語訳者ジェライクと連絡を取り、二人で私を市内観光にも連れて行ってくれた——協会は同意してくれた。なぜなら、このような活動は協会として行うにはまずかったからである。

彼ら二人は複雑な時代を背景とした興味深い物語を背負っていた。太って背が低く、陽気なルバーフは文学者気質で、自分の書くものに対する批判は恐れないと言っていた。その自信を支えているのは自分専用の資料室で、何か見解を発表する際にはマルクス、エンゲルス、レーニン、スターリンなどの語録を引用し理論武装するのだ。これら人物からの他の影響については、普段の会話ではほとんど語らなかった。ジェライクは小柄で、親切で、英語が流暢だった。それは主に大量の読書と、第二次世界大戦中に西欧でアメリカ、イギリスの軍隊（指揮はパットン将軍）とともに戦って学んだものである。当時彼はポーランドの武装部隊で服役していた。徹底した愛国主義者で、ポーランドを貶す発言は一切聞き入れなかったという。私と一緒にいた間中、そのとき行われていたツール・ド・フランスの結果をしきりに気にしていた。ポーランド人は優勝の桂冠を手にするかと思われていたのだが、第三位に終わった。彼はポーランド人が優勝できなかった失望を隠しきれず、天を仰いで「でも、三位はとったんだ」と言った。

ワルシャワではよい友人ができた。当時のポーランドの主要新聞『人民論壇』の優れた記者であるスタニスウォフ・ブロズッチである。初めて会ったのはニューヨークで、彼は国連の重要会議の取材に来ていた。私はというと、これも『連合労働新聞社』の国連つき正式記者であった。その後幸運なことにブロズッチと再会でき、ともに記者団のメンバーとして、北京から板門店に向かい朝鮮停戦協定の締結を報道した。

　他に親しくなったのは中国抗日戦争中に知り合っていたスタニスラフ・オラートだった。彼は医師で、かつてスペインの反ファシズム国際旅団で働いていた。国際旅団の敗北後、一九三九年に他の医師たちとともに中国に渡っていた。

　当時、ワルシャワにはアメリカ人の進歩主義者が多くいた。理由の一つは、自国内でマッカーシズムが牙をむき始めていたことだろう。アメリカ共産党上層党員ベアトリス・ヨハンソンはポーランドの放送局で働いていたが、彼女はそこで私に仕事を紹介してくれた。主に新中国に関する記事を書き、さらにラジオで話す仕事で、私の社会的地位はよくなったし、糊口をしのぐこともできた。筋骨たくましいボラスラフ（ビル）・ガボートは長い間アメリカ鉄鋼労働者の優れた指導者で、いまではポーランドの組合機関紙『労働の声』日報の編集者であった。私が中国に戻る前、彼は私を『労働の声』の中国駐在記者に任命してくれたが、私は記事を書くことはなかった。ビルはその後ポーランドのトルコ駐在大使に任命された。ストライキ運動の指導者が外交官に任命されるとは不思議なことだった。同じくワルシャワにいたのはマクシム・リボー、私の作品が東欧で翻訳され出版されるよう働きかけてくれた左翼文学出版業者だった。彼らの間にはさらに傑出した人物たち――ポーランド生まれの著名な数学者ライアンポルデ・インフェルデ教授及びその妻子、及び彼の姉の夫で、ヨーロッパ中世文化研究の権威マグリッテ・シライグがいた。

インフェルデはユダヤ人だった。ポーランドでその後起こった反ユダヤ的風潮の最盛期、周恩来総理がちょうどワルシャワを正式訪問していた。ある歓迎会の席で、周総理はインフェルデ教授に話しかけたそうだ。総理はインフェルデの科学者と進歩主義者としての名声を知っていたのだ。彼は当時他の出席者から離れた片隅に立っていたのだが、周恩来は彼の姿を認めると、会場を横切り、握手の手を差し伸べた。「社会主義国家に反ユダヤ主義はそぐわない」という、はっきりした意志の現れだった。

一九五一年五月一日、ワルシャワで私は生涯で初めて社会主義国におけるメーデーの盛典を見学した。歩道に立ち、五十万人の大衆が赤い旗を掲げ、何時間もかけて元気いっぱいに歩くのを見た。それからほどなく、カトリック教会によるキリストの聖体節パレードも見た。これも五十万人ほどはいただろう、皆宗教的なのぼり旗を掲げ、牧師たちが秩序の維持にあたり、警察の姿は見かけなかった。彼らのなかに「五一」のデモにも参加した人は何人もいなかっただろう。一九五一年のポーランドにはこうした独自の問題があった。共産党の指揮する部隊で若い軍人が教会の前を通りかかると、帽子を脱いでうやうやしく挨拶をする――こんな光景が見られるのはポーランドだけだった。歩いているときだけでなく、バスに乗っていてもである。

「カトリック国家のフランスやイタリアより、なぜポーランド――やアイルランド――ではこれほど信仰が敬虔なのか？」私は自問した。フランスやイタリアには広泛な世俗主義と反カトリックの伝統がある。一方ポーランドやアイルランドではそのようなことはなく、それどころか宣教師や神父、修道女がからかいの対象になることすら稀である。

恐らく、フランスやイタリアでは、カトリックは数世紀の間に政府や統治階級と癒着し、被統治者や自由思想家に批判される対象となっていたからだと思う。だがポーランド（アイルランドも）では支配階級は庶民からすれば外来の、宗教も異なる人たちだった。大多数のポーランド人にとって、自分たちの領土は東方正教会を国教とする帝国ロシア及びプロテスタントルター派を国教とするプロイセンドイツの統治下にあった。カトリックの信仰は愛国主義や民族独立の闘いと密接に結びついたものだったのだろう。

各階級のポーランド人から大いに歓迎されたのはワルシャワの再建だった。ポーランドは十八世紀に帝国ロシア、プロイセンとオーストリアに分割されてしまった。自分たちが数世紀の間独立王国だったことを象徴する古い建物は、第二次世界大戦中にドイツ人におおかた破壊されてしまった。だが一九五一年のワルシャワ旧市街は、すでに昔の美しい雰囲気を取り戻していた――薔薇色の壁、多くの建物には銅でできた翡翠色の屋根がついていた。王宮はまだ再建中であった。

深刻な破壊を受けた首都の他の地区では、集合住宅が雨後の筍のように生まれていた。早くに建てられた住宅地の一つがあるモラノフ区は、もとはユダヤ人居住区だったが、ワルシャワの勇敢な貧民による蜂起が起き、残酷なナチスの鎮圧者によって廃墟にされた場所であった。いまでは蜂起の戦士を偲ぶ青銅の彫像が立っている。前述したアメリカ共産党の友人ベアトリス・ヨハンソンとその歳若い娘さんもこの近所に住んでいた。ポーランドの旅に同行してくれたブロズッチはというと、モクトフという他の住宅地に住んでいた。ここも廃墟の上に建てられた場所だった。

＊＊＊

邱茉莉がワルシャワに到着したのは四月だった。来てくれたのは本当に嬉しかった。私たちは中国行きの船を待つ間に、ワルシャワやポーランドの他の地方で多くの史跡を見学した。

軍事博物館では、十七世紀ポーランドがオスマントルコの侵攻に抵抗し、ヨーロッパを守った時期の文物や記録を見た。それから、分割された後のポーランド人民の、民族独立を勝ち取るための武装闘争を物語る大量の遺品や資料、及び二世紀以上にもわたり他国の民族運動で、自由と進歩を勝ち取るために戦ったポーランド人愛国者たち——アメリカで一七七〇年代から八〇年代に革命戦争の将軍だったカスチューシャ とブラスキ、一八七〇年のパリ・コミューンの指揮官だったドムブラフスキの資料もあった。

ワルシャワ郊外のワジェンキ宮殿では、思わぬところで十八世紀ポーランドにおける中国文化の影響を見つけた——中国式の楼閣を真似た建物があったのだ。

カルパティア山脈に位置する名勝地、ザコパネに向かう道中では、ボロニーノ村に立ち寄り、レーニンが帝国ロシアからの亡命時代に住んで働いていた小屋を数時間もかけてじっくり見学した——ポーランドの分割後、当時その地区はオーストリアの占領下にあった。

ポーランドにいる間、私は認識を新たにした——ここは国家であって、当時執政していたインターナショナル組織の一部ではない。私たちは中国行きの査証をもらい、出発日時も決まったが、あと数週間は船が出ないということだった。それまで、私はポーランドの居留期間を何度も延長せざるを得ず、臨時の手続きをするためワルシャワ警察局へ赴くことを余儀なくされた。毎回私を怒鳴りつけた役人、彼は何かを申請に来た人間に対して、それが正しい態度だと思っていたのだろう。

　ポーランドを離れるとき、港まで送ってくれるという中国大使館からの申し出を丁寧に断った。そうすれば何かと便宜を図ってもらえただろうが、独立した記者として、（いくら親しくなっても）政府関係者の手助けを受けるわけにはいかない。それはもはや私の天性のようになっていた。「ジャーナリストたる者、仕事に忠実でなければならない」という信念はあったが、それはあくまで自発的なもので、後ろ盾ではなく本人の書いたものによって判断されるべきだと思っていたのだ。

第二十四章　帰還——新しい中国へ

ポーランドのグディニャ港を出発し、四十九日間航行して、私の育った中国の海港都市天津にようやく到着した。バルト海と北海を繋ぐキール運河を航行した際、牛の群れが船舷からわずか数フィートのところで草を食んでいた。船はイギリス海峡まで南下すると、ヨーロッパの大西洋海岸に沿って進み、地中海（出たり入ったりしながら、ダーダネルス海峡を二回通過した）を通過し黒海に入り、給油地のルーマニアまで回り道した。途中、西側諸国の統制下にあった港では、燃料の提供を拒否されたからである。その後、スエズ運河から紅海、インド洋と太平洋に入った。最後に曲がって北上し、中国の海岸に沿って渤海湾に入り、天津に到着した。船は航行の間中、台湾には近寄らないようにしていた。

冷戦中だったため、長い苦難の旅、もう少し穏やかに言えば決して豪華ではない旅を強いられた。船上生活にしても然り。もとはデンマークの運送会社モーライ社が所有していた古い船で、戦前は中国近海を航行していたが、私たちが乗る少し前に新中国と新ポーランドの合資会社に買収された。船主モーライの娘の一人の名前がつけられていた船は、その頃には人民友誼号と改名されていた。だが航行区域の多くが西側の統制下にあり、途中の国の政府からは友好的な態度は感じられなかった。燃料も、淡水や生活必需品ですらも分けてくれなかったのだ。

とはいえ、包囲されたり孤立しているという感じはなかった。当時の政治地理的から言えば、私たちの出発地も目的地も、船そのものも、当時生まれたばかりで、その後巨大に成長した社会主義陣営の一部だったからだ。私たちにとっては、巨大で複雑な新生事業の直面する困難より、未来への希望の方がずっと大きかったのだ。

ポーランド船員たちは若くて元気いっぱい、ほぼ全員が新人で、遠洋航海が初めてという人もいた。白い肌に金髪のある若者は好奇心からエンジンの燃料タンクの蓋を開け、煮えたぎるエンジン油で下半身の前をやけどし、イスタンブールの病院で治療を余儀なくされた。

避暑のため、私たちは知恵を働かせ、ビニールシートで甲板に臨時のプールを造り、ポンプでなかに海水を流し込んだ。だがジャガイモについては、どうしようもなかった。

やることもないので、私たちは船員と一緒になって、船の金属が露出した部分と救命具にペンキの塗り直しをした。ポーランドの建国記念日に合わせたのである。幸い書籍やタイプライターがあったので、多くの時間を執筆に充てることができた。

旅の最後の数日間、進行中だった朝鮮戦争の戦場付近を通りかかった。いよいよ天津が見えるという頃、アメリカの飛行機が頭上を飛んでいった。重型爆撃機が数機、帆柱すれすれの高さを飛び、耳をつんざく爆音だった。こちらに対する威嚇であることは明確で、私たちが帆布の下に隠してあった貨物（大部分は自動車）を偵察・撮影していった。私たちも敵のカメラのシャッターに狙いを定めた。

やがて天津周辺の大沽口の砂州に停泊した。十四年前、日本の増援部隊がここから上陸したときに、私は天津を離れたのだ。当時から私は、民族の存亡をかけて戦っている中国を日本人は滅ぼすことはできないと信じていた。だがここに戻ってくることになるとは、さらに、戻ってきたときには中国がまったく新しくなっているとは、夢にも予想しなかった。中国はもはや日本の侵略者を打ち破っただけでなく、長きにわたる革命の闘いに勝利した新中国であった。人民共和国の幹部の一人が天津からモーターボートに乗って迎えに来てくれた。「明日は汽車で北京に行きますよ」と彼は言った。

昔の汽車は、後ろの方の車両は外国人と金持ち専用の広くて豪華な一等車両で、蒸気機関に近くて煙を浴びてべとべとになる前方には、貧乏人がすし詰めになった不衛生な三等車両があった。だが私たちが乗った北京行きの汽車には、そのような光景はもはや見られなかった。硬席と軟席の二等級だけで、どちらも掃除が行き届いている。同じ車両で、朝鮮前線から戻ってきた年若い空軍飛行士と乗り合わせた。負傷したので療養するのだという。彼が使っていた白い金属の箸は撃墜したアメリカの飛行機で作ったという。大きな事件のなかの小さな逸話だった。大小の外国侵略者たちが主権を蹂躙し続けた一世紀余りを経て、中国はついに大国に対する戦争に勝利し、手にしたばかりの独立を守ることに成功した。

途中で通りかかった農村は、私にとって懐かしい場所ではあったが、すっかり姿を変えていた。かつては農作物どころか、野草さえ生えない白いアルカリ土壌だったのが、いまや緑の稲田になり、用水路が縦横無尽に走っていた。土地を淡水で洗浄したそうだ。地主ではなく、耕作者が土地の所有者となったので、農地の管理も行き届くようになったのだ。

北京では、歴代皇帝が建築した雄大で美しい故宮と太廟も、かつてのように外国人と金持ちや有閑階級の中国人だけではなく、労働人民たちにも初めて開放されていた。これら建物はそもそも彼らの先祖が汗水たらして働いた金と、苦しい労働や高い技術によって建てられたものだ。帝王の位牌が祀られた太廟は労働人民文化宮になっていた。

北京の通りには相変わらず埃が多く、土がむき出しだったが、きれいに掃除されて、紙屑すら見当たらなかった（人民解放軍が北京に入って最初にした仕事のうち、市民に最も深い印象を与えたのは、長年溜まったゴミと久しく詰まっていた古い下水溝を綺麗にしたことだった）。北京に着いてすぐ、ニューヨークでしていたように何気なく道に煙草の空き箱を捨てて振り返ってみると、掃除の行き届いた路上に落ちていたのは私の捨てた空き箱だけだった。すぐに引き返して、空き箱を拾いあげた。

当時の新中国は戦争からの復興だけでなく、朝鮮戦争にも対応しなければならなかったが、一方で一九四九年まで続いた天文学的なインフレを食い止めることにも成功した。信じられないが本当のことだ。政府の経済措施は、国が市場に供給する食糧や綿布を備蓄して貨幣価値を保つなど、綿密に考えられたものだった。政府の指導思想は労働人民全体の日常的な需要を保証するものだったので、大衆に支持された。さもなければ、いくら周到な経済措施でも、これほどの効果は挙げられなかっただろう。

大小の事務において、新中国は唾棄すべき旧思想と決別しようとしていた。消極的な我慢が、積極的な向上心に取って代わられた。それまで一般の人びとにとって諦めの口実だった運命は、いまや自ら楽観的に、真面目に切り拓くものとなっていた。中国人の口癖もかつては「仕方ない」だったが、「何とかしよう」になっていた。

どんな困難も乗り越える新思想を確立すると同時に、人びとは自分たちの手にした著しい変化は

「万里長征の第一歩」に過ぎないと冷静に判断もするようになった。国はまだ貧しかった。都市、農村ともに生産量はかつては夢にも見なかったほどの規模に達していたが、人民全体に繁栄と文明的な生活をもたらすにはまだ足りなかった。この大変な任務を達成するには一人ひとりが職種を問わず、自分の仕事に対する向上心を持ち、さらに他人の仕事も尊重することが必要だった。

同志という呼称は人びとの意識の目覚めを表すものだ。この呼び方は昔の呼称のように地位や階級とは関係がない。ホテルの従業員や人力車夫（当時はまだいた）を同志と呼ぶと、彼らもこちらに同志と返す。かつてとは対象的な、心温まる場面であった。私たちの意識が私のそれにとって代わられたのだ。

それでも困難克服への道のりはまだ遠かった。毛沢東は中国人民が「すでに立ち上がった」と高らかに宣言したが、国内外の一部の勢力はこの事実を認めなかった。蒋介石の武装勢力は大陸の一部地区でまだ猛威を振るっており、さらには国民党の残党が台湾島に敗走して、隙を見て勢力を盛り返そうとしていた。朝鮮ではその頃、熾烈な戦いが行われていた。アメリカは当時唯一の核保有国で、トルーマン大統領以降のアメリカ政府指導者及びマッカーサー将軍以降の戦地指揮官は誰もが、公の場で核兵器の脅威をちらつかせた（ソ連は一九五〇年に初の核実験を行い、続いてイギリスが五二年に行う。中国はそれから何年も経ってからだった）。一九五〇年十一月三十日の段階で、アメリカ大統領トルーマンは新聞各紙に、原子爆弾を朝鮮で使用する方案を「検討中である」と宣言した。マッカーサーに至っては、朝鮮と中国の軍隊を半島に核戦争でできる「死の世界」の外におびき出し、戦火を中国にまで広げるべきであり、台湾から大陸に反撃しようとしていた蒋介石を支持せよと主張としていた。マッカーサーから朝鮮戦争の指揮権を引き継いだクラーク将軍はその後二年にわたって、二次的な核攻撃を発動させると吹聴し続けた。このような主張をしていた人は、ペンタゴンやアメリカ国会では珍しくなかった。彼らがそれを声高に叫んでいた目的は、中国革命の阻止にあった。

一九五二年アイゼンハワーがトルーマンに代わって大統領になると、核攻撃への歩みはようやく緩まった――原因の一つにはアメリカの盟友国（特にイギリス）の強い反対が挙げられる。だが、核の脅威――使い古された言葉だが――は相変わらず続いていた。

中国へ戻ってすぐに私たちは、アメリカが核武器を保有し使用をちらつかせているという事実が周知のことになっていると気がついた。だが私たちの同僚や北京の人びとが怯えている様子は見られなかった。新しい中国、新しい生活を築くことに専念していたからである。実際、一九四五年にはすでに毛沢東は原子爆弾を「張子の虎」と呼び、新中国の武装勢力は原子爆弾に恐れをなしたことはなかった。

外界から不正確な情報とは裏腹に、毛は原子爆弾の破壊力を否定はしなかった。彼が強調したのは歴史は武器ではなく、人によって作られるものだということだ。「原子爆弾が人民を消滅させるのではなく、人民が原子爆弾を消滅させる（使用の禁止、ひいては最終廃棄）」と、アンナ・ルイーズ・ストロングとの談話で語っている。

＊　＊　＊

私たちが中国に戻ってからの生活や仕事について振り返ってみよう。私たちは宋慶齢の招きによりアメリカから中国に戻った。三〇年代末、私は彼女と働いていた。北京駅で汽車から降りると、迎えに来てくれた人が一枚の名刺をくれた。そこにはあの、力のこもった筆跡があった――「お帰りなさい！」宋慶齢は絶妙なタイミングで気の利く、たいへんな優しさを感じさせる人であった。

いまや彼女は新たな中央人民政府の副主席の一人となっており、私たちに創刊準備中の英語誌『China Reconstructs』（『中国建設』）を手伝ってほしいという。動作動詞が含まれた名前の雑誌を、私は他に知らない。宋慶齢は私たちの古い友人である著名な学者の陳翰笙博士に企画運営を任せていた。陳はすぐに、私たちを宋慶齢と周恩来総理、周夫人鄧穎超（彼女とは天津時代にすでに面識があった）のもとへ連れて行ってくれた。私たちの話は雑誌の企画だけでなく、国外の古い友人たちのことにも及んだ。彼らもよく知っているエドガー・スノーは当時マッカーシズムの嵐吹き荒れるアメリカにおり、彼らはスノーの身を心配していた……。

＊＊＊

その頃、私たちは新中国の対外宣伝戦線にいた同僚たちとともに働き、学び、楽しんでいた。上下関係や年齢に関係なく、私たちは仲良しであった。急ぎの原稿があれば、何日も眠れない夜をともにし、仕事を忘れられるのは夜食（麵）を食べるときぐらいだった。解放初期の中国の革命的雰囲気は、十九世紀の著名なイギリスの社会主義者で平民主義者ウィリアム・モリスがそのユートピア的作品

『ジョン・バウエルの夢』で描いたような、「熱気溢れる平民の世界」だったのだろうと思わされた。

娯楽も多くの人たちと同じで、冬は同僚たちとトラックに揺られ（皆荷台に立っていた）、故宮のお堀にスケートに行き、夏は湖やプールで泳いだ。卓球、バドミントンなど広い場所を必要としない簡単な運動なら、仕事の休み時間に事務所の建物のなかですることもあった。団体で無料の映画や演劇を見ることもあった（工会が劇場を貸し切り、従業員福利の一部とするのだ）。本部で歌や踊りが披露される晩餐会が行われることもあった（私はそのころアコーディオンを習ったが、上手くならなかった）。各人の能力に合わせて、アメリカに抵抗し朝鮮を支援する運動のための募金や寄付を行った（中国人の同僚はほとんど前線に志願した。だが合格したのは少数で、皆に羨ましがられた）。

驚くべきことに、それでも、外部の敵からの挑発だけでなく、内側からも好ましくない傾向が出始めた。革命部隊内部の腐敗が明らかになったのだ。新中国成立後、苦労を厭わぬ幹部の質素で清廉な気風は、旧中国のさまざまな腐敗や搾取と対照をなして深く歓迎されたが、この精神も腐敗に蝕まれ始めていた。皮肉っぽい外国の評論家たちがとうに予言していたことだった。「貧しい僻地などちょろいもんだ、共産党が複雑な社会背景を持つ数百万の人口と、きらびやかで誘惑に満ちた上海を占領したら面白いことになるぞ」。彼らはそう嘲笑していたのだ。

さらに彼らは、「都市部の技術者や西側で教育を受けた知識分子が逃げ出すだろう」とも予言していた。だがこの読みは当たらなかった――大多数は中国に残って、独立を果たしたばかりの国家に貢献した。

懐疑的な人は「外国の干渉と中国の反動統治の下、混沌とした大都市は一攫千金を狙う者や邪悪な勢力の楽園となる。共産党の田舎者たちに都市管理や経済といった大問題など扱えるわけがない」とも予言した。「腐敗だけが、「自由世界の価値観」を「赤い脅威」から救い出すことができる」と。だが解放初期にはそのようなことにならなかった。上海で変化したのは社会の雰囲気で、新政府そのものではなかった。

共産党は、そうした変化の危険を否定したわけではなく、早くから警告を発していた。一九四四年、全国的な勝利より五年も前に、延安で、ある文章に書かれた問題について、進歩的作家の郭沫若が討論しているのを聞いたことがある。明朝末年に李自成が率いた農民一揆について書かれた文章だった。一揆は中国の多くの地方で勝利したが、その指導者たちは堕落し、腐敗してしまったのだ。四〇年代後半、大都市解放の前夜には、毛沢東は次のように警告している。「戦場で敵の銃弾の雨を恐れぬ革命者たちも、その精神は都市部の富裕階級の「糖衣でくるまれた砲弾」に倒れるかも知れない」。

＊＊＊

中国人の同僚たちと同じように生活し働いていたと述べたが、細かい違いはあった。北京で暮らし始めた頃、私はまだアメリカで着ていた服を着て、ネクタイを締めていた。一方、中国人の同僚たちは揃って青い木綿の中山服（中華民国創始者である孫中山が数十年前にデザインした服だったが、当時国外では毛服と誤解されていた）を着ていた。地位や富を表さない制服で、人びとは誇りを持ってよくこれを着た。中国の普通の人びとに溶け込み、彼らのために働いていることの象徴だったからだ。さらに中山服は着やすかった――ゆったりした構造で、動き回っても苦しくない。上着にはポケットが四つもついていて、普段使う物を入れておける。さらに、どんな場面でも――晩餐会や公演のときにも着られて、洗濯しても丈夫だ。だから私もすぐに中山服を着るようになった。

　だが皆がそうしていたわけではない。私がまだアメリカ式の服を着ていた頃のこと。新しく来た同僚の一人が中山服の襟を緩めたとき、なかのシャツの上に締めていたきれいな絹のネクタイがちらりと見えた。仕事ぶりからして、彼が革命を支持していたことは疑いようがないが、かつて上海で過ごした日々を懐かしんでいたに違いない――当時彼はスーツと革靴に身を包んだ伊達男であった。一方、周りの人びとと同じ服を着て身を守ろうとする人もいた。汚くて継ぎのあたった青や灰色の木綿の服を着ているのは、かつていいものを着ていた人だったりもした。彼らは過去を忘れて欲しいのである。大多数の人は、服が多少くたびれていてもこざっぱりした身なりをしていた。

　何より重要なのは、人びとは本当に、苦労を厭わず質素に暮らすという価値観を受け入れたことだ。邱茉莉と私はその後中国人の子どもを何人も養子にしたが、皆新しい服をほしがらなかった。友だちと同じく、兄や姉のお下がり、あるいは大人用を小さくしたのを喜んだ。あるとき、男の子の一人に新しいズボンを買い与えたら、「ここに継ぎをあててくれない？　質素に見えないよ」と言われた。

　五〇年代初期、中国では大部分の公職者に対し給料制ではなく、配給制が行われていた。服は一人あたり年に冬服が一枚、夏服が二枚配給される。食糧は未加工の穀物価格で計算されていた。住宅や主要な家具は職場から提供される。とは言え、内情を知っている人なら地位の違いはわかった。私たちに提供されたばかりのベッドに座ったある友だちは、すぐに「お尻の感覚からして、あなたたちの待遇は……」と当ててみせた。私たちは笑って「基本的には正しいよ」と答えた。

食費は潤沢で、食事も美味しかった。主要な責任幹部の食事が他より豊かなことに、文句を言う人はいなかった。だが彼らが公共食堂から仕切りで区切られた小さな食堂に移ると、批判が出た――「大衆から離れ過ぎではないか、皆と語り合う気がないのか。仕事の話は事務所ですればよい、大衆と話すこともなく、一人で食べる必要などどこにある？」と。

＊　＊　＊

対外関係では、中国の立場は明確で、西側の大国政府と正規の外交的接触は行わなかった。これらの国々は新中国を承認しなかったからである。だが国民間の友好はあった。例えば、一九五二年に北京で開かれたアジア太平洋地域平和会議はよい例である。会議の出席者は十数か国の代表だった。私は記者として、邱茉莉も英語関連の仕事で会議に関わった。しばらくして、中華全国総工会代表大会の開催中にも同じような仕事をした。これらの活動は私たちにとって同じように有意義なものだった。私は工会新聞に長きに渡って寄稿していたし、私たちは二人とも工会の会員だったからだ。私はアメリカ新聞業組合会員、邱茉莉はアメリカ文官及び専門職者連合会のメンバーだった。

西側のニュースメディアが大々的に宣伝していたのとは裏腹に、新中国が国際関係や貿易において竹のカーテンの後ろにいることを意識していなかった。それどころか、中国はアジア太平洋平和会議の前後に何度も示したように、原則的には平和と主権の相互尊重を基礎とし、あらゆる国家――その相手には、朝鮮で中国と戦い西側諸国に中国への物資輸送を禁止した国も含まれる――と正規の外交や貿易関係を築くことを主張していた。

一九五二年七月、アメリカが対中封鎖を声高に叫んでいた頃、中国とイギリスは一〇〇〇万ポンド相当の貿易契約を締結した。中国外交部副部長章漢夫は中英の貿易拡大を称賛すると同時に、イギリス政府がアメリカ主導の中国への物資輸送禁止を支持していることを批判し、両国の貿易にとって主な障害となると指摘した。当時は朝鮮戦争中で、イギリスは中国人民志願軍との戦闘に部隊を派遣していた。朝鮮停戦後すぐに、労働党指導者で前首相だったクレメント・アトリーが訪問団を率いて北京を訪れ、両国間の政治や経済交流の活性化に貢献した。旧中国にはこれほどの外国の要人が訪れたことはなかったから、中国革命の勝利の賜物である。

中華人民共和国成立以来、中国はソ連やその他社会主義国家と完全な外交関係を結んできた。一九五〇年、中ソ両国は共同防御同盟条約を締結する。そしてその後すぐ、これもまた独立したばかりのインド及び北欧の中立諸国らと正規の国交を結んだ。

十数年後、中国はさらに、ド・ゴールの率いるフランスと大使を交換した。アメリカだけが、中国が革命の勝利から二十三年後、つまり一九七二年のニクソン北京訪問まで新中国を承認しなかった。一九七九年にはアメリカとも完全な外交関係を結んだが、すでに三十年のときが流れていた。我慢比べに負けたのは北京ではなく、ワシントンであった。

さらにアジア太平洋平和会議では、アメリカが朝鮮と中国の辺境で細菌兵器を使用したことが明らかにされ、記録された。会議では、国際的に著名な科学者からなるチームが大量の証拠と証言を提出したが、西側政府と世論はこれを「虚偽だ、不可能だ、悪意あるものだ」などと述べた。今日ではこの問題は、当時の極秘文書を分析した歴史学者たちによってほぼ解明されている――アメリカ軍が細菌兵器を生産し大量に備蓄していたというのは本当だった。これら細菌兵器は朝鮮で使われたものと同じで、その大部分は、残忍な日本人が捕虜を実験台にした早期の細菌兵器を模倣したものだ（アメリカは実験記録と結果を引き渡した日本人戦犯に対して、交換条件として不起訴にした）。

　日本ファシズムの敗北と中国革命の勝利により、中日両国人民の間にも新たな関係が始まっていた。建国間もない頃、北京郊外の盧溝橋を訪れた際にこんな光景を見た。盧溝橋はかつて日本軍国主義が全面的な中国侵略戦争を勃発させた場所だ。そのときそこでは、多くの日本人たちが過ちを再び起こさぬよう全力を尽くすことを誓っていた。日本代表はアジア太平洋平和会議でも、両国人民の関係を、先祖の時代のように睦まじいものにすると述べた。私は抗日戦争時代の延安や解放区で見た光景を思い出した。「日本人民解放同盟」のメンバー――多くは捕虜だった人たち――はまだ皇軍のために戦っている同胞に、中国人民（結局はそれが自らのためだったのだが）に銃口を向けるなと呼びかけ、命懸けで前線に赴いた（実際に命を落とした人もいた）。このような成果を勝ち取ったのは、中国共産党の指揮する軍隊だけであった。彼らは「どこの国であっても労働人民は、奮闘の目標と倒すべき敵を同じくしている」と信じていたからだ。日本と戦った他の国の軍隊にも日本兵を捕らえたことはあったが、このような成果を挙げることはできなかった。「中国共産党にはなぜできたのか」。第二次世界大戦中、西側同盟国の官僚や一般国民や軍事関係者によく聞かれたものだ――最初彼らは信じないが、徐々に納得してくれた。

ともかく、新中国の力は日に日に鮮明になっていた。再建と復興には困難を伴い、西側――特にアメリカ――は「中国はもはや主体も持たない、ソ連の領地であり道具である」と声高に叫んでいたのだが（この頃、中国人の建設作業員は「青い蟻」と蔑まれており、戦争時には「赤い奴ら」と呼ばれていた）。だが解放初期の中国では、新中国の国内と国際社会における輝かしい未来――人類史上の革命は、みなこれに対する憧れによって起こされたものだ――を否定する者はいなかった。それに中国の革命は特別な効果をもたらした――西側諸国の植民地が次々と独立したのだ。わずか数年で、多くの植民地が宗主国からのくびきを打ち砕き、自らの国旗を掲げた。こうした新生国家の指導者は多くが共産主義者ではなく、さらには反共産主義者もいたが、植民地主義からの解放を目指した闘争において、大多数が中国の革命に鼓舞されていた。

さかのぼること百年、中国は敗戦を繰り返し、国内の官僚や政客の反逆も相まって、列強に不平等条約を押し付けられ、半植民地国家となった（孫中山は人びとが搾取され戦利品にされているという意味で「準植民地」と嘆いた）。本章で述べた時期には、中国人民は中国共産党の指揮の下、新国家を設立し、その力を見せつけていた。新中国は国際舞台に踊り出ただけでなく、その国内ではさまざまな階級に搾取されていた多くの労働人民（大多数は農民であった）が立ち上がった。

次なる任務は中国の国情にふさわしいやり方で、段階的に社会主義の社会を構築することであった。難しい模索をしながら行われた時間のかかる道程では、何度も苦しみ挫折し、それでも二十世紀末、いやそれ以降までこの歩みは続いた。

第二十五章　一九五〇年代

若き日のイギリス詩人ワーズワースはフランス革命を次のような情熱的な詩にした。「ここは天国、降り注ぐ力と朝日。青春、美しい楽園」。大多数の中国人及びその友好国国民にとって、一九四九年から五六年はそんな時代だっただろう。楽観的な時代だったことは間違いない。物質的建設に関していえばこの時期は前半と後半に分けられる。一九五〇年から五二年は長きに渡った戦争の傷を癒やす時代だった。五三年から五六年は中国経済の社会主義への橋渡しとなる、第一次国民経済五か年計画の時代だ。

蓋を開けてみれば、前半期には未だかつてない成果が現れた。その顕著な例は一九五二年、中国最多の人口を有する四川省に最初の鉄道ができたこと——成渝鉄道、四川省の経済の中心である重慶と省都である成都を結ぶ鉄道である。この鉄道は構想そのものは早く、清朝末年には地元の投資者から出されていた。だが清政府が鉄道敷設権を外国企業に譲渡してしまい、沸き起こった嵐のような抗議は、中国を共和制にした一九一一年革命（辛亥革命）への動きを加速させることになる。その後四十年以上に渡り、この鉄道は建設が行われなかった。一九三七年から四五年の抗日戦争中に中国の副都となっても、重慶は鉄道を持たないままだった。私はこの都市で何年も働いたが、そこで見た唯一の切ない光景は、未完成のまま放置された駅だった。人びとの希望を背負って着工されたのだろうが、いまや周囲には関連施設もなく、ぽつんと取り残されていた。

だが、生まれたばかりで問題が山積みの新中国に、この鉄道の完成が明るいニュースとなる。一九五二年七月一日の中国共産党誕生日、成渝鉄道は開通した。

もう一つ、中国の長い歴史のなかで、長江には橋が架かったことがなかった——アメリカの建設会社が旧中国政府に設計図を提供したことはあったが。新中国成立後、ソ連の技術援助を得て、中国は長江に初めての大きな橋を架けることに成功する——武漢長江大橋だ。私はまだ建設中で接合が終わっていない鋼架に上り、現場を取材した。一九五七年には、邱茉莉が鉄道橋と道路橋の盛大な開通式に出席した。

中国に対する外からの援助は、この頃ソ連と第二次世界大戦後に建国された東欧諸国からだけだった。これら援助には百五十六件の大型工業プロジェクトもあり、これは旧中国では空白地帯となっていた分野だった。現代的な国家工業体制の基礎がこうして整えられた。その上で、新中国は「十五年以内にイギリスを追い抜く」という目標を掲げた。主に鋼鉄の生産量を指していた。

このスローガンは誰もが、当時まだ六歳で幼稚園に通っていた私たちの養女頌雅ですら知っていた。ソ連経由でイギリスへの旅に、彼女を連れて行ったときのことだ。モスクワでホテルに宿泊した朝、起きてくるなり、寝ぼけ眼で窓の下の通りを眺めて、彼女はこう聞いた。「誰も歩いてないよ？」そしてまたいつものように独り言で「そっか。みんなイギリスにお仕事に行ってるんだね」。

社会改革分野では、前半期の重要な出来事は土地改革の完了だろう。これにより、数億の中国の農民に農地が分け与えられた。男性だけでなく、かつては土地の所有権を持たなかった女性にも。同時に、婚姻法が発布され、男女の基本的平等が法律により保障された。経済分野では、土地改革によって農業合作制度への移行に布石が打たれた。後に段階的に実現された都市工業の国有化が、当時の全国人口の九〇％にあたる農民の支持を得ることができたのも、土地改革のお陰である。中国共産党は、内戦を勝利へと導いた農村から都市を包囲するという戦略を、このような形に発展させたのだ。この過程の完了を経て、都市及びその工場は中国の工業発展を牽引した。

　経済や社会分野で大きな変革が発生すると同時に、文化面でも大衆運動が何度も展開された。これら運動は多くが毛沢東自ら呼びかけたものだ。毛はこの分野に並ならぬ関心を持っており、例えば一九五一年、広く上映され好評を博した映画『武訓伝』に対する批判を出した。映画は、貧しい者の学ぶ義塾を建てるため、金持ちや権力者にひざまずいて資金援助を頼んだ武訓（一八三八年〜九六年）を、高尚な理想に燃えた、庶民への教育事業の先駆者として描いていた。毛はこれを「当時の国内外の圧迫（大衆の貧困と愚昧の根源であった）に抵抗したり、勇気ある進歩的運動を起こしたりしていない。武訓の義塾教育は旧教育を広め、旧統治者の忠実な下僕を作るものであった」と、怒りを込めて批判した。「武訓は新社会において歓迎されたり、ましてや共産党員が心を動かされるべき人物ではない」。

　三年後には、十八世紀の偉大な古典小説『紅楼夢』に関する議論が展開された。長い間この作品は、さまざまな人物の性格と家族関係を生き生きと描いた傑作とされていた。当時、この伝統的な評価を支持する代表的な研究者は俞平伯だった。だがそれはいまや、ある二人の若者の大胆な挑戦を受けていた。「この作品は封建社会の腐敗と没落を描いたものだ」と彼らは考えた。だが彼らの文章は発表時に困難に突き当たった。公認されてきた学派は「権威」であり、若い二人は「小人物」とみなされたのである。毛は怒りとともに「しばしば大人物に見落とされる……小人物」の観点を支持し、さらに共産党の最高指導部に宛てて「「小人物」が広く作品を発表する権利を支持する」という公開書簡を出した。こうして、それまで権威を独占していた学術者への批判が始まった。

同じ年、これも主に毛の主導で、著名な左翼文人とされていた胡風及びその周囲の文化人たちが攻撃されることになる。胡風は一九四九年以来の作品が「千篇一律」だと批判され、「反革命分子に言論の自由を与えようとしている」と指摘されて、彼らは反革命分子とされてしまった。なかには投獄された人もいた。

こうした文化分野で発生したことは、理解し、支持し、参加した反腐敗運動とは違って、邱茉莉も私も注意を払うことも参加することもなかった。中国語を話したり読んだりすることがさほどできなかったので、それら文章や論点をあまり理解できなかったからかも知れない。だが私たちは党の言うことを疑わなかった。中国共産党は人民を導いて旧中国を転覆させ、新中国を築いたのだ、党の言うことは何でも聞いた。

客として代表大会に招かれた外国の共産党指導者ですら、事前にそのような示唆を受けたり、報告を聞くことを許可されたり、あるいは事後にも講話の原稿を読むことはできなかった。彼らがモスクワで得られたのは、ソ連の下級官吏のいかにも役人らしい簡単な口頭説明だけだった。大多数の人は、秘密報告書があるルートから西側諸国の新聞にリークされるまで、その内容を見ることはなかった。これに対し、代表大会に招かれたイギリス共産党指導者ヘンリー・ブリトーはその後北京を訪問した際、中国で働くイギリス共産党員と彼らの共感者に対する遺憾と怒りを公の場であらわにした。そして彼は冷遇されている中国共産党に対しても同様の心情を示した。

中国の指導者は、「スターリンの重大な過ちを暴露するのはよいことだ、なぜならその再発を防止できるからだ」と考えた。過ちは結局、フルシチョフの乱暴なやり方で暴露され、スターリン及びその指揮下にあったソ連は非難の矢面に立たされることになった。ソ連は当時、世界の反ファシズム戦争において感動的で決定的な役割を勝ち取った世界初の社会主義国家で、模範生であった。

さらなる過ちが、社会主義の建設に向けたこうした最初の実践的努力において現れ、社会主義はここで、自信を失ってしまう。赤ん坊に沐浴をさせていて、お湯ごとたらいから投げ捨ててしまったようなものである。

中国のソ連共産党代表大会に対する意見、及びそれによるポーランド―ソ連論争の勃発とハンガリー動乱に対する意見は、混乱していた世界中の共産党諸国に間違いなく安定をもたらした。これらの意見は、社会主義陣営において、中国共産党が日に日に威名を高めていることを示していた。

私は当時、代表大会の報告書、講話や決議の英訳原稿に手入れをする仕事をしていた一人だった。これら文書の基調は当時の全国的な雰囲気と同じく、冷静な喜びと自信に溢れていた。

毛沢東は社会主義制度と共存可能であることを前提に文芸創作の自由度を広げる「百花繚乱」、及び科学研究分野で政府の支持する独占的権威学派（ソ連では遺伝学から言語学まで各分野に渡ってこれが存在していた）を作らない「百家争鳴」といった方針を提出した。これらは中国共産党の八大基本思想と明白に一致しており、さらにソ連やその他の社会主義国家で発生した事態の轍を踏まないようにしたものだった。彼は一九五七年初め、有名な『人民内部の対立を正しく処理する問題について』という演説を行った。その核心は「社会主義下において、人民内部の異なる意見や主張は敵対性の（敵味方間の）対立とみなしたり、鎮圧の手段で解決してはならない。なぜなら、さらに広い範囲で別の対立が存在しているからだ――労働者、農民、知識分子、法を守る民族資産階級分子内部及び彼らどうしの間での対立、国家、集団や個人の間での対立、指導者と被指導者との間の対立などである」というものだった。毛沢東はこれらを「非敵対性の対立」とした。「意見の不一致があるかも知れないが、それは弁論と教育によって解決されるべきで、ソ連のように鎮圧という方法をとってはいけないのだ」。毛沢東の一九五七年二月の党上層幹部会議でのこのような発言は、若干の手直しを経て六月に新聞に発表された。

　こういった考えから、共産党は社会の幅広い階層を招き、その政策や仕事に対して広く批判と建議を受け入れた。こうした意見の受け入れは公共の場に貼られた標語やスローガンのなかに、あるいはマスメディアのコラムに数多く見られた。だがその過程で、想定外のことが起きた。建設的な批判の範囲を超えた悪意ある言論が出たのだ。これら言論は最初は公開され、その後、反革命的論調の証拠として見せしめにされた。「ハンガリー動乱を扇動した言論と瓜二つである。このようなものは、中国にとっても同様に脅威だ」と指摘された。

　こうした考えに基づき、ただちに全国的な反右運動が沸き起こり、かなり長い間続いた。これは非敵対性矛盾の概念と平和議論の原則に違反していた。民主同盟のような友好的政党は実質上麻痺状態に陥り、彼らの新聞は閉鎖されたり、接収されたりした。全体的に言えば、知識分子はますます批判の矢面に立たされるようになった。社会学者費孝通や人口抑制を唱えた著名経済学者馬寅初のような優れた人物が、猛烈な批判や降格処分を受け、学術的職位を追われた。数十万人が右派分子のレッテルを貼られ（当時は「帽子を被せる」と呼ばれた）、農村の労働改造に連行され、投獄された人もいた。

敵対分子がいたことは間違いないが、反右派運動はそれ以上に深刻化し、拡大していった。ある意味では、これはその後の文化大革命の前奏であった。文革は数十年後にようやく終わり、多くの右派分子は被せられたその重い帽子をようやく脱ぐことができ、名誉回復された。

ある日突然「帽子を被せられた」人たちのなかには、私の友人や同僚もいた。こうした人たちにとって、最初の凶兆は自分を攻撃する壁新聞だった。このような新聞が何度も貼られたら、恐ろしい運命の足音が近付いてきているのだ。

あるとき、事務所の外の廊下で、文学翻訳家で批評家の馮亦代が自分を批判する不吉な壁新聞を見ているのを見つけたことがある。普段明るく話し好きだった彼も、そのときは言葉もなくそこに立ち尽くしていた。昨日までは親しかった友人がいまは隣にいてもまるで赤の他人になったかのようだった。

馮と私は、抗日戦争中に香港と重慶で知り合っていた。散文家で翻訳家だった彼は、そこで左翼文学運動に参加していた。経済的にも、彼は私に惜しみない援助を与えてくれた。銀行でも働いていて、高給取りだったからである。さらに危険な仕事もためらわずに引き受けてくれる人だった。新中国が成立すると、彼は毅然として給料のよい仕事を辞め、新中国の外語出版事業に携わりたいと北京に来た。彼の中国革命への支持と情熱は疑いの余地がなかった。だが彼は突然自分が「右派分子」にされ、政治的に抹殺されたことを知った――名誉回復されたのは、それから何年も経ってからだった。彼のような人にとって、一番辛かったのは仕事や給料を失ったことではなく、自分がずっと忠誠を誓い力を捧げてきた革命に見捨てられた失望感だった。

馮は共産党員ではなかった。党員はひとたび右派分子または右傾機会主義分子とされると、党の除籍処分を受け降職処分を受ける可能性があった。五〇年代初期の共産党員と進歩主義者との友情はひどく損なわれた。私の職場でもそうだったし、社会全体でも基本的にはそうだった。

＊＊＊

繰り返しになるが私たちが中国へ戻った頃、朝鮮戦争は激戦期を迎えており、その後二年続いた。朝鮮戦争に志願軍として参戦した中国の軍隊は決定的な役割を果たした。アメリカ軍を三十八度線の南まで撃退したのだ。中華人民共和国の誕生に続き、中国人民の自尊心を取り戻した最も偉大な勝利であったことは間違いない。アメリカは蔣介石集団を支持していたが、共産党は革命において勝利を勝ち取り、一世紀に及ぶ民族の敗戦と屈辱の歴史を終わらせた。彼らにとっては朝鮮とアメリカの戦争機械どうしの直接対決から勝ち取った勝利であり、アメリカの政策からみれば中国革命の抑制、失敗であった。

一九五三年七月二十七日、私は記者として板門店で、朝鮮停戦協定の締結式を取材した。アメリカ代表にとっては勝利なき停戦協定締結、かの国の歴史で唯一のことだった。私はアメリカの進歩雑誌

『ナショナル・ガーディアン』記者として記者団に加わった。私たちは相変わらずたびたび空襲を受ける道路を歩いていった。朝鮮の首都である平壌を通りかかると、ほぼすべての建物が灰燼に帰していた（政府関係者は地下深くにある公共ホールで私たちと会見した）。途中で私たちが通過した沙里院（サリウォン）市では、爆破された教会の尖塔の残骸だけが、地平線の上にむき出しになっていた。「奴らを石器時代に戻してやれ」というのが、アメリカ軍が三年間追い求めた目標の一つだった。だが朝鮮軍と支援に来た中国志願軍は諦めることなく戦い続けた。戦火に焼き尽くされた廃墟の上にも、平常の片鱗を見ることができた。豊富な電力が朝中国境の鴨緑江にある水力発電所から送られてきており、夜間の掩体壕内の照明だけでなく、昼間も余った電力を消費するため、露天灯が明るいなかでも同様に灯っていた。途中の軍事哨所で私たちは質素な無料の昼食を振る舞ってもらった。キャビアだった。戦争で缶詰にしたり輸出したりできないキャビアを、古新聞にくるんでもらった。一包み数ポンドはあった――こんなところでなければ包装されて高級ホテルで出され、王族や貴族ですらなかなかお目にかかれない代物だろう。

　停戦協定の締結後、双方軍隊はそれぞれの装備とともに新たな非軍事区から撤退した（そのように要求されていた）。中朝国境へ引き返す途中私たちが見たのは、すでに始まった復興工事だった――中国志願軍戦士が橋の修理工事を行っていたのだ。停戦協定が締結された開城を出発する前には、私たちは志願軍司令部から夕食に呼ばれた。ホストのテーブルのところへ行き、私たちは志願軍司令員彭徳懐に勝利と停戦を祝って盃を差し出した。「いいや、私ではなく、カール・マルクスのお陰だよ」、そう彼は答えた。

何年も経って、彼に対する批判を聞いたことがある。「あのとき彼は、毛主席と言わなかったじゃないか」というのだ。彼は当時、正当な手続きを踏んで党中央委員会に手紙を書いていた。毛主席が起こした大躍進運動が中国経済に与えた悪影響について批判する内容だった。彼は結局、国防部長の職を解かれ、そこから境遇は悪化の一途を辿り、文化大革命中に死に追いやられた。もちろんこれはずっと後の話だが、彼の名誉が完全に回復されたのは死後のことだった。彼は死んでようやく、かつての高い名声を取り戻すことができたのだ。

毛沢東の息子毛岸英は朝鮮戦争で犠牲になった中国将兵の一人である。彼はアメリカ軍の空襲で命を落とした。毛沢東一族のうち、中国革命の勝利と安定のために命を捧げた七人の最後の一人だった――他には、毛の最初の夫人楊開慧（毛岸英の生母）、二人の弟、及びその他数名の近い親戚だった。毛岸英は毛沢東の激励を受け、軍に志願した。毛沢東は長男の訃報を聞いて、その遺体を朝鮮の地に残すことを決めた。

この戦争で、アメリカは（国連として）宣伝戦線でも敗北した。新聞部門の官僚たちは記者に虚偽の情報を発信し、報道規制を行ったのである。一方、中朝方面では正しいことが証明された事実が、リアルタイムで提供された。これは主に戦地特派記者二人の功績であった。ロンドン『デイリー・ワーカー』のイギリス人エレン・ウェニントンとイギリス『デイリー・エクスプレス』のオーストラリア人ウィルフレッド・バーチェット。彼らは何度も戦火をかいくぐり、長きに渡る話し合いでようやくできた停戦区内の中立地帯で、敵陣営の記者と接触し、徐々に彼らに尊敬されるようになった。相手は最初、交流に積極的でなかったが、後にはよき友人とまでなった。中国人記者が虚偽の情報を流したことはない。落胆したアメリカのスポークスマンですら、それ（中国人記者の報道）が掛け値なしの真実であることを認めざるを得なかった。

このことは戦争報道史上まれに見る芸術と言わずにはいられない。

中華人民共和国は自身の国土を守る能力があることを見せつけ、革命抑制の陰謀を打ち砕き、自身の威厳を国民だけでなく、新たに独立した他のアジア国家、及び未だ植民主義のくびき、あるいはその残党と戦っている民族の前で輝かせたのだ。

インドやビルマとの関係においても、中国総理周恩来は両国指導者と話し合い、その結果「平和五原則」が生まれた。最初これらは社会制度の異なる国の間にふさわしいとみなされたが、その後国家間の各種関係を処理する原則となった。

私は他の記者たちと一緒に、北京からバンドンに取材に向かう予定だった。他の仕事がなければ、インドの飛行機カシミール・プリンセス号で香港からインドネシアに飛ぶはずだった。ところがカシミール・プリンセス号は、イギリスの植民地、香港に潜伏していた国民党特務機関に破壊された。周総理が搭乗していると思われたのだ。機上にいたのは周総理ではなく、その記者団だった。不運な飛行機は海に落ち、搭乗者は全員死亡した。死者のなかには私の友人、新華社の沈建図とオーストリア人外科医、記者で作家のフォリッツ・ジョンソンもいた。私は沈とは延安で知り合い、彼は一時期私が編集者を務めた『連合労働新聞社』で記者をしていた。ジョンソンはスペイン国際旅団で働いた後中国に来た。北京の革命烈士共同墓地には集団記念碑がある。彼らと同じ飛行機に乗って亡くなった中外新聞記者を偲ぶものだ。一命をとりとめた生存者として、私はここにその歴史を記す。だが私はバンドン会議——重要な歴史的場面——に居合わせることができなかったことを、いまでも残念に思っている。

第二十六章　四度に渡るチベット訪問

ここからお話しするのは、特殊なテーマである。私は一九五五年、六五年、七六年、八五年の四度に渡ってチベットを訪問した。十年ごとに、一度につき三、四か月滞在した。新中国で私が見た変化のなかで、世界の屋根の変化は最も注目すべきものであった。チベットは千年以上も続いた農奴制と奴隷制から、社会主義へとひとっ飛びに進んだのである――。

私が深い印象を受けた変化について、以下訪問した順に述べる。まずはチベットと中国全体との交通について。

一九五五年、私は初めて四川省の省都成都からラサへ向かった。ジープとトラックに十二日間も揺られてようやくたどり着いたが、これが最速ルートであるらしかった。開通してまだ一年、長さ二二七一キロメートルに渡る道路は、路面がすでに凸凹になっており、車は骨がバラバラになるのではないかと思うほど揺れた。海抜五〇〇〇メートル級の険しい峠に上がったかと思えば、深い峡谷に入ったりもした――ここは中国とアジア全体を流れる大河の水源地で、長江の源流である金沙江、ラオス、タイ、カンボジア、ベトナムでメコン川になる瀾滄江、インドでブラマプトラ川となるヤルンツァンポ川があった。

道中移り変わる景色はまるで風景画のように美しく、言葉にできないほどだった。透明な空からは紫外線がさんさんと降り注ぎ、目に飛び込んでくる色彩の鮮やかさはほとんど信じられなかった。紺碧の空には白い雲が浮かび、その形は刻々と変化して、山のような形になったり、風になびく薄絹みたいになったりした。路上ではよく大きな堆積物や山崩れで道路が塞がっており、そのたびに運転手も乗客も車を降りて、道路作業員の手伝いを余儀なくされた。だがそれでもかつてに比べたら大進歩だ。当時はヤクかラバで、最低片道半年はかかっていたのだ。人民解放軍の部隊は健脚で有名で、空前の記録を打ち立てたが、それでも百四日間かかった。

一九六五年の二度目の訪問では、中国の民間航空の飛行機を利用した。成都からラサまで、二時間半で飛んでしまった。この便の気候条件は厳しく、天気がよく変わるので試験飛行当初は空軍のベテラン飛行士が操縦していた。今日ではもっと気軽に行けるようになり、人びとはかつての苦労を忘れてしまった。いまでは旅客機、貨物機とともに定期便がある。チベット自治区が正式に成立したことを祝う式典に、二千名の代表者やその他訪問者が出席することになった。彼らの大部分は数日前にそれぞれ飛行機に乗ってラサへ来た。

一九七六年の三度目の訪問では、すでに正規のフライトが二便就航していた。一便は成都から、もう一便は甘粛省の蘭州からで、私たちは行きと帰りで両方に乗った。飛行機からは地球で最も壮観な山脈や砂漠を見下ろすことができる。飛行機は大型機で、ほぼ毎日定期就航していた。乗客は漢族もチベット族もいて、郊外バスと変わらないほどの手軽な旅だった。同行者は地質学者、気象人員、建築労働者、中年熟練労働者、二十歳そこそこの学生、中国内地の省にある大学のチベット人学生、及び出張や休暇へ行く公務員たちだった。

一九八五年、四度目の訪問のときには、北京からラサまで直行便が飛んでいた。ネパールの首都カトマンズからも行けるようになり、ラサにとっては初めての国際便となった。二度目までの訪問では私はチベットの珍客だった。外国人旅行者など数十年、いや数百年間ほとんどいなかったからだ。だがいまや、国外からの旅行者は増え続けて百人単位から万人単位にまでなり、しかもそれが世界級の巨型旅客機で来るのである。

＊　＊　＊

ここで、私たちの四度の訪問の間に起きた、チベット社会の変化についてお話ししよう。一九五五年の最初の訪問の頃には、チベットの区都はまだ十一世紀のヨーロッパのような封建制だった。中国の他の省がすでに社会主義の民主変革を経験していたのと対象的である。

ダライラマのポタラ宮は中世から変わらない輝きを放っていた。宮殿の屋根には金箔が貼られ、太陽に照らされ金色の光を放ち、その穹窿には金銀や財宝など貴重な宝物が隠されていた。地下室には犯罪者や敵を閉じ込めておく地下牢があり、薄暗く湿っていて、サソリが這いまわり、不衛生極まりなかった。ラサ市の人口の三分の一は物乞いか浮浪者であった。ラマ寺や緑の木々に囲まれた政府高官や官邸の周りで、多くの貧しい人たちが臭気の上がる粗末な家やぼろぼろの小屋で縮こまっていた。皆飢えや寒さに震え、病気に蝕まれている人や、体力のないお年寄りもいた。彼らは強烈な悪臭漂う肥溜めのそばで、野良犬と不衛生な一切れの食べ物を奪い合っていた。貴族や役人たちは艶のある毛や錦の服を着ており、大きな馬に乗り、爵位によって人数が決まる従者を従え、威風堂々と通りを歩いていく。ぼろぼろの衣服を身に纏い、全身油や炭でぎとぎとの農奴や奴隷たちは、埃の舞うなかで貴族や役人のために働かなければならない。視線が貴族の膝蓋を超えたら厳罰が待っているので、彼らはいつも頭を垂れていた。昔からチベット人は身分の貴賤にかかわらず、人の地位は運命によって決まるのだと信じていた。前世でよいことをしたら、今世でよい待遇に恵まれる。前世で悪いことをしたら、今世はその罰を受けなければならない。なので、金持ちは貧乏人に肩車して威張り散らしても疚しさを感じることはないし、そうして他人の同情心を煽るのである。さらに貧しい人たちは抑圧を喜んで受け入れた。さもなくば罪、つまり神意に背くことになるからだ。

かつてのチベットは決してシャングリラ（桃源郷）ではなかった。この世の楽園など存在しない。ジェームズ・ヒルトンが小説『失われた地平線』で描いたような楽園は、二十世紀の大恐慌と戦争を経験した西側諸国の人びとに、一時の現実逃避を与えた虚構に過ぎない。

＊＊＊

一九五〇年代初期、私が初めてラサを訪問したとき、チベットにはまるで中世そのままのような光景が広がっていた。人びとは激しい矛盾のなかで生活していた。新中国の五星紅旗はすでにラサ上空に掲げられ、新しく造られた道路がラサで合流し、最初の現代的な病院と世俗の小学校が建てられていた。だが、この地区の政権の中心は依然としてチベットの高僧や世俗貴族の権力集団に握られていた。この政権中枢を温存することは、一九五一年の十七条北京協議で「帝国主義との関係を絶ち将来の社会改革を妨害しない」ことが交換条件とされていたが、彼らはこの二つの約束を守らなかった。

一九五五年十月一日、ポタラ宮前の広場で中華人民共和国成立六周年の式典が行われた際、私はそれを象徴するような光景を見た。広場には毛沢東主席の巨大な肖像画が、両側にはダライラマとパンチェンラマの肖像画が飾られているのである。彼ら二人は、一九五一年の協議を守ると約束した。一年前、新しく成立した全国人民代表大会の招待会で北京へやって来た彼らと、私は会っていた。当時彼らはまだ若く、痩せていた。私は自分の招待状に署名をお願いした。まずパンチェンラマに渡したのだが、ダライラマは「ダライラマは私だ」と言って、私の手から招待状をひったくり、先に署名をした。こんな小さなことでも、自分が後回しにされることは許せないのだ。遠慮するということのまるでない人だった。まだ若かったが、なかなか苦労人でもあった。一九五〇年代初期には、アメリカの情報機関が長い手を伸ばし、秘密裏に彼と接触していた。新中国を動乱させ解体するのが彼らの目論見であった。何度失敗しても諦めず、いまでもそれは続いている。アメリカは表面的にはチベットの文化や福利を気遣うふりをしているが、事実を見れば本音は別のところにあるのは明らかだ。

一九五五年、ラサ式典の観閲台に、青い制服を着た中国中央政府幹部、さらにダライラマが率いる金糸に錦の長い上着を着た地元の封建政府の官吏が並んでいた。風に真っ赤な旗がなびいていたが、まだ再組織化されていないラサ警察は、群衆のなかを大きな態度で歩いていった。その日、彼らは銃を背負ってはいなかったが、牛皮の鞭を振るっていた。それで誰かを叩いているのは見なかったが

（さすがにそこで人を叩くのはまずかったのだろう）。中国全体が社会主義となったのに、その一部であるチベットでは、依然として農奴制を中心とする封建統治が行われている。人民と革命の赤い旗の前に現れた封建的な鞭は、熾火のように燃え続ける社会の矛盾を何より如実に物語っていた。何かが起きそうな雰囲気だった。そして一九五九年、それは現実のこととなってしまった。

その年、農奴主の地方政権が武装反乱を起こし、中央政府が守ってきた五一年協議は反故にされてしまった。中央政府が協議に基づき地元の住民のために行う措置は、チベットの封建政府の同意を得るか、あるいは封建政府自身が行うことになった。だが封建政府は改革を妨害した。

例えば、こんな例がある。

人民政府はチベットの公共事業（最初は幹線道路）に従事する労働者の報酬について、革新的な政策をとった。給料制を実施したのだ。だが、実際に働いた多くの農奴や奴隷たちの給料は部族長たちが横取りしてしまった。農奴と奴隷は彼らの財産だからだ。この論理によれば、彼らの収入は当然ながら主人のものとなる。

現代的な学校の建設も始まっていた。だが、自然科学の授業は地元政権の反対に遭った。宗教の信仰に反するという理由だった。そのうえで宗教の授業は必修科目だった。また歴史と社会科学の授業では、労働人民が搾取されるという理屈を教えてはいけないとされた。チベットでは、労働人民に対する搾取は最もひどく、貨幣収入がまったくないこともあった。中世ヨーロッパ封建時代の労役よろしく、農奴はラマ寺や貴族の下で年に三百日以上も労働しなければならなかった。

一九五〇年代を通して、ダライラマの地方政権の支配の下、チベットでは依然として以前と変わらない圧政が行われてきた。チベットの庶民は骨の髄までしゃぶられるようなひどい搾取を受けたのみならず、中世の法律や習慣により、極めて残酷な暴力を受けた。一九六五年に見聞きしたことを、私たちはいまでも昨日のように覚えている。農奴や奴隷だった人たちを取材し、彼らの写真を撮ったが、そのなかには、手足を切断された人、脚の筋を引き抜かれた人、目玉をえぐられた人もいた。どれも、とるにも足らないような罪や過失——例えば羊飼いが自分の羊を群れから逃してしまったり、召使いが泥棒の濡れ衣をかけられても認めなかったり——の罰だった。

このような恐ろしい仕打ちは、チベット分離主義を標榜する亡命者ですら否認はしていない。彼らの一人は英語で出版した著書のなかで以下のように淡々と描写し、農奴たちに謝っている。

> 「自白強要」は他に真相を暴く方法がないときによく使われる手段だった。私は子供の頃、司法官二人がむち打ちにされた罪人を尋問しているのをよく無慈悲な気持ちで観察していた。

この作者は他にも、「目玉をくりぬき、舌を切り、手を切断し、罪人を生きたまま水に沈め、あるいは崖から落とし」ていると残虐な刑罰について述べている。作者によれば、「チベットの伝統的な法典がいつ制定されたのかわからないが、一九五〇年代になっても、それは実施されていた」のだそうである。

ある女性亡命者はチベットの二大貴族の出身で、旧制度を懐かしんでいた。チベット社会には特殊階級があって、「刑罰を受ける少数の罪人の目玉をくり抜いたり、手足を切断したり、特殊な儀式では僧侶に人の頭蓋骨や股骨を提供した」者たちがいたという。

　かつてのチベットでは、貴族の庭院や寺院の片隅に子どもや若者を生き埋めにする習慣があった。チベットのイギリス特務員であったチャールズ・ベル卿はそうした「冲比谷の塔」の例として、以下のように語っている。

> 　この塔のなかには神の厨子があって、なかには銅製の骨壺がある。数年前、この塔が建造されたときは、供養のため、八歳の子ども（男女一人ずつ）が生贄にされた。まず彼らの血が骨壷に注がれ、その後彼らの遺体も頭を下に、足を上にして入れられた。……

このような習慣は一九五九年のチベット農奴反乱前夜まで行われていた。同時に、生活も古いスタイルのままであった。一九六五年、私は儀式の生贄にされそうになった子ども二人と会った。新時代の訪れにより、彼らの命は救われた。

　一九五九年以前のチベットの実情については、アメリカのある学者がインドのシェルターにいるチベット分離主義者が提供した資料に基づき出した結論にもある。

> 　チベットの特徴は制度化された不平等である。いたるところにある農奴制といってもいい。二十五万から三十万人の貴族を除き、他の住民はみな農奴、チベットに「自由農民」などいない。

封建神権政治が慈悲と善行に溢れていたというのは神話である。西側や他のこの神話を信じる人びとは、封建時代の全盛期を想像してみるといい。もちろん、中世に善行という概念がなかったわけではない。だが彼らは善行の旗の下、まるで正反対のことをしていたのだ。

共産党の政策は、毛沢東や周恩来が検討し実行したように、封建制度の上流階級にいた人びとに一定の時間を与え、大多数の平民たちに自覚を促すものだった。頑固者たちは堂々と反乱を起こし、自分たちの立場を明らかにするだろう。そうなれば、大多数の抑圧された人民の力を借りて、古い社会制度を破壊する。実際、一九五九年にはそうなった。こうして、チベットの基本的状況は中国全土の変革と同様になったが、少し異なる点もあり、そのうちのいくつかは古い統治集団に根ざしていた。チベットの改革において、農奴主やンガプー・ンガワン・ジクメら高級官僚の不動産は没収されるのではなく、買い上げられた。ンガプー・ンガワン・ジクメはかつて奴隷主で、反乱には参加していない。中央政府で多くの要職につき、その後は中華人民共和国チベット自治区主席にもなった。

チベットの多くの聖俗要人は全国的な職務や地方新政権の職務についた。早くに改革を受け入れた人たちだけではなく、反乱に参加し服役後観点を変えた人もいる。ラル・ツェワンドルジェもそんな一人で、彼は反乱勢力の総司令官だった。彼ら高官貴族もついにはかつて自分たちの奴隷だった一般のチベット人たちと働くようになったのだ。

一九五一年、私はそんな多くのチベット人たちと会い、語り合った。彼らの大多数はチベットの指導幹部になっていた。もとは社会の最底辺で、人権など何も認められていなかった人たちである。チベットの幹部は三代に分けられる。

第一代はチベット人のなかで最も早く中国共産党の指揮する革命に接触した人たちである。一九三〇年代半ば、紅軍長征がチベット人住民の多い省に入った際、彼らは紅軍に加わった。だが、紅軍はチベットには入らなかった。彼らは当時十代の子どもで、とても貧しく、字も読めなかった。貧しい人たちのために働くこの部隊に、彼らは自主的に加わったのだ。

部隊は主に漢族で構成されていたが、少数民族に対する偏見や差別はなかった。彼らは困難にもひるまず、部隊に留まった。このなかに、サンジェガイシ（別名天宝、新しい僧侶であった）、楊東生（農奴の羊飼い）などがいた。チベット地区から来た人も数千人いた。彼らは部隊で教育を受け、最初は蒋介石に反対する戦闘に、その後は抗日運動に加わり、一九四五年以降は解放戦争（天津や上海の解放戦も含まれる）にも参戦した。一九四九年の革命勝利後、彼らは政府、特に少数民族地区（内蒙古など）の政府で働いた。

最終的には、彼らは故郷チベットへ帰った。一九六〇年代、天宝はチベット自治区の主席を、楊東生はチベット自治区人民代表大会の主席を務め、ザシワシュは青海省省長となった（青海省にもチベット族が多くいる）。彼らは皆全国人民代表大会や共産党の指導する機関のメンバーだった。彼ら世代の紅軍には、生きながらえた人は少なかった。大部分の人たちは戦闘の犠牲となってしまった。

第二代チベット族（付近の省も含む）幹部は人民解放軍が一九五〇年代初期にチベットに入った時代に育った人たちだ。彼らの社会成分や革命に加わった動機は第一代チベット族幹部と似ているが、人数はずっと多い。彼らのうち、私が会って取材したのがロサンツチェンだ。彼はもと大工で、一九六〇年代にチベット自治区副主席を務めた。農民出身の鄭英はシガツェ専区党委員会副書記となった。

ドルベンはかつて主人を持たない身で、つまり誰に虐待されても守ってもらえない身だったが、その後山南専区の副責任者と工業責任者になった。シルラはチベット自治区の重要な自動車修理工場の副工場長になった。彼は若い頃、農奴主に膝蓋を叩き割られた。チベットの民主改革後、手術をして今はもう歩けるようになったが、それでも歩き方はぎこちなかった。

第三代チベット族幹部は一九五九年農奴主の反乱が鎮圧された後に育った人たちだ。私が会った人たちを順に挙げよう。

バッサンはかつて奴隷だった女性で、その後政治の世界でめきめきと頭角を現し、中国共産党チベット委員会委員と共産党中央委員会委員となった。

ルディはもと畜牧を営む農奴だったが、中国共産党チベット党委委員となり、二〇〇一年にはチベット自治区人民代表大会主席となった。

ツェレンラマはエネルギッシュで仕事もできる女性だった。彼女は最初、一緒に働いていた奴隷たちを組織して、奴隷主の荘園をもらい受けた。数年後、チベット自治区全体の副主席となった。

彼らは決してひとっ飛びに出世したわけではなく、チベットに新制度ができてから、少しずつ自分の地位を上げていったのだ。働きながら学び、自分を高めていった。彼らを見れば、かつて搾取されていた人たちが、どれほど能力と人としての尊厳を秘めていたかわかるだろう。

市井の人たちにも、多く取材した。アワンガツォは農奴の子だった。少年時代には新しい学校で学び、少年先鋒隊員の赤いネッカチーフを巻いたので、反動派に「絞め殺してやる」と言われた。現在ではラサのある区の区長である。ジャンバガツォはかつて農奴の仕立屋で、いまは県の指導者になっている。ツォレンピンツォはかつて奴隷で、いまではラサの警官である。

私はさらに、人民解放軍のチベット族戦士と将軍、チベット族登山隊員、チベット族歌唱家、及び同じように大きな変化のなかを生きたチベット族数十人、世界最高峰のチョモランマ（西側ではエベレスト峰と呼ばれる）に登ったチベット族女性登山家ピンツォや、チベット族歌謡で名を馳せたチベット族天才歌唱家ツェテンドルマなどにも取材した。

郷鎮級（以前の公社級）以上のチベット族幹部は一九八〇年代始めには三万六千人に達し、幹部総数の六〇％以上を占める。チベット地区の資格ある医療従事者は、半分以上がチベット族である。チベット地区の小学校は六千校以上（三十年前は十校に満たなかった）、その教師のうち約九〇％はチベット族だ。中等教育の教師千三百七十名中、三分の一以上はチベット族である。各技術職者においても、この比率は上がり続け、九〇年代にはさらに上がった。

チベットの改革は寺院の所有する荘園制度を廃止した。チベットで行われたことは、イギリスでは十六世紀のヘンリー八世時代にすでに行われていたことだ。違うのは、チベットは寺院の土地と家畜をかつての農奴に分配したことである（イギリスの改革では貴族に分配された）。さらに、農民が土地を失い浮浪者や物乞いとなる原因となった囲い込みもなかった。

近代以降、チベットを中国から分離させようとする勢力が絶えず存在した。これら勢力は外国に植え付けられ支援されてきたもので、主にイギリスが十八世紀にインドを征服した後にできたものだった。アヘン戦争以来、イギリスは海軍を派遣して中国東海岸に侵入し、一方陸上ではチベットから中国の領土を狙っていた。

第二次世界大戦後、特に冷戦がはじまると、分離勢力を操る外国の主体とその後ろ盾に変化が生じる。イギリスの力の衰えを見て、アメリカがアジアに覇権を求め、はるか彼方の世界の屋根に手を伸ばしてきた。一九四七年、当時アメリカのニューデリー駐在代理だったジョージ・メリルティはワシントンにこのような提言をしている。「これからの核時代、チベットはアジア全体における「計り知れない戦略重要性」を持ちます」。彼の案としてはこうだった。「「保守的で信仰心篤い」チベット族は現地政府（これがかつての農奴制に基づく神権政治を行う政府だとは説明されなかった）の「しっかりとした制御下にある」ので、アメリカ政府は彼らの中国からの分離を支持すれば、ソ連または共産党のチベット高原への進出を防げるのです。ロケット戦争の時代、チベット高原はアジアで最も重要な場所となりえます」。アメリカのメディアも同様の観点を煽った。少なくとも、そのような本が何冊か出された。

一九四八年、探検家で政治評論家のロウェル・トーマス父子が遠路はるばるラサを訪れた。彼らはラサに来る前、アメリカのインド駐在大使ルイ・ヘンダソンとマッカーサー将軍の率いる情報機関首脳ウェノビー将軍から説明を受けていた。「ダライラマの地方政府は「共産党がチベットに侵攻したらアメリカは援助してくれるか、してくれるのだとしたらその程度のほどは」と露骨に聞いてきた。彼らはアメリカの武器と軍事指導、特に遊撃線の指導をほしがっている」と。

つまり、アメリカ政府と分離主義者は長い間手を組んでいたということだ。一九五〇年代半ばから末、アメリカ政府はチベット族の兵士を飛行機でアメリカのコロラド州にあるキャンプ・ヘールに運び、そこで訓練を受けさせ、その後武器や通信機器とともにチベット族の居住地区へ空中投下していた。一九五九年、ダライラマがインドへ逃れた際、キャンプ・ヘールで訓練された落下傘兵二人を連れ、アメリカに提供された無線送発信機を持っていた。

＊＊＊

一九六五年、私が二度目に訪れたときに目にしたのは、新しくなったラサの繁栄だった。一九五九年の反乱後の経済復興の賜物だ。ポタラ宮は相変わらず堂々とそびえ、きらびやかな輝きを放っていたが、神々しさで人びとを威圧する建物ではなくなっていた。付近に建てられたチベット革命博物館では、九〇％のチベット族人民がかつて受けた苦難の歴史を紹介している。ダライラマの珍しい毛皮の服、宝石や純金の食器などが、ポタラ宮の穹窿や密室から取り出され展示されている。一・六億の臣民を自分のために汗水たらして働かせ、贅沢な生活をした帝国ロシアのツァーリと似ている。一方、ダライラマが直接統治した臣民は百万もいなかった。この展示を見ていると、運命は抗えないものではなく、変えられるものだ、とつくづく考えさせられる。人民は自分たちの労働の成果を搾取する圧政者を倒すことができた。チベットの食糧生産量は五割近く、家畜の頭数も三割以上増えた。ラサではチベット族の風格漂う多くの新しい建物が建てられた。自治区政府のビル、千二百席がある人民文化宮などである。この文化宮はラサの都市としての規模を考えると、かなり立派である。さらに、多くの劇場。これら文化施設では、つい最近まで家畜小屋同然の家に住んでいた大勢の男女が席を埋めている。近くには国営百貨会社もあって、売り場には細々した日用品からトランジスタラジオ、ミシンや自転車などさまざまな商品が並び、必要なものは何でも揃う。

ラサにはすでに数キロメートルに及ぶ新しいアスファルト道があり、両脇には照明が灯っていて、地下には排水管がある。一九五五年の最初の訪問時にはなかったものだ。女性で構成された配管工事隊が配水管を敷設しているのも見かけた。かつて悪臭を放っていた溝や汚物でいっぱいだった貯水池はもう見られなくなっていた。

空港も新しかった。それから、長距離バスの停留所もあった。人びとは、済南と上海で高原向けに生産された、暖房と酸素設備のついた長距離バスで旅ができるようになったのだ。

一九六五年のラサには自動車修理工場とセメント工場もあった。七六年にはすでに簡単な農業機械やトラクター部品、及び農村用のタービン発電機とモーターを生産していた。チベットにはいまや百七十八か所の工場があり、十年前の三倍になった。五五年には実質上産業労働者はいなかったのだが、六五年には約二・五万人に、七六年には六・五万人になった。八五年、私が最後にチベットを訪問した年はチベット自治区成立二十周年にあたっていたが工業、都市建設、教育、医薬品、文化、教育、観光やスポーツといった分野で計四十一項目の新プロジェクトが進行中であった。国は資金や物資の提供以外に、内地から五万人の建築労働者を派遣した（彼らはそれぞれの作業が終われば、もとの配属場所に戻っていった）。一九九〇年代、中央政府は再びチベットで六十三項目のプロジェクトを行い、二三・八億人民元（二・九億ドル相当）を投資した。チベット人民が代々建築、医学、美術、工芸、歌舞、文学などの分野で残してきた文化は守られ、大きく発展した。

チベットの豊かな古代言語においても状況は同様であった。旧チベットでは、九五％の人は文盲だったが、今日では学齢期の子どもは自分の言語で読み書きを学習できる。新しい需要に合わせてチベット語の語彙も増え続け、かつての身分差別を背景とした言葉は使われなくなった。もちろん、チベット語の新しい文化を打ち立てるにあたり、しなければならないことはまだたくさんあるという批判も的外れではない。だが、すでに相当な成果を上げていることは確かだ。

公告などは法律で、まずはチベット語、後に漢語で表記することが義務付けられている。チベット地区社会科学院が設立されてから、チベット最初の大学も生まれた。チベットには豊かな文献資料があり、文化の宝庫で開発が期待される。チベット本土は世界チベット学研究の中心になるべき場所であったが、これまでそれはずっと外国の学術界で行われてきた。現在、国外に（多くは不法に）持ち去られた珍しい本や典籍の原本やコピーをチベットに戻す措置が取られている。

だがそうしたことは、チベット族の人びとが中国の多くの民族が使用している漢語を学ぶことを否定はしない。漢語ができなければ、中国の他民族の人びととのコミュニケーションや交流ができず、内地各省で優れた普通教育や専門教育を受けることはできない。国際的なコミュニケーションもとれるよう、現在ではチベットの中等教育機関や大学には漢語だけでなく、英語の課程も設けられている。

一九八五年に訪れたとき、人びとはチベット語のコンピュータを使い始めていた。現在ではさらに広く使われるようになっている。

アメリカ先住民の置かれた状況と比べて明らかなのは、チベット族は政府から故郷を追われたり、民族絶滅政策の犠牲になったり、中国の公民権を奪われたりしていないことだ。アラスカ先住民が長年受けてきたような野蛮な扱いも受けてはいない。チベット発展への道は決して平坦なものではないが、確実に進展はしており、チベット人には人権がないというでたらめな俗説に対する充分な反論となる。旧チベットの既得権益層は卑劣な動機で、自分の利益のために多くの偏った意見を宣伝している外国の勢力を支持している。独善的で本当のことを知らない、あるいは流言蜚語を安易に信じてしまう人びとがそれを鵜呑みにしてしまっているのだ。

チベットに関する基本的事実は以上のとおりである。

これまで脈々と続いてきた過去と同じく、今日のチベットは中国の他の地区及びその人民と苦楽をともにする、多民族国家中国の生命力ある構成部分である。この大きな実体のなかで、チベットは歴史、社会、言語や文化といった分野で他と違う特徴を持っている。

だがこれらの特徴から、分離という結論を導き出すことはできない。近代チベットの分離主義者は、最初から全中国（チベットも含む）の分裂と征服を企んでいた帝国主義の長きに渡る野心と手を組んでいたのだ。彼らの主張とチベットの発展が要請することはまったく関係がない。

中国の今までの政府は一貫して、チベットまたはその一部が分裂することに同意していない。外国政府も――彼らが軍事侵入や諜報活動、または外交的脅威によってそれを覆そうとしたときですら――チベットが合法的に中国の一部であることに対して異議を唱えたり、否定したりしたことはなかった。一九一二年、イギリスは中国で清朝転覆後に設立された新しい共和政府を、「チベットが議会において議席を獲得できなければ、「中華民国」を承認しない」と威嚇してきた。前述したとおり、チベットは戦略意義のある世界の屋根である。中国やソ連を標的とした核兵器の発射基地にできると考える者もいるだろう。

中国の革命は中国のあらゆる人民（チベット族も含む）を外部の脅威や内部の抑圧から解放するための

ものだ。だが、中国の革命においても過ちがあった。ときにそれは中国全土に、そしてときにチベット族も含む少数民族に影響を及ぼした。

　中国共産党は一九五〇年代半ばまで、社会変革を行うと同時に、毎年労働人民の生活の質を上げることを主張していた。だが一時期、左派がこの路線を外れ、不適切な経済発展速度を提唱した。政治分野では、彼らは敵対対立と非敵対対立の違い、人民の進歩を敵対視する頑固な敵との対立と、階層の異なる人民間の対立の違いを無視した。一九六〇年代から七〇年代の文化大革命のなかで、この傾向はさらに強まった。

　少数民族地区について言うと、左派はときに民族間の違いと基本的な階級対立すら混同した。階級対立がすでに存在しなくなっても、民族の対立が重要な作用を及ぼすと考えたのである。漢族（多数民族）地区でのみ適切、あるいはかなり手荒で漢族地区においてすら時代遅れだと思われた方法や策略もあった。だがこれらの一部は不適切にも少数民族地区へそっくりそのまま導入された。

　農業分野では一九五二年から一九八〇年にかけて、チベットの食糧生産は二倍以上、家畜の頭数も二・五倍に増えたと言われている。一九五九年に反乱が鎮圧され、六五年にチベット自治区が設立されると、人びとの生活水準も大きく向上した。

　中国の憲法では、チベットは区域自治を行うことができると定めている。だが実際にはそれが最後まで徹底されたことはない。チベットの政治幹部と技術幹部は確かに飛躍的に増えた。だが、長い間チベットにふさわしい政策はなされないままになっている。チベットの新たな官僚については、内地他地区のやり方をかなり模範しているという評価がよく聞かれる。だがそれが、かえって彼らの創造性や自発性を奪っている。彼らが現地の人民に近づき、実情をよく理解すれば、区域自治と社会主義の原則という枠組みのなかで、こうした創造性と自発性を発揮できるはずである。

　これら欠点は一九八〇年代からすでに注目され、是正されてきた。これが後退というなら、チベットの旧社会への後退ではなく、反乱の平定と改革初期の政策への後退であろう。チベット人がその時代を民主と社会主義発展における黄金時代と呼んでいるのを私は耳にした。混乱や曲折のなかで、時代遅れの思想が出現したのも確かである。だが同時に、過去の急発進により現れた不均等や欠乏、不足などの現象は克服された。これにより進歩がもたらされ、団結は強化され、人民の支持を得ることができたのである。

　その後、分離勢力は再び息を吹き返した。過去数十年と同じく、これも国外に煽られ、国外に支持されたものだ。彼らは多方面に根を張っている。まず、秘密を漏洩し続けた外国の特務機関は増える一方であった。なかには西側メディアの喧しい洗脳を信じて、事態を煽り立てる旅行者もいた。さらに、ダライラマはその宗教地位と引き換えに政治的資本を獲得し、各国を周遊して、幾度も演説を行った。彼は西側で世界級の宗教人とされたが、チベットが農奴国家だったことについて触れたことはない。さらに彼は一部の人たちによってチベット人民の政治指導者に祭り上げられ、外国国家元首の非正式の接見を受け、ノーベル平和賞まで受賞した。周知のとおり、いかなる外国政府もチベット独立の要求を承認したことはない。だが多くの国がチベットに干渉しているのは確かだ。それは水面下の干渉から、チベット問題について中国を攻撃するメディアへの奨励や支持にまで及ぶ。

　旧チベットを「シャングリラ」「桃源郷」として崇拝する人は昔もいまも多い。外国の官吏にもいるが、彼らの本音は依然としてチベットを外交と軍事の前哨基地にすることにある。ダライラマに至っては、チベットに「ハリウッド神話」を打ち立てた。このような神話に対し、アメリカの一部の作家たちは「映画スターたちはなぜ、農奴がダライラマの統治下で生活していた旧チベットが好きなのだろう」という辛辣な批判をしている（彼らに対して、中国をえこひいきしているという批判はないだろう）。彼らは映画『セブン・イヤーズ・イン・チベット』の批評でも、この種の批判を十二分に行った。この映画は国際的にチベット分離活動を宣伝する原子爆弾のようなものだという人もいるが、それでもある事実については隠されている。映画の主人公はオーストリア人の原作者だが、彼はナチの党員だったことがあるのだ。

チベット分離主義者と彼らの在外グループは、克服できない壁に突き当たった。自国の領土の完全性を守ろうとする、中国の決意である。その領土は歴史的に認められ、国際法で承認されたものだ。

チベット族の人びとはその領土のなかで、大きな飛躍を遂げている。

私自身の見聞と、多くの人たちの報道によれば、チベット人の間にも復古主義や、解放以前を懐かしむ傾向はあるらしい。だがそれは国外逃亡した貴族や官僚によるものであり、彼らは農奴制の旧チベットでは主に権益層であった（チベットに留まった人びとは新たな現実を受け入れ、新社会で自らの地位を確立した）。同じような傾向は、現代化した若い世代の亡命者にも見受けられる。彼らは親世代が亡命した後で生まれたか、まだほんの幼い頃にチベットを離れた人たちだ。何かの魔法でかつてのチベットにタイムスリップし、旧社会の現実を目の当たりにしたら、汚らしく悲惨な環境に音を上げ、何とかしていまいる場所に帰ろうとするに違いない。

チベットの人びとには別の種類の懐古思想もある。毛沢東に対するものだ。長い年月を経てチベットに戻った外国人記者である私に、彼らは大変深い印象を受けたようだ。かつて、私は普通のチベット人たちが毛沢東について話すのを多く見聞きしてきた。人びとは心の底から毛沢東の死を悼んでいた。農奴制や奴隷制が廃止されたのは、毛沢東の指揮の下でだったからだ。毛はさらに、チベットに漢族の軍政幹部を派遣することを常に戒めていた。排外的な大漢族主義に陥ることを危惧したのである。「排外的な大漢族主義をもって少数民族に接することは、旧社会の残した悪習であり、新社会にとって有害で、非合法なものだ」と彼は何度も強調していた。

大多数のチベット族は、漢族幹部による手助けは不可欠だと考えていた。中国の中央政府が大多数の漢族幹部を撤退させることを決定したとき、チベット自治区が彼らの多くを留まらせるよう要求したことがそれを物語っている。

＊＊＊

旧チベットでは人権が尊重されていたという人もいるが、これは完全に嘘だ。旧チベットの社会に人権などなかった。かつてはラマ寺も慈悲深い、高尚な文化を持つ浄土ではなかった。少数の役人たちが、各地の封建社会と同じように財力を持っていた。彼らの人脈は広く、良好な教育を受け、ロレックス製金時計やパーカー製万年筆、ドイツ製の高級カメラなど舶来物の贅沢品を好んでいた。だが絶対多数の、農奴出身のチベット一般僧侶の生活はもっと苦しかった。木を切り水を引き、家畜小屋のような粗末な家に住み、祈禱の言葉を覚え歌っていたが、字は一文字も読めなかった。

チベットでは漢族が人口でチベット族を圧倒しているという人もいる。これも正しくない。個人的にチベットに来ている漢族は大部分が自らの技術で食べている人であり、チベットでの暮らしは楽ではないので、しばらく働くともといた場所に帰ってしまう。チベット自治区の漢族人口は現地住民総人口の一〇％を超えたことはないし、これからもないだろう。チベット族人口は過去三十年で倍増し、約百万人から二百万人以上になった。栄養や医療条件の改善、及び出生率の上昇によるものである。チベット人の平均余命も倍以上長くなった。中国政府は漢族に対しては一人っ子政策を行っていたが、チベット族を含む少数民族は適用外である。

チベット自治区のチベット族人口の自然増加率は倍増している。これは否定できない事実である。外国で言われているような「百万人のチベット族が漢族の鎮圧によって死亡した」という俗説はここから事実ではないことがわかる。初期のチベットには百万人もチベット族がいなかったからだ。

過去、現在、未来におけるチベットの発展は、中国全体の発展よりさらに複雑で、曲折した道を辿ることになるだろう。あくまで社会主義の道を外れなければ、曲折も少しは少なくなるかも知れない。だが西側化するなら、潜在的な危険が新たに生まれるだろう。現にアルコールや薬物依存はすでに現れ始めている。現在の状況では、ダライラマや外国の多くの追従者たちが唱えるチベット族文化の脅威は、中国内地からではなく、西側の生活方式からくるものだ。中国の影響は主に封建的勢力の縮小にあり、西側の影響の土壌を取り除くものだ。

若い亡命者のなかにはチベット語はできず、定住国の言葉を流暢に話している人も多い。だがチベットでは、チベット語が主な言語、漢語は第二言語である。

解放以前の旧中国で行われていたのは少数民族を差別し、搾取する政策であった。現在では法律上の平等が保証された政策がそれに代わった。漢族は少数民族と彼らの自治区を積極的に援助し、経済や文化の発展における本当の平等を実現しなければならない。この分野ではすでに多くのことが成し遂げられた。中国の革命指導者や政府指導者は何度も旧思想を批判し、とりわけ毛沢東は最も鋭い批判を行った。だが、旧思想の残滓は時折姿を現した。

虐げられていた人びとの利益のため、彼らの参加と支持により、チベットの階級による抑圧制度は解体された。だが文化大革命では左派による漢族至上主義の変種が現れた。彼らは「チベット族にとって最も進歩的なことは漢族地区のモデルをそっくりそのまま受け入れることだ」とした。チベット族のなかにもこの思想を信じて疑わない人もいた。そしてこの思想によりもたらされた独断的な行動は、人びとの信念に影響した。中国の他の地区でも同様だった。

狂乱の時代が終わると、今度は商業主義の風により、多くのチベット族の人びとは別の方向からの屈辱を受けた。猟奇的な観光客はチベット族の風俗習慣をまるで幽霊でも見るように面白半分に追いかけまわしたのだ。例えば、死者の遺体をばらばらにし、ハゲワシにすべて食べさせる鳥葬などである。これはチベット人にとって、遺体が天に還っていく誇り高い儀式なのだ。しばらくして、チベットでは冷やかしの観光客が鳥葬を覗き見することは禁止された。

ともかく、チベット族の人びとは多民族国家中国で比較的恵まれた生活を送っている。これが独立とあらばこのような生活は維持できまい。そうした独立は本当の独立とはなりえず、他人の従属者になってしまうだけだ。そうなればチベットは国際的には中国への覗き窓となり、雲行きの変化によって制御下に置かれるか、見捨てられるかするだろうことは疑問の余地がない。西側の国際的な戦略家たちは、チベットを北大西洋条約機構の前哨基地とみなし、ヨーロッパから中央アジアを通じて中国内地に圧力をかけるために利用するかも知れない。だがそれがうまくいっても、チベットやチベット族の平和で幸福な生活が破壊されるだけだろう。

　人権問題で最も喧しいのはアメリカである。だが、アメリカの人権状況も理想的とは言い難い。アメリカの先住民は長い間、土地や独自性を奪われ続けた。彼らは一文無しになり、野蛮人とみなされ、肉体的に消滅してしまった。このような状況は西部征服の一部としてロマンチックに描かれているし、アメリカには「よいインディアンは死んでいるインディアンだけだ」という言葉まである。アメリカではさらに何世紀もの間、黒人も同様の境遇にさらされてきた。いまは一番ひどかった時代よりはよくなったが、人種差別の残滓はいたるところに見受けられる。アメリカ国内に多くの改善すべき点があるのに、「チベットの苦境」などと言って同情の涙を流すのは、まったくもって笑止千万である。

第二十七章　文化大革命のなかで

文化大革命について私が聞いたのは、かなり遅かった。一九六六年夏、私は子どもたちを連れて北戴河に休暇へ行っていた。妻の邱茉莉はイギリスの親戚を訪問していたのだが、現地からくれた手紙のなかで、学生紅衛兵が北京の街に立っているのではないかと聞いてきた。外国通信社からの情報だという。彼女は現地の新聞の報道に困惑し、さらに少し心配していると伝えてきた。私は「西側の記者はよく「赤い中国」について騒ぎ立てる。社会主義制度下で生まれた若者たちが続けている革命は、必ず健全なものなのだ。始まった頃は多少常軌を逸した行動はあった（大衆運動にはつきものだ）が、きっと是正されるだろう」と彼女を安心させるような返事を書いた。現状を理性的に分析したかったのである。

中国の政治運動（往々にして突然起こる）を私はそれまで見慣れていたが、これほどの勢いでやってくるとは予測だにしなかった。未曾有の現象で、しかも大規模に発展し、さまざまな曲折を経て、最終的には制御の効かない状態になってしまった（そのことを予測できた者など誰もいなかっただろう）。運動によって倒された者のなかには、旧社会の上層だけではなく、彼らを倒そうと戦っていた指導者や支持者もいた。紅衛兵はこういった人びと全員に「手を挙げて投降」し、「罪を認める文書」を書くよう迫った。共産党各級幹部の絶対的多数が吊し上げの対象となった。運動では、特に三十歳以上（新中国成立時に十三歳以上）のインテリ青年たちに対して、文化教育で学んだ、あるいは学んだ可能性があるものをすべて忘れるよう要求された。マルクスは――さらに毛沢東も――かつて過去の文化を批判的に学び取り、その精髄だけを残してあとは棄て去るよう言った。だが、文化大革命はその一切を否定しようとした。

私が当時心に持っていた思想は、歴史が汽車のように急カーブを曲がるときは（これはレーニンの言葉だ）、その革命の列車から振り落とされないようにしなければならないというものだった。毛沢東による中国式比喩に倣えば、「纏足をしたお婆さんは、先鋒にいる英雄にはとても追いつけない」のである。革命とともに歩むことは少年時代からの私の選択であった。決して脱落したり、挫けたり、淘汰されるまいと心に決めていた。

この点については、アメリカ人の友人ジョアン・ヒントンとその夫アーウィン・エンギストが書いた壁新聞が私に行くべき道を示してくれた。

> 指導者に、革命思想を持つ中国で働く外国人が運動に参加することを受け入れるよう呼びかける（世界革命の実践における新たな展開だった）。
>
> 彼ら外国人に対し、資産階級の専門家としてではなく、階級上の兄弟として接する。……彼らが肉体労働に参加することを許可し奨励する。……彼らが思想改造し……労働者や農民と触れ合えるように！

彼ら外国人の「子女に対しても中国人の子どもと同じように、厳しく要求する」。

彼ら外国人に対してはもはや「特殊待遇」をすべきではない。中国の普通の人たちと比べて、彼らの生活は「非常に贅沢な水準」であり、これが「彼ら革命者になることを求める外国人」に「毛沢東思想を理解することを難しくし、中国にいる外国人の革命者を腐敗させ、彼らの子どもたちが革命の道を進むことを阻害し、外国人労働者を中国の階級的兄弟から引き離し、プロレタリア国際主義を破壊させる」。

私は公式に、積極的にこの壁新聞に応えた最初の外国人専門家になり、その後他の人びとも続々とこれに応じた。一九六六年九月八日毛沢東主席は次のような指示回答を周恩来総理や、陳毅外相らに示した。

私はこの壁新聞に同意する。外国人の革命専門家及びその子どもは、中国人とまったく同じでなければならない。話し合いの上、志願者は皆従いなさい。諸君の意見を待つ。

この指示回答を伝え執行するため、外相陳毅元帥がヒントン、エンギストや私たち最初期の支持者数人のところへやってきて、話し合いがもたれた。彼は「運動への参加は強要があってはならず、完全に自発的なものでなければならない」と強調した。

そこで私たちは、外国人（中国籍になった人も含む）による「毛沢東思想白求恩―延安造反団」という名前の紅衛兵のような組織を設立した。「白求恩（ノーマン・ベチューン）」は世界革命に身を捧げた有名なカナダ人医師の名で、その精神を表している。彼は一九三六年から三九年のスペインの反ファシズム内戦で「国際旅団」に加わり、その後中国の抗日戦争で敵後の遊撃隊の治療にあたっていて病死した。毛沢東は彼を共産主義国際主義の模範とした。「延安」は中国革命の勝利への道を表す。「造反」は紅衛兵組織の名称によく使われた言葉で、毛の語録「造反に理あり」からきている。これは、「修正主義、官僚主義やその他「資本主義路線」に走る傾向に反対する」という意味だ（ソ連は当時、資本主義が息を吹き返していると批判されていた）――このような「造反」は正しいものなのだ。

　北京の外国人労働者は半数以上の人が私たちの造反団に参加し、それぞれの職場ごとにできた組織支部に所属した。あらゆる紅衛兵と同じく、私たちも青や灰色の木綿の制服を着て、赤い腕章をし、あちこちで会議を行った（私たち自身の会議も、その他造反派の会議もあったが、私たちは後者から参加や演説に誘われることが多くなっていった）。私は呼ばれたところにはほとんど行っていたし、中国人の紅衛兵組織をすべて革命的なものとみなしていて、彼ら自身がお互いをどうみなしていたかは気にしなかった。

　だが想定外だったのは、派閥が――それも大きな破壊力を持って――すぐに現れたことだ。全体的には、文化大革命は私には予言者としての能力がまるでないことを教えてくれた。最初の頃、中国のすべては平穏に前進しているように見えた。しかし毛沢東は以下のように警告した。「驕り高ぶることなかれ、以下三つの状況はいつでも起きうるので警戒が必要である。一つは第三次世界大戦の勃発、二つは全国的な飢餓をもたらす自然災害、三つは中国共産党の中央の分裂」。それに対する私の意見は、だいたい次のようなものだった。また世界大戦が起きることはあるかもしれないが、資本主義による二度の大戦は、社会主義陣営の出現をもたらした。よって資本主義側が積極的にまた戦争を始めることはないだろう。ただ、世界情勢の発展により、各国が新たな大戦を予防できないことは考えられる。中国に大飢餓が発生する——あまり考えられない。中国は国土も広いから、どこかが凶作になっても、他のどこかで補えばよい。中央が分裂する？　絶対にありえない。一九三五年に毛沢東が中国共産党で指導的地位についてからというもの、党は一致団結している。ソ連や他の社会主義国家では何度も内部分裂が起きているのとは対照的だ——。

私はここで——多くの人はこれまでそうしてきたし、これからもするだろうが——文化大革命の十年間を振り返ったり、一年ごとに細かく述べたりするつもりはない。ただ、最初の二年間に私が運動に励んだ主な経歴を述べるにとどめておきたい。

最初の頃、私は紅衛兵組織はみな同じように革命的で、純粋な動機によるもので、多少の派閥があってもそれは重要ではないと思っていた。多くの紅衛兵組織も自分たちの集会や会議に私を誘い、講話をするよう言ってくれた。彼らは中国の革命に対する国際社会からの共感を得たがっていたのだ（少なくとも象徴的な意味はあっただろう、私は外国人の外見をしていたのだから）。このような誘いに対し、私はそのほとんどに応じた。首都北京で少なくとも二十回は講演をした。教育界では、北京大学といくつかの専門教育機関にも顔を出した。鋼鉄学院、外貿学院、体育学院や、軍の全国的な学院、例えば後勤学院、無線電通訊学校などである。中等教育機関にも行った。学生の「紅衛兵」以外にも、外交部、第一機械工業部、中国人民銀行、輸出入会社及びその他政府機関と事業所の造反派組織にも行った。さらに、北京の臨時の屋外の大規模集会や天津（私が青少年時代を過ごした故郷だ）南開大学の全市大会でも講話を行った。

これら活動は機関や学校側ではなく、互いに敵対していた紅衛兵組織が主催したものだ。誘いを受けると私は、基本的に受けた順に応じていた。記憶にあるなかで断ったのは、紅衛兵たちが劉少奇を中南海から追い出したときだけだ。デモや集会では、皆とともに彼（と鄧小平）に反対するスローガンを叫んだ。だが私は、群衆が彼を追い出すのはよくないと思っていた。劉少奇を中南海から追い出すかどうかについては意見を保留していたので、誘いに来た紅衛兵は同意せよ、さもなくば私を連れて行くと脅してきた。私の職場（中国外文局と『中国建設』社）にもいくつか紅衛兵組織ができていて、私（と邱茉莉）もその一員だった。当時北京の紅衛兵は主に二大派閥に分かれており、各職場内部で敵対しあう紅衛兵組織はそのうちのいずれかに所属するかシンパとなっていた。外部の紅衛兵組織が私の職場と派閥を同じくする紅衛兵組織を通じて会議や講話に参加するよう誘ってくることもあった。私が派閥を明らかにするのはこのときだけで、それ以外はあらゆる紅衛兵に対し平等に、分け隔てなく接していた。

「白求恩―延安造反団」で、一時期私は実質上のボスだった。指導陣には私以外にチリ、ベルギーやスリランカ国籍の外国人専門家がいた。アメリカ人シドニー・リッテンベルグは当時すでに逮捕されていた。彼はかつて中央広播事業局造反派首領の一人で、中央文革小組（特に江青）の深い信頼を得ているように見えた（当時の中央文革小組は実際には党と政府の最高指導機関となっていた）。江青は初め彼に利用価値があると考えていたようだが、その後、彼を見放した。

すぐにあらゆる外国人は文化大革命に接触することを禁じられた。少数の人たち――私と邱茉莉を含む——は逮捕された。私の罪状は二つあり、一つは他人と共謀して対外宣伝の統率権を簒奪しようとしたこと、もう一つは国際スパイだった。邱茉莉も国際スパイの疑いをかけられた。だが私たちは二人とも正式に起訴されたり、審問されたりすることはなかった（次章「獄中の歳月」でこの五年間の生活について述べる）。

名誉回復されてから知ったことだが、友人たちのなかには私とつながりがあったことで累が及んだ人もいたようで、とても心が痛んだ。なかでも『中国建設』の同僚だった張彦は、造反派によって牛小屋に押し込まれ、「エプスタインがスパイであることを認めよ」と強要され、それを拒むとひどく殴られ、肋骨を何本も折られたという。文革後、彼は副編集長になり、自分を虐げた人が部下になった。それでも彼らをまるで差別せず、指導幹部、さらに共産党員としてあるべき態度を保った。別の同僚で、女性記者であった譚愛清も私のせいで迫害を受けた。

* * *

ときには——特に運動初期には——論争と告発は荒唐無稽にさえなった。当時広く転写されていた壁新聞がある。そこには交通を止める赤信号は資本家の陰謀だという主張が繰り広げられていた。「プロレタリアートの統治下では、赤は「進め」であって「止まれ」ではない。これは革命の象徴である赤を公然と侮辱している」。同様に「車は右側を走る」という規則も資産階級の陰謀とされた。「左」が前進における唯一の正しい道だったからだ。

このような理論に、私はソ連の友人で、新聞記者だったイエサミンから聞いたことを思い出していた。彼は幼い頃、少数民族であるモルドバ人の村で暮らしていた。この村ではロシア内戦期にはよく紅軍と白軍の一進一退の戦いが繰り広げられた。紅軍のある政治委員が彼を気に入り、「大人になったら読んでみなさい」とある本をくれた。それはマルクスの『資本論』だった。村の半文盲である老人数名にはこのように警告された。「紅軍が来たらその本は隠しておきなさい。彼らは資本主義を恨んでいるからな。白軍が来たら見せなさい、気に入ってもらえるだろう」。幸運なことに、これによって不幸なことは起きなかった。

日本人も第二次世界大戦中の香港占領時、同様の無知な理論を展開した。赤柱収容所に収容された外国人に、赤い表紙や題名に「red」（赤）とついた書籍を持つことを禁じたのである。『赤い脅威』もダメだった。

＊　＊　＊

だが文化大革命にあったのはこのような奇妙きてれつな側面だけではなかった。初期の激流には共産党が一貫して指導し続けた好ましい性質も含まれ（ひいては推進され）ていた。私腹を肥やすことを考えず、明るい未来を信じて、人民に奉仕する精神である。相互互助は至るところで見受けられ、窃盗事件は激減した。各社会階層（特に青年）の疲れを知らず危険を顧みない志願によって、一九七六年の唐山大地震による災害は軽減された——首都北京でも、数百万人が数か月にもわたって路上に張られたテントで生活し、それでも仕事を続けていた。

中国の経済が文革末期には崩壊の危機に瀕していたことは確かであるが、文革期間中、中国の物質建築分野で成果がまったくなかったわけでない。南京の長江大橋は計画が始まってから久しく、アメリカ人建築士も参加していたが、川面が広すぎるためなかなか工事ができないでいた。だが文革中、中国人労働者と中国人技術者が完全に自分たちの手で、それも中国国産の建材だけを使い、国外からの援助によらず完成させた。同様に、中国が自力で完成させた最初の水素爆弾が製造され、最初の人工衛星が打ち上げられた。平和の構築と国防において歴史的な最初の成果は、文革により推進され、文革の影響を受けなかったからこそ成し得たと言えるだろう。文革後これは議論の対象になった。だがともかく、これら成果及びそれによって沸き起こった高揚感は確かにあった。

＊＊＊

さらに忘れてはならないのは、文革中に発生した事件のなかにはソ連とアメリカの深刻な戦争危機によってもたらされたものもあるということだ（一時期、ワシントンとモスクワは手を組んで中国をミサイル攻撃し、とるにも足らないような中国の核兵器庫を破壊しようとしていた。中国は核兵器を先行使用しないと宣言していたにもかかわらず、である）。当時、中国は核攻撃に遭った際に人民が避難できるように大量の人力、エネルギーと経費を使って、北京やその他大都市に深い防空壕を掘っていた（深挖洞）。それらは人民防空工事と呼ばれ、世界に類を見ない大規模なものであった。同時に同じくらいのエネルギーを消費して三線建設も行われた。工場を地下や、偽装のもと遥か彼方の後方へ移転させるのである。

もっとも、それでも変えることができないのは、「中国が社会主義制度を強化・推進し、将来の共産主義に向けて発展させていくためには、文化大革命は適切な方法ではなかった」という事実だ。多くの人――特に毛沢東――の主な動機は、この問題を解決することにあったのだが、この政治運動が理論的に過ちであり、実践において破壊をもたらしたことは、事実が物語っている。

正規の教育はいわゆる徹底的な改造を行ったため、深刻な損失を被った。何年もの間、子どもたちは学校に行けなかった（まだ幼い子どもが先生の背中に「資産階級の権威」などと書くこともあった）。中学や高校では十代の生徒が先生を殴り、ときには死なせてしまうこともあった（初期の北京では、周恩来総理がこのような悪質な行為を激しく批判し、公の場で糾弾を行ったが止めることはできなかった）。大学教育は実質上十年間も停止し、人びとの尊敬を集めていた教授が虐げられ、侮辱された（歴史学者の翦伯賛はこれに耐えられず、夫人とともに自殺した）か、あるいは農村に連れて行かれ再教育として労働をさせられた。各大学は名ばかりの授業再開を行ったが、試験は行われないのが一般的だった。答案を白紙で出した者が全国版の新聞で表彰され、進歩的な模範とされた。その結果、人材教育や訓練の分野で「失われた世代」が現れ、この痛手から立ち直るのには、十年から二十年の時間が必要だった。

大勢の男女の青少年が全国で「大串連」に参加した。この時期、列車は切符なしで乗ることができ、彼らのうちある者は革命聖地へ、またある者は地方の紅衛兵を支援に、ある者は外地から北京の紅衛兵大集会へ参加に来た。このような大会は何度も開かれ、そのたびに百万人もの人が参加し、毛沢東に歓呼の声を送り、毛による観閲を受けた（毛も「紅衛兵」の腕章をしていた）。集会における高揚感は嘘偽りのないものだった。大衆の指導者に対する親しみも誠意あるものだった（特に初期は）。逮捕される前、私は毛主席や、周総理らが天安門の城郭から下り、広場へ歩み出て、石板の上に座ったのを至近距離から見たことがある。喜びに湧いた青少年が彼らの周囲を取り囲んでいた。

もちろん、教育事業も全面的な損害を受けたとは言えない。正規の学校教育において、学生たちは長い間社会と隔離されていた。だが文革中は、多くの都市青年と都市で育ったインテリ青年たちが自主的に、あるいは下放されて農村に行き、農村の生活を自ら体験して、農民の貧困を見た。政治的理由により農村に送られた人もいたが、彼らも同様に農民と本物の友情を築いた。彼ら青年学生たちは、若く立派な体格をした大学生であっても、農村の労働ではさほど役に立たなかった。だが教師や補佐員や会計といった仕事では大いに貢献し、しかも長きにわたって働いた。彼らは物質的・肉体的な苦労はしたが、その多くは、農村を離れる際に地元の人びとに深い愛着を感じ、忘れられない感動的な思い出を残した。だが一方で、文革は政治や人びとの意識に冷ややかな雰囲気を生み出した。文革の十年間、政治的スローガンが過度に使われ、高らかに叫ばれていたことからかえってそうなったのである。

＊　＊　＊

文化大革命について、書くことは尽きないほどある。本章の締めくくりとして、以下のエピソードをお話ししよう。

代々続いた労働者家庭出身で、イギリス共産党創始者の一人だったローズ・スミスという女性がいる。中国の政府通信社新華社で働く（『中国建設』で私と同僚だった時期もある）、若くエネルギッシュな新聞記者だった。国際共産主義運動の議論では中国寄りの態度を示した。文革中の派閥闘争に彼女は心を痛め、機会さえあれば団結を呼びかけた。あるとき、彼女は中国人同僚の一人が対立していた紅衛兵組織のメンバーに包囲されているのを見かけた。このままいけば彼は拉致されて、議論をふっかけられ、もしかしたらひどい暴力を受けるかもしれない。スミスはすぐに私の妻である邱茉莉を呼んで救援を頼んだ。大柄な外国人女性二人が包囲のなかに入っていって、まるで壁のようになって、殴られそうになっていたこの小柄で痩せた男性を安全な場所まで連れて行ったのだった。

第二十八章　獄中の歳月

一九六八年、文化大革命はいわゆる「階級部隊粛清」の段階に入った。無数の人たちが逮捕されたが、多くの人たちにとってそれは何の前触れもなくやってきた。邱茉莉と私もそれは同じであった。それまで二年近く、私たちはずっとこの政治運動を支持し、参加してきた。前章ですでにお話ししたように、職場では中国の同僚たちが組織した主な造反派組織にも参加していた。中国の社会下層の農場で働いていたアメリカ人夫婦アーウィン・エンギストとジョアン・ヒントンによる壁新聞は、中国にいる外国人が運動に参加することを認めるよう呼びかけるものだった。外国人として、私は彼らの初めての公の支持者となった。その後、この要求は毛沢東の同意を得た。参加志願者は「白求恩—延安造反団」を結成し、私は指導者の一人となった。この造反団には積極分子が二人（いずれも中国に長く住んでいた外国人）いたが、私たちの前に逮捕された。うち一人——外国語学院のイギリス籍教授クルークは校内で派閥どうしの争いが起きた際に止めに入って、そのうちの一派に連れ去られた。偶発的な事件だろう。もう一人はシドニー・リッテンベルグ、意気込みに溢れたアメリカ人で、中央広播事業局で要職についており、私たちからみれば雲の上の人だった。

康生の公開発言に対して、私は警戒しなかった。「文革のなかによく姿を現す外国人で、特務機関かスパイが少なくとも一人はいる」。私は甘かった。康生は党の政治局委員で、全国の文革指導班のメンバー、中国国家安全システムの上層部におり、その後四人組の黒幕となった人だった。康生の攻撃の矛先が運動に積極的な外国人に向くとは、少なくとも私は考えなかった。外国人の参加は毛沢東に喜ばれており、革命から生まれた国際主義だとみなされていたからだ。

だから、一九六八年三月十八日に降り掛かって来た災難は、晴天の霹靂だった。皮肉なことに、私たちが香港の日本の収容所から逃げ出したのは二十六年前の同じ日だった。

日付が変わってすぐ、私たちは寝床に入ったばかりだったが、トントンとドアをノックする小さな音が聞こえた。外にいたのは二人の青年同事、香山学員（外文局は文革前に復員軍人を雇用して、北京の香山で外国語の訓練を受けさせた。彼ら香山学員は文革開始後に外文局の各機関に配置されており、私の職場である『中国建設』社にもいた）だった。彼らはすまなさそうにおずおずと、「エプスタインさん、あなたを呼んでいる人がいます」と告げた。こんな時間に？　私たちは少したためらった。だが昼夜を問わず革命を行うことは当時の政治的高揚心からよくあったので、私は「こちらへ来るよう言ってください」と言った。若者二人は申し訳なさそうに、事務所まで来てくれという（私たちが住んでいた専門家棟と事務棟はいずれも外文局の敷地内にあった）。服を着ながら私は訝しく思った。若者二人は私たちと対立する（私たちが参加した造反組織と対立する組織にいる）人たちだったからだ。下に下りると、彼らは一人が私の前に、もう一人は後ろに立ち、さらに怪しく思った。邱茉莉がバスローブ姿で階段の入り口に立っていた。下から振り返って見ると、彼女は実際にもまして大きく、そしてかなり心配しているように見えた。私は「安心しなさい、すぐに戻ってくる」と声をかけた。せいぜい私を騙して大議論（当時の議論というのはある人を取り囲み、他の人からの告発を聞かせて反論を許さず、何か言おうとすれば皆で叫び立ててその声を消してしまうというものだった）に連れ出すのだろうと高をくくっていたのだ。

しばらくして、真っ暗な敷地内で、ジープに乗せられた。制服を着た若者二人が私の脇を左右から固めた。車が走り出し、行き先を訪ねたが、二人とも答えない。邱茉莉はそれから一時間後、「エプスタインが会いたがっている」と騙されて連れ出された。私がそれを知ったのはかなり後になってからだった。私たちはそれから四年以上もお互いの行方を知らず、再会したのは五年近く経ってからだった。その間、彼女に対する思いは私を苦しめた。家を追い出されてイギリスへ帰ったか、それとも強制送還されたのだろうか？　私と関係を断ったり、離婚したりしたのではないだろうか？　私は彼女も逮捕されたとは知らなかった。何年も経って、彼女が私と同じく秦城監獄の囚人となり、別の区域の監房に入れられていたことを知ることになる。彼女に会えるのは夢のなかだけだった。あの温かい生活――さまざまな場面、各地で住んでいた家、弾む会話、ねんごろな触れ合い。彼女が私と同じ監房に入れられて、再会を果たす夢も見たものだ。

子どもたちについても、何も教えてもらえなかった。実際には、職場がすぐに気遣いをしてくれていた。子どもたちは立派なホテル――前門飯店――の最上階に連れて行かれ、食べ物や住環境はよかったのだが、厳重に隔離されていた。部屋は封鎖され、窓には紙が貼られていた。一緒に監禁されていたのはこれも捕まった外国人の子ども二人だった。親の一人は前述したシドニー・リッテンベルグ、もう一人はデビット・サピロ――新華社のベテラン外国人専門家で、最初はイギリス共産党により中国へ派遣されて働いていたのだが、私と同じ日に逮捕されていた。道理からして、彼らは互いのことなど知るべきではなかっただろうが、子どもらしい好奇心に溢れていたのですぐに相手の存在に気づいた。ただ、コミュニケーションをとる方法がなかった。

私たちの子どもはまだ幸運な方だった。我が家の家政婦であった李おばさんが一緒だったからだ（李は彼女の夫の名字で、本名は董秀珍という。私たちの子ども二人は彼女によって育てられた）。彼女は子どもたちと何としてでも一緒にいると頑張った。子どもたちの服と教科書を回収するため、万策を講じて家に戻る許可を得た（彼女自身は学のない人であったが、子どもたちが少しでも勉強を怠らないよう見張っていた）。

半年ほど隔離されて、子どもたちはようやく日の光の下に出ることを許された。顔は青白くなっていたが、とても太っていた。彼らは農場に連れて行かれ、そこであらかじめ手配されていたトラクターの使い方に関する講習を受けた。生活ぶりもさほど悪くなく、身体も立派になった。学業方面がかなり疎かになってしまったが、さまざまなことを学んだ。だが彼らが農場に移された際、李おばさんは北京から追い出され、外地にいる養女の世話になることになった。彼女は貧農出身で、一度は小金持ちの地主に嫁いだが夫はほどなくして死んでしまった（数十年も前のことだ）。そしてこのとき彼女はまた階級異端分子として首都から追い出された。以上の物語は後になって、子どもたちから聞いたことである。

＊　＊　＊

ここで拘留された最初の夜と、その後に起きたことについてお話ししよう。私はまず北京の西の郊外にある頤和園の軍営に連れて行かれた。到着すると、公安局の逮捕状を見せられ、署名させられ、いかなる質問も許可されなくなった。

思えば獄中における歳月では、ここでの二週間が一番よかった。私の手続きをしてくれた軍官は「煙草や新聞をご所望なら、持ってきますよ」と言ってくれた。私が収容されていた兵舎の部屋にはベッド一台、テーブル一台、扉には鍵がかかっておらず、丸腰の兵士が入り口のところに座っていた。友好的な人だった。彼は最初、私に新聞を読んでやると言っていたが、その後誰かに言われたのか、そのことは口にしなくなった。それでも敵意はまったくなかった。トイレや、室外の物干しに布団を干しに行く（兵士たちが布団を干すときは私もそうしていいことになっていた）ときにはついてきてくれた。私の食事は兵士たちと同じだった。審問もされず、静かな生活だった——何もわからない苦しさやいつまで待たされるのかという焦り以外は。

その後、私はまた突然ジープで市内に連れ戻された。待遇にも大きな変化が現れた。私は古い監獄に収監された。監房は小さく（奥行き約三メートル、幅二メートル足らず）、カビの臭いが漂っていた。木のベッドにはワラが敷かれ、監房面積の半分近くを占めていた。室内のまともなものと言えば隅にある便器ぐらいしかない。窓は小さく、鉄格子が嵌っていて、とても高い位置にあり、外は見えなかった。私が入るとすぐに分厚く重い扉が「ガチャ」という音を立てて閉まり、それから閂の落ちる音がした。部屋には私一人が残された。便器に歩み寄ろうとして私は床につまずいた。扉が再び開いて、無言で箒とちりとり、それからモップが差し出された。掃除をしろということらしい。

最初の呼び出し審問はそれから数日後だった。審問官は官吏（典獄長かも知れない）と書類かばんを提げた若者だった。私はその若い方を弁護士か検察官かと思ったのだが、しばらくして見覚えがあることに気が付いた。ある英文刊行物の編集助手だ。「私がどんな罪を犯したと？」私は聞いた。「その手は通用しないぞ！」彼は声を荒げてそう言った。「何をしたかわからない？　ならなぜここへ来るんだ。洗いざらい白状しろ、さもなければここからは出られない。まるで濡れ衣とでも言うみたいな、しおらしい顔をするんじゃない。プロレタリアート司令部に対する攻撃だ、罪が重くなるばかりだぞ！」まるでカフカの小説のような一幕の後、私は監房に戻された。

＊＊＊

私はしだいにこの監房に慣れていった。壁の下半分は暗緑色で、ひどく汚れていた。上半分は灰白色で、これもひどく汚れていた。薄暗い電灯は消えることなく灯っていた。壁の一面には、誰かが爪で斜線を引いていた。数えてみると、二十本、三十本、四十本。一日一本だとしたら四十日間いたことになる。私も恐らくは同じくらいいることになるだろう。扉は毎日一回開けられた。便器のなかのし尿を肥溜めに捨てに行くのだ。食事は一日三回、朝はトウモロコシの粥で、昼と晩はトウモロコシの蒸しパンと大根のスープだった（腐りかけの大根が入っていた）。建物の中央にあるロビーで、液体は長い柄のついた柄杓で、固形物は手で配膳してもらった。二週間に一度庭で十分間、一人で運動することができた。運動中、庭で他の人は見なかった――一人ずつ交代制だったらしい。

監房ではものを読むことは許されず、ただ壁を睨んでいることしかできなかった。壁の濡れた染みがだんだん何かの図案に見えてきた。顔が二つ、一つは横顔で、もう一つは斜め正面からのもの、私は彼らに奇妙な名前をつけた。「アルジャーノン」と「マモドック」。さらに、自分の伸ばした両手の甲を見やると、小指の関節にある皺が、第三の顔になった——小さな目、平べったい鼻、にっこりと笑った大きな口、からかってはいるが悪意はない。私は彼を「マイロ」と名付けた。

一体何があったんだ？　なぜ？　長い間熱心に中国の革命を支持してきたではないか、多くの中国革命の指導者とも長年の個人的な親交があり、中国革命を宣伝する刊行物では編集者も務めた。私はいつも、中国革命のそばにいた——修正主義運動に反対するまでは——この運動の最たるものが文化大革命であった。文革が始まると、私は疑うことなく身を投じ、デモに参加し、「資本主義路線に走ろうとする実権派」劉少奇と鄧小平を倒せと高らかに叫んだ。私はさらに「白求恩—延安造反団」の指導者の一人として、よくどこかの造反団の大会主席台に座った。あらゆる造反団は毛沢東思想の幟を高く掲げ、私自身も毛沢東思想は我らの時代のマルクス主義の最高峰だと思っていた。だが私は突然ここへ連れてこられた——監獄、それも反動派ではなく革命派の監獄へ。反動派の監獄ならわかる。何世紀もの間、ユダヤ人のうだつの上がらない人物が監獄に入れられる光景は繰り返されてきたからだ。そんな自虐的なことを考えて、私はただ、自分を恨んだ。

だがこのような宿命論の陰鬱な気持ちはすぐにどこかへいってしまった。私は何度も、なぜと自問自答した（毛沢東は常に自問自答をするよう文章のなかで主張していた。だが私はめったにそうせず、あるいは問いそのものをなかったことにする癖があった）。ソ連や東欧で、これほど多くのベテラン革命家が重罪人とされ、死刑執行人の弾丸や絞首台で命を落としたのか？　階級闘争の客観的規律（人の意志によって転移せず、自分ですら意識しない）が友を敵にし、偶然は敵を友にするというのは本当なのか？　私は自分に言い聞かせた。「考えろ、考えろ、考えるんだ」。

それでも私の目標は決して変わらなかった。革命に身を置き、革命のために生き、必要とあらば革命のために死のう。自由の身になるためだけではなく、反逆の徒あるいはスパイとして国外追放されないためにも――そんなことが起これば、私にとって最悪の事態だ。生きている価値もない追放、世界の革命者たち（マルクス・レーニン主義や毛沢東思想の信仰者たち――私が身を置くべき場所だ）からの最も厳しい処罰、中国式の言い方をすれば「遺臭万年（悪名を後世に残す）」となってしまう。

私は中国を離れるという選択肢を考えたことはなかった。国境の近くに来て、敵意ある新聞界を前にして胸を叩き地団駄を踏んで私の長い間の信仰を放棄し、資本家の食卓で饗宴を楽しむ。それは私がかつて語った「赤旗を下ろす」ことで、改悛した逃走兵のすることだ。私は絶対にそんなことはしないと自分に誓った。そんなことをするぐらいなら、死んだほうがましだ、と。

第十四章ですでに述べたように、太平洋戦争が勃発し、香港が日本軍に投降した後、私はこのような決断をした――酷刑を受けて死ぬか、侵略者に敵意ある目を向けられ友人を告発するよう迫られたら、私は手首を切って自殺しよう、と。その頃とは違って、このとき私は自殺するという考えはなかった（気持ちが最底辺まで沈んだときには衝動的にそう思ったこともあったが）。私は「どんな運命が降り掛かってこようが、私たちの事業は続けなければならない」と何度も自分に言い聞かせた。何としてでも生き延びて、事業に支障が出ないようにしなければ――運がよければ私は歓迎されて事業に戻れるだろうし、最悪の場合は二度と戻れないだろうが、いずれにしても、だ。

歴史や、中国人民、中国の革命、中国共産党はもとから公正なのだから、きっと私のことも公正に取り扱ってくれるだろうと私は堅く信じていた。それまで生きていられるかはわからないが、それは大きな問題ではない。平静を保っているのは難しかったが、この思想を胸に抱いていることで、私は多くの人と同様、世間から隔離された間も落ち着いていることができた。

＊＊＊

市内にある監獄に約三週間収監された後、私はまた北京郊外にあるさらに現代的な、全体が鉄筋コンクリート構造になっている秦城監獄に移送された。ここは当時、ほとんど知られていなかった監獄で、国民党上層官僚を戦犯として長期間収監し、教育改造する特殊な場所だった。その頃は文革で打倒された共産党上層幹部もここに格下の囚人として収監されていた。彼らに対する待遇はかつての人民公敵よりさらにひどく、審問判決の司法程序ではなく「審査のため」と称して単独で監禁され、家族や友人ですらどこにいるのか知ることはできなかった。私はそこに何年も収監されていたが、監獄の名前を誰も教えてくれなかったし、「ここは入るのは恐ろしい、出るのはもっと難しい」という乱暴な言葉を、しじゅう聞かされた。

市内の監獄から秦城監獄への移送は、二時間ほどかかった。私は力を振り絞り、しかし恐る恐る（怒鳴られないように）車外の景色を見やった。護送の人は長い間外を見ていない私に気を遣ってくれたのか、あまりうるさく言ってこなかった。

すでに四月だった。路傍の木々と麦畑は一面の若葉色に染まっていた。私はこの見慣れた、弱々しい、儚い色彩に酔っていた――毎年、冬の枯れ果てた黄褐色と夏の湿った、濃密な緑の間に、短く優しい過渡期があるのだ。大自然が毎年華北地区にもたらす新たな命の息吹――華北、私の育った場所、私が知っている唯一にして本物の故郷、だから私は一九四九年の解放に心から喜んだのだ。私にとってそれは、歴史の新たな春だった。

だがジープの車窓からはどぎつい新たな標語もちらりと見えた。「打倒楊成武！」「打倒傅崇碧！」楊は長征の英雄、人民解放軍の総参謀長で、傅は北京衛戍区の副司令員だった。市内の監獄に収監されて以来、私は新聞（またはその他あらゆるもの）を読む権利を剝奪されていたので、これら標語の意味がわからなかった。なぜこれほど多くの人たちを一人ひとり打倒しなければならないのだろう。

最後に、ジープは小道に逸れ、岩がごつごつとした小山へ向かっていった。この小山の裏には――故意的にそのような地理位置を選んだのかも知れないが――高い壁で囲まれ、構造や階数も揃えられた兵営式の建物が建ち並んでいた――秦城監獄大院である。格子の嵌った正門（ここが監獄であることを思い知らされた）から入ると、車は一階の外で止まり、私は刑務官に身柄を引き渡された。テーブルの後ろに疲れ切った顔をした中年の警官がおり、私は彼と向かい合って立った。彼は服を脱ぐよう命令した。私は私物をすべて提出した――ペン、ノート、鍵、ベルト、財布、現金、それに小さな金属リーマー（煙草を詰めるために使うものだと一生懸命説明した）。彼はこれらを一つずつ登記し、袋のなかに入れて封をした。そして私は黒い囚人服を与えられたのだが、どうしてもサイズが合わなかった。寸法が大きいものは長すぎたし、長さがちょうどいいものは寸法が小さすぎた。そのあと彼らから「たったいまから名前を使うことを禁じる。これからは番号を使うように」と注意を受けた。番号は五桁で、前の二桁は六八（一九六八年）、後ろの三桁はその年に入獄した順番だった（そこから推測するに、その年が始まって最初の三か月余りで数百人が入獄したようだ）。

それから、私は三階まで階段で上がらせられた。階段の脇には鉄条網が張られており、ソ連の監獄を模したものだと思われた。ボリス・サビンコフ（もとはロシア革命のテロリストで、その後イギリス干渉軍のスパイとなった）がKGBの監獄から飛び降り自殺したことがあるが、囚人が自分の身もろとも証拠を消してしまうことを恐れてこのような措置がとられたのだろう。三階に上がり、鉄の扉をくぐると監房がずらりと並んでいて、私はその一部屋に収監された。

私は入るとすぐにさまざまな規則を告げられた。木製のドアは食事の差し入れ以外に、書き終えた文章を提出するときにも使ってよいこと、毎晩寝る前には眼鏡もそこから差し出すこと。私が眼鏡のレンズで手首かその他の動脈を切って自殺することを恐れたのだろう（数か月経ち、私が自殺の恐れなしとみなされると、これは免除されるようになった）。病気や、許可されたものが必要になったときは、大声で「第×××××号、報告！」と言うこと。すると誰かが来てくれる。服薬が必要な場合、看守の目の前で指定の錠数を飲まなければならない。看守はごまかしがないか、私の喉仏が動いたのを確認する。

食事は市内の監獄と同様質素で、トウモロコシの蒸しパンかトウモロコシの粥、それに小さな腐乳のかけら（ビタミンが豊富だ）、時折小さな肉がついていた。年末の頃だったと思うが、一人一個リンゴが配られたこともあった。暖かい家庭を思い出して希望を取り戻させ、あるいは新しい自分になろうと決意させる狙いがあったのだろう。囚人の栄養状態まで考えた、このような食事に対する考慮は文革前から続いていたものだと思われる。私たちにとって、唯一のごちそうは野菜だった。季節の新鮮な野菜なら、調味料は何も要らない。それにここの野菜は監獄菜園で自家栽培されたもので、収穫から私たちの皿に上がるまで数時間しか経っておらず、家にいた頃市場で買ってきた野菜より新鮮だったし、市内の監獄のように腐った野菜を食べなくて済んだ。私が最後まで比較的健康な状態を保てたのは、この新鮮な野菜を食べられたお陰もあったと思う。

＊　＊　＊

精神的には、秦城の最初の数日間の夜が一番苦しかった。私は怒鳴られたり命令されたりしなかったし、そのときもその後も殴られることはなかった。だが周りの監房からは何かを叩く音が聞こえてきた。殴られる人、床に倒される人、それに混じって「跪け！」という乱暴な命令の声が聞こえた。もっと遠いところからは、開け放した窓から「家に帰りたい！」という若い女性の叫び声が絶えず聞こえてきた。

だが数日後、すべては静けさを取り戻した。新入りの囚人を怖気づかせるためにわざと聞かせていたようだった。だが夏に、あちこちの窓が開けられると、近くにあった審問室から審問者の怒鳴り声と、審問を受け泣きながら答える人の声がまた聞こえてきた。だが何を話しているかは聞き取れなかった。

単独監禁された最初の四か月間は何も読むことを許されず、それが何より辛かった。読む権利を剝奪されるのは単独監禁されて精神に異常をきたす大きな要素だろう——少なくとも「知識分子」には。

私たちの目に入った唯一の印刷物は囚人仲間がくれた歯磨き粉の包装紙だった。とても幸運なことにカラフルな包装紙だったので、私はそれを壁の目立つところに置いておいた。私にとって唯一の、心を慰めてくれる芸術だった。

その後、『人民日報』が配布されるようになった。最初は監房から監房へと回し読みされ、一室三十分の時間が充てられた。一年後、一室一部となり、保存することが許された。私は何度も、一文字ずつ読んだので、中国語の学習に大いに役立った。さらに一年後、一九七〇年、私は『毛沢東選集』四冊を支給された。本を渡されたとき、私はこのような警告を受けた。「これはただの本ではないぞ、真剣に学び、自分の罪に対する認識を高めるための本だ」。あるとき、私はこの並べた四冊の本の上に眼鏡を置いておいた。当直の看守が覗き穴からそれを見て、すぐに声を荒げて怒鳴りつけた。彼はさらに上司を呼びつけ、私の行為が「あまりに不敬で、敵意に満ちている」として処分を仰いだ。上司は怒りに満ちた声で私を叱りつけた。

さらに後になると、党中央の理論刊行物『紅旗』も支給してもらえるようになり、しかも支給された新聞雑誌や書籍を無期限で保管してよいことになった。

＊　＊　＊

一九七一年九月、私が保管していた新聞と『紅旗』が突然没収された。他の監房でも例外なく同じであった。翌日の『人民日報』では皆に『インターナショナル』を覚え大声で歌うよう、突然の呼びかけが現れた。特に強調されたのは、「救世主や神や皇帝などに頼ったことはない、人類を幸福にするのは、私たち自身の力だ！」という点であった。

　これは林彪が失脚したからだったのだが、当時の私たちはもちろん知らなかった。

　だが私は、新聞の見出しやニュースから林彪の名前が消えたことに気が付き、おかしいと思った。そこで「腹の底から洗いざらい」の尋問中に、聞いてみることにした。「林彪は病気ですか？　毛主席にしてみれば直接指名の後継者かつ戦友がいなくなってしまって、さぞ大変でしょう」。次の瞬間部屋に響き渡ったのは怒号だった。「林彪は大悪人だ！」中国語には過去形と現在形の区別がないので、私は林彪が「悪人だった」のか、「悪人になった」のか区別がつかないでいた。だがどちらにせよ、これは大ニュースだ。ずっと後になって知ったことだが、毛主席の寵愛を失った林彪は毛主席を襲おうとし、失敗してソ連に逃亡する途中、モンゴル国内で墜落死したのだ。何年もの間、人びとは日々「毛主席、長生きしてください！」「林副主席、いつまでもお元気で！」と叫び続けており、その林副主席を中傷することは、毛沢東に対するそれと同じくとてつもない大罪であったのだが。

　私は林彪個人には興味がなかった。一九六九年の中国共産党第九回全国代表大会によって彼は毛主席の後継者であることが公式に宣言され（当時は当然のことと思われた）、さらにそれが党章に書き込まれるということだった——これは前代未聞のことだった。新聞で大会の写真を見て、党章の改定を皆が手を挙げ全場一致で可決するのを見た私は、これはすでに常規を逸している、もはや体面もへったくれもないのだと感じた。だが同時に、何かやむを得ない事情があり、状況の悪化を避ける必要があってこうしているのかも知れないとも思った。その後、私の最初の勘は二番目の勘より理性的であったことが証明された。

林彪の失脚後、私の読むものの範囲は広がった。ある日、彼らは突如私に「何の本が読みたいか」と聞いてきた。私は「エンゲルスの『反デューリング論』とレーニンの『唯物論と経験批判論』だ」と答えた。前者は比較的通俗的な著作で、後者はかなり専門的なマルクス主義哲学の著作だった。私の家にはこの二冊の英語版があり、それを家まで取りに行ってくれるよう彼らに頼んだのだが、私が受け取ったのは新品の中国語版であった。英語版より読むのに時間はかかったが、お陰で隅々までじっくりと読むことができた。

私は読んでいる本に記号や注釈をつける習慣があったが、監房でそんなことができるわけがなかった。ペンと紙ですら提出資料や自己批判を書くときに支給されるだけで、書き終わったら返還しなければならない――書き間違いや、余った紙も、である。そこで私は、大事な段落をマークするのに新しい方法を考え出した。紙を手で細くちぎり、湿らせてその段落部分に貼るのである。乾燥すれば簡単に剝がれるので、検査が来たときの対策にもなる。運良く、彼らは検査には来なかった。本二冊と、細くちぎった紙を私はいまでも保管している。

＊　＊　＊

一九七二年、アメリカ大統領ニクソンが北京に来た。生涯反共を貫いた彼が訪問したのは歴史の皮肉だが、合理的な選択でもあった。まずは国際情勢の追い風。二十年以上も、アメリカ——特にニクソンのような政客一派——は正反対の努力をしてきた。中華人民共和国はずっと、彼らにとって堅い岩のような邪魔者だった。アメリカは中華人民共和国を外部から崩そうとして、朝鮮で挫折し、ベトナムでは徹底的に失敗した。二つ目は、アメリカ国内政治からの要求だった。あらゆる自由派、あるいは「やや共産主義より」の政治家は、新中国とアメリカ相互にとって有益な協議を締結したら、「共産主義に対して手ぬるい」との誹りを免れなかった。こうして、昔からの右派であったニクソンに白羽の矢が立てられ、彼は実際にそれを成し遂げた。だがそれは私にとって受け入れ難い事実だ。長年組合のために働いてきた記者の私にとって、ニクソンは一九四〇年代終わりに組合の権利を制限したモント＝ニクソン法案の立役者だったからだ。さらに私は、マッカーシズム分子の攻撃対象にされたこともあった。ニクソンがこの反動の嵐を肯定していたこと、カリフォルニア州の国会議員選挙で進歩的な候補者であるヘレン・ガハガン・ダグラスを抹殺するという卑怯な手を使ったことを私は忘れられない（私はアメリカでヘレンに会ったことがある。とても好感を抱いた）。だがニクソンは確かに中国へ来た。アメリカでも、中国でも、彼は両国の架け橋を築くことに貢献したとして称賛された。

　それより前に、エドガー・スノーが中国を再訪している。一九七〇年の国慶式典の際に天安門城郭に上がり、毛主席と並んで観閲を行った。これは中米関係改善の象徴であった。「ニクソン大統領が公人として、さらに私人として（ニクソンは自発的に訪中したので）北京へ来てくださることを歓迎します」。毛はスノーにこう言った。スノーがニクソンの名を聞いて困惑気味なのを見て、毛はこう付け加えた。「国と国の関係は取りなしが必要なのだ、そしてそれができるのは当事国の実権派だけだ」

と。共感者は世論を動かすことはできるが、拘束力のある決定をするには権力の座についていなければならない、ということだ。

スノーが中国に再び現れたこと、及びそのやや後（ニクソン訪中前）に古くからのアメリカ人親中派（サーヴィス、グリニッジ夫妻ら）が新中国を訪問したことは、獄中の審問担当者が私を教育するときの材料となった。「彼らのいる場所と、いま自分のいる場所について考えなさい。自分の罪を正直に白状すれば、君も彼らと同じところに行けるだろう」と。だが罪など私自身にもわからないのだ、白状のしようがなかった。

私個人に対しては、林彪が失脚した頃から呼び出し審問の際に大声で怒鳴られることが少なくなり、思想の理解に重点が置かれるようになった。「新聞を見たかね、国内外のニュースについて、感想を言いなさい」。提出する文章についての要求も前の数年に比べ少なくなった。一九六八年から七一年にかけて、私は一五〇〇ページ以上も批判文を書かされ、表題はいつも「私の××××の罪」だった。そう書かなければならなかったのである。「私の海外旅行」や「私と×××が知り合ったきっかけ」などと書いたら、「お前の行った場所や誰と知り合いだったかなどどうでもよい！　自分の罪について書け！」と叱責されたであろう。

呼び出し審問を数回行ってもまるで収穫がないときは、彼らは「まったく時間の無駄遣いをさせてくれる。この時間があれば、何か他のことができたのに」と言った。「いつになったら白状するんだ？　一か月か？　ああわかっている、それでも足りないな、十年か？」

通常、審問は空き部屋で行われ、書類を書く人（少なくて三人、多ければ十人）は長机に座って、床より少し高いところにいた。審問を受ける人は床に座らされ、座っているのは釉薬のかかった丸筒だった。丸くてつるつるした筒は重く、放り投げて武器として使えないようになっていた。

＊＊＊

怒りと抑圧は牢獄生活の一部に過ぎなかった。多くの時間は単調な繰り返しの連続で、どんな小さなことでも変化があれば嬉しかった。一か月に一度、看守に爪切りを持ってきてもらえる。手と足の爪を念入りに切った。同じように一か月に一度髭を剃り、髪を整えてもらう。これはハサミを使って同時に行われるので、髪と髭はいつもすっかり長くなっていた。一か月でシャワーを浴びられるのは一、二回。交代制で、すぐに行って戻ってくるので、入浴の前後も入浴中も、誰にも会わなかった。四年以上もの間、私は自分の顔も見ることもなく、ようやく鏡が与えられ、自分で髭を剃ることが許されたのは、釈放の前日だった。

多くの人（邱茉莉や私だけではなく）は長い単独囚禁生活のなかでどうして生き延びることができたのだろうか。もちろん、陰湿で残酷な虐待を受け健康を損ねた（ときには精神に異常をきたした）人もいた。生き延びられた人たちには、二つの要素があったと思う。一つは未来に対する信念と自信、もう一つはさまざまなことを自分に課し、それを食事や睡眠と同じようによく行っていたこと。運動では、私は太極拳をしていた。中国で早い時期に学んだものだ。さらに陸上水泳と名付けた運動も行った。腰を曲げ、自由形競泳の動作をし、時折頭を動かして「水面で息継ぎ」をする。バタ足ができないのは残念なことだった。精神的には、自分の経歴をすべて思い出し、それに対する案件を考えてみたり、記憶を頼りに自分に影響を与えた書籍を復習してみたりした。ときには成績が一番悪かった中学の数学を復習してみた（数週間もかけて平方根を解く方法を思い出そうとしたがだめだった）。自分を楽しませるために、笑い話をしてやった（多くはユダヤの笑い話だった）。鼻歌も歌った。なるべく声を出さないようにしていた。警戒心がやたらと鋭い看守に何度も戒められたからだ。「笑っても歌っても泣いてもいかん。くだらないこと、或いは自己憐憫で自分の罪と向き合うことから逃れようとしても無駄だ」。

それから「精神の遊び」もした。そのうちの一つは自分が知っている、あるいは聞いたことがあるMac（マック）で始まる名字をアルファベット順に思い出すもので、MacAdam（マッカダム）からMacWhirter（マックワイター）まであった。言語学的なものは他に、英単語の語根とフランス語、ドイツ語やロシア語のそれとの関係を探るものもあった。こうした精神の遊びの範囲は果てしなかった。残念なことに私は将棋やブリッジがてんでだめで、脳内でこれらを遊ぶことはできなかった。だが、ヘボな自分の腕前を想像するのも楽しかった。ブリッジといえば、かつてこういう冗談を言った記憶がある。「私は常に友を敵に、敵を友にするのだ（ここで私は思わず笑い声を上げてしまう。そこですかさず、扉ののぞき穴に背を向けるのだった）。将棋については、かつてこううそぶいたことがある。「私は全世界で最高の教師である。なぜなら、まったくの初心者にルールを教えて、最初の一局で自分が勝ち、次は相手が勝ったからだ！（実話である）」

＊＊＊

　友だちもいないので、私は小さな生き物二匹に楽しみを見出した。ハエとヤモリである。私がハエを見つけたのは金曜日だったので、キンと名付けた。可愛らしくも憎たらしい奴であった。そのすばしこさは可愛らしく、トイレの縁に止まったかと思えば私の水飲みコップの上に止まるので憎たらしかった。そんなときは、タオルか新聞紙で潰してやろうかと思ったが、結局成功しなかった。道具の長さや私の敵意が足りなかったせいかも知れないし、長い間何億もの中国人にハエたたきで叩かれたせいで、中国のハエは逃げるのが上手いのかもしれない。だがキンは結局、技術の前に敗れ去った。その技術の持ち主は名前もわからない、殺虫剤をいっぱいに入れた噴霧器を持って音もなく現れた囚人であった。私は悲嘆に暮れて友の遺体を恭しく拾い上げ、水洗トイレに流して弔った。

　ヤモリとの友情はさらに短かった。天井の気に入った場所に現れて、蚊や小さな虫を食べてくれるという有益でかつ美しいその動作に、私は愛慕の情を抱いた。だが清掃作業をしていた囚人が天井の電灯の埃を掃除するよう命令を受け、長い箒を振りかざしたとき、ヤモリを落としてしまった。ヤモリは怒り慌てふためいて、扉の隙間からあたふたと廊下へ逃げ出し、それきり戻ってこなかった。たいへん残念なことであった。小動物がいなくなったので、私の思いは草花に向けられた。夏は、壁に囲まれた小さな空き地で運動をすることができた。塀の上にはよく衛兵が巡邏に来ており、私は彼の注意が逸れた隙を突いて、素早く草の葉や野の花を摘んだ。そしてそれを上着に隠し、こっそり監房に持ち帰って、取り出して枯れるまで楽しむ。最後はキンと同じく水葬にした。それは人の命でなくとも、命に触れることで私が得た小さな勝利だった。

＊　＊　＊

最も苦しかったのはすることが何もないことだった。服や、ベッドや監房をきれいにしておく以外、私は何をすることも許されていなかった。外の廊下を誰かが掃除している音を聞いては、やらせてくれと頼んだが、「普通の囚人なら許されるが、単独収容犯はだめだ」ということだった。看守や警備員に英語やロシア語のどちらか、あるいは両方を教えることもできると言われたが、断られた。

　私が何か言うと、答えはいつも決まってこうだった。「他のことはいいから、自分の問題をまず解決しろ」。

　私は家族のことを知りたくてたまらなかったが、同様に木で鼻をくくったような返事をされた。邱茉莉や子どもたちのことを思わないときはなく、思い出の一つひとつが頭に蘇った。髪を結っている少女の写真を新聞で見つけると、すぐにその子は同じ年頃の私の娘妹妹の姿になった。息子弟弟は、一心不乱にキリギリスを捕まえたり、何か面白いことがあったのか楽しそうに笑ったりしている姿で私の脳裏に現れた。あるときなどは、私は熱い涙を浮かべ小声で「イングリ」と呼んでみた。愛のこもったイディッシュ語の単語で、子どもという意味だった。私は幼い頃、母によくそう呼ばれていた。四十年間聞くことも思い出すこともなかった言葉。私の子どもたちはいまどこにいるのだろう？　獄中の最後の年になって、私はようやく彼らの消息をそれまでよりは詳しく聞くことができた。よい暮らしぶりであるらしかった。

＊＊＊

公の祝い事には一切出ることができなかったので、私は自分なりのやり方で祝うことにした。メーデーには、恭しく立ち、小さな声で英語、ロシア語、中国語の「インターナショナル」を歌った。私は監房のなかをまるでデモのようにうろうろと歩き回り、「ワルシャワ行進曲」（別名「危険なる旋風」）を口ずさんだ。父がロシア（ポーランドも含む）の一九〇五年革命デモに参加したとき歌った歌で、父から教わったものだ。ときにはアメリカ労働者の歌「ジョー・ヒル」あるいはニューヨークでデモに参加したときのスローガンを叫ぶこともあった。

一、二、三、四、二度と戦争はしない！
五、六、七、八、ファシズム国家は要らない！

弔事の際には、私は新聞で訃報を見かけると、自分で追悼をした。アンナ・ルイーズ・ストロングが一九七〇年に逝去した際には、私は立って黙禱し、彼女の姿や声と闘争の経歴、十年に渡って毎週火曜日に邱茉莉と『中国通訊』の発行の手伝いをしたことを思い出した。一九七二年にはエドガー・

スノーが逝去した。私は黙禱を捧げ、四十年に渡る友情を偲んだ。

私は続いて、龔澎にも黙禱を捧げた。彼女は長い間迫害されていたが、臨終間際になって、周総理自らが病床の彼女を見舞った。

＊＊＊

前述したように、私の獄中での待遇は一九七一年下半期から（林彪の九・一三事件後）改善され、翌年にはさらによくなった。秦城監獄に監査が入ったせいかも知れない。審問はさほど厳しくなくなり、私たちに早く罪を白状するようかけられる圧力は止まなかったものの軽減された。だがそれまでと比較して対照的だったのは――理由はわからなかったが――「進歩が見られたので」そろそろ獄中から出られるかも知れないと告げられたことだった。

まるでトンネルの向こうから見えた光のように、子どもたちが面会に来た。娘の妹妹は前に会ったときは十六歳でそのときは十八歳、健康状態も悪くないのか背も伸び程よく肉もついていた。娘の方はもちろんひと目でそれとわかったが、一方息子の弟弟は街で見かけてもこれはわからないだろうなと思った。離れ離れになったとき、彼はがっちりした体つきの、丸っこい顔をした十二歳の男の子だったのだが、それからまるで望遠鏡を伸ばしたように背が一フィートも高くなり、痩せて背も高く、スタイルのよい美少年になっていた。再会の喜びを記念して、彼らを連れてきてくれた陳春英（昔の同僚で、前述した私の審問にいた人である）は私たちと仲良く全員で写真を撮った。妹妹は外文局幹部学校

（北京の南にある河北省固安県）に在学中で、私に会いにわざわざ北京まで来てくれたそうだ。弟弟はそれより先に北京に戻り、中学校に上がった。私は子どもたちと睦まじく語り合ったが、私が（職員に言わされたのだが）「寛大な処置を仰ぐため、自分の過ちを認め徹底的に白状することにした」と告げると、彼らの顔から表情が消えた。私を信じなかったのではなく、認めるような罪など何もないのにどうしてそんなことを言わなければならないのか理解できなかったのである。

　その後、弟弟は一人でも面会に来て、よい知らせをくれた。妹妹と見舞いに行った邱茉莉は、元気にしているという。

　このとき、食事も突然よくなった。支給される量も増え、職員の態度もそれほどひどくなくなった。私は少量しかもらえない食べ物に慣れていたのと、食べ物がもったいないと思っていたこと、それに一気に大量に食べて腹を壊したので、「こんなに要らない」と言った。看守がすぐに私を叱りつけた。「党と政府の英明な政策を信じないというのか！」すぐに私は腹が出て、体重もかつてなかったほどに増えた。ある日再びやって来た陳春英が、北京で最高のスーツ屋である紅都の仕立屋を連れてきた。腰回りを測るとき、陳はこっそりと「これに合うベルトがあるかどうか」と呟いた。私は「ローラーに入れて伸ばしてくれよ」と冗談を言った。陳は仕立屋に「こんな状況にあってもユーモアを忘れない人なんでね」と言った。私たちはみんなで笑った。

　一九七三年一月のある日、『中国建設』雑誌社の古くからの同僚である李伯悌、陳春英と張兆鴻が秦城監獄へ私と邱茉莉を迎えに来てくれた。

＊＊＊

その後、私の父と邱茉莉の妹ロスが、私と邱茉莉が獄中にいた間にしてくれたことを話してくれた。父は宋慶齢と周恩来総理に手紙を書いたが、返事はなかった。その手紙が届いたかどうかも怪しかった。だが私への手紙（周総理にお願いして渡してもらった）は私のもとへ無事に届いた。誰に開けられようが、総理はこの手紙を私たちの雑誌社を通じて私に渡すことを許可してくれたのだ。手紙には、私の母が日毎に弱っていき、もう一度私に会えることを唯一の希望としていると書いてあった。私は悲しくなって、大声で泣いた（成人してから初めてのことだった）。監獄の職員に、アメリカに電話することを許可してくれるよう頼んだ（必要と認められれば監視つきでも構わない）。あるいは、アメリカに家族訪問へ行かせてくれ、と。私は中国の国連常任理事国代表団の住居に住み（中国は国連に復帰したばかりだった）、毎日病院にいる母親に会いに行き、夜は準備された住居に戻って、しばらくしたら中国の監獄へ戻るという約束ではどうかと尋ねた。監獄の職員は私の要求を聞いてはくれたが、返事はやはり「認められない」だった（私がアメリカへ行けば外交上の面倒が起きることは想像ができた。だが電話ぐらいならどうにかなりそうなものなのに）。ただ、手紙を書くことは許された。その後、私は両親に手紙を書き続けることができた（母が病没するまで続いた）。さらに、送金のお願いをすることも許された。『中国建設』社は私の貯めておいた給料を外貨に両替し、アメリカへ送金してくれた。すぐに、最初の送金で一〇〇〇ドル送ることができた。これは当時では珍しく、国家指導者クラスの鶴の一声がなければできないことで、私にとっても父にとっても慰めとなった。母がどう思っていたかはわからなかった――母の命はすでに尽きかけていたのだ。ああ、お母さん！

こうしたことより前に、邱茉莉もここに収監されていることを私はすでに知っていた。私は「妻はうちの両親とも親しいから、何か一言二言手紙に書かせてやってほしい」と頼んだ。これは許可された。そこで私は、彼女もすぐ近くに収監されているらしいと察したのだ。彼女も私が書いた手紙を見て、直接手紙のやり取りはできないものの、すぐ近くにいるとわかったそうだ。

その後、すべては周恩来の配慮によるものだったと知った。他の、大変な目に会った人たちと違って、私は彼を困らせるような行き過ぎた要求はしないようにした。周総理が日夜国家の大事に追われていることを知っていたからである（当初、私は彼自身が政治生命の危機にあったことを知らなかった）。さらに少ししてから、スノーの未亡人であるルイスが海外の友人に語ったところによると、夫婦が一九七〇年に訪中した際、周恩来との話が私と邱茉莉の状況に及ぶと、周は彼らに「二人は数か月以内に出獄するだろう」と述べたそうである。実際にはそれほど早くなかったが、この知らせを伝えられた邱茉莉の妹ロスは大いに希望を抱いた。さらに私の父のところへも伝わって、その結果、父は周総理に手紙を書いたのだろうか？

二〇〇一年、手紙が書かれて四十年後、私はようやく手紙のコピーを受け取った。邱茉莉の妹ロサモンドの遺品から見つかった、と彼女の長女が連絡をくれたのだ。

手紙の内容は以下のとおりだった（一部要約あり）。

> 私はイスラエル・エプスタイン（エプスタイン）の父です。息子のことはよくご存知かと思います。一九六八年初めまで、妻と私は一人息子からの手紙を受け取っていました。体調の優れない母親の健康を気遣うものでした（妻は長い間ひどい高血圧とリューマチを患っています）。一九六八年五月以降、息子や嫁から便りが来なくなりました。その後、彼ら二人が逮捕され手紙のやり取りも、電報や電話も禁じられた状態にあると新聞で読み、たいへん驚きました。
>
> 妻はすでに八十歳を過ぎています（私は来年一月で満八十六歳になります）。もし私が、あなたに息子や嫁のことで特別な取り計らいをお願いしたら、息子は私を永遠に許してくれないでしょう。
>
> 私は病床の妻に代わってこの個人的なお願いを申し上げます。どうか息子を隔離している部署に、息子に短い手紙を書かせてくれるようお願いできないでしょうか。
>
> 慈悲深いお心遣いをいただきたく、どうぞよろしくお願いいたします。

間違いなく、この手紙こそが担当部署を特別許可へと動かしたものだった。周総理は誠意ある対応をしてくれ、時機も私に味方をした（手紙が書かれたのは一九七一年八月、総理の手に渡ったのはきっと林彪の九・一三事件の後だっただろう）。さらに注意すべき事実は、文革の大いなる動乱の時代にあっても、郵便局から周総理に届けられた手紙が総理の注意を引いたということだ。彼は山程の手紙を受け取りながらも、職員にすべての手紙について、差出人と事由を必ず報告させていた。

＊　＊　＊

私が逮捕されて後、父がとった行動は勇敢だった。最初の一報は友人が『ニューヨーク・タイムズ』が報じた私の逮捕のニュースを電話で伝えてくれたことだったという。一九四二年、父はやはり新聞で、私が香港で死んだという知らせを受けていた。そのときにも父は大きな衝撃を受けたが、これは二度目だったので、それ以来父は電話機のそばから一歩も離れなかった。かかってくる電話をすべて受けられるようにするためと、母にショックを与えないようにするためだった――母は血圧が非常に高く、意識も朦朧としていた（初期の認知症であった）。私が逮捕されたなどと聞いたら、命取りになるかも知れない。父は、友人たちにも母の前でそのような話をしないように頼んだ。私から手紙を送ることができなくなっていたので、父は私の古い手紙を取り出して、私が無事でいるように装っていた（母はもう自分で手紙を読むこともできなくなっていた）。一九六六年、八十歳になる前には、父は退職して母の世話をしていた。家事もして、客が来た時は母の身なりを整え、ベッド上で姿勢を変える手助けもした（母はあまり動けなくなっていた）。父はすべてを愛と忍耐力で行っていたが、精神面と肉体面での二重の負担に苦しんでいた（父は痩せていて、母は背が高く、体重もあった）。私の愛する母は一九七二年に亡くなった。私が監獄にいたことも、もちろんその一年後に釈放されることも知らないままだった。

第二十九章　再びの自由

出獄後、数週間の調整期間を経て、私たちはゆっくりと自由な生活に適応していった。肉体的には、長い間歩いていなかったので、脚の機能が一時的に失われていた。階段を上るとき（私たちは三階に住んでいて、事務所は四階にあった）や屋外で少し運動すると、筋肉が震え、こわばったり痙攣したりした。精神的には、私たちは絶えず監獄で味わったことについて話し合った。

だが実際には、私たちはすぐに元どおりの生活を取り戻した。数年間の監獄生活について二人とも恨みはなかった。国外の友人に宛てた手紙には「私たちは変わりありません。新中国の建設を心より喜んでおります」と書いた。

邱茉莉は友人の一人に充てた手紙に以下のように書いた。

　エプスタイン、弟弟と私は河南省へ行き、全国的に有名な紅旗渠を見学しました。この人工河川は、かつて荒れ果てていた県全体の土地を灌漑しています。まるで天にそびえ立つ岩が巨人の体に与えた血液循環器のようで、見ていて思わずため息が漏れます。最も壮観なのは、太行山の麓の川から山の上に汲み上げられた水が、鉄のように堅い岩の上に掘られた溝を流れていく部分でしょう。人体ににわかに注入された血液が全身を巡るように、大地はたちどころに息を吹き返し、麦の苗や若い果樹の翡翠色があちこちに見られるようになりました。

しばらくして、邱茉莉は新しい仕事を得、彼女はその仕事を愛した――私たちの雑誌社の若者に英語を教えるのだ。教育に関して彼女は知っていることが少なかったので、経験者に教えを請うた。一つだけ、もうわかっていたことがあった――単語や文法規則を暗記する中国の学生の古いやり方では、生きた言葉は学べないということだ。そこで彼女はこう言った。「皆さまが教育の実践上で得た経験を、どうかお聞かせ願います。そうしていただければありがたいんです、できるだけ若い人たちの力になりたいので……」。それからこう付け加えた。「原稿の添削と教育なら、私は後者を選びます。より人民に近づけるからです」。

彼女は中国国内や世界的な社会・政治の動きに最後まで関心を持ち続けた。空白の期間（獄中で外界と隔離されていた）ができたことで、それはさらに強くなった。彼女はこのように書いている。

> 一九六八年に（フランスで）学生や労働者が起こした闘争について書かれた本を読み終えたところです。全体的には非常に大規模な運動で、それに対する理解がようやく深まりました。まるで嵐のような運動で、猛烈に旧秩序を破壊し、権力者たちを大いに動転させたようです。

さらに、昨夜、私たちは訪れたアメリカ人の友人数名とウォーターゲート事件のもたらしたもの及びニクソンが弾劾される可能性について話し合いました。私は、ニクソンが弾劾されることはありえないと思います。左右合わせたさまざまな勢力と取引を行っているからです。ですが（彼は）いまやまるで火山の縁に座っているようなもの……狡猾なコックスはどのようにして危機を脱するのか、エプスタインの言葉を借りればいつまで「キッシンジャーの威を借る」ことができるのでしょうか？

彼女はソ連の状況にも興味を持っており、ソルジェニーツィンらの行動にも黙っていなかった。一九七四年二月、彼女は私たちの友人であるタリサ・ガーリッチへの手紙で、以下のように書いている。

　彼の作品とノーベル賞受賞時の講話を読みました……彼は社会主義を恨む反動分子です……歴史の前進を止めようとしているのです。

　邱茉莉は農業にも心血を注ぎ続けた。アーウィン・エンギストとジョアン・ヒントンは当時北京郊外のある公社で働いており、邱茉莉が親戚に宛てた手紙には、新設備の購入や設置について彼らに相談したと書かれている。エンギストはアップステート・ニューヨークで牧場主を親から引き継いでおり、コーネル大学卒業だった。ヒントンの大学での専攻は原子物理学で、成績も優秀だったが、アメリカの軍事工場で武器を製造することを拒み、中国での牛の飼育を選んだ。邱茉莉の義弟の一人はイギリス農民で、ヒントンは彼から現代的な電力真空搾乳機について聞いており、さらには各種機械の搾乳管と牧場の生乳運輸管の継ぎ目の構造について意見を仰いでいた。

一年後、アメリカとイギリスへ旅行に行った私たちは、エンギストとヒントンに雄牛のドライアイスで冷凍した精子を持ち帰ろうとしたが、ドイツのフランクフルト空港でテロリストに対する緊急の取り締まりが行われ、危うくそれをなくしてしまうところだった。カービン銃を提げた兵士がバイクに乗り、空港の室内区域を巡邏していた。検査員は乗客のカメラの裏蓋まで開け、なかに爆発物がないかどうか確かめていた。幸運なことに、私たちが「精子だ」と言うと、ドイツの検査員たちは相談を始め、冷凍容器を開けることはしなかった。彼らのなかに農家出身者がいたのかも知れない――わからないが。

私たちは旅に出る前に（ニューヨークにいる私の年老いた父と邱茉莉のイギリスにいる大勢の親戚を訪ねる旅だった。邱茉莉は妹ロサモンド一家だけで八人もの子どもと多くの孫がいた）、体力労働に従事することになった。当時、機関幹部が交代で労働するという規定はまだ廃止されておらず、私たちも喜んで参加した。

私は地下の防空壕を掘る労働にも従事した。邱茉莉は手紙にそのことは書かなかった。当時のスローガンは「深挖洞、広積糧（深く壕を掘り、広く食糧を備蓄する）」だった。ひとたび核攻撃を受ければ、北京市民は四方八方に伸び、連結しあった地下道を通って避難できる。私たちの息子艾頌平（幼名弟弟）は働きながら学んでいた。邱茉莉はイギリスの親族に宛てた手紙で以下のように書いている。

> 弟弟は技術学校で冶金機械の製造を学んでいます。全校を挙げて教師も学生も農民から学んでおり、期間は半年です。毎日楽しくしているようで、月に四日間休みで家に帰ってきます。

国外へ旅行に行くために、邱茉莉は中国の運転免許を申請した——イギリスなどの国では国際旅行運転免許として使えるのである。彼女は十代から運転していたが、そのときの免許はとうに失効していた。再申請は難しかった。彼女は手紙にこう書いている。

一般的に、彼ら（中国）は六十歳以上の人に運転免許証を発行しないのです。私は彼らに、イギリス旅行で車がなければどれほど不便か説明しました……前回のイギリス訪問時には四週間滞在しましたが、一週間は汽車とバスのなかで無駄に過ごした、と。

実際には、再びハンドルを握って、昔の経験がもう役に立たないことを彼女は思い知らされたのだった。車の出せるスピード、車両そのもの、交通規則などがまったく違っていたのである。彼女の農夫である兄は私たちに、しばらく使えるように中古の車を一台買ってくれた。私たちはそれを運転して、後ろから勢いよくきたジャガー車に路肩に押し出されそうになったもあった（たいへん幸運なことに未遂で済んだ）。

出獄し、北京の家や職場に戻って数か月間、邱茉莉はかつてのように公共福祉に情熱を注いだ。私たちの出版社の指導者に宛てた手紙には、以下のように書いている。

（外国専門家が居住する）東棟では毎週木、土曜日の午後四時三十分から五時三十分までお湯が供給されます……どちらも私たちが出勤している時間です。つまり、東棟に住んでいる同志たちは入浴を諦めるか、出勤中に入浴するしかありません。一部の同志たちによれば、ボイラー室の稼働時間が私たちの仕事時間と一致していなければならないからだそうです。これはおかしいと思います。調理員の勤務時間が事務所の仕事時間と一致していなければならないと言っているようなものです。

つまり、特殊待遇を受けている外国人であっても、当時の生活水準は低かったのである。だが彼女は昔と同じく自分のためではなく、他人のために公平な待遇を要求しているのであった。手紙はさらにこう続く。

　二つ目は、東棟は毎週二回お湯の供給がありますが、（中国人職員が居住している）西棟には一度もありません。石炭が充分ではないせいだと聞きました。そうであれば、お湯を出すための燃料の分配を公平にしてほしいです。東棟のお湯の供給を週二回から一回に減らし、西棟を毎週一回にするのです。そして、従業員のためにお湯の供給の時間を調整していただけないでしょうか。

　家事仕事については、上の娘である艾頌雅（幼名妹妹）は編み物を学んでいた。邱茉莉は妹への手紙で、「手元に編み物の本があれば送ってほしい」と書いている。

以上、まとまりのない話になってしまったが、私たちが急速に、さらに全面的にいままでの生活や仕事を取り戻していったことがわかるだろう。

第三十章　邱茉莉との別れ

邱茉莉は一九八四年九月二十四日に死去した。七十九歳の誕生日まであと数日というところだった。彼女の呼吸が止まったとき、そばには誰もいなかった。

病院での最初の夜彼女の意識ははっきりしており、落ち着いて機嫌もよさそうに見えた。だが翌朝五時、電話がかかってきて彼女が危篤になったことを告げられた。駆けつけたときには、彼女の命はすでに尽きていた。

私たちが四十一年間も異体同心でともにしてきた生活は、こうして突然中断された。私たちは互いに離れることのできない共同体となって、友人や同僚たちに「邱茉莉＆エプスタイン」と、まるで同じ人のように呼ばれることもあるぐらいだった。

私たちは離れ離れにされてしまった。一緒になったとき（二十六歳）から離れ離れになったとき（六十九歳）まで、四十年以上も私の人生の音楽で最も美しい音符だった彼女が、もういないのだ。

看護師によれば、彼女は最後に意識を取り戻したとき、私を呼んだという。私にとって生涯の悔いだ。彼女のそばにいて手を握り、あの紺碧の目を閉じて口づけしてやることができなかったなんて。彼女の死に顔に対面して、溢れ出る涙を止めることができなかった。帰宅して、私は二日二晩彼女の好きだった二人の作家、ウィリアム・ブレイクとウィリアム・モリスの作品を読みふけった。彼女はこれら作品に啓蒙され、後に社会の公正と進歩を追い求めるようになったのだ。彼女が私にこれら作品を朗読してくれる声が、ふと耳元で聞こえた気がした。それから、彼女が昔と最近くれた手紙を探し出して読んだ。

彼女の遺体が火葬されて後、私は彼女が私に託したであろう、私の（あるいは私たちの）事業を続けようと、自分を奮い立たせた。一週間も経たずに私は車で武漢へ赴き、当初の予定どおり、私たちの友人スメドレーを偲ぶ集会で講演を行った。スメドレーはものをはっきり言う性格で、厳しいときもあれば、冗談を言って笑うときもあった。その集会では、まるで彼女が生前の姿のまま私（と邱茉莉）の前に現れ、私たちのかつての奮闘の一つひとつが蘇ってくるようだった。帰ってくると、私はそれきり泣かなかった――突然悲しみが襲ってきて、目に涙が潤むこともあったが。

＊　＊　＊

私たちはもともと、最後まで一緒にいられないかも知れないと考えていた。最初、邱茉莉は私との結婚にさほど乗り気ではなかった。彼女は私より九歳も年上なので、先に歳をとって私の負担になるし、死んでしまえば私が一人残されるから、と。その後私たちは結婚し、多くの困難を乗り越える間もずっと健康だったので、やがて年齢差など気にしなくなった。将来に対する考えも変わった。まるで川べりの二本の老木のように、ともに晩年を過ごせるかも知れないと彼女も思った。さらにその後、癌にその頑丈な体を蝕ばまれても、彼女の精神は明るいままだった。

＊＊＊

邱茉莉は人生のどんなときも、他の人の光だった。

一九四四年の重慶外国人記者招待所での集まりだったと記憶しているが、煙草の煙が立ち込める部屋に彼女が斜め正面から入ってきた。そのとき彼女は三十歳過ぎだったが、同僚の一人がそれを見てにわかに「きれいだなぁ！」と言った。

私たちの古い友人である、チリ人画家ファサイ・ワントレリは長い間海外にいて、一九八四年に北京を再訪した際、病院へ彼女を見舞いに行った。

そのとき彼女は八十歳近く、重い病気に侵されていたが、ワントレリは彼女を一目見るなり大きな声で「美しいひとだなぁ！」と言った。そのとき、ワントレリが旧友を歓迎して見せた穏やかな微笑みは顔中、いや部屋中を輝かせた。

＊＊＊

邱茉莉は身体が丈夫だったので、病気になってもそれを認めたがらなかった。私が何かの病気にかかると、いつも「暗い顔をしていないで、病気と戦いなさい！」と言われた。彼女の言葉は私にとっていつも薬だった。ある日、彼女が「乳房に何かある」と言う。心配しているのではなく、奇妙だという様子であった。私は何が何でも病院で検査しろと言い、彼女は渋々同意した。検査の結果、相当に大きな瘤があるということで、医師は乳腺切除の大手術を決定した。手術前日、私たちはスノーの没後十年を記念して開かれていた展覧会へ行き、旧友たちとスノーを偲んでいた。元気だった。だが術後、私は医師から悪い知らせを受けた。リンパ腺にも問題があるという。でも彼女はすぐに起き上がって、自転車で病院の放射線治療や化学治療を受けに通うようになった。最初の頃は悪いところがあるようには見えなかった。福建へ旅行に行き、山登りをしたが、彼女は私や他の人より速く歩いた。さらに数か月経ち、北戴河の海岸へ休暇に行った。彼女は長い治療で少し疲れていたが、一緒に泳いだり遠出の散歩を楽しんだりした。

その後、骨の痛みと長期間の化学治療が体を蝕み始め、彼女は数か月間も病床に臥せった。

本を読むのが難しくなった頃、タイミングよくアメリカ・ニューヨークから友人たちが音訳図書を送ってきてくれた。私たちはさまざまな作品を聞き、楽しみ、話し合った――ブレヒトの『肝っ玉おっ母とその子どもたち』からバルジーニの『イタリア人』まで。

臨終まで、彼女は痛みを感じなかった（骨の痛みは、すぐに放射線治療で抑えられた）。私たちが生まれたばかりの孫を抱いて見せると、彼女の笑顔はまるで輝く日差しのようだった。中国や外国の友人や同僚たちがよく見舞いに来た。西側、東側、中東とさまざまな国の友人たちだ。妹のロサモンドが夫とともにイギリスから飛行機で来てくれた。彼女を励ましに来た客たちは、彼女の明るさに逆に励まされるのだった。

最後の最後まで、彼女は国内外のニュースやかつて自分が献身的に働いた事業を見守り続けた。病床に臥せった最期の数か月間でさえ、中国工合が活動を再開したことを喜んだ。第二次世界大戦中、彼女は工合のために長期にわたって力を注いでいた。工合促進委員会のメンバーに選ばれたときは、「まだしたいことがあるんです」と言っていた。

邱茉莉の治療にあたった呉蔚然医師は世界的に名の知れた外科専門医で、中国の重要指導者の健康管理に携わった。私たちの、そして中国通たち（中国革命と運命をともにした外国人）のよき友人であった。健康のことであればどんな小さなことでも気に留め、どんな大きな問題でも力添えと励ましをくれた。

邱茉莉の告別式は北京八宝山革命公墓で行われ、長い間親交のあった数百人の友人が参列した。火葬場に向かうときには、現代中国の習俗に倣い、長男または長女が遺影を持って、葬列の一番前を歩いた。私たちの養女であった頌雅は養子の頌平より少し年上で、体格もややがっちりしていた。頌雅は厳粛な表情をして涙をこらえており、頌平は悲しみのあまり、背の高い体を前かがみにしていた（邱茉莉は頌平に英語の Robin という名前もつけていたが、頌平はほとんど使わなかった）。

私と邱茉莉には子どもができなかった。彼女は手術までしたが、それでもうまくいかなかった。彼女にとって子ども――あらゆる子どもは、愛を注ぐ対象だった。北京のある小学校を援助していたが、病床の彼女を小学生たちがよく見舞いに来た。彼女はいつも喜んで子どもたちを迎え、子どもたちは彼女に手作りの花輪をくれた。彼女はそれをベッドからよく見える場所に置いてくれるよう、看護師に頼んだ。子どもたちはさらに少年先鋒隊の赤いネッカチーフも一枚くれた。青春とよりよい世界の象徴。最後には彼女の骨壷に入れられ、八宝山に安置された。

遺骨の一部は妹のロサモンドによってイギリスへ持ち帰られ、先祖の土地であるヨークシャー地方ボランスピ村の教会墓地にある両親の墓の隣に埋葬された。

彼女を偲んでいた頃、少女時代の友人たちがその性格や善良な心、純真なユーモアについて覚えていることを語ってくれた——前の第三章で述べたとおりだ。

邱茉莉の残した遺作には、中国に関する多くの文章、中国工合の業務報告、多くの手紙とメモが含まれる（メモは多くが速記だった。彼女は速記を得意としていた）。

彼女の人生は時間的にも空間的にも奥行きのあるものだった。

＊＊＊

私は三十年間で四回チベットを訪問した。個人的には三回目が一番思い出深かった。邱茉莉と一緒だったからだ。彼女の逞しさに私は敬意を抱いた。著書『チベットの変遷』の表紙にはこのような端書きをした。「邱茉莉に捧ぐ。彼女の世界の屋根をも恐れぬ果敢さがなければ、私は著書など書けなかっただろう」。

そのとおり、邱茉莉は当時七十歳を過ぎていて、心臓も悪く、転んだ怪我から回復したばかりだった。友だちに薬を持っていこうとして、バスを追いかけ、氷で滑って転んだのだ。くるぶしの骨を折り、器具がとれたばかりで、歩くのに杖が必要な状態だったが、それでもチベットに行くと頑張った。

チベットに到着すると、彼女は三〇〇〇～五〇〇〇メートル以上の高度による高山病の症状を隠し続けた。これについては、付き添いの若い医師の協力もあった。この医師は彼女の鋼のような意志に敬意を抱き、安全について全面的に責任を負うと申し出てくれたのだ（邱茉莉がラサの病院で検査を受けていれば、思いやりある医療専門家たちにより、「外国人専門家に何かあってはいけない」と、すぐに北京に帰されてしまったことだろう）。彼女は荒い息をしながら酸素パウチの酸素を絶えず吸入し、若い医師のカバンから薬を出して飲んだ。持ってきた細い杖を捨て、ボーイスカウトのような太くて長いのに持ち替えて、パタパタと音を立てながら必死で歩き、私たちとともにチベットで六週間の楽しい時間を過ごした。

　だから私のなかで邱茉莉とチベットはいつまでも繋がっている。まるで私たちがともにした暮らしのように。

＊＊＊

　邱茉莉は八十歳（私は七十歳）まで、あと一年を生きることができなかった。私が七十歳のとき、鄧小平と鄧穎超が誕生会に来てくれた。たいへん光栄なことだった。

　鄧小平はその頃八十一歳の高齢だったが、気力が漲っていた。文化大革命中に何年収監されていたか聞かれたので「だいたい五年です」と私が答えると、「私は六年もいた」という返事が返ってきた。（追放され、軟禁されていた時期を合わせて六年間になる）。六歳になる私の孫の寧寧が懐に飛び込むと、鄧小平は寧寧にキスをした（私がこの本を書いている時点では、寧寧は大学三年生、体重二〇〇ポンド、身長は四フィートにもなった）。彼は私の煙草に火をつけてくれ、私たちは一緒に吸った。このことで翌日、私のところに電話がかかってきた。「鄧小平と若者に悪影響を与えるようなことをしてくれたな、テレビカメラの前で煙草を吸うとは」（私は何年も禁煙していたが、この電話のためではない）。鄧穎超は会見の席で、約四十年前に天津の日本の魔の手からともに逃れたことを話してくれた。

私は中国人民のためにいくばくかの貢献をして名声を得ることができたが、その多くは邱茉莉とともに行ったものだ。彼女が健在だったら、きっとこのような誕生会に喜んでくれただろう、特に非公式で打ち解けた集まりには。

これは人民共和国が興した国際主義の伝統だった。これより前の時代にはすでに、アメリカ人作家アンナ・ルイーズ・ストロングの毎年自宅で開かれる誕生会に、周恩来総理は個人的に参加していた。ストロング八十歳の祝いの席では、毛主席は彼女とその友人を招いた。シャフィック・ジョージ・ハテム（馬海徳）医師は先祖がレバノン出身で、早い時期から中国紅軍に志願して医療に携わり、後に中国でのハンセン病の予防と治療で国際的に有名になった。もとはアメリカ国籍だったが、後に中国籍を獲得した。レウィ・アレーはニュージーランド人で、合作社の組織人、作家、詩人だった。彼ら二人のためには全国的な祝賀会が行われた。だがこうした祝い事は外国人支持者のためにのみ開かれた。本国の党員に対しては、中国共産党は公の席で長寿を祝うことを禁じた。道一本とっても、人の名前をつけることは許されなかった。

＊　＊　＊

邱茉莉は高潔な品格と、素直な心を備えた人だった。怪我をしても泣いたこともなく、目に涙を浮かべることはあったが、自分を憐れむことはなかった。論争になると、互いに顔を真っ赤にするような激しさでも、自分が勝てば驕り高ぶったり相手を笑いものにしたりすることはなかった。自分の意見が正しかったことが後で証明されても、「だから言ったでしょう」と言うようなことはしなかった。他人に対してぶっきらぼうな顔をすることもなかった。

　抑圧された人びと、不幸な、あるいは激しい競争社会で成功できない人びとにも、彼女は慈悲の心を持ち続けた。こんな逸話がある。足の悪い小犬が柵を越えられないでいると、（行うに値するかどうかは別として）いつも自分から進んで持ち上げてやっていた。この慈悲深さは彼女の政治理念にまで昇華されていた。

　彼女は何でも他人を優先するところがあった。彼女が救急医療を受けたときのことを思い出して私が書いた詩がある。

医師たちがそばにつき、
危機にさらされたあなたの命を救おうと
緊張した話し合いと処置が行われていたとき、
あなたは言った、「お静かに、
隣の人の迷惑になってはいけないから」と。

彼女の国際主義精神については、私は以前こう書いた。

中国人民のために、
四十の春秋を経て、
すべての心血を注いだあなた。
いまは自分が死神と戦っている。
中国の息子娘たちの鮮血が、
あなたの血管に絶えず流れ込む。
あなたの体内にあるのは、
東と西の精華が集まって流れる大河。

私のいま一番の望みは邱茉莉のように忠誠のために生き続けることだ。そして彼女のように楽観的で毅然とした精神で、危険や病気、死にも向き合っていきたいと思う。

第三十一章　夕陽の歌

もはや私は人生の黄昏に差し掛かったが、こう聞かれることがあるかも知れない。「ご自身の選択に後悔はありませんか？」

歴史が私に与えた時間のなかで、中国人民の革命事業に自ら携われたことより素晴らしくて有意義なことはなかったと思う。中国人民は人類の五分の一、世界の運命において看過してはならない地位を占めている。その中国人民の革命においては、他のどの活動でもそうであるように、喜びも苦しみも曲折もあった。だが総合的に見て、向上への道であったし、国そのものや国際的な進歩に貢献した。

かつて一九四七年、私は『中国、未完成の革命』という本を書いた。ある意味、このときの革命は中華人民共和国が一九四九年に成立したことによって完成した。だがそれは一つの段階にすぎなかった――重大で決定的な段階ではあったが。さらに長い目で見れば、それも未来の新段階への入り口にすぎず、また言い換えればこうした新段階も、中国革命の構成部分及びその延長にすぎない。

個人の命は民族や社会のそれと同じく、物質的にはいつか終わりが来る。だがその影響は残り、さらに大きな流れの積極的あるいは消極的な一部となる。ある意味、人類のあらゆる活動――個別の、あるいは集団の――はどれも未完成の革命と呼ぶことができる。多くの段階があり、どの段階も歴史の主流の分岐点になりうるのである。
中国の二十世紀の革命は偉大なステップだった。人類の五分の一を占める中国人にとってだけでなく、人類にとっても勝利だった。中国革命は人類全体に恩恵をもたらしたからだ。
中国革命によってこの巨大な国家は百年余りの屈辱から解放され、世界の民族のなかで独立した平等な地位を得た——無数の愛国の士の血が流れ、中国共産党が舵を握って闘争を勝利に導き、この目的を実現したのだ。

ハイテクノロジーの研究と技術において、新中国の科学者や技術者たちは目覚ましい成果を挙げた。国防においてはただちに核能力を保有し、しばしば現れる核攻撃の脅威を抑え、同時に核兵器の先行使用はしないことを保証している。

宇宙開発においても、中国は世界の最前線に躍り出た。二〇〇三年十月十五日、中国が自国で設計し製造した神舟五号宇宙船は中国初の宇宙飛行士楊利偉を宇宙へ送り出し、地球を十四周した後、十六日に無事かつ正確に内モンゴルの草原に着陸した。中国はソ連とアメリカに次いで宇宙に乗り出した第三の国となった。

中国の農業の発展は工業ほど急速ではなかったが、依然として増加し続ける人口に充分な食糧を供給し、余った分を備蓄できるまでになった。それぞれの地区が常にさまざまな自然災害を受ける環境で生まれた成果である。

急速な発展の下で、社会や個人の生活においては好ましくない傾向も見られるようになった。例えば、住居環境の変化に伴い、伝統的な近所付き合いも弱くなった。一人暮らしの人も増え、高層集合住宅では隣人を知らないことすらよくある。ボランティアで組織された居民委員会がコミュニティ構築に励んでいるところだ。私が住んでいるアパートの建物でもこうした活動が行われている。建物全体の労働者（主に農村出身で、教育をまったく受けていないか小学校に数年通っただけの人もいる）のために学校ができたのである。教師のほとんどは住民の定年退職者によるボランティアである。

建築や社会の角度から見ると、北京の伝統的民家は極端なほど姿を消していっている。重要史跡やよく見られる門の上の横書き以外は、北京は世界の他の現代的都市と同じく、北京らしさをほとんど失ってしまった。だが、あの頃はよかったという懐古主義――特に現地の英文紙に見られる――に昔といまの北京を知る私は違和感を覚える。旧時代の統治を賛美しているという不愉快さだ。誰にとってよかったのだろう。もちろん、首都である以上、その歴史的雰囲気は多くの面において旧統治者の影響を免れない。だが革命を過去のものにしてはならない。革命はそもそも、伝統を構成する一部――最も新しく、最も重要な構成部分なのだから。「共産党なしに新中国なし」、これは単なるスローガンでなく、まごうことなき事実である。あるいは、中国の古いことわざにあるように、「水を飲むときは井戸を掘った人のことを忘れてはならない」のである。

新中国の成長はたやすいものではなかったが、中国人民だけでなく、全世界に恩恵をもたらした。新中国は平和に対しても大きな貢献をした――もし中華人民共和国が誕生せず、生き残れなかったら、自国を守れず、繁栄もなかったら、いまの世界はどうなっていたか考えてみれば明らかだ。

中国が日本に征服されていたら、全世界の力はファシズム枢軸国の勝利に有利な方に傾いていたかも知れない。

あるいは冷戦中、中国が半永久的に二つに分割され、それぞれが当時の二大強国の勢力範囲に組み込まれていたら（朝鮮半島の三十八度線、ベトナムの十七度線を鑑みれば、国土の広い中国の分割線は黄河または長江沿いの数千キロメートルだっただろう）、絶えず衝突が起き、第三次世界大戦の危機が迫っていたかも知れない。その後はどうなっていただろうか？

幸運なことにこうした状況は発生しなかった。中国人民は中国共産党の指導の下、全国的な勝利を摑み取り、新中国を建国し、安定させ、守ったからである——前世紀には踏みにじられた国家主権と領土の完全制を守り抜いたのだ。

これによりもたらされた恩恵は時間とともに止まることもなく、さまざまな新しい形で現れた。全世界人口の地球資源への負担を軽減するため、中国は全国の公民に計画出産を要求していて、原則として一組の夫婦は一人しか子どもを持つことができない（特殊な状況では二人も許可される）。

＊＊＊

二十世紀も終わろうとした頃、中国に現れたその他改革には、国内の改革と外部世界に対する開放がある——もちろんこれは、私の生活にも影響を与えた。

私は以前にも増して外国旅行に行くようになり、旧友を温め、さらに新たな交友関係も持った。新しい交友関係のなかで重要だったのはスティルウェル将軍の家族だ。一九四七年、彼が亡くなって間もない頃、私はその年アメリカで出版した著作『中国、未完成の革命』を、彼とその他世界人民の共同の進歩のために手を携えた先進の士に捧げた。現在、新中国の公の場で、私と同じくスティルウェル将軍を偲ぶ中国の旧友たちとともに、彼の追悼活動を行っている。その一つは山の街、重慶で開かれたシンポジウムだ。重慶は中国抗日戦争時代の首都だった。スティルウェル将軍のここの故居は現在記念館になっている。これら活動に、私は中国の国際友人研究会を代表して参加し、長年この団体の副会長を務めている。

二、三度、イギリスにも行き、邱茉莉の妹ロサモンドの大家族（八人の子どもと数十人の孫）とも親交を回復した。彼らは老いも若きも私を「エプスタイン叔父ちゃん」と呼ぶのだった。

中国でも、私は喜んで中国工業合作協会国際委員会に再び参加した。工合国際委員会の活動再開にあたっては多くの著名な中国経済学者の賛助を受けた。そのなかには長きにわたって合作社事業を見守り続けた陳翰笙、社会主義市場経済の主要促進者の一人である薛暮橋らもいた。外国人メンバーの主要責任者にはレウィ・アレー（すでに高齢だった）、ヘレン・スノー（最も早くから提唱していた主要メンバーの一人）、邱茉莉（一九三〇年代からこの事業に関わり続けた）、そして私もいた。邱茉莉は全世界――特に中国――の合作社事業に力を注ぎ続けた。当時彼女は病床に伏せていたが、名目上だけのメンバーにはなりたくない、何か任務を割り振ってほしいと言っていた。

エドガー・スノーは一九七二年に死去した。一九六〇年代初めの新聞ジャーナリストたちのスイス訪問、さらに六〇年代半ばの中国再訪で、私たちは彼と再会している。スノーは中国再訪後に『大河の彼岸』を書き、そのなかでアメリカは中国を承認し良好な関係を築くべきだと主張した。だがルーズベルト大統領時代とは違って、彼はもはやホワイトハウスの上客ではなく、ワシントンから軽んじられていた——当時の国務長官ラスクは彼を無視する傲慢な態度をとったのである。数年後、ニクソン大統領は世界の注目を浴びながら北京に現れる前、スノーにこのような手紙を書いた。「中米関係再築に関する貴下の先見の明は賞賛に値する」と。スノーは当時すでに病が重くなっており、恐らくはニクソンの長期にわたる負の経歴を鑑みて返事をしなかった。だが、身体が持ちこたえられれば、彼はニクソン訪中に同行した大勢の記者団のなかで重要な役割を果たしただろう。アメリカと新中国の国交再築をずっと奮闘の目標とした人だったから。

前述したとおり、米中関係の改善は不可避だったが、その歩みはゆっくりとしており、次の重要な一里塚——一九七九年の国交樹立にやがてつながった。

たびたびの訪米で、私は多くの旧交を温めた。そのうちヒュー・ディーンは米中人民友好協会ニューヨーク市支部の指導者の一人となっていた。ニューヨークにいるときはほぼ彼のところに滞在していた。カリフォルニア州滞在時には、私と浣碧はサンフランシスコのパウエル夫妻からよく懇ろなもてなしを受けた。ロサンゼルスでは、父方の従妹にあたるビバの家に、フレモントでは娘の頌雅の家に滞在した。

中国系アメリカ人楊孟東は第二次世界大戦中アメリカ軍の軍官として、スティルウェル将軍の副官を務めた。彼とその夫人ヘレンは新中国の友人であった。彼らはかつて北京に住み、ヘレンは長征中の女性紅軍兵士のために多くの研究成果を挙げて、『革命の選択——長征の女戦士』を書いた。この本はイリノイ大学出版社によって二〇〇一年に出版されている。このテーマについて書かれた最新の英文著作だ。彼らの北京滞在中、及び私のアメリカ西海岸訪問時には楊孟東とも何度も語り合ったものだ。

＊　＊　＊

北京では、私は引き続き『中国建設』（先に述べたように一九九〇年に『今日中国』と改名された）雑誌で忙しく働いていた（その後編集長になった）。宋慶齢とはずっと付き合いを続けていた。

宋慶齢は文革中、十年間も沈黙を強いられていた。彼女の身に降り掛かった恐ろしい出来事は数え切れない。例えば、彼女の両親の上海にあった墓は破壊され、なかを荒らされた——紅衛兵は「蔣介石の義理の両親だから」という理由をこじつけた。四人組の失脚後は、彼女は八十歳を過ぎた高齢と、弱くなった身体を押して、新たに生まれた活力を執筆とその他活動に向け、以前にも増して『中国建設』に寄稿してくれるようになった。かつてと同じく、原則的な問題については毅然とした態度をとり、だが個人的にはとても謙虚な人だった。人づてに「あの人の文章は一字たりとも変えてはならない」と言われたと聞き、大変な怒りを込めて、「どのような改善の提言でも喜んでお受けします」という手紙を私に書いてきた。事実は確かにそうであった。

彼女は上海に住んでいた時間が長かった。彼女が設立した中国福利会は文革の動乱期にはほぼ活動停止状態となっていたが、彼女はそこへ再び息を吹き込んだ。これまで主に地方性の事業としていた中国福利会を全国的な団体に発展させ、国内のその他地区（特に貴州省や寧夏回族自治区など革命拠点地や少数民族地区、辺境の地区）で女性や子どもの健康のための事業を始めた。台湾の子どもや青少年との交流活動をも行い、国家統一の大業に貢献したことは注目に値する。

彼女は新しい技術や子どもの早期課外活動への関心も特に強かった。早くは一九七〇年代、彼女は私、邱茉莉とともに上海児童文化宮のコンピュータ室を訪ねた——当時としては素晴らしい設備だった。さらに重要なことは、鄧小平が上海を視察に訪れた際、鄧にこれら施設を見せただけでなく、そこで学ぶ子どもたちと談話の機会を設けたことだ。記念すべき機会になり、子どもたちも励まされた。その後、彼らのなかからコンピュータの専門家が何人も現れた。

中福会が常時行っている仕事の一つは子どもに対する革命伝統教育だった。こうした教育は、いまでは子どもたちに現代化の重責を担う自覚を促す役割も担っている。

その当時、中福会では中国と外国の子供の交流活動も盛んに行われていた。青少年の演劇や音楽公演などである。人は子ども時代の記憶が最もよく、この時期に覚えたものは生涯の趣味になりやすい。このような活動は互いの興味を刺激し合い、人民や国家の間に友好の種を蒔くことになるだろう。

＊＊＊

宋慶齢は白血病により一九八一年五月二十九日に亡くなった。六月一日（中国やその他社会主義国家の子どもの日）、悲しみのなかで、私は彼女の旧友たちとともに、彼女の遺体と夜を過ごす特殊な待遇を許可された。その晩、私は『宋慶齢の通夜に対する感想』と題して短い散文を書いた。この作品の原稿はしばらくどこかへいっていたが、その後見つかった。以下は中国語訳である。

彼女は花のなかで、まるで生前のように静かだった。

その静けさは、現実世界やその争いから逃れたことによるものではない。

いままで七十年間、重大な闘争には必ず自ら身を投じ、努力と勇気を捧げてきた彼女。

闘争のなかで、他人の後ろに隠れることは決してしなかった。いつも果敢に最前列に立ち、他人を助け守っていた――もはやそれが本能であり習慣であった。

この沈黙――戦士として闘争に勝利した自信からくるもの――があるからこそ、彼女には老いや病の爪痕が見えないのかも知れない。

もはや九十歳近い高齢でありながら、生前も死後も変わらず永遠に青春の優しい輝きを放つ。

本当に、永眠してもなお、目を閉じて一休みしているようにしか見えないのだ。

いまにも再び目を開けて、あの優しくはっきりした声で話し、あの毅然として力のこもった手で執筆をし、さらにあの果敢な精神と素晴らしい効率で闘争をする――そしてさらに――働くのではないだろうか？

この精神と俊敏さを、彼女は最期の日まで失うことはなかった。

花のなかで安らかに眠り、紅旗を体にかけられた彼女に、私は「どうか安らかに」とは言わなかった。代わりに「働き、戦い続けてください、余人をもって代えがたき同志よ」と言った。

きっと彼女はそうするだろう――彼女を知る人たちの、この六月一日の子どもの日に別れを告げに来たたくさんの子どもたちの、まだ生まれていない多くの子どもたちの、未来の無数の世代の人たちの心のなかで。

一九八一年六月一日

一九七五年、私は宋慶齢から「死んだら伝記を書いてほしい」と頼まれた。残念なことに、彼女の晩年は忙しく、私と話し合いをする時間が充分にとれなかった——伝記を書く上で必要なことだったのだが。とは言え、私は約十年の時間をかけて任務を完成させ、一九九二年十一月、『宋慶齢——二十世紀の偉大な女性』として出版した。

この本はその他西側諸国の言語には翻訳されていないのだが、興味深いことに日本語と朝鮮語版がある。中国語版も北京人民出版社の授権により、台湾日臻出版社から中国語繁体字版が出版されている。本章を書いている時点では、タイ側からタイ語版の出版準備中であるという知らせを受けている。宋慶齢はアジアの革命者であり愛国者として、アジアや第三世界の国々で注目され敬愛を集めたことが、ここからおわかりいただけるだろう。

＊＊＊

一九七九年、当時中国共産党中央宣伝部の責任者だった胡耀邦——さまざまな領域で改革を提唱した勇敢な先駆者——が中国の多くの出版機関の編集部を拡大した。対外宣伝機関に対して、外国に出自を持ち国際的に仕事をした経験のある人を指導的地位に就かせるという突破的な改革を行った。外国人に読ませるものを書くにはどうすればよいか、彼らが一番よく知っていたからである。

一九七九年三月十三日付けの指示で胡はこう言っている。「外国人専門家の意見について、我々の同志は長い間真剣に聞いてこなかった。ここは専門家の職権問題を根本から考慮する必要がある。まずは刊行物をひとつふたつ出し、彼らに編集長を務めてもらい、中国側は顧問に回って、半年間試してみてやり方を決めるというのはどうだろう」。

この指示された精神に基づき、私は同年五月に私たちの刊行物『中国建設』（現在は『今日中国』）の編集長に任命され、業務を担当することになった。対象となった外国人は私一人ではなかったが、職位を引き受けたのは私だけだった。他の人はまだためらっていた。皆の脳裏にはまだ文革の記憶が生々しかった。文革中は職位の高い人ほど闘争の矢面に立たされ、転覆させられた。就任を宣言した会議室から出てきたところで、階段で人びとが噂をしているのが耳に入った。喜んで好意的な態度を示す人もいたが、「エプスタインめ、また監獄に入るつもりかな」と嘲笑っている人もいた。

私はこの任命を栄誉だと思っていた。文革前に刊行物の執行編集者をしていたが、普段の仕事は編集長とさほど変わらなかった。私の記者としての仕事経験及び中国革命支持の記録は、宋慶齢や社内外の多くの人から重んじられた。

出獄した私は、すぐには『中国建設』に戻らず、二年以上外文出版社で働き、主に英文原稿の手入れや若い同志の英語教育を担当していた。私にとってはいままでにない経験だった。わかったのは、彼らは英文法について私よりよく知っているということだった。私たちが教科書で英文を読むと、一人の若者は「nominativeabsolute（分詞の独立主格）ですね」と言った。私はそのとき――いまでも――

何だかわからなかったのだが、彼らにとってはわかりきったことであるようだった。

＊　＊　＊

一九七六年の初め、文革は終わりに近づいていたが、まだ完全には終わっていなかった。私は天安門広場で開かれた周恩来の追悼活動に参加した。群衆が自発的に行ったこの活動は何日も続いた。広場は徐々に花輪で覆われ、その多くは白の（中国では弔事の色だ）紙や布でできており、工場労働者たちは金属で花を作った。広場内と周囲には、無数の追悼の詩句が掛けられ、なかには本物の作家が書いたものもあったが、多くは普通の素人の作だった。四人組の扇動により（四人組はこれら作品の怒りの矛先であった）広場の追悼の花輪や詩文は突然除去され、群衆はこれに怒って、多くの衝突と逮捕事件が起きた。政府側は群衆の感情的な行いを反革命的としたが、現場で追悼の詩を書き写そうとした北京市民が強行阻止され、現場を撮影していた人たちはフィルムを提出するよう求められた――私もその一人だ。黒いベールを被っていた人たちはそれを外すよう言われた――従わない人もいた。何年も経って、これら追悼の詩文は集められて出版され、群衆の抗議運動を人びとは称賛し懐かしんだ。

一九八四年、私は招かれて中国人民政治協商会議全国委員会（政協）の委員となった。一九四九年、毛沢東は政協の会議上で中華人民共和国の成立を宣言し、その後五年間、政協は中国最高の人民代表組織だった。一九五四年に憲法が制定され、全国人民代表大会が国家の最高権力機関と立法機関となっても、政協は依然として存在し、広く統一戦線の知恵袋と役割を変えて、政府に意見を提出していた——中国特有の構造である。よって、政協には各業界の専門家が集まり、名実ともに知恵袋となっていた。文革中は、政協委員の大多数がインテリたちだったので——当時は再教育を受けるしかない「九番目の鼻つまみ者」とされていた——会議を開くことも許されなかった。その後政協は段階的に活動を再開した。第一段階は委員たちに対する徹底的な政治上の名誉回復に終始した。その後、政協は主に広範囲な知的資源を備えた情報提供機関として作用した——新中国成立前から存在していたが、新中国成立後の教育大発展により育てられた形である。政治的には、第一回全国政協——さらにはそれ以前の解放区人民代表会議——の組織原則により、共産党員人数は三分の一未満でなければならず、その他メンバーは多くが革命中に共産党を支持していた各民主党派か、あるいはさまざまな経歴を経て同様の立場となった人だった（旧政権で軍政の要職についていた人もいた）。周恩来が四四年に私と邱茉莉に予言していたことが実現したのである。当時彼は私たちに、「あの人（蔣介石）が加わるかは別として、連合政府が中国で生まれるでしょう」と言ったのだ。実際には、蔣介石が統一された新中国を受け入れれば、受け入れる門戸は開かれていた（蔣介石の部下の多くは最終的にはそうした）。だが蔣は、アメリカ艦隊の後ろに隠れ、台湾に逃走した。しかしどのような状況であろうと、どれほど時間がかかろうと、歴史は中国を分裂したままにはしないだろう。

私が全国政協に参加した経緯は一風変わっている。歴史を反映しているとも言えるだろう。一九六六年初め、旧友で、三〇年代に保盟の同僚だった廖夢醒が電話をかけてきて、私が全国政協に参加することを祝ってくれた（彼女自身は全国政協委員だった）。だがその年の五月に文革が始まると、正式な通知がないまま話は立ち消えとなって、その後、全国政協そのものが活動停止状態になってしまった。

自分が全国政協委員に就任すると再び聞いたのは十年後だ。そして正式に就任したのは八四年。最初は全国政協委員（合計約二千人）、その後常任委員（合計約二百人）となった。政協には各級組織があり、全国委員会から各省（自治区、直轄市）、市、県委員会、各級政協委員会の総人数は当時で合計三十万人、いまでは約五十万人に増えている。持っている知識や経験もますます豊富になり、メンバーの平均年齢も若くなっている——会議では白髪や禿頭の六十歳以上の人は少なくなり、四十歳以下の黒い髪の人が目立つようになった。

＊　＊　＊

全国政協においては、人びとは普遍的に国家の獲得した目覚ましい進歩を称賛し、同時に過去の遺産である貧困や発展途上問題に真剣に向き合った。都市で育った委員たちは辺境の貧困農村地区へ視察に行ってその好ましくない状況に震撼し、改善に向けた好ましい提案を行った。現代の中国には、この二種類の事実が存在している。急速な進歩と、その解消に大変な労力と時間を要する極端な発展格差である（急速な進歩によりもたらされ拡大した格差である）。委員たちはそれを明確に理解している。

固有の革命の伝統は、一部は徐々に色あせ、一部は継続するか新たな命を吹き込まれている。自然災害の発生時には、軍隊がただちに現場に駆けつけ、人民を助ける。比較的新しいのは青年ボランティア運動である。西部へ向かう傾向もいまや生まれつつあり、まだ歴史は浅いものの、一九八〇年代以来の「雁南飛」（より快適な、裕福な地方へ向かう）現象とは対照的である。その影響は私の身の回りにもやってきた。北京の一流的出版社で要職についていたある四十代の女性編集者は、私の著作の中国語版の出版業務を行っていたが辞めて、チベットへ辺境支援に向かった――以来もう何年にもなる。

　第三世界全体――特に発展中の地区と発展していない地区、及びあらゆる国の年配の世代と若い世代の間には、さまざまな程度のデジタルの溝がある。年配者のなかにはコンピュータなど持っていない人も、持っていても年齢のせいで使い方を覚えられない人もいるだろう。これとは対照的に、劇的に時空を越えた奇跡もある。約二十年前のチベットで、コンピュータでチベット語の入力をしている人を私は見た。

　激しい変化に精神的・社会的に追いつけず、疲弊して、生きる方向を見失ってしまう人も出ている。高等教育を受けた人や古くからの共産党員までもが、「法輪功」のような荒唐無稽で蠱惑的な邪教を信じたり虜になったりするのだ――盲信的な信者は、「円満」を得るために自殺したり殺人を犯すこともあるというのに。

　この邪教は自身の組織、自身の戒律を持っていた。共産党員だったある友人が夫を亡くし、私たちはうちで暮らすよう彼女を誘ったが断られた。「許可されていないから」という。誰の許可かと思いきや、法輪功だという。彼女は法輪功のメンバーになっていたのだ。

　こういう人たちの精神は空虚で、理想を失ってしまっている――あるいは、最初から浮草のように漂い、思想が混乱したまま、新たな望み――それが幻覚であっても――を探しているのだ。

＊　＊　＊

一九九〇年代以降は、中国は経済建設に力を注いできた——全国の生産力向上である。これによる成果は驚くべきもので、中国の発展速度は世界の前列に躍り出た。九〇年代末期からは、中国共産党は自身の任務を「三代表」に概括した。「中国共産党は中国の先進的な生産力の発展の要求、中国の先進的文化の進む方向、中国の最も広範な人民の根本的利益をいつ何時も代表していなければならない」というものである。

私はもはや晩年と呼んでよい歳になったが、相変わらずマルクス主義者である。マルクス主義は十九世紀中葉に生まれ、当時から、死んだと言われることはよくあったが、いまや再び息を吹き返し、実践の指南とされている。

マルクス主義は予言ではなく、分析の方法である。その要素としては「社会制度の入れ替わりは不可避である。前資本主義の各種形態にしても、資本主義にしても、その発展の頂点にあるのは社会主義と最後の共産主義であり、基礎の生産の発展として及び上層に構築されたあらゆる組織の形態や思想意識としてそれは可能だ——実際には不可避である」というものだ。これら変化は各国の発展の環境や程度によって、さらに各国人民のこれら変化に対する可能性と必要性の認識によって異なる。社会の発展に決まったタイムテーブルはないのだ。

同意しない人たちにさえ、マルクスは広く歴史上最も先進的な思想家の一人とされている。これは認めるべき事実である。イギリス放送協会（ＢＢＣ）、イギリス『エコノミスト』やその他メディアもマルクスに対してこのような視点を持っている。よく見られるのは「彼は最初の社会主義国家ができる経緯までは予言しなかったが、資本主義をよく理解していた」というものだ。

＊　＊　＊

さらに、近年の中国と新たなる試練について。

二〇〇三年、中国は重症急性呼吸器症候群（ＳＡＲＳ）の震源地となり戦場となった。この戦闘においては数多くの英雄が現れ、特に全国の医療従事者には自分の命を犠牲にした人も少なくなかった。さらに注意すべきは新世代指導者の態度である。好ましくない現状を隠したがる官僚主義を抑え込もうと、果敢にも彼ら責任者を降格や免職処分にした。同時に、親しみやすい雰囲気の新総理温家宝は危険区域とされた場所にマスクなしで現れ（その区域に出入りする人はほぼ必ずマスクをつけなければならなかった）、当時蔓延していた恐怖心を沈静化させた。政府は有力な措置を取り、食物や薬品及びその他必需品の供給を確保し、大きな成果を上げた。感染が深刻な場所では、すみやかに隔離病院を設立した。

私は当時入院中で手術後の再検査をしていた。ＳＡＲＳの予防措置は非常に厳重であった。病院内部では互いに検疫を行い、往来には隔離服を着る必要があった。さらに広い範囲では、人びとは数か月も北京への立ち入りができなかった。

顕著な進歩の一つは、医療水準の未発達な農村地区に目が向けられたことだ。この頃、農村医療合作保険制度が見直されるようになった。実施されてから何年も経っていた制度で、それまですっかり忘れられていたが、いまでは復活が取り沙汰されている。

　これらに限らず、中国ではよく極端から極端への振り子現象が起きる。各種施設——それが低品質であっても——の恩恵を皆が被れるようになると、高品質を求めることが贅沢だと非難する傾向が現れる。品質と現代化が主な目標になっているときは、群衆性のこの要素は重視されない。いまや、かつて「二本の足で歩く（二つの方法をバランスよく同時に推し進めるという意味）」と呼ばれた原則がその価値を再び認められつつある。先進的科学的手段の発展とさらなる理解にともない、比較的高いレベルでこの原則が実行される可能性も高い。ここで注意すべきは、高額な医療費（特に大病をしたときの）は普通の人には払えないということだ。病院や診療所が競って先進的で、高額な医療設備を導入すれば、それら費用は最終的に患者に跳ね返ってくるし、ほとんどの人はそれだけの費用を払えないだろう。現在、政府は一部の薬品の価格を値下げしているが、それだけではまだ不十分である——同様の措置は他にも検討されている。二〇〇三年に就任した共産党と政府の新指導層はこの面に対してより敏感で、さらに積極的だった。私がこの文章を書いている時点では、全国的なエイズの拡散防止運動を行っているところだ。

　ここからおわかりいただけるように、すでに引退した前任指導者層は任期の最終期に、そして新しい指導者層はいま、人民の健康のためにさまざまなことを行っている。北京では、屋外の運動設備が雨後の筍のごとくさまざまな場所に現れ、人びとは無料で使うことができる。子どもから七、八十歳の高齢者にまで好評だ。誰もが、私のような体の不自由な老人までもが自分に合った体操器械を選ぶことができる。国民的な健康志向が有益なことは都市住民の姿を見れば一目瞭然だ——かつて、学者や事務員というのはひと目でわかった。猫背だったからだ。それが知的な雰囲気だとされていたのだが、いまでは彼らも真っ直ぐな背中をしている。このような変化の成果は、二〇〇八年のオリンピックで、選手や無数の新たな運動愛好者たちの身体に必ずや現れるだろう。

他の趨勢としては全国の工会が勢いを取り戻しつつあることだ。人民共和国が成立したばかりの初期、工会は活気にあふれていた。その後、政府が固定の八級給料制を実施して、労働者は勤務年数と技術で八級に分けられ、給与、住宅、その他福利もこれら等級に従うようになった。この制度によれば、事実上すべての都市住民には仕事があり、もちろん必要な生活保障も得られる。だが工会組織はこれにより、徐々にその作用を失っていった。工会が一貫して担っていた安全生産保証の役割も弱体化していったのである。労働者に対する福利ももとは行き過ぎなほどであったが、その後は無料の映画チケットと休日旅行だけとなってしまった。このような状況で、工会組織はすっかり存在感が薄くなってしまったが、市場経済の設立及び私営または株式企業（一部または全部が外国企業の投資による企業も含む）の発展にともない、工会組織はまた必要となった。中国の新たな指導層がこの点を非常に重視していることは、中華全国総工会二〇〇三年の大会で示されている。

＊＊＊

私の回想録もそろそろ終わりである。だがその前に、中国でよく使われる興味深い名詞を思い出してみる。「脳海」。私の知る他の言語には、これほど人間の心の広さと複雑な運動を表す言葉はない――ときには底が見えないほど深く、ときには大波が立つ。ときには静まり返り、ときには怒涛のごとく荒れ狂う。現実主義の中国人はそもそも霊魂のような抽象的な存在は信じていない。精神世界に関する俗信や迷信は多く存在しているものの、思想活動を――人体のその他表徴と同じく――特定の身体の組織に起因するものだとしている。さらに古い時代にはその組織は心臓で、理性と良心は心臓にあると思われていた。

「脳海」は経験を記録し、各レベルでの各種刺激に対してその人なりの反応を行うといえよう。なぜなら海はその上にある空の色を、そして深海の岩層の冷たさと火山の灼熱を映し出すことができるからだ。

＊＊＊

私の回想録はここで終わりである――いまのところは。

今後十年間で――それまで生きられるならだが――このさらなるエピローグを書くかも知れない。生きられなかったとしたら、私のこの仕事はこれで終わりである。

二〇〇三年十一月

年表

１９０４　日露戦争勃発。

１９０５　ロシアで血の日曜日事件。邱茉莉、イギリスに生まれる。

１９１１　辛亥革命。

１９１２　中華民国南京臨時政府成立（孫文臨時大総統）、清朝滅亡。

１９１４　第一次世界大戦勃発。

１９１５　エプスタイン、ポーランドに生まれる。両親とともに中国へ転居。
日本、21カ条条約を袁世凱政府と結ぶ。

１９１７　ロシア2月革命、10月革命。エプスタイン家、ハルピンへ転居。

１９１９　五・四運動はじまる。アメリカシアトルで大ストライキ。エプスタイン、最初の結婚。

１９２０　エプスタイン家、天津に転居。イタリア租界で暮らす。

１９２１　上海で中国共産党創立大会開催。

１９２２　エプスタイン、天津美国学堂に転校。

１９２４　第一次国共合作成立。中ソ国交回復。

１９２５　五・三〇運動を経て、国民政府成立（王精衛首席）。

１９２６　国民党による北伐。

１９２７　南京事件、周恩来による上海武装蜂起。第一次国共合作崩壊。国民党が左右に分裂、蒋介石、南京に独自政府樹立。

１９２８　南京国民党政府による第二次北伐。

１９３０　エプスタイン、『北京天津タイムズ』就職。

１９３１　日本、中国東北三省に侵略。瑞金で中華ソビエト共和国臨時中央政府樹立。

１９３２　日本、上海事変を口実に上海軍事占領。満洲国成立。

１９３４　エプスタイン、『北京時事日報』へ。

１９３５　北京で一二・九運動。

１９３６　西安事変を経て、第二次国共合作へ。エプスタイン、この頃ＵＰ通信に移籍。

１９３７　日本、盧溝橋事件を皮切りに北京、天津などを占領。エプスタイン、天津を船で脱出。上海行きを断念して南京へ。さらに南京に日本軍が迫り、武漢へ。

１９３８　武漢で『新華日報』創刊。エプスタイン、前線取材を敢行。武漢、広州陥落。エプスタインはＵＰ通信解雇され、香港の『毎日新聞』で働く。最初の著書『人民の戦い』出版。両親はアメリカへ移民として移住、一方エプスタインは中国に残ることを選択する。

１９４０　南京に国民政府樹立（王精衛）。エプスタイン、香港を離れ重慶へ。中国国際広播電台で働く。

１９４１　イギリス紙『南華早報』で働く。太平洋戦争勃発。日本による香港攻撃。エプスタイン、一般外国人収容所へ入れられる。

１９４３　結婚。

１９４４　エプスタイン、蒋介石政権下の中国を離れ、イギリスを経てアメリカに渡る。

１９４７　著書『中国、未完成の革命』を刊行。

１９４９　3年に及ぶ国共内戦を経て、中華人民共和国成立（毛沢東首席）。

１９５０　朝鮮戦争勃発。

１９５１　エプスタイン、中国に戻る。『中国建設』創刊に参画。

１９６６　文化大革命開始。

１９６８　エプスタイン、収監される。

１９７２　ニクソン訪中。母が亡くなる。エドガー・スノー死去。

１９７９　中米国交樹立。

１９８４　9月邱茉莉死去。

イスラエル・エプスタイン（Israel Epstein, 中国名 伊斯雷尔・爱泼斯坦）

ジャーナリスト。一九一五年ワルシャワ生まれ。幼少時に両親と共に中国に移住、十五歳で天津の新聞「京津泰晤士報」編集部に入って以来、一貫して現代中国の姿を報じ続けた。宋慶齢の招きにより一九五一年にアメリカから中国に帰国、英語誌「China Reconstructs」（現在の「China Today」）創刊に参画、五七年に中国国籍取得、六四年に中国共産党入党。文化大革命期には五年間にわたって投獄されていたがのちに名誉回復。『毛沢東選集』『鄧小平文選』などの英文原稿の検討にも加わっている。二〇〇五年、北京で死去。

王唯斯（Wang Weisi）

一九八四年九月北京生まれ。文学博士。北京大学修士号取得後、二〇一六年来日。二〇一七年文教大学大学院博士後期課程に進学、二〇二〇年修了、博士号取得。ＣＡＴＴＩ（中国通訳翻訳専門試験）日本語通訳一級、翻訳一級、司法試験などの資格を有する。現在文教大学非常勤講師。

訳書に『設計的風骨』（北京大学出版社、原書：山中俊治『デザインの骨格』日経ＢＰ）『戦地厨師』（新星出版社、原書：深緑野分『戦場のコックたち』東京創元社）、『迷失：你是互聯網的支配者還是附庸』（鷺江出版社、原書：藤原智美『スマホ断食 ネット時代に異議があります』潮出版社）、『日本最漫長的一天』（新世界出版社、原書：半藤一利『日本のいちばん長い日』文藝春秋）などがある。

わが中国 革命・戦争・建国

二〇二〇年一〇月三〇日 初版第一刷発行

著者 イスラエル・エプスタイン
訳者 王唯斯
企画 孫志鵬、李昊
ライツ 一元和巻
発行者 小柳学
発行所 株式会社左右社
一五〇-〇〇〇二 東京都渋谷区
渋谷二-七-六金王アジアマンション
TEL 〇三-三四八六-六五八三
FAX 〇三-三四八六-六五八四
URL http://www.sayusha.com
装幀 五十嵐哲夫
印刷所 精文堂印刷株式会社

 ISBN978-4-86528-004-3